A Fúria de SHARPE

OBRAS DO AUTOR PUBLICADAS PELA EDITORA RECORD

1356
Azincourt
O condenado
Stonehenge
O forte

Trilogia *As Crônicas de Artur*

O rei do inverno
O inimigo de Deus
Excalibur

Trilogia *A Busca do Graal*

O arqueiro
O andarilho
O herege

Série *As Aventuras de um Soldado nas Guerras Napoleônicas*

O tigre de Sharpe (Índia, 1799)
O triunfo de Sharpe (Índia, setembro de 1803)
A fortaleza de Sharpe (Índia, dezembro de 1803)
Sharpe em Trafalgar (Espanha, 1805)
A presa de Sharpe (Dinamarca, 1807)
Os fuzileiros de Sharpe (Espanha, janeiro de 1809)
A devastação de Sharpe (Portugal, maio de 1809)
A águia de Sharpe (Espanha, julho de 1809)
O ouro de Sharpe (Portugal, agosto de 1810)
A fuga de Sharpe (Portugal, setembro de 1810)

Série *Crônicas Saxônicas*
O último reino
O cavaleiro da morte
Os senhores do norte
A canção da espada
Terra em chamas
Morte dos reis

BERNARD CORNWELL

A Fúria de SHARPE

ESPANHA, MARÇO DE 1811

AS AVENTURAS DE UM SOLDADO NAS GUERRAS NAPOLEÔNICAS

Tradução de
ALVES CALADO

1ª edição

EDITORA RECORD
RIO DE JANEIRO • SÃO PAULO
2013

CIP-BRASIL. CATALOGAÇÃO NA FONTE
SINDICATO NACIONAL DOS EDITORES DE LIVROS, RJ

Cornwell, Bernard, 1944-

C835f   A fúria de Sharpe / Bernard Cornwell; tradução de Alves Calado. – 1. ed. – Rio de Janeiro: Record, 2013.

Tradução de: Sharpe's Fury
Sequência de: A fuga de Sharpe
ISBN 978-85-01-40095-6

1. Sharpe, Richard (Personagem fictício) – Ficção. 2. Guerras napoleônicas, 1800-1815 – Ficção. 3. Grã-Bretanha – História militar – Século XIX - Ficção. 4. Ficção inglesa. I. Alves Calado, Ivanir, 1953- II. Título.

CDD: 823
13-00948   CDU: 821.111-3

Título original em inglês:
SHARPE'S FURY

Copyright © Bernard Cornwell 2003

Texto revisado segundo o novo Acordo Ortográfico da Língua Portuguesa.

Todos os direitos reservados. Proibida a reprodução, no todo ou em parte, através de quaisquer meios. Os direitos morais do autor foram assegurados.

Direitos exclusivos de publicação em língua portuguesa somente para o Brasil adquiridos pela
EDITORA RECORD LTDA.
Rua Argentina, 171 – Rio de Janeiro, RJ – 20921-380 – Tel.: 2585-2000, que se reserva a propriedade literária desta tradução.

Impresso no Brasil

ISBN 978-85-01-40095-6

Seja um leitor preferencial Record.
Cadastre-se e receba informações sobre nossos lançamentos e nossas promoções.

Atendimento e venda direta ao leitor:
mdireto@record.com.br ou (21) 2585-2002.

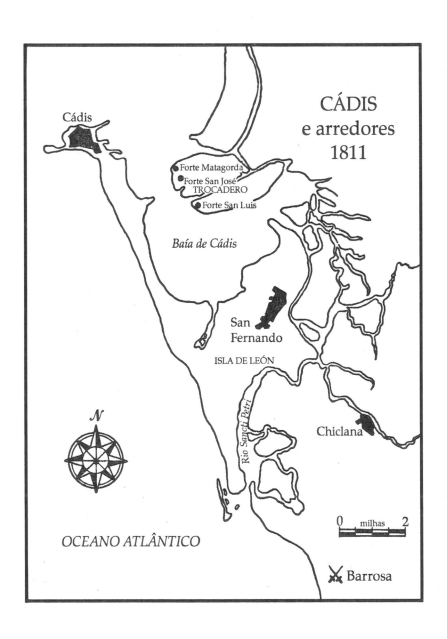

A fúria de Sharpe é dedicado a Eric Sykes

PRIMEIRA PARTE

O Rio

CAPÍTULO I

Em Cádis nunca se estava longe do mar. Seu cheiro era sempre presente, quase tão intenso quanto o fedor do esgoto. Na parte mais baixa da cidade, quando o vento era forte e vinha do sul, as ondas batiam no quebra-mar e a espuma chegava até as janelas fechadas. Depois
5. da Batalha de Trafalgar, tempestades golpearam a cidade durante uma semana e os ventos levaram os borrifos do mar até a catedral e derrubaram os andaimes em volta da cúpula inacabada. Ondas sitiaram Cádis e pedaços de navios destroçados golpearam as pedras, e então vieram os cadáveres. Mas isso fora há quase seis anos, e agora a Espanha era aliada da Inglaterra,
10. embora Cádis fosse tudo que restasse da Espanha. O restante do país ou era governado pela França ou não tinha qualquer governo. Guerrilheiros assombravam os morros, a pobreza dominava as ruas e a Espanha estava taciturna.

Fevereiro de 1811. Noite. Outra tempestade golpeava a cidade e ondas
15. monstruosas batiam brancas contra o quebra-mar. No escuro, o homem de vigia conseguia ver as explosões de espuma que o faziam se lembrar da fumaça de pólvora disparada pelos canhões. Havia a mesma incerteza naquela violência. Justo quando pensava que as ondas tinham feito o pior que podiam, outras duas ou três estouravam em jorros súbitos, a água
20. branca ultrapassava o quebra-mar como fumaça e os borrifos podiam ser empurrados pelo vento até bater nas paredes brancas da cidade, como uma metralha.

A FÚRIA DE SHARPE

O homem era um sacerdote. O padre Salvador Montseny vestia batina, capa e um chapéu preto que ele precisava segurar contra os sopros do vento. Era alto, com 30 e poucos anos, feroz pregador de boa aparência saturnina, que agora esperava no pequeno abrigo de uma passagem em arco. Estava muito longe de casa, que ficava no norte, onde havia crescido como filho não amado de um advogado viúvo que o mandara para uma escola da Igreja. Havia virado padre porque não sabia o que mais poderia ser, mas agora desejava ter sido soldado. Achava que teria sido um bom soldado, mas o destino o fizera marinheiro, em vez disso. Fora capelão a bordo de um navio espanhol capturado em Trafalgar, e na escuridão acima o som da batalha explodiu novamente. O som vinha dos estrondos e estalos das grandes velas de lona que protegiam a cúpula semiconstruída da catedral, que o vento havia feito soarem como canhões. Ele sabia que os panos tinham sido velas da frota de batalha da Espanha, mas após Trafalgar eles foram tirados dos poucos navios danificados que retornaram para casa. O padre Salvador Montseny estivera na Inglaterra, na época. A maioria dos prisioneiros espanhóis havia sido posta em terra rapidamente, mas Montseny era capelão de um almirante e acompanhara seu senhor até a úmida casa de campo em Hampshire, onde vira a chuva cair e a neve cobrir os pastos, e onde tinha aprendido a odiar.

E também aprendera a ter paciência. Estava sendo paciente agora. Seu chapéu e a capa estavam totalmente encharcados e ele sentia frio, mas não tremia. Só esperava. Tinha uma pistola no cinto, mas achava que a pólvora de escorva estaria molhada. Não importava. Tinha uma faca. Tocou o punho da arma, encostou-se à parede, viu outra onda se quebrar no fim da rua, os borrifos passando rapidamente pela luz fraca de uma janela aberta, e então escutou passos.

Um homem vinha correndo da Calle Compañia. O padre Montseny esperou, como uma sombra escura em meio a sombras escuras, e viu o homem ir à porta do outro lado. Estava destrancada. O homem entrou e o padre o seguiu rapidamente, empurrando a porta enquanto o homem tentava fechá-la.

— *Gracias* — disse o padre Montseny.

Estavam num túnel em arco que levava ao pátio. Uma lanterna tremulava numa alcova e, ao ver que Montseny era padre, o homem ficou aliviado.

— O senhor mora aqui, padre?

— Extrema-unção — respondeu o padre Montseny, sacudindo a água da batina.

— Ah, aquela pobre coitada lá de cima. — O homem fez o sinal da cruz. — Está uma noite horrível.

— Já tivemos piores, filho, e essa vai passar.

— Verdade — concordou o homem. Em seguida entrou no pátio e subiu até a sacada do primeiro andar. — O senhor é catalão, padre?

— Como soube?

— Pelo sotaque. — O homem pegou a chave e destrancou sua porta, e o padre pareceu passar por ele, na direção da escada para o segundo andar.

O homem abriu a porta, depois tombou para a frente quando o padre Montseny se virou de súbito e lhe deu um empurrão. O homem caiu esparramado. Tinha uma faca e tentou sacá-la, mas o padre o chutou com força embaixo do queixo. Então a porta se fechou e eles estavam no escuro. O padre Montseny se ajoelhou sobre o peito do homem caído e encostou a faca no pescoço da vítima.

— Não diga nada, filho — ordenou. Então tateou embaixo da capa molhada do sujeito e achou a faca dele, que tirou e jogou no corredor. — Você vai falar apenas quando eu fizer uma pergunta. Seu nome é Gonzalo Jurado?

— É. — A voz de Jurado mal passava de um sussurro.

— Você está com as cartas da prostituta?

— Não — respondeu Jurado, depois soltou um guincho porque a faca do padre Montseny havia cortado sua pele até tocar o osso do maxilar.

— Vou machucar você se mentir. Está com as cartas?

— Estou, sim!

— Então me mostre.

O padre Montseny deixou Jurado se levantar. Ficou perto enquanto ele ia até um cômodo acima da rua em que o padre havia esperado. Aço bateu em pederneira e uma vela foi acesa. Jurado pôde ver seu agressor com mais clareza e julgou que Montseny devia ser um soldado disfarçado, porque ele não tinha um olhar de sacerdote. Era um rosto moreno, de queixo comprido e sem misericórdia.

— As cartas estão à venda — disse Jurado, então arfou porque o padre Montseny o havia acertado na barriga.

— Eu disse que você só vai falar quando eu fizer uma pergunta. Mostre as cartas.

A sala era pequena, mas muito confortável. Era evidente que Gonzalo Jurado gostava de luxos. Havia dois sofás virados para uma lareira vazia, sobre a qual ficava um espelho com moldura dourada. Continha também tapetes no chão. Três pinturas pendiam da parede oposta à janela, todas mostrando mulheres nuas. Uma escrivaninha ficava sob a janela que dava para a rua, e o sujeito apavorado destrancou uma das gavetas e tirou um maço de cartas amarrado com barbante preto. Colocou-as sobre a escrivaninha e deu um passo para trás.

O padre Montseny cortou o barbante e espalhou as cartas na escrivaninha.

— São só essas?

— Todas as 15 — disse Jurado.

— E a prostituta? Ainda tem alguma?

Jurado hesitou, então viu a lâmina da faca refletir a luz da vela.

— Tem seis.

— Ainda estão com ela?

— Sim, señor.

— Por quê?

Jurado deu de ombros.

— Porque 15 bastam? Talvez para que ela possa vender as outras mais tarde. Talvez ela ainda goste dele. Quem sabe? Quem entende as mulheres? Mas... — Ele ia fazer uma pergunta, mas temeu levar um golpe por falar quando não devia.

— Continue — pediu o padre Montseny, escolhendo uma carta ao acaso.

— Como o senhor soube das cartas? Eu não contei a ninguém, a não ser ao inglês.

— Sua prostituta fez uma confissão — explicou o padre Montseny.

— Caterina! Ela foi se confessar?

— Uma vez por ano, foi o que ela me disse — respondeu o padre Montseny, examinando a carta. — Sempre no dia de seu santo padroeiro. Foi à catedral, contou seus muitos pecados a Deus e eu lhe dei a absolvição em Seu nome. Quanto você quer pelas cartas?

— Guinéus ingleses — disse Jurado. — Quinze cartas, 20 guinéus cada.

Agora ele estava se sentindo mais confiante. Mantinha uma pistola carregada na gaveta de baixo da escrivaninha. Testava a mola mestra todo dia e trocava a pólvora pelo menos uma vez por mês. E seu medo havia diminuído por entender que Montseny era mesmo um padre. Um padre capaz de assustar, sem dúvida, mas ainda assim um homem de Deus.

— Se o senhor preferir pagar em dinheiro espanhol, padre, as cartas são suas por 1.300 dólares.

— Mil e trezentos dólares? — perguntou o padre Montseny distraidamente. Estava lendo uma carta. Era escrita em inglês, mas isso não era problema, porque havia aprendido a língua em Hampshire. O autor da carta estivera profundamente apaixonado e o tolo colocara esse amor no papel. O idiota tinha feito promessas, e a garota a quem ele as fizera era uma prostituta, e Jurado era seu cafetão, e agora o cafetão queria chantagear o autor da carta.

— Eu tenho uma resposta — ousou falar o cafetão, sem ser convidado.

— Do inglês?

— Sim, padre. Está aqui. — Jurado fez um gesto para a gaveta de baixo da escrivaninha.

O padre Montseny assentiu para que prosseguisse e Jurado abriu a gaveta, então gritou porque um punho o havia acertado com tanta força que ele girou para trás. Bateu na porta atrás dele, que cedeu, fazendo-o cair de costas no quarto. Montseny pegou a pistola na gaveta da escrivaninha, abriu a caçoleta, soprou a pólvora e jogou a arma agora inútil num dos sofás forrados de seda.

— Você disse que recebeu uma resposta? — perguntou, como se não tivesse havido qualquer violência.

Agora Jurado estava tremendo.

— Eles disseram que iriam pagar.

— Você combinou a troca?

— Ainda não. — Jurado hesitou. — O senhor está com os ingleses?

— Não, graças a Deus. Estou com a santíssima Igreja romana. E como você se comunica com os ingleses?

— Devo deixar uma mensagem no Cinco Torres.

— Endereçada a quem?

— A um tal de señor Plummer.

O Cinco Torres era um café na Calle Ancha.

— Então na sua próxima mensagem você vai dizer a esse tal de Plummer onde devem se encontrar? Onde a troca vai ser feita? — perguntou Montseny

— Sim, padre.

— Você ajudou muito, meu filho — disse o padre Montseny, depois estendeu a mão como se fosse puxar Jurado de pé.

Agradecido pela ajuda, Jurado se permitiu ser puxado para cima, e só no último segundo viu que estava sendo erguido para a faca do padre, que cortou sua garganta. Montseny fez uma careta enquanto puxava a lâmina de lado. Era mais difícil do que tinha pensado, mas deu um grunhido enquanto passava o aço afiado pela goela, pelas artérias e músculos. O cafetão desmoronou, fazendo um barulho parecido com água escorrendo num ralo. Montseny segurou Jurado no chão enquanto ele morria. Foi uma sujeira, mas o sangue não ficaria visível em sua capa preta. Um pouco de sangue escorreu pelas tábuas do piso, e iria pingar no andar de baixo, na selaria que ocupava a maior parte do térreo. Demorou mais de um minuto para o cafetão morrer, e o tempo todo o sangue pingava pelas tábuas, mas por fim Jurado estava morto e o padre Montseny fez o sinal da cruz sobre o rosto dele e uma breve oração por sua alma. Embainhou a faca, enxugou as mãos na capa do morto e voltou à escrivaninha. Encontrou uma grande pilha de dinheiro numa gaveta e enfiou as notas no cano da bota esquerda, depois juntou as cartas. Enrolou-as num pano tirado de uma almofada e então, para garantir que ficassem secas, colocou-as por baixo da camisa, junto à pele. Serviu-se de um copo de xerez que estava numa garrafa e, enquanto bebericava, pensou na jovem a quem as cartas tinham sido escritas. Sabia que ela morava a duas ruas dali e ainda tinha seis cartas, mas ele possuía 15. Mais que o suficiente, decidiu. Além disso, a garota certamente não estava em casa, e sim servindo a um cliente num dos quartos mais suntuosos de Cádis.

Soprou a vela e voltou para a noite, onde as ondas quebravam brancas na beira da cidade e as grandes velas estrondeavam como canhões na escuridão úmida. O padre Salvador Montseny, assassino, sacerdote e patriota, tinha acabado de garantir a salvação da Espanha.

Tudo havia começado muito bem.

Na escuridão enluarada, o rio Guadiana se estendia abaixo da Companhia Ligeira do South Essex, como uma tira enevoada de prata derretida se derramando lenta e enorme entre os morros negros. O forte Joseph, que recebera esse nome por causa do irmão de Napoleão, a marionete francesa no trono da Espanha, ficava no morro mais próximo da companhia, enquanto o forte Josephine, que recebera esse nome por causa da esposa descartada do imperador, ficava no topo de uma longa encosta na outra margem. O forte Joseph ficava em Portugal, o Josephine na Espanha, e entre os dois havia uma ponte.

Seis companhias ligeiras tinham sido mandadas de Lisboa sob o comando do general de brigada, Sir Barnaby Moon. O brigadeiro Moon era um homem promissor, um jovem impetuoso, um oficial destinado a coisas mais elevadas, e esse era o seu primeiro comando independente. Se ele tivesse sucesso, se a ponte fosse destruída, Sir Barnaby poderia olhar para um futuro tão brilhante quanto o rio que deslizava entre os montes escuros.

E tudo havia começado muito bem. As seis companhias tinham sido transportadas sobre o Tejo num alvorecer enevoado, depois haviam marchado pelo sul de Portugal, um território supostamente dominado pelos franceses, mas os guerrilheiros garantiram aos britânicos que os franceses haviam retirado suas poucas guarnições, e era verdade. Agora, apenas quatro dias após sair de Lisboa, eles tinham chegado à ponte e ao rio. O amanhecer estava próximo. As tropas britânicas estavam na margem ocidental do Guadiana, onde o forte Joseph fora construído num morro

A fúria de Sharpe

ao lado do rio, e no resto de escuridão da noite os muros do forte estavam delineados pelo brilho de fogueiras atrás da plataforma de tiro. O alvorecer que se aproximava diminuía esse brilho, mas de vez em quando a silhueta de um homem aparecia numa das ameias.

Os franceses estavam acordados. As seis companhias ligeiras britânicas sabiam disso porque tinham ouvido as trombetas tocando a alvorada, primeiro no distante forte Josephine, depois no Joseph, mas isso não significava que os inimigos estavam atentos. Se você acorda homens todos os dias na escuridão gélida antes do alvorecer, logo eles aprendem a carregar seus sonhos para as ameias. Podiam aparentar que estavam alertas olhando para a escuridão, prontos para um ataque matinal, mas na verdade estavam pensando nas mulheres deixadas na França, ou em mulheres que ainda dormiam nos alojamentos do forte, ou em mulheres com quem eles só podiam sonhar, ou em mulheres. Estavam sonolentos.

E os fortes tinham permanecido sem ser incomodados durante todo o inverno. Era verdade que havia guerrilheiros nos morros, mas eles raramente chegavam perto das fortificações, que tinham canhões nas bombardeiras; e camponeses armados com mosquetes aprendem rapidamente que não são páreo para uma artilharia bem-posicionada. Os guerrilheiros espanhóis e portugueses emboscavam as equipes de forrageadores das tropas francesas que sitiavam Badajoz, 50 quilômetros ao norte, ou então assediavam as forças do marechal Victor, que sitiava Cádis, 200 quilômetros ao sul.

Houvera cinco boas pontes de pedra cruzando o Guadiana entre Badajoz e o mar, mas todas foram explodidas pelos exércitos em disputa, e agora havia apenas esta ponte flutuante francesa, oferecendo ligação entre as forças de cerco do imperador. Não era muito usada. Viajar em Portugal ou na Espanha era perigoso para os franceses porque os guerrilheiros eram implacáveis, mas a cada duas ou três semanas a ponte flutuante estalava sob o peso de uma bateria de artilharia, e a intervalos de alguns dias um cavaleiro com despachos cruzava o rio escoltado por um regimento de dragões. Não eram muitas as pessoas da região que usavam a ponte, porque muito poucas podiam pagar o pedágio e um número ainda menor estava disposto a se arriscar à animosidade das duas guarnições que, como resultado, eram deixadas quase sempre em paz. A guerra parecia distante, motivo pelo qual os defensores nas muralhas de manhã cedo estavam sonhando com mulheres em vez de procurar as tropas inimigas, que haviam descido da escuridão nas alturas, seguindo uma trilha de cabras, para o negrume do vale a oeste do forte Joseph.

O capitão Richard Sharpe, comandante da Companhia Ligeira do South Essex, não estava no vale. Ele permanecia com sua companhia num morro ao norte do forte. Tinha o serviço mais fácil da manhã: criar uma distração, e isso significava que nenhum dos seus homens deveria morrer ou sequer ser ferido. Sharpe estava satisfeito com isso mas também sabia que não recebera o serviço fácil como recompensa, e sim porque Moon não gostava dele. O brigadeiro tinha deixado isso claro quando as seis companhias ligeiras haviam se apresentado a ele em Lisboa.

— Meu nome é Moon e você tem uma reputação — começara o brigadeiro.

Perplexo com o cumprimento brusco, Sharpe ficou surpreso.

— Tenho, senhor?

— Não seja modesto comigo, homem — dissera Moon, apontando um dedo para o distintivo do South Essex, que mostrava uma águia acorrentada. Sharpe e seu sargento, Patrick Harper, tinham capturado aquela águia dos franceses em Talavera, e esse feito, como tinha dito Moon, lhe dera uma reputação. — Só não quero nenhuma porcaria de heroísmo, Sharpe.

— Não, senhor.

— Os trabalhos bons e simples de soldados vencem guerras — anunciara Moon. — O que importa é fazer coisas mundanas.

Sem dúvida era verdade, mas isso era estranho vindo de Sir Barnaby Moon, cuja reputação era qualquer coisa, menos comum. Ele era jovem, com apenas 31 anos, e estava em Portugal havia pouco mais de um, no entanto já fizera fama. Tinha comandado seu batalhão na serra do Buçaco onde, na crista do morro onde os franceses subiram e morreram, havia resgatado dois de seus escaramuçadores galopando através das fileiras de seus homens e matando os captores dos soldados com sua espada.

— Nenhum francês desgraçado vai levar meus fuzileiros! — anunciara ele, levando os dois homens de volta.

A FÚRIA DE SHARPE

Seus soldados gritaram comemorando, e Moon tirou o chapéu bicorne e fez uma reverência para eles, de cima da sela. Também diziam que ele era um jogador e um caçador de mulheres implacável e, como era tão rico quanto bonito, era considerado bem-sucedido nisso. Diziam que Londres era uma cidade mais segura agora que Sir Barnaby estava em Portugal, mas sem dúvida havia mais de vinte damas em Lisboa que talvez dessem à luz bebês que cresceriam com o rosto magro, o cabelo claro e os espantosos olhos azuis de Sir Barnaby. Resumindo, ele era qualquer coisa, menos um soldado comum, no entanto era isso que exigia de Sharpe, e o capitão ficou feliz em obedecer.

— Você não precisa ganhar reputação comigo, Sharpe — garantira Sir Barnaby.

— Vou me esforçar muito para isso, senhor — respondera Sharpe, e por isso recebeu um olhar maligno, e desde então Moon praticamente o havia ignorado.

Jack Bullen, que era tenente de Sharpe, achava que o brigadeiro tinha ciúme.

— Não seja bobo, Jack — dissera Sharpe quando isso foi proposto.

— Em qualquer drama só há espaço para um herói, senhor — insistira Bullen. — O palco é pequeno demais para dois.

— Você é especialista em dramas, Jack?

— Sou especialista em tudo, menos nas coisas que o senhor sabe — replicara Bullen, fazendo Sharpe rir.

Sharpe reconhecia que a verdade era que Moon simplesmente compartilhava da desconfiança que a maioria dos oficiais sentia pelos homens promovidos dos postos mais baixos. Sharpe havia entrado para o Exército como recruta, servira como sargento e agora era capitão, e isso irritava alguns homens que viam sua ascensão como uma afronta à ordem estabelecida. O que, para ele, estava ótimo. Criaria a distração, deixaria que as outras cinco companhias lutassem, depois voltaria a Lisboa e ao batalhão. Dentro de um ou dois meses, quando a primavera chegasse Portugal, eles marchariam para o norte, a partir das Linhas de Torres Vedras, e perseguiriam as forças do marechal Masséna até a

Espanha. Haveria lutas suficientes na primavera, o bastante até mesmo para oficiais promissores.

— Ali está a luz, senhor — apontou Harper, que estava deitado junto de Sharpe, olhando o vale.

— Tem certeza?

— Ali, de novo, senhor. Está vendo?

O brigadeiro tinha uma lanterna fechada e, ao levantar uma das placas, podia iluminar com uma luz fraca que ficaria escondida dos franceses. Ela brilhou de novo, enfraquecida pelo alvorecer, e Sharpe chamou seus homens.

— Agora, rapazes.

Só precisavam se mostrar, não em fileiras organizadas, e sim espalhados no topo do morro de modo a parecerem guerrilheiros. O objetivo era fazer os franceses espiar para o norte e ignorar o ataque que se esgueirava do oeste.

— É só isso que vamos fazer? — questionou Harper. — Ficar mijando aqui em cima?

— Mais ou menos — respondeu Sharpe. — De pé, rapazes! Deixem os comedores de lesma verem vocês!

A Companhia Ligeira estava no horizonte, nitidamente visível, e havia luz suficiente apenas para os franceses no forte Joseph registrarem sua presença. Sem dúvida os oficiais da guarnição estariam apontando as lunetas para o morro, mas os homens de Sharpe usavam sobretudos, de modo que os uniformes, com os característicos cinturões atravessados no peito, não ficassem visíveis, e ele ordenara tirarem as barretinas para não parecerem soldados.

— Podemos dar um ou dois tiros neles? — perguntou Harper.

— Não queremos agitá-los — respondeu Sharpe. — Apenas que fiquem nos olhando.

— Mas podemos atirar quando eles acordarem?

— Quando virem os outros, sim. Vamos dar a eles um desjejum de casacos-verdes, hein?

A companhia de Sharpe era especial, porque enquanto muitos de seus homens usavam as casacas vermelhas da infantaria inglesa, outros eram uniformizados com os casacos verdes dos batalhões de fuzileiros. Tudo isso por causa de um erro. Sharpe e seus fuzileiros tinham sido separados da retirada para Corunha, seguiram para o sul em direção às forças em Lisboa e lá foram anexados ao South Essex, que usava casacas vermelhas, e de algum modo nunca mais o deixaram. Os casacos-verdes usavam fuzis. Para a maioria das pessoas um fuzil parecia um mosquete curto, mas a diferença estava escondida no interior do cano. O fuzil Baker tinha sete ranhuras espiralando por toda a extensão do cano, e essas ranhuras davam à bala um giro que a tornava mortalmente precisa. Um mosquete era rápido de carregar e disparar, mas para além de sessenta passos o atirador poderia simplesmente fechar os olhos em vez de mirar. O fuzil podia matar a uma distância três vezes maior do que isso. Os franceses não tinham fuzis, o que significava que os casacos-verdes podiam se deitar no morro, atirar contra os defensores e saber que ninguém da infantaria dentro do forte Joseph poderia responder aos tiros.

— Lá vão eles — disse Harper.

As cinco companhias ligeiras avançavam morro acima. Seus uniformes vermelhos pareciam pretos à meia-luz. Alguns homens carregavam escadas curtas. A missão deles seria feia, pensou Sharpe. O forte tinha um fosso seco e do fundo do fosso ao topo do parapeito eram pelo menos 3 metros, e a extremidade era protegida por estacas afiadas. Os casacas-vermelhas precisariam atravessar o fosso, colocar as escadas entre as estacas e, pior, também enfrentar tiros de canhão. Os canhões franceses sem dúvida estavam carregados, mas com o quê? Balas sólidas ou metralha? Se fosse metralha, as tropas de Moon poderiam ser golpeadas violentamente com os primeiros disparos, enquanto as balas maciças causariam muito menos danos. Isso não era problema de Sharpe. Ele andou ao longo do topo do morro, certificando-se de ficar com a silhueta contra o céu que ia clareando, e milagrosamente os franceses ainda não haviam percebido os quatrocentos homens que se aproximavam do oeste.

— Vão logo, rapazes — murmurou Harper, não falando para todas as tropas que atacavam, e sim para a Companhia Ligeira do 88º, os Connaught Rangers, um regimento irlandês.

Sharpe não estava olhando. De repente fora tomado pela superstição de que, se espiasse o ataque, ele fracassaria. Em vez disso olhou o rio, contando as barcaças que formavam a ponte flutuante, parecendo sombras pretas na névoa que remoinhava logo acima da água. Decidiu que iria contá-las em vez de olhar o forte Joseph até que o primeiro tiro fosse disparado. Trinta e uma, deduziu, o que significava que havia uma barcaça a cada 3 metros, porque o rio tinha pouco mais de 100 metros de largura. Eram grandes, desajeitadas e de extremidade quadrada, sobre as quais fora construída uma pista de madeira. O inverno tinha sido úmido em todo o sul da Espanha e de Portugal; o Guadiana estava alto e ele podia ver a água agitada quebrando-se nas proas rombudas das barcaças. Cada embarcação tinha correntes de âncora entrando no rio e cabos tensionados entre as barcas vizinhas, sobre os quais estavam atravessadas traves grossas, sustentando as tábuas que formavam a pista. Provavelmente pesava mais de 100 toneladas, supôs Sharpe, e seu serviço só terminaria quando a ponte estivesse destruída.

— Eles são uns desgraçados preguiçosos — disse Harper, maravilhado, presumivelmente falando dos defensores do forte Joseph, mas ainda assim Sharpe não olhou. Estava espiando o forte Josephine, do outro lado do rio, onde podia ver homens amontoados em volta de um canhão. Eles se afastaram e a arma disparou, arrotando uma fumaça suja sobre a névoa do rio, que ia se desfazendo. Ela havia disparado uma munição de metralha. A lata, cheia de balas, se despedaçou ao sair do cano do canhão e as balas de meia polegada chicotearam o ar em volta da colina onde Sharpe estava. O estrondo do canhão rolou e ecoou no vale do rio.

— Alguém foi atingido? — gritou Sharpe. Ninguém respondeu.

O disparo do canhão só fez os defensores do forte mais próximo olharem mais atentamente para o morro. Agora estavam apontando um de seus canhões, tentando elevá-lo de modo que a metralha raspasse na linha do horizonte.

— Fiquem de cabeça baixa — ordenou Sharpe. Em seguida houve o som opaco de mosquetes disparando e ele ousou olhar de volta para o ataque.

Estava quase terminado. Havia casacas-vermelhas no fosso, outros em escadas de mão. E Sharpe os viu se lançarem por cima do parapeito, carregando baionetas contra os franceses de uniformes azuis. Não havia necessidade de seus fuzileiros.

— Saiam das vistas daquele canhão desgraçado — gritou, e seus homens se afastaram correndo da crista. Um segundo canhão disparou do forte do outro lado do rio. Uma bala de mosquete acertou a bainha do sobretudo de Sharpe e outra fez espirrar o orvalho do capim ao seu lado, mas neste segundo ele estava fora do topo do morro e escondido dos artilheiros distantes.

Nenhum canhão disparou do forte Joseph. A guarnição fora tomada completamente de surpresa e agora havia casacas-vermelhas no centro da fortificação. Um jorro de franceses em pânico corria do portão leste para atravessar a ponte em direção à segurança do forte Josephine, na margem espanhola do rio. Os disparos de mosquete estavam diminuindo. Talvez uma dúzia de franceses tivesse sido capturada, o restante estava fugindo, e parecia haver dezenas deles correndo para a ponte. Os casacas-vermelhas, soltando seus gritos de guerra ao alvorecer, carregavam baionetas que encorajavam a fuga em pânico. A bandeira francesa foi baixada antes que o restante das tropas de ataque tivesse sequer atravessado o fosso e a muralha. Tudo tinha sido rápido demais.

— Nosso serviço está feito — anunciou Sharpe. — Vamos descer para o forte.

— Foi fácil — disse Bullen, feliz.

— Ainda não acabou, Jack.

— Quer dizer, a ponte?

— Tem que ser destruída.

— Mas a parte difícil foi feita, de qualquer modo.

— Verdade — respondeu Sharpe. Ele gostava do jovem Jack Bullen, um expansivo rapaz de Essex que nunca reclamava e trabalhava duro. Os homens também gostavam de Bullen. Ele os tratava com justiça, com a confiança que vinha do privilégio, mas era um privilégio sempre temperado pela jovialidade. Um bom oficial, reconhecia Sharpe.

Desceram do morro, atravessaram o vale pedregoso, passaram por um riacho que caía gelado das montanhas e subiram o morro seguinte, indo até o forte onde as escadas ainda estavam encostadas no parapeito. De vez em quando um canhão petulante disparava do forte Josephine, mas as balas eram desperdiçadas contra os cestos de vime cheios de terra que estavam sobre o parapeito.

— Ah, aqui está você, Sharpe — cumprimentou-o o brigadeiro Moon. De repente estava afável, a aversão por Sharpe afastada pela empolgação da vitória.

— Parabéns, senhor.

— O quê? Ah, obrigado. É generosidade sua. — Moon parecia tocado pelo elogio de Sharpe. — Foi melhor do que eu ousava esperar. Estão fazendo chá ali adiante. Deixe os seus rapazes tomarem um pouco.

Os prisioneiros franceses estavam sentados no centro do forte. Uma dúzia de cavalos tinha sido encontrada no estábulo e agora estavam sendo selados, presumivelmente porque Moon, que havia marchado desde o Tejo, achava que merecia o privilégio de cavalgar de volta. Um oficial capturado estava de pé junto ao poço, olhando desconsolado os vitoriosos soldados ingleses que, alegres, revistavam as mochilas francesas capturadas no alojamento.

— Pão francês! — O major Gillespie, um dos ajudantes de Moon, jogou um pedaço para Sharpe. — Ainda está quente. Os desgraçados vivem bem, não é?

— Achei que estariam passando fome.

— Não estão. Este lugar é a terra do leite e do mel.

Moon subiu na plataforma de tiro do leste, que ficava voltada para a ponte, e começou a examinar as caixas de munição ao lado dos canhões. Os artilheiros do forte Josephine viram sua casaca vermelha e abriram fogo. Estavam usando metralha, e os disparos ricocheteavam no parapeito e passavam assobiando acima. Moon ignorou as balas.

— Sharpe! — gritou, depois esperou enquanto o fuzileiro subia ao topo da muralha. — É hora de você merecer seu soldo, Sharpe. — Sharpe não disse nada, apenas fitou o brigadeiro espiar dentro de uma caixa. — Balas maciças, projéteis comuns e metralha — anunciou Moon.

— Nenhuma granada, senhor?

A fúria de Sharpe

— Só metralha, definitivamente. Estoque naval, acho. Os desgraçados não têm mais nenhum navio, por isso mandaram a metralha para cá. — Ele deixou a tampa da caixa baixar e olhou a ponte. — Projéteis comuns não vão quebrar aquela coisa bruta, não é? Há umas vinte mulheres lá embaixo No alojamento. Mande alguns dos seus rapazes escoltá-las para o outro lado da ponte, certo? Entregue-as aos franceses com os meus cumprimentos. O restante dos seus homens pode ajudar Sturridge. Ele diz que vai ter que explodir a extremidade de lá.

O tenente Sturridge era um engenheiro real com a missão de destruir a ponte. Era um rapaz nervoso que parecia sentir pavor de Moon.

— A extremidade de lá? — perguntou Sharpe, querendo ter certeza de que ouvira corretamente.

Moon pareceu exasperado.

— Se quebrarmos a ponte na extremidade de cá, Sharpe — explicou com paciência exagerada, como se estivesse falando com uma criança pequena e não muito inteligente —, a coisa vai flutuar rio abaixo, mas vai continuar ligada à outra margem. Então os franceses vão poder salvar as barcaças. Não há muito sentido em vir até aqui e deixar que fiquem com uma ponte flutuante que possam reconstruir, não é? Mas, se quebrarmos do lado espanhol, as barcaças devem vir parar do nosso lado da margem e vamos poder queimá-las. — Uma carga de granada de metralha ou metralha pura passou sibilando acima e o brigadeiro olhou irritado o forte Josephine. — Ande logo com isso — disse a Sharpe. — Quero partir amanhã cedo.

Um piquete da Companhia Ligeira do 74º vigiava as 18 mulheres. Seis eram esposas de oficiais e estavam separadas das outras, tentando parecer corajosas.

— Você vai levá-las para o outro lado — disse Sharpe a Bullen.

— Vou, senhor?

— Você gosta de mulheres, não gosta?

— Claro, senhor.

— E fala um pouco da terrível língua delas, não é?

— Incrivelmente bem, senhor.

— Então leve as damas para o lado de lá da ponte, até aquele outro forte.

Enquanto o tenente Bullen convencia as mulheres de que nenhum mal seria feito a elas e que deviam pegar suas bagagens e se preparar para atravessar o rio, Sharpe procurou Sturridge e encontrou o engenheiro no paiol principal do forte.

— Pólvora — anunciou Sturridge ao ver Sharpe. Ele havia levantado a tampa de um barril e em seguida provou a pólvora. — Pólvora horrível — disse, cuspindo-a com uma careta. — Porcaria de pólvora francesa. Não passa de poeira vagabunda. E está úmida.

— Vai funcionar?

— Deve fazer um estouro — disse Sturridge, mal-humorado.

— Vou levar você até o outro lado da ponte.

— Há um carrinho de mão aí fora — declarou Sturridge —, e vamos precisar dele. Cinco barris devem bastar, mesmo dessa porcaria.

— Você tem pavio?

Sturridge desabotoou o casaco azul e mostrou que tinha vários metros de pavio lento enrolado na cintura.

— Você pensava que eu era gordo, não é? Por que ele simplesmente não explode a ponte deste lado? Ou no meio?

— Para os franceses não reconstruírem.

— Eles não poderiam, de qualquer modo. É preciso muita habilidade para construir uma ponte dessas. Não é necessário muito para destruir, mas fazer uma ponte flutuante não é serviço para amadores. — Sturridge martelou a tampa de volta no barril aberto. — Os franceses não vão gostar de nos ver lá, não é?

— Acho que não.

— Então é aqui que eu morro pela Inglaterra?

— É por isso que eu vim. Para garantir que não.

— É um consolo. — Sturridge olhou Sharpe, que estava encostado na parede com os braços cruzados. Seu rosto estava encoberto pelas sombras do bico da barretina, mas os olhos brilhavam na escuridão. O rosto era cheio de cicatrizes, duro, atento e magro. — É mesmo um consolo — declarou Sturridge, depois se encolheu porque o brigadeiro começou a berrar no pátio, exigindo saber onde estava Sturridge e por que a porcaria da ponte ainda estava intacta.

Sharpe voltou ao sol, onde Moon estava exercitando o cavalo capturado, mostrando-se para as francesas que tinham se reunido junto ao portão leste, no qual Jack Bullen havia tomado o carrinho de mão para a bagagem delas. Sharpe ordenou que as sacolas fossem retiradas e que o carrinho fosse mandado ao paiol principal, onde Harper e meia dúzia de homens o carregaram com a pólvora. Em seguida a bagagem das mulheres foi posta em cima.

— Isso vai disfarçar os barris de pólvora — explicou Sharpe a Harper.

— Disfarçar, senhor?

— Se os comedores de lesma nos virem atravessando a ponte com a pólvora, o que acha que vão fazer?

— Não vão ficar felizes, senhor.

— Não, Pat, não vão. Vão nos usar como treino de tiro ao alvo.

Já era o meio da manhã quando tudo ficou pronto. Os franceses no forte Josephine tinham abandonado os disparos inúteis dos canhões. Sharpe chegou a pensar que o inimigo mandaria um emissário para perguntar pelas mulheres, mas nenhum havia aparecido.

— Três esposas de oficiais são do 8º, senhor — anunciou Jack Bullen a Sharpe.

— Isso é o quê?

— Um regimento francês, senhor. O 8º. Ele estava em Cádis, mas foi mandado para reforçar as tropas que sitiavam Badajoz. Está do outro lado do rio, senhor, mas alguns oficiais e suas esposas dormiram aqui na noite passada. O alojamento é melhor, sabe? — Bullen fez uma pausa, evidentemente esperando alguma reação por parte de Sharpe. — Não vê, senhor? Tem um batalhão francês inteiro por lá. O 8º. Não só a guarnição, mas um batalhão completo. Ah, meu Deus. — Estas últimas palavras foram porque duas mulheres haviam se separado das outras e estavam arengando agora com ele em espanhol. Bullen as acalmou com um sorriso. — Elas dizem que são espanholas, senhor — explicou a Sharpe —, e que não querem ir para o outro forte.

— Mas, afinal, o que elas estão fazendo aqui?

As mulheres falaram com Sharpe, ambas ao mesmo tempo, ambas ansiosas, e ele achou que havia entendido que elas tinham sido capturadas pelos franceses e obrigadas a viver com dois soldados. Podia ser verdade, pensou.

— E aonde vocês querem ir? — perguntou ele num espanhol ruim.

As duas falaram de novo, apontando o outro lado do rio, em direção ao sul, afirmando que era de lá que tinham vindo. Sharpe as silenciou.

— Elas podem ir aonde quiserem, Jack.

O portão do forte foi escancarado e Bullen saiu na frente, mantendo os braços abertos para mostrar aos franceses do outro lado do rio que não tinha más intenções. As mulheres foram atrás. A trilha até o rio era acidentada e pedregosa, e as mulheres seguiram lentamente até chegar ao caminho de madeira sobre as barcaças. Sharpe e seus homens vinham atrás. Harper, com a arma de sete canos pendurada junto ao fuzil, apontou com a cabeça o outro lado do rio.

— Há uma festa de boas-vindas, senhor — disse, referindo-se a três oficiais franceses montados, que tinham acabado de aparecer do lado de fora do forte Josephine. Estavam esperando lá, olhando as mulheres e os soldados que se aproximavam.

Uma dúzia dos homens de Sharpe cuidava da carroça. O tenente Sturridge, o engenheiro, estava com eles e ficava se encolhendo porque a carroça tinha um eixo defeituoso e se sacudia constantemente indo para a esquerda. Quando estavam sobre a ponte ela prosseguiu com mais facilidade, porém as mulheres pareciam nervosas ao atravessar uma vez que todo o caminho feito de pranchas tremia com a pressão do rio cheio durante o inverno, forçando o caminho entre as barcaças. Galhos e destroços estavam atulhados no lado de onde vinha a correnteza, aumentando a pressão e fazendo a água borbulhar branca ao redor das proas rombudas. Cada uma das grandes barcaças era mantida por um par de grossas correntes de âncora, e Sharpe esperava que cinco barris de pólvora úmida fossem suficientes para despedaçar aquela construção maciça.

— Está pensando o mesmo que eu? — perguntou Harper.

— No Porto?

A FÚRIA DE SHARPE

— Em todos aqueles pobres coitados — completou Harper, lembrando-se do momento medonho em que a ponte flutuante sobre o Douro havia se partido. Na ocasião, a pista estava apinhada de pessoas fugindo dos invasores franceses, e centenas delas se afogaram. Sharpe ainda via as crianças em seus sonhos.

Os três oficiais franceses estavam cavalgando para a extremidade oposta da ponte. Esperaram lá e Sharpe passou rapidamente pelas mulheres.

— Jack — gritou para Bullen. — Preciso que você traduza.

Sharpe e Bullen foram à frente, até a margem espanhola. As mulheres seguiram hesitantes. Os três oficiais franceses esperaram e, à medida que Sharpe se aproximava, um deles tirou o chapéu bicorne em saudação.

— Meu nome é Lecroix — apresentou-se. Falava inglês. Lecroix era jovem, com uniforme requintado, rosto magro e bonito e dentes muito brancos. — Capitão Lecroix, do 8° — acrescentou.

— Capitão Sharpe.

Os olhos de Lecroix se arregalaram ligeiramente, talvez porque Sharpe não parecia capitão. Seu uniforme estava rasgado e sujo e, apesar de usar uma espada, como os oficiais, era uma arma pesada de um soldado de cavalaria, enorme e de difícil manuseio, mais adequada ao trabalho de açougueiro. Além disso, também carregava um fuzil, e geralmente os oficiais não carregavam armas de fogo longas. E havia o rosto dele, bronzeado e cheio de cicatrizes, um rosto que você poderia encontrar em algum beco fétido, não num salão. Era um rosto de dar medo, e Lecroix, que não era covarde, quase se encolheu diante da hostilidade nos olhos de Sharpe.

— O coronel Vandal — começou ele, colocando uma ênfase na segunda sílaba do nome — manda os cumprimentos, monsieur, e requisita a permissão de recolhermos nossos feridos. — Ele fez uma pausa, olhando a carroça de onde a bagagem das mulheres fora retirada, revelando os barris de pólvora. — Antes que os senhores tentem destruir a ponte.

— Tentem? — perguntou Sharpe.

Lecroix ignorou o escárnio.

— Ou vocês pretendem deixar nossos feridos para a diversão dos portugueses?

Sharpe ficou tentado a dizer que qualquer francês ferido mereceria tudo que recebesse dos portugueses, mas resistiu. Sabia que o pedido era bastante justo, por isso afastou Jack Bullen o suficiente para que os oficiais franceses não o ouvissem.

— Vá procurar o brigadeiro e diga que esses desgraçados querem levar os feridos para o outro lado antes de destruirmos a ponte — pediu ao tenente.

Bullen fez o caminho de volta enquanto dois oficiais franceses retornavam ao forte Josephine, seguidos por todas as mulheres, menos as duas espanholas que, descalças e maltrapilhas, se apressaram em direção ao sul, pela margem do rio. Lecroix as olhou ir.

— Aquelas duas não queriam ficar com a gente? — Ele parecia surpreso.

— Elas disseram que vocês as capturaram.

— Provavelmente sim. — Ele tirou uma caixa de couro com charutos compridos e finos e ofereceu um a Sharpe, que recusou com um gesto da cabeça e então esperou enquanto Lecroix acendia laboriosamente seu isqueiro de pederneira. — Vocês se saíram bem hoje cedo — elogiou o francês, assim que conseguiu acender o charuto.

— Sua guarnição estava dormindo.

Lecroix deu de ombros.

— Soldados de guarnição. Não prestam. São homens velhos, doentes e cansados. — Ele cuspiu fiapos de tabaco. — Mas acho que vocês causaram todos os danos que poderiam hoje. Não vão destruir a ponte.

— Não?

— Canhões — disse Lecroix laconicamente, indicando o forte Josephine. — E meu coronel está decidido a preservar a ponte, e o que o meu coronel deseja, ele consegue.

— O coronel Vandal?

— Vandal. — Lecroix corrigiu a pronúncia de Sharpe. — Coronel Vandal, do 8º da linha. Já ouviu falar nele?

— Nunca.

— O senhor deveria se informar, capitão — disse Lecroix com um sorriso. — Leia os relatos sobre Austerlitz e fique pasmo com a coragem do coronel Vandal.

A FÚRIA DE SHARPE

— Austerlitz? — perguntou Sharpe. — O que foi isso?

Lecroix apenas deu de ombros. A bagagem das mulheres foi largada na extremidade da ponte e Sharpe mandou os homens de volta, depois os seguiu até chegar ao tenente Sturridge, que estava chutando as pranchas na proa da quarta barcaça a partir da margem. A madeira estava podre e ele havia conseguido fazer um buraco. O fedor de água estagnada se propagou.

— Se nós o alargarmos, devemos ser capazes de mandar isso para o inferno e além — declarou Sturridge.

— Senhor! — gritou Harper.

Sharpe se virou para o leste e viu soldados de infantaria franceses vindo do forte Josephine. Estavam calando baionetas e formando fileiras do lado de fora da fortificação, mas ele não tinha dúvida de que seguiriam para a ponte. Era uma grande companhia, pelo menos cem homens. Os batalhões franceses eram divididos em seis companhias, diferente dos ingleses, que tinham dez, e essa companhia parecia formidável com baionetas caladas. Diabos, pensou Sharpe. Mas, se os franceses queriam lutar, era melhor terem pressa porque Sturridge, auxiliado por meia dúzia dos homens de Sharpe, estava despedaçando o convés de proa da barcaça e Harper carregava o primeiro barril de pólvora para o buraco cada vez maior.

Houve um som trovejante vindo do lado dos portugueses e Sharpe viu o brigadeiro, acompanhado por dois oficiais, galopando sobre a pista. Mais casacas-vermelhas vinham do forte, descendo a toda velocidade a trilha pedregosa, evidentemente para reforçar os homens de Sharpe. O garanhão que o brigadeiro montava estava nervoso com a pista que vibrava, mas Moon era um cavaleiro soberbo e manteve o animal sob controle. Parou o cavalo perto de Sharpe.

— O que diabos está acontecendo?

— Eles disseram que queriam pegar os feridos, senhor.

— Então o que aqueles homens desgraçados estão fazendo? — Moon mostrou a infantaria francesa.

— Acho que desejam impedir que a gente detone a ponte, senhor.

— Malditos — reclamou Moon, lançando a Sharpe um olhar furioso, como se aquilo fosse culpa dele. — Ou eles falam conosco ou lutam conosco. Não podem fazer as duas coisas ao mesmo tempo! Há algumas regras na guerra, porcaria! — Ele esporeou o animal. O major Gillespie, auxiliar do brigadeiro, seguiu-o depois de lançar um olhar simpático a Sharpe. O terceiro cavaleiro era Jack Bullen. — Venha, Bullen! — gritou Moon. — Você pode traduzir para mim. Meu francês não serve para nada.

Harper estava enchendo a proa da quarta barcaça com os barris, Sturridge havia tirado o casaco e estava desenrolando o pavio lento enrolado na cintura. Não havia nada para Sharpe fazer ali, por isso foi até onde o brigadeiro rosnava para Lecroix. A causa imediata da fúria era a infantaria francesa ter avançado até a metade da encosta e, agora, estar se arrumando numa linha voltada para a ponte. Não se encontravam a mais de cem passos, acompanhados por três oficiais montados.

— Vocês não podem falar conosco sobre recuperar seus feridos e fazer movimentos ameaçadores ao mesmo tempo! — disse Moon rispidamente.

— Acredito, monsieur, que aqueles homens vieram simplesmente recolher os feridos — replicou Lecroix em tom tranquilizador.

— Carregando armas, não; isso não. E não sem que eu permita. E por que diabos eles estão com baionetas caladas?

— Foi um mal-entendido, tenho certeza — explicou Lecroix, afável. — Talvez o senhor nos dê a honra de discutir o assunto com o meu coronel. — Ele fez um gesto na direção dos cavaleiros que esperavam atrás da infantaria francesa.

Mas Moon não admitiria ser convocado por algum coronel francês.

— Diga para ele vir aqui — insistiu.

— Ou, quem sabe, o senhor mandaria um emissário — sugeriu Lecroix suavemente, ignorando a ordem direta do brigadeiro.

— Ah, pelo amor de Deus — rosnou Moon. — Major Gillespie? Vá colocar um pouco de bom senso naquele desgraçado. Diga que ele pode mandar um oficial e vinte soldados para recuperar os feridos. Eles não devem trazer armas, mas o oficial pode portar armas pequenas. Tenente? — O brigadeiro voltou-se para Bullen. — Vá e traduza.

Gillespie e Bullen cavalgaram morro acima com Lecroix. Enquanto isso a Companhia Ligeira do 88º havia chegado do lado francês da ponte, agora apinhada de soldados. Sharpe ficou preocupado. Sua companhia estava na pista, protegendo Sturridge, e agora a Companhia Ligeira do 88° havia se juntado a eles, e todos formavam um alvo de primeira para a companhia francesa, alinhada em três filas. E havia os artilheiros franceses vigiando da muralha do forte Josephine que, sem dúvida, tinham seus canos carregados com metralha. Moon havia ordenado que o 88° descesse à ponte, mas agora pareceu perceber que eles eram mais um embaraço que um reforço.

— Leve seus homens de volta para o outro lado — gritou para o capitão deles, depois se virou porque agora um único francês estava cavalgando para a ponte. Enquanto isso, Gillespie e Bullen estavam com os outros oficiais franceses, atrás da companhia inimiga.

O oficial francês conteve o cavalo a vinte passos de distância e Sharpe supôs que aquele era o renomado coronel Vandal, comandante do 8°, porque tinha duas pesadas dragonas de ouro na casaca azul e o chapéu bicorne era coroado com um pompom branco, o que parecia uma decoração frívola para um homem de ar tão maligno. Ele possuía um rosto selvagem e de poucos amigos, com um fino bigode preto. Parecia ter a idade de Sharpe, 30 e poucos anos, e uma força vinda de uma confiança arrogante. Falou em bom inglês, numa voz recortada e áspera:

— Vocês vão recuar para a outra margem — ordenou sem qualquer preâmbulo.

— E quem diabos é você? — perguntou Moon.

— Coronel Henri Vandal — respondeu o francês. — Vocês vão recuar para a outra margem e deixar a ponte intacta. — Ele tirou um relógio do bolso da casaca, abriu a tampa e mostrou ao brigadeiro. — Dou-lhe um minuto antes de abrir fogo.

— Isso não é modo de se comportar — replicou Moon em tom elevado. — Se quer lutar, coronel, primeiro faça a cortesia de devolver meus emissários.

— Seus emissários? — Vandal pareceu achar divertida a palavra. — Não vi bandeira de trégua.

— Seu homem também não carregava uma! — protestou Moon.

— E o capitão Lecroix informou que vocês trouxeram sua pólvora com nossas mulheres. Eu não poderia impedi-los sem matar as mulheres, claro. Vocês arriscaram a vida das mulheres, por isso presumo que tenham abandonado as regras da guerra civilizada. Entretanto, devolverei seus oficiais quando vocês se afastarem deixando a ponte incólume. Vocês têm um minuto, monsieur. — E, com essas palavras, Vandal virou o cavalo e o esporeou, voltando pela pista.

— Você está mantendo meus homens como prisioneiros? — berrou Moon.

— Estou! — gritou Vandal de volta, descuidadamente.

— Na guerra existem regras! — vociferou Moon para o coronel que se afastava.

— Regras? — Vandal virou o cavalo, e seu rosto bonito e arrogante mostrou desdém. — Você acha que existem regras na guerra? Acha que é como o seu jogo inglês de críquete?

— O seu oficial pediu que mandássemos um emissário — rebateu Moon, acaloradamente. — Nós mandamos. Existem regras que governam essas questões. Até vocês, franceses, deveriam saber disso.

— Nós, franceses — disse Vandal, achando divertido. — Vou dizer a você quais são as regras, monsieur. Eu tenho ordens de atravessar a ponte com uma bateria de artilharia. Se não houver ponte, não poderei atravessar o rio. Portanto minha regra é que devo preservar a ponte. Resumindo, monsieur, só há uma regra na guerra: vencer. Além dela, monsieur, nós, franceses, não temos regras. — Ele virou o cavalo e esporeou morro acima. — Vocês têm um minuto — bramiu para trás despreocupadamente.

— Santo Deus! — exclamou Moon, olhando o francês que se afastava. O brigadeiro estava obviamente perplexo, até mesmo atônito com o modo implacável de Vandal. — Existem regras! — protestou para ninguém.

— Explodimos a ponte, senhor? — perguntou Sharpe, imperturbável. Moon ainda estava olhando Vandal.

— Eles nos convidaram para uma conferência! Não podem fazer isso. Existem regras!

— Quer que a gente exploda a ponte, senhor? — perguntou Sharpe mais uma vez.

Moon parecia não ouvir.

— Ele precisa devolver Gillespie e o seu tenente. Maldição, existem regras!

— Ele não vai devolvê-los, senhor — comentou Sharpe.

Moon franziu a testa. Parecia perplexo, como se não soubesse como lidar com a traição de Vandal.

— Ele não pode mantê-los como prisioneiros! — protestou.

— Ele vai ficar com eles, senhor, a não ser que o senhor diga para eu manter a ponte intacta.

Moon hesitou, mas então se lembrou de que sua carreira futura, com todas as recompensas deslumbrantes, dependia da destruição da ponte.

— Exploda a ponte — ordenou asperamente.

Sharpe se virou e gritou para seus homens:

— Para trás! Sr. Sturridge! Acenda o pavio!

— Inferno!

De repente o brigadeiro percebeu que estava do lado errado da ponte apinhada de homens, e que em cerca de meio minuto os franceses planejavam abrir fogo. Por isso virou o cavalo e o esporeou de volta pela pista. Os fuzileiros e os casacas-vermelhas estavam correndo e Sharpe os seguia, andando de costas, os olhos fixos nos franceses, com o fuzil nas mãos. Sentia-se bastante seguro. A companhia francesa estava longe para os tiros de mosquete, e até agora não tinha feito qualquer tentativa de diminuir a distância, mas então viu Vandal se virar e acenar para o forte.

— Inferno — disse Sharpe, ecoando o brigadeiro, e então o mundo se sacudiu com o som de seis canhões esvaziando os canos com metralha.

A fumaça escura chicoteou o céu, as balas gritavam ao redor de Sharpe, batendo na ponte, cravando-se em homens e espumando o rio. Sharpe ouviu um grito atrás, então viu a companhia francesa correndo para a ponte. Houve um silêncio estranho depois do disparo dos canhões. Nenhum mosquete tinha sido usado até então. O rio se acomodou depois da metralha e Sharpe escutou outro grito. Olhou para trás e viu o garanhão de Moon empinando, com sangue escorrendo do pescoço, e então o brigadeiro caiu em meio a um amontoado de homens.

BERNARD CORNWELL

Sturridge estava morto. Sharpe o encontrou a cerca de vinte passos dos barris de pólvora. O engenheiro, atingido na cabeça por um pedaço de metralha, estava caído ao lado do pavio lento que não fora aceso, e agora os franceses estavam quase na ponte. Sharpe agarrou o isqueiro de Sturridge e correu para os barris de pólvora. Encurtou o pavio, partindo-o a apenas uns dois passos da carga, então bateu com a pederneira no aço. A fagulha voou e morreu. Bateu de novo, e desta vez a centelha atingiu um pedaço de pano seco e ele a soprou suavemente. O pedaço de tecido se acendeu e Sharpe encostou a chama no pavio, vendo a pólvora começar a soltar fagulhas e chiar. Os primeiros franceses estavam impedidos de avançar pela bagagem abandonada pelas mulheres, mas a chutaram de lado e correram para a ponte, onde se ajoelharam e apontaram seus mosquetes. Sharpe olhava o pavio. Ele ardia muito devagar! Ouviu fuzis disparando, com o som mais agudo que o dos mosquetes, e um francês tombou lentamente, com uma expressão indignada no rosto e uma mancha brilhante de sangue no cinturão transversal branco. Então os franceses puxaram os gatilhos e as balas passaram voando por ele. A porcaria do pavio era lentíssimo! Os franceses estavam a apenas alguns metros. Então Sharpe ouviu mais fuzis disparando, escutou um oficial francês gritar com seus homens e partiu o pavio de novo, muito mais perto dos barris de pólvora, e usou a ponta acesa para atear fogo no cotoco novo. Esse pedaço reduzido estava a apenas alguns centímetros do barril, e, para garantir que ele queimasse ferozmente, Sharpe o soprou, depois se virou e correu para a margem oeste.

Moon estava ferido, mas dois homens do 88º haviam tirado o brigadeiro da pista e estavam carregando-o.

— Venha, senhor! — gritou Harper.

Sharpe podia ouvir as botas dos franceses na pista, então Harper apontou a arma de sete canos. Era uma arma da Marinha, que na verdade jamais havia funcionado muito bem. Deveria ser levada para os mastros, onde seus sete canos reunidos podiam lançar uma pequena saraivada de balas de meia polegada contra os atiradores de elite no cordame inimigo, mas o coice dela era tão violento que poucos homens tinham força suficiente para usá-la. Patrick Harper era um desses.

A FÚRIA DE SHARPE

— Abaixe-se, senhor! — gritou ele, e Sharpe se jogou no chão enquanto o sargento puxava o gatilho.

O barulho ensurdeceu Sharpe, e a primeira fila de franceses foi arrebentada pelas sete balas, mas um sargento sobreviveu e correu até onde o pavio aceso soltava fagulhas e fumaça no topo do barril. Sharpe ainda estava esparramado na pista, mas colocou o fuzil perto do corpo. Não tinha tempo para mirar, só para apontar o cano e puxar o gatilho, e viu, através da súbita fumaça de pólvora, o rosto do sargento francês se transformar em uma flor de sangue e névoa vermelha. O sargento foi lançado para trás, o pavio continuou fumegando, e então o mundo explodiu.

Chamas, fumaça e madeira irromperam no ar, embora o principal efeito da pólvora que explodia tenha sido impelir a barcaça rio abaixo. A pista se dobrou sob a tensão, as tábuas se soltando. Os franceses foram lançados para trás, alguns mortos, alguns queimados, alguns atordoados, e então a barcaça despedaçada empinou violentamente para fora da água e suas correntes de ancoragem se partiram com o movimento brusco. A ponte se sacudiu rio abaixo, derrubando Harper. Ele e Sharpe se agarraram às tábuas. Agora a ponte estremecia, com o rio espumando e fazendo força contra a abertura partida enquanto pedaços de madeira pegavam fogo na pista. Sharpe ficara meio atordoado com a explosão, e agora achava difícil ficar de pé, mas cambaleou na direção da margem guardada pelos ingleses. As correntes de ancoragem das barcaças começaram a se partir, uma após a outra, à medida que mais pressão era posta nas que restavam. Os canhões franceses dispararam de novo e o ar se encheu com metralha gritando. Um dos homens que carregavam o brigadeiro Moon se sacudiu para a frente, sangue manchando as costas de sua casaca vermelha. O homem vomitou sangue e o brigadeiro gritou em agonia ao ser largado. A ponte começou a se sacudir como um galho ao vento e Sharpe teve de ficar de joelhos e se agarrar numa tábua para não ser lançado na água. Balas de mosquetes vinham da companhia francesa, mas a distância era grande demais para atingirem com precisão. O cavalo ferido do brigadeiro estava no rio, com sangue se espalhando enquanto ele lutava contra o inevitável afogamento.

Um obus acertou a extremidade oposta da ponte. Sharpe percebeu que os artilheiros franceses estavam tentando manter os fugitivos ingleses na ponte que se partia, onde seriam destroçados pela metralha. A infantaria francesa havia recuado para a margem leste, de onde disparava com os mosquetes. A fumaça enchia o vale. A água espirrava por cima da barcaça onde Sharpe e Harper se agarravam. Então ela se sacudiu novamente e a pista se despedaçou. Sharpe temeu que os restos da ponte emborcassem. Uma bala acertou uma tábua ao seu lado. Mais um obus explodiu na outra extremidade da ponte, deixando um sopro de fumaça suja que pairou rio acima enquanto pássaros brancos voavam em pânico.

E de repente a ponte estremeceu e ficou imóvel. A parte central, composta por seis barcaças, havia se soltado e estava descendo o rio. Houve um puxão quando uma última corrente de ancoragem se partiu. Então as seis barcaças estavam girando e flutuando enquanto uma carga de metralha fazia espuma na água logo atrás deles. Agora Sharpe podia se ajoelhar. Carregou o fuzil, apontou para a infantaria francesa e disparou. Harper pendurou a arma de sete canos no ombro e disparou com seu fuzil. O fuzileiro Slattery e o fuzileiro Harris vieram se juntar a eles e mandaram mais duas balas, ambas apontadas para os oficiais franceses a cavalo, mas quando a fumaça dos fuzis se dissipou os oficiais continuavam montados. As barcaças viajavam depressa na corrente, acompanhadas por tábuas partidas e queimadas. O brigadeiro Moon estava caído de costas, tentando se apoiar nos cotovelos.

— O que aconteceu?

— Estamos flutuando à deriva, senhor — explicou Sharpe.

Na balsa improvisada estavam seis homens do 88º e cinco fuzileiros de Sharpe, do South Essex. O restante da companhia havia escapado da ponte antes de ela se partir ou então tinha caído no rio. Sendo assim, contando com Sharpe e o brigadeiro, agora havia 13 homens flutuando rio abaixo e mais de cem franceses correndo pela margem, acompanhando-os. Sharpe esperava que o número 13 não significasse azar.

— Vejam se podem remar até a margem oeste — ordenou Moon. Alguns oficiais ingleses, usando cavalos capturados, estavam naquela margem e tentavam acompanhar a balsa.

A FÚRIA DE SHARPE

Sharpe e os homens usaram os cabos dos fuzis e mosquetes como remos, mas as barcaças eram monstruosamente pesadas e seus esforços eram inúteis. A balsa continuou deslizando para o sul. Um último obus mergulhou inofensivo no rio, com o pavio apagado instantaneamente pela água.

— Remem, pelo amor de Deus! — gritou Moon, irritado.

— Eles estão fazendo o possível, senhor — alegou Sharpe. — Quebrou a perna, senhor?

— O osso do tornozelo — respondeu Moon, encolhendo-se. — Ouvi o estalo quando o cavalo caiu.

— Vamos dar um jeito nisso num minuto, senhor — disse Sharpe, tentando tranquilizá-lo.

— Vocês não vão fazer isso, homem! Vão me levar a um médico.

Sharpe não tinha certeza de como levariam Moon a qualquer lugar que não fosse rio abaixo, que agora se curvava ao redor de um grande afloramento rochoso na margem espanhola. Essa rocha, pelo menos, conteria a perseguição dos franceses. Usou seu fuzil como remo, mas a balsa tomava um caminho próprio, em desafio. Assim que passaram pela pedra o rio se alargou, curvou-se de volta para o oeste e a correnteza diminuiu um pouco de velocidade.

Os perseguidores franceses foram deixados para trás e os ingleses estavam achando difícil continuar pela margem portuguesa. Os canhões inimigos continuavam disparando, mas não podiam mais ver a balsa, de modo que deviam estar atirando contra as forças inglesas na margem oeste. Sharpe tentou guiar a balsa com um pedaço de tábua chamuscada, não porque achasse que isso teria alguma utilidade, mas para impedir que Moon reclamasse. O remo improvisado não teve efeito. A balsa se mantinha teimosamente perto da margem espanhola. Sharpe pensou em Bullen e sentiu uma pulsação de pura raiva pelo modo como o tenente fora aprisionado.

— Vou matar aquele filho da mãe — anunciou em voz alta.

— Vai fazer o quê? — perguntou Moon.

— Vou matar aquele francês filho da mãe, senhor. O coronel Vandal.

—Você vai me levar à outra margem, Sharpe, é isso que vai fazer. E depressa.

E, nesse momento, com um tremor e uma sacudida, as barcaças encalharam.

A CRIPTA FICAVA embaixo da catedral. Era um labirinto cortado na pedra sobre a qual Cádis desafiava o mar, e em buracos mais fundos abaixo da porta de entrada meio bamba, os bispos mortos da cidade esperavam a ressurreição.

Dois lances de degraus de pedras desciam à cripta, chegando a uma grande capela que era uma câmara redonda com o dobro da altura de um homem e trinta passos de largura. Se um homem ficasse no centro do recinto e batesse palmas uma vez, o ruído soaria 15 vezes. Era uma cripta de ecos.

Cinco cavernas se abriam a partir da capela. Uma delas levava a uma capela menor, redonda, na extremidade mais distante do labirinto, enquanto as outras quatro flanqueavam a câmara grande. Essas quatro eram profundas e escuras, ligadas uma à outra por uma passagem oculta que circulava toda a cripta. Nenhuma caverna era decorada. A catedral acima podia brilhar com a luz de velas e reluzir com mármore, ter santos pintados, custódias de prata e candelabros de ouro, mas a cripta era de pedra simples. Só os altares tinham cor. Na capela menor, uma virgem olhava com tristeza através do longo corredor, para onde, do outro lado da câmara mais ampla, seu filho pendia numa cruz de prata, sofrendo uma dor interminável.

Era tarde da noite. A catedral estava vazia. O último padre havia dobrado seu escapulário e ido para casa. As mulheres que assombravam os altares tinham sido mandadas para fora, o piso havia sido varrido e as portas, trancadas. Velas ainda ardiam, e a luz vermelha da presença eterna brilhava sob o andaime em volta do ponto onde o transepto encontrava a nave. A catedral estava inacabada. O santuário com seu altar elevado ainda não fora construído, a cúpula estava pela metade e as torres dos sinos nem haviam sido iniciadas.

O padre Montseny tinha a chave para uma das portas do lado leste. A chave raspou na fechadura e as dobradiças rangeram quando ele a empurrou. Vinha com seis homens. Dois ficaram guardando a porta destrancada da catedral. Estavam nas sombras, escondidos, ambos com mosquetes carregados e ordens para usá-los apenas se a situação ficasse desesperadora.

— Esta é uma noite para facas — disse Montseny aos homens.

— Na catedral? — perguntou um dos homens nervosamente.

— Eu darei a vocês a absolvição de qualquer pecado — respondeu Montseny. — E os homens que devem morrer aqui são hereges. São protestantes, ingleses. Deus ficará satisfeito com a morte deles.

Levou os quatro homens que restavam à cripta e, assim que chegaram à câmara principal, pôs velas no chão e as acendeu. A luz tremeluziu no teto de abóbada rasa. Montseny pôs dois homens numa das câmaras a leste enquanto ele, com os outros dois, esperava no escuro da câmara oposta.

— Agora não façam barulho! — alertou. — Vamos esperar.

Os ingleses chegaram cedo, como o padre Montseny supunha que aconteceria. Ouviu o guincho distante das dobradiças enquanto empurravam a porta destrancada. Ouviu seus passos descendo pela nave comprida da catedral e soube que os dois homens que havia deixado junto à porta a teriam trancado agora, e estariam seguindo os ingleses até a cripta.

Três homens apareceram na escada a oeste. Vinham devagar, cautelosos. Um deles, o mais alto, carregava uma bolsa. Esse homem espiou para dentro da grande câmara redonda e não viu ninguém.

— Olá! — gritou.

O padre Montseny jogou um pacote na câmara. Era um pacote grosso, amarrado com barbante.

— O que vocês farão é trazer o dinheiro, colocar ao lado das cartas, levar as cartas e ir embora — disse no inglês que havia aprendido quando era prisioneiro.

O homem olhou os arcos negros que levavam à grande câmara iluminada por velas. Estava tentando discernir de onde viera a voz de Montseny.

— Você acha que sou idiota? — perguntou. — Primeiro preciso ver as cartas. — Era um homem grande, de rosto vermelho, com nariz bulboso e sobrancelhas grossas e pretas.

— Pode examiná-las, capitão — respondeu Montseny.

Ele sabia que o sujeito se chamava Plummer e que fora capitão do Exército inglês, e agora era funcionário da embaixada britânica. A missão de Plummer era garantir que os empregados da embaixada não roubassem, que as grades das janelas fossem seguras e que os postigos fossem fechados à noite. Na opinião de Montseny, Plummer era uma não entidade, um soldado fracassado, um homem que agora andava ansioso até o círculo de velas e se agachava perto do pacote. O barbante era forte e estava amarrado com nós apertados, e Plummer não conseguiu desfazê-los. Tateou o bolso, presumivelmente procurando um canivete.

— Mostre o ouro — ordenou Montseny.

Plummer fez um muxoxo diante do tom autoritário, mas obedeceu abrindo a bolsa que havia posto ao lado do pacote. Pegou um saco de pano e o desamarrou, depois tirou um punhado de guinéus de ouro.

— Trezentos, como concordamos. — Sua voz ecoou repetidamente, confundindo-o.

— Agora — exigiu Montseny, e seus homens saíram do escuro com mosquetes apontados. Os dois homens que Plummer havia deixado nos degraus cambalearam para a frente quando os últimos dois de Montseny desceram a escada atrás deles.

— Que diabo você está... — começou Plummer, então viu que o padre estava carregando uma pistola. — Você é padre?

— Achei que deveríamos examinar a mercadoria — disse Montseny, ignorando a pergunta. Agora os três homens estavam cercados. — Você vai se deitar enquanto eu conto as moedas.

— O diabo que vou! — gritou Plummer.

— No chão. — Montseny falou em espanhol, e seus homens, que haviam servido na Marinha espanhola e tinham músculos endurecidos por anos de trabalho pesado, dominaram facilmente os três e os colocaram com o rosto voltado para o chão da cripta. Montseny pegou o pacote amarrado

A FÚRIA DE SHARPE

com barbante e pôs no bolso, depois empurrou o ouro de lado com o pé.

— Matem-nos.

Os dois homens que acompanhavam Plummer também eram espanhóis, empregados da embaixada, e protestaram ao escutar a ordem de Montseny. Plummer resistiu, tentando se levantar, mas Montseny o matou facilmente, cravando uma faca em suas costelas e deixando-o arquejar contra a lâmina que procurou seu coração. Os outros dois morreram com igual rapidez. Tudo foi feito com pouquíssimo barulho.

Montseny deu cinco guinéus de ouro a cada um dos seus homens, uma recompensa generosa.

— Os ingleses planejam secretamente manter Cádis para si — explicou. — Eles se dizem nossos aliados, mas vão trair a Espanha. Esta noite vocês lutaram por seu rei, por seu país e pela Santa Igreja. O almirante ficará satisfeito com vocês e Deus irá recompensá-los.

O padre revistou os corpos e encontrou mais moedas e uma faca com cabo de osso. Plummer carregava uma pistola embaixo da capa, mas era uma arma grosseira e pesada, e Montseny deixou um dos marinheiros ficar com ela.

Os três cadáveres foram arrastados escada acima, através da nave e depois levados até o quebra-mar próximo. Lá o padre Montseny fez uma oração por suas almas e seus homens jogaram os mortos por cima da borda de pedra. Os corpos se chocaram contra as rochas, onde o Atlântico recuava e se quebrava em branco. O padre Montseny fitou a catedral e seguiu para casa.

No dia seguinte o sangue foi encontrado na cripta, na escada e na nave, e a princípio ninguém podia explicá-lo, até algumas mulheres que rezavam todos os dias na catedral declararem que devia ser o sangue de são Servando, um dos santos patronos de Cádis, cujo corpo já estivera na cidade, mas fora levado para Sevilha, agora ocupada pelos franceses. O sangue, segundo as mulheres, era prova de que o santo rejeitava a cidade mantida pelos franceses e havia retornado para casa, e a descoberta de três corpos sendo golpeados pelas ondas nas pedras abaixo do quebra-mar não as dissuadiu. Era um milagre, diziam, e o boato se espalhou.

O capitão Plummer foi reconhecido e seu corpo foi levado para a embaixada. Lá havia uma capela improvisada, e um serviço fúnebre apressado foi lido. Em seguida o capitão foi enterrado nas areias do istmo que ligava Cádis à Isla de León. No dia seguinte Montseny escreveu ao embaixador britânico, afirmando que Plummer tentara ficar com o ouro e levar as cartas, e que por isso sua morte lamentável fora inevitável, mas que os ingleses ainda podiam ter as cartas de volta, no entanto agora elas custariam muito mais. Não assinou a carta, mas pôs junto dela um guinéu sujo de sangue. Era um investimento que traria de volta uma fortuna, pensou, e a fortuna pagaria pelos sonhos do padre Montseny: sonhos de uma Espanha gloriosa de novo e livre de estrangeiros. Os ingleses pagariam por sua própria derrota.

CAPÍTULO II

— E agora? — perguntou o brigadeiro Moon.
— Estamos encalhados, senhor.
— Santo Deus, homem, você não consegue fazer nada direito?

Sharpe não respondeu. Em vez disso ele e Harper tiraram as caixas de cartuchos do cinturão e saltaram da balsa, caindo em mais de 1 metro de água. Fizeram força contra a barcaça, mas era como se tentassem empurrar o rochedo de Gibraltar. Ela era impossível de ser movida e eles estavam encalhados a uns 15 ou 20 metros da margem leste, onde os franceses os perseguiam, e a mais de 150 metros da margem ocupada pelos ingleses. Sharpe ordenou que os outros soldados pulassem no rio e empurrassem, mas isso não adiantou. As grandes barcaças haviam encalhado firmes num banco de cascalho e evidentemente pretendiam continuar ali.

— Se pudermos soltar uma dessas desgraçadas, senhor — sugeriu Harper. Era uma boa sugestão. Se uma barcaça pudesse ser solta das outras eles teriam um barco suficientemente leve para ser forçado para fora do cascalho, mas as grandes embarcações eram ligadas por cordas e fortes traves de madeira que sustentavam a pista de tábuas.

— Demoraríamos meio dia para fazer isso — disse Sharpe. — E não acho que os comedores de lesma vão ficar felizes.

— O que diabo você está fazendo, Sharpe? — perguntou Moon, de cima da balsa.

— Indo para a terra, senhor — decidiu Sharpe. — Vamos todos.

— Pelo amor de Deus, por quê?

— Porque os franceses estarão aqui em meia hora, senhor — explicou Sharpe, obrigando-se a permanecer paciente. — E, se estivermos no rio, senhor, eles vão atirar em nós como se fôssemos cães, ou então nos fazer prisioneiros.

— Portanto suas intenções são...?

— Subir aquele morro, senhor, nos escondermos lá e esperar que os inimigos vão embora. E, quando eles forem, senhor, vamos soltar uma das barcaças. — Ele ainda não sabia bem como faria isso sem ferramentas, mas precisaria tentar.

Obviamente Moon queria sugerir outro curso de ação, mas nenhum lhe veio à mente, por isso se submeteu a ser carregado para a terra pelo sargento Harper. O restante dos homens foi atrás, carregando as armas e as caixas de cartuchos acima da cabeça. Assim que chegaram a terra firme, improvisaram uma maca com dois mosquetes enfiados nas mangas de duas casacas vermelhas, então Harris e Slattery subiram o morro íngreme carregando o brigadeiro. Antes de sair da margem do rio, Sharpe recolheu alguns paus curtos e um pedaço de rede de pesca que haviam sido lançados nas pedras, depois seguiu os outros até a primeira crista e viu, olhando à esquerda, que os franceses tinham subido ao topo da rocha. Estavam a quase 800 metros de distância, o que não impediu que um deles disparasse o mosquete. A bala devia ter caído no vale intermediário, e o som, quando chegou, foi abafado.

— Já estamos longe o bastante — anunciou Moon. As sacudidas da maca grosseira lhe causavam agonia e ele estava pálido.

— Até o topo — indicou Sharpe, apontando para o lugar onde pedras coroavam o morro desnudo.

— Pelo amor de Deus, homem — começou Moon.

— Os franceses estão chegando, senhor — interrompeu Sharpe. — Se quiser, senhor, posso deixá-lo para eles. Eles devem ter um cirurgião no forte.

Durante alguns segundos Moon pareceu tentado, mas sabia que os prisioneiros de alta patente raramente eram trocados. Era possível que um brigadeiro francês pudesse ser capturado em pouco tempo e que, depois de prolongadas negociações, fosse trocado por Moon, mas isso demoraria semanas, talvez até meses, e o tempo todo sua carreira estaria empacada e outros seriam promovidos antes dele.

— Suba o morro, se necessário — disse de má vontade —, mas quais são seus planos depois disso?

— Esperar que os franceses partam, senhor, separar uma barcaça, atravessar o rio e ir para casa.

— E por que diabos está carregando lenha para fogueira?

O brigadeiro descobriu o motivo no topo do morro. O soldado Geoghegan, um dos homens do 88º, dizia que sua mãe consertava ossos e que ele a havia ajudado com frequência quando era criança.

— O que o senhor deve fazer é puxar o osso — explicou ele.

— Puxar? — perguntou Sharpe.

— Dê um bom puxão rápido, senhor, e ele deve guinchar feito um leitãozinho, então eu o ajeito e a gente amarra. O cavalheiro é protestante, senhor?

— Creio que sim.

— Então não precisamos de água benta, senhor, e faremos isso sem as duas orações também, mas ele vai estar bem o suficiente quando a gente acabar.

O brigadeiro protestou. Por que não esperar até que tivessem atravessado o rio? E ficou branco quando Sharpe disse que isso poderia levar dois dias.

— Quanto mais cedo isso for feito, mais cedo será consertado, senhor — declarou o soldado Geoghegan. — E, se não dermos um jeito logo, senhor, vai ficar completamente torto. E vou ter de cortar sua calça, senhor. Desculpe, senhor.

— Você não vai cortá-la de jeito nenhum! — protestou Moon em altos brados. — É a melhor de Willoughby! Não existe alfaiate melhor em Londres.

— Então o senhor terá que tirá-la, sim, senhor — disse Geoghegan.

Ele parecia selvagem como qualquer dos homens de Connaught, mas tinha uma voz suave, simpática e uma confiança que, de algum modo, afastou as apreensões do brigadeiro, mas mesmo assim foram necessários vinte minutos para convencer Moon de que ele deveria permitir que sua perna fosse ajeitada. Foi o pensamento de que teria de passar o resto da vida com um membro torto que realmente o convenceu. Ele se viu mancando em salões, incapaz de dançar, desajeitado na sela, e finalmente sua vaidade ofuscou o medo. Enquanto isso, Sharpe vigiava os franceses. Quarenta homens haviam passado por cima da rocha e agora andavam na direção das barcaças encalhadas.

— Os desgraçados vão resgatá-las — disse Harper.

— Leve os fuzileiros até o meio do morro e os impeça — ordenou Sharpe.

Harper partiu, levando Slattery, Harris, Hagman e Perkins. Eram os únicos homens da companhia de Sharpe que haviam sido levados pelas embarcações, mas era um consolo saber que todos eram bons fuzileiros. Não existia soldado melhor do que o sargento Patrick Harper, o enorme irlandês que odiava o domínio da Inglaterra sobre sua pátria, mas mesmo assim lutava como herói. Slattery era do condado de Wicklow e era calmo, de voz mansa e capaz. Harris fora professor e era inteligente, culto e gostava demais de gim, motivo pelo qual era soldado agora, mas era divertido e leal. Dan Hagman era o mais velho, com bem mais de 40 anos, e fora caçador ilegal em Cheshire antes que a lei o apanhasse e condenasse às fileiras do exército. Não havia atirador melhor em qualquer companhia de fuzileiros. Perkins era o mais novo, com idade para ser neto de Hagman, e fora garoto de rua em Londres, como Sharpe, mas estava aprendendo a ser um bom soldado. Descobria que a disciplina ligada à selvageria era imbatível. Todos eram bons homens e Sharpe sentia-se feliz em tê-los, e neste momento o brigadeiro soltou um grito que conseguiu sufocar, mas foi incapaz de conter um gemido longo. Geoghegan havia tirado as botas do brigadeiro, o que devia ter doído feito o diabo, e de algum modo conseguira tirar a calça de Moon, e agora pusera um dos pedaços de pau recolhidos por Sharpe de cada lado do tornozelo quebrado e enrolara uma perna da calça do brigadeiro em volta do membro, para firmar a madeira. Em seguida aumentou a pressão torcendo a perna da calça como se estivesse espremendo água. Apertou até que o brigadeiro soltou um sibilo de protesto. Então Geoghegan riu para Sharpe.

— Pode me ajudar, senhor? Só segure o tornozelo do general, está bem, senhor? E, quando eu disser, dê um bom puxão rápido.

— Pelo amor de Deus — conseguiu dizer o brigadeiro.

— O senhor é o homem mais corajoso que eu já vi, é mesmo — comentou Geoghegan, e deu um sorriso tranquilizador para Sharpe. — Está pronto, senhor?

— Com quanta força eu puxo?

— Um bom puxão, senhor, como se puxasse um cordeiro que não quer nascer. Está pronto? Segure firme, senhor, com as duas mãos! Agora!

Sharpe puxou, o brigadeiro deu um grito agudo, Geoghegan apertou o tecido mais ainda e o capitão ouviu nitidamente o osso raspar, encaixando-se.

— Melhor do que isso não fica, senhor. Está bom como novo.

Moon não respondeu, e Sharpe notou que o brigadeiro ou havia desmaiado ou estava num choque tão grande que não conseguia falar.

Geoghegan imobilizou a perna com as varas e a rede.

— Ele não vai poder se apoiar nessa perna pelo menos durante algum tempo, mas vamos fazer muletas, vamos sim, e logo, logo ele vai dançar feito um pônei.

Os fuzis soaram. Sharpe se virou e correu morro abaixo, até onde seus casacos-verdes tinham se ajoelhado no chão. Posicionaram-se a cerca de 150 metros do rio e 18 metros acima, e os franceses estavam agachados na água. Eles haviam tentado tirar as grandes barcaças do cascalho, mas as balas encerraram esse esforço e agora os homens usavam os cascos como proteção. Um oficial correu na água rasa, provavelmente gritando para os homens se levantarem e tentarem mais uma vez, e Sharpe mirou nele e puxou o gatilho. O fuzil deu uma pancada em seu ombro enquanto uma fagulha errante da pederneira batia em seu olho direito fazendo-o arder. Quando a fumaça se dissipou ele viu o oficial correndo em pânico de volta à margem, segurando a bainha da espada acima da água numa das mãos e o chapéu na outra. Slattery disparou uma segunda vez e uma lasca voou de uma barcaça. O disparo seguinte de Harper jogou um homem no rio e houve um redemoinho de sangue no qual o ferido se sacudia, sendo levado para longe. Harris disparou e a maioria dos franceses vadeou o rio para longe das barcaças em busca de abrigo, atrás de algumas pedras da margem.

— Apenas os mantenham lá — ordenou Sharpe. — Assim que tentarem mexer nas barcas, matem-nos.

Ele subiu o morro de volta. Agora o brigadeiro estava encostado numa pedra.

— O que está acontecendo? — perguntou ele.

— Os franceses estão tentando resgatar as barcaças, senhor. Nós estamos impedindo.

O estrondo dos canhões franceses no forte Josephine ecoava pelo vale do rio.

— Por que eles estão disparando? — perguntou o brigadeiro, irritado.

— Suponho, senhor, que alguns dos nossos rapazes estejam tentando usar uma barcaça para nos procurar. E que os franceses estejam atirando contra eles.

— Inferno — praguejou Moon. Em seguida fechou os olhos e fez uma careta. — Imagino que você não tenha conhaque, não é?

— Não, senhor, sinto muito. — Sharpe apostaria uma moeda contra as joias da coroa que pelo menos um dos seus homens teria conhaque ou rum no cantil, mas preferia ir para o inferno a tirar a bebida deles e dar ao brigadeiro. — Tenho água, senhor — disse oferecendo seu cantil.

— Dane-se a sua água.

Sharpe achou que podia confiar que seus fuzileiros se comportariam de modo sensato até conseguirem atravessar o rio de volta, mas os seis fugitivos do 88º eram outra coisa. O 88º era os Connaught Rangers, e alguns homens achavam que esse era o regimento mais temível de todo o Exército, mas também tinha a reputação de uma indisciplina selvagem. Os seis eram comandados por um sargento banguela, e Sharpe, sabendo que se o sargento estivesse do seu lado os outros homens provavelmente não causariam desordem, foi até ele.

— Qual é o seu nome, sargento? — perguntou.

— Noolan, senhor.

BERNARD CORNWELL

54

— Quero que você vigie naquele lugar — falou Sharpe, apontando para a crista do morro ao norte, acima da rocha junto ao rio. — Estou esperando que um batalhão de comedores de lesma venha por cima daquele morro, e, quando fizerem isso, cante.

— Vou cantar direitinho, senhor — prometeu Noolan. — Vou cantar feito um coro.

— Se eles vierem, teremos de ir para o sul. Sei que o 88º é bom, mas não acho que vocês estejam em número suficiente para lutar contra um batalhão francês inteiro.

O sargento Noolan olhou seus cinco homens, avaliou a declaração de Sharpe e fez que sim, sério.

— Não estamos em número suficiente, senhor, está certo. E o que está pensando em fazer, senhor, se não se importa que eu pergunte?

— Eu espero que os franceses se cansem de nós e deem o fora. Então poderemos tentar desencalhar uma daquelas barcaças e atravessar o rio. Diga isso aos seus homens, sargento. Quero levá-los para casa, e o melhor modo de fazer isso é ter paciência.

Um súbito estardalhaço de tiros de fuzil atraiu Sharpe de volta à posição de Harper. Os franceses estavam realizando outra tentativa de soltar as barcaças, e dessa vez haviam feito uma corda amarrando as alças dos mosquetes e três homens estavam corajosamente prendendo a corda a um poste de sansão. Um homem fora atingido e estava mancando de volta para a margem. Sharpe começou a recarregar seu fuzil, mas, antes de enfiar a bala enrolada em couro dentro do cano, o restante dos franceses correu de volta para o abrigo, levando a corda. Sharpe a viu sair pingando do rio enquanto os homens a puxavam. Ela ficou reta e se retesou, e ele supôs que quase todos os franceses a estivessem puxando, mas não podia fazer nada porque eles estavam escondidos pela pedra grande. A corda estremeceu e Sharpe achou que tinha visto as barcaças se mexerem ligeiramente, ou talvez fosse sua imaginação. Então a corda se partiu e os fuzileiros zombaram ruidosamente.

Sharpe olhou rio acima. Quando a ponte fora partida restavam sete ou oito barcaças do lado inglês, e ele tinha certeza de que alguém havia pensado em usar uma como embarcação de resgate, mas nenhuma tinha surgido até agora, e neste ponto ele suspeitou que os canhões franceses tivessem feito buracos nessas barcaças ou então espantado as equipes de trabalho para longe da margem. Isso sugeria que o resgate era uma esperança remota, deixando-o com a necessidade de salvar uma das seis barcaças encalhadas.

— Isso faz o senhor lembrar de alguma coisa? — perguntou Harper.

— Eu estava tentando não pensar nisso.

— Como era o nome daqueles outros rios?

— Douro e Tejo.

— E também não tinha nenhuma porcaria de barco neles, senhor — completou Harper, animado.

— No fim nós encontramos barcos — respondeu Sharpe. Dois anos antes sua companhia ficara presa no lado errado do Douro. Depois, um ano mais tarde, ele e Harper foram abandonados no Tejo. Mas nas duas vezes conseguiram voltar ao exército, e ele faria isso de novo agora, mas queria que os malditos franceses fossem embora. Em vez disso, os soldados escondidos lá embaixo mandaram um mensageiro de volta ao forte Josephine. O homem subiu o morro com dificuldade e todos os fuzileiros se viraram para mirar contra ele, puxando as pederneiras das armas, mas o homem andava olhando para trás, desviando-se e se abaixando. Seu medo era palpável e um tanto engraçado, de modo que nenhum deles puxou o gatilho.

— Ele estava longe demais — justificou Harper. Hagman podia ter derrubado o sujeito, mas na verdade todos os fuzileiros tinham sentido pena do francês que havia mostrado coragem ao se arriscar aos tiros de fuzil.

— Ele foi pedir ajuda — disse Sharpe.

Em seguida nada aconteceu durante um longo tempo. Sharpe ficou deitado de costas olhando um gavião deslizar no alto do céu. Às vezes um francês espiava por trás das rochas abaixo, via que os fuzileiros continuavam ali e se escondia de novo. Depois de cerca de uma hora um homem acenou para eles, então saiu cautelosamente de trás da pedra e fez mímica de desabotoar a calça.

— O sacana quer mijar, senhor — avisou Harper.

— Deixe — respondeu Sharpe, e eles levantaram os fuzis, com os canos apontando para o céu. Uma sucessão de franceses se pôs de pé junto ao rio e todos acenaram agradecendo educadamente quando terminaram. Harper acenou de volta. Sharpe foi de homem em homem e descobriu que, no total, eles não tinham mais que três pedaços de biscoito. Fez um dos homens do sargento Noolan amolecer os biscoitos com água e dividi-los igualmente, mas foi um jantar miserável.

— Não podemos ficar sem comida, Sharpe — reclamou Moon. O brigadeiro olhara a divisão dos biscoitos com olhos brilhantes, e Sharpe teve certeza de que ele planejava reivindicar uma parte maior, por isso anunciou em voz alta que todos receberiam uma porção exatamente igual. Agora Moon estava num humor pior do que o de costume. — Como você propõe nos alimentar?

— Podemos ter de ficar com fome até de manhã, senhor.

— Santo Deus — murmurou Moon.

— Senhor! — chamou o sargento Noolan, e Sharpe se virou, vendo que duas companhias de franceses haviam surgido perto da grande rocha. Estavam em ordem de escaramuça para se tornar um alvo mais difícil para os fuzis.

— Pat! — gritou Sharpe para baixo na encosta. — Recuar! Venham para cima!

Foram para o sul, carregando o brigadeiro de novo, lutando pelas encostas íngremes para manter o rio à vista. Os franceses os perseguiram durante uma hora, depois pareceram satisfeitos por simplesmente ter expulsado os fugitivos para longe das barcaças encalhadas.

— E agora? — perguntou Moon.

— Vamos esperar aqui, senhor.

Estavam no topo de um morro, abrigados por pedras e com ótima visão em todas as direções. O rio corria vazio para o oeste e, a leste, Sharpe viu uma estrada serpenteando pelos morros.

— Quanto tempo vamos esperar? — quis saber Moon, irritado.

— Até o anoitecer, senhor. Depois vou ver se as barcaças ainda estão lá.

— Claro que não vão estar — disse Moon, deixando implícito que Sharpe era idiota em pensar o contrário. — Mas acho melhor você olhar.

A FÚRIA DE SHARPE

Sharpe não precisaria ter se incomodado porque, no crepúsculo, viu a fumaça subindo rio acima, e quando a escuridão caiu havia um brilho do outro lado do morro. Foi para o norte, levando o sargento Noolan e dois homens do 88°, e eles viram que os franceses tinham fracassado em liberar as barcaças, por isso garantiram que fossem inutilizadas. Elas estavam em chamas.

— É uma pena — lamentou Sharpe.

— O brigadeiro não vai ficar feliz, senhor — disse o sargento Noolan, todo animado.

— Não vai, não — concordou Sharpe.

Noolan falou com seus homens em gaélico, provavelmente compartilhando seus pensamentos sobre a infelicidade do brigadeiro.

— Eles não falam inglês? — perguntou Sharpe.

— Fergal, não — respondeu Noolan, apontando para um dos homens. — E Padraig vai falar se o senhor gritar com ele, mas, se o senhor não gritar, ele não vai dizer uma palavra.

— Então fico feliz por você estar conosco.

— Fica? — Noolan pareceu surpreso.

— Nós estávamos ao lado de vocês na colina no Buçaco.

Noolan riu no escuro.

— Aquilo foi uma luta, hein? Eles vinham e a gente matava.

— E agora, sargento, parece que estamos presos um com o outro por uns dias.

— Parece que sim, senhor — concordou Noolan.

— Então você precisa conhecer as minhas regras.

— O senhor tem regras, é? — perguntou Noolan, cauteloso.

— Vocês não roubam de civis a não ser que estejam passando fome, não ficam bêbados sem a minha permissão e lutam como se o próprio diabo estivesse nas suas costas.

Noolan pensou nisso.

— O que acontece se a gente violar as regras?

— Vocês não violam, sargento — disse Sharpe em tom sinistro. — Simplesmente não violam.

Voltaram para fazer o brigadeiro infeliz.

BERNARD CORNWELL

EM ALGUM MOMENTO da noite o brigadeiro mandou Harris acordar Sharpe, que estava meio desperto porque sentia frio. Sharpe tinha dado seu sobretudo ao brigadeiro que, como estava sem casaco, havia exigido que um dos homens lhe cedesse algo para se cobrir.

— Algum problema? — perguntou Sharpe a Harris.

— Não sei, senhor. Sua Excelência quer falar com o senhor.

— Estive pensando, Sharpe — anunciou o brigadeiro quando Sharpe chegou.

— Sim, senhor?

— Não gosto daqueles homens falando irlandês. Diga para usarem o inglês. Ouviu?

— Sim, senhor — respondeu Sharpe, e fez uma pausa. O brigadeiro o havia acordado para dizer isso? — Vou dizer, senhor, mas alguns deles não falam inglês.

— Então eles podem simplesmente aprender — reagiu o brigadeiro rispidamente. Estava insone por causa da dor e queria falar para aliviar o sofrimento. — Você não pode confiar neles, Sharpe. Eles são ardilosos.

Sharpe fez uma pausa, imaginando como poderia colocar bom senso na cabeça de Moon, mas, antes que pudesse falar, o fuzileiro Harris interveio.

— Perdão, senhor? — disse com respeito.

— Está falando comigo, fuzileiro? — perguntou o brigadeiro, atônito.

— Pedindo o seu perdão, senhor. Se eu puder, com todo o respeito.

— Continue, homem.

— É só, senhor, que, como diz o Sr. Sharpe, senhor, eles não falam inglês, já que são papistas ignorantes, e só estavam discutindo se seria possível construir um barco ou uma balsa, senhor, e eles fazem isso melhor na língua deles, senhor, porque têm as palavras, se é que me entende, senhor.

O brigadeiro, ainda que incomodado por Harris, pensou nisso.

— Você fala a maldita língua deles?

— Falo, senhor — respondeu Harris —, e falo português e espanhol, senhor, e um pouco de latim.

— Santo Deus — disse o brigadeiro, depois de olhar Harris por alguns instantes. — Mas você é inglês?

A FÚRIA DE SHARPE

— Ah, sim, senhor. E sinto orgulho disso.

— Certo. Então posso contar com você para me dizer se aqueles malditos estiverem aprontando alguma confusão?

— Malditos, senhor? Ah, os irlandeses! Sim, senhor, claro, será um prazer, senhor — disse Harris, entusiasmado.

Logo antes do alvorecer veio o som de explosões rio acima. Sharpe olhou para o norte, mas não conseguiu ver nada. Às primeiras luzes viu uma fumaça densa acima do vale do rio, mas não tinha como saber o que a havia provocado, por isso mandou Noolan e dois de seus homens para descobrir o que tinha acontecido.

— Fiquem no topo dos morros e mantenham o olho em patrulhas francesas — avisou ao sargento do 88°.

— Essa foi uma decisão idiota — disse o brigadeiro quando os três haviam partido.

— Foi, senhor?

— Você não vai voltar a ver aqueles homens, vai?

— Acho que iremos, senhor — respondeu Sharpe, afável.

— Maldição, homem, eu conheço os irlandeses. Minha primeira comissão foi no 18. Consegui escapar para os fuzileiros quando me tornei capitão. — Sharpe supôs que o brigadeiro havia comprado a saída do 18° para o regimento mais adequado, o dos fuzileiros de seu condado natal.

— Acho que o senhor verá o sargento Noolan em pouco tempo, senhor — disse Sharpe, teimoso. — E enquanto estamos esperando vou para o sul. Procurar comida, senhor.

Sharpe levou Harris, e os dois caminharam pelo terreno elevado junto ao rio.

— O quanto de gaélico você fala, Harris? — perguntou Sharpe.

— Umas três palavras, senhor, e nenhuma delas pode ser repetida diante de pessoas de bem. — Sharpe gargalhou. — Então o que faremos, senhor? — continuou Harris.

— Vamos atravessar a porcaria do rio.

— Como, senhor?

— Não sei.

— E se não pudermos?

— Vamos continuar indo para o sul, acho. — Sharpe tentou se lembrar dos mapas do sul da Espanha que tinha visto, e lembrou que o Guadiana se juntava ao mar bem a oeste de Cádis. Não havia sentido em tentar alcançar Cádis por estrada, porque aquele grande porto estava sob cerco francês, mas assim que chegassem à foz do rio poderiam encontrar um navio que os levasse para Lisboa, ao norte. Os únicos navios no litoral eram aliados, e ele achava que a Marinha Real patrulhava a costa. Tinha consciência de que isso demoraria, mas assim que chegassem ao mar estariam praticamente em casa. — Mas, se tivermos que andar até o mar, eu preferiria fazer isso pela outra margem.

— Porque lá é Portugal?

— Porque é Portugal, e eles são mais amistosos que os espanhóis, e porque há mais franceses deste lado.

As esperanças de atravessar o rio cresceram depois de uns 3 quilômetros, quando chegaram a um lugar onde o rio descia até uma bacia ampla. Lá, o Guadiana se alargava a ponto de parecer um lago. Um rio menor fluía para o leste, e na bacia onde os dois rios se juntavam havia um pequeno povoado de casas brancas. Duas torres de sino rompiam os telhados de barro.

— Tem que haver uma balsa lá — anunciou Harris. — Ou barcos de pesca.

— A não ser que os franceses tenham queimado tudo.

— Então nós flutuamos em cima de uma tábua, e pelo menos vamos achar comida lá embaixo, senhor, e Sua Majestade vai gostar disso.

— Quer dizer, o brigadeiro Moon vai gostar disso — corrigiu Sharpe, numa leve censura.

— E ele vai gostar daquele lugar, também, não é? — observou Harris, apontando para uma casa grande com estábulos, que ficava logo ao norte da cidadezinha. A casa tinha dois andares, era pintada de branco, e havia uma dúzia de janelas em cada andar, enquanto na extremidade leste ficava uma antiga torre de castelo, agora em ruínas. Saía fumaça das chaminés da casa.

Sharpe tirou sua luneta e examinou a casa. As janelas estavam fechadas e os únicos sinais de vida eram alguns homens consertando um muro de arrimo num dos muitos vinhedos que cobriam as encostas próximas, e outro homem curvado sobre um sulco numa horta ao lado do Guadiana. Virou a luneta de lado e viu o que parecia uma casa de barco na margem do rio. Sharpe a entregou a Harris.

— Eu preferiria ir à cidade.

— Por que, senhor? — perguntou Harris, olhando a casa através da luneta.

— Porque aquela casa não foi saqueada, foi? A horta está toda bonita, ajeitada. O que isso sugere?

— Que o dono apertou a mão dos franceses?

— É provável.

Harris pensou nisso.

— Se eles são amigos dos comedores de lesma, senhor, talvez haja um barco naquele barracão perto do rio, não?

— Talvez — respondeu Sharpe, em dúvida. Uma porta no átrio perto da velha ruína do castelo se abriu e ele viu alguém sair ao sol. Cutucou Harris, apontou, e o fuzileiro virou a luneta.

— É só uma dona pendurando roupa.

— Podemos mandar lavar nossas camisas. Venha, vamos pegar o brigadeiro.

Voltaram por cima dos morros e encontraram Moon num humor triunfante porque o sargento Noolan e seus homens não haviam retornado.

— Eu disse a você, Sharpe! Não se pode confiar neles. Aquele sargento parecia realmente astuto.

— Como está a sua perna, senhor?

— Dói demais. Mas para isso não tem jeito, não é? Então, você disse que há uma cidade de tamanho decente?

— Pelo menos um povoado grande, senhor. Com duas igrejas.

— Esperemos que eles tenham um médico que saiba fazer o trabalho. Ele pode olhar essa maldita perna, e quanto antes, melhor. Vamos indo, Sharpe. Estamos perdendo tempo.

Mas nesse momento o sargento Noolan reapareceu ao norte e o brigadeiro não teve opção senão esperar até os três homens do 88º chegarem. Noolan, com o rosto comprido mais lúgubre que nunca, trouxe notícias ruins.

— Eles explodiram o forte, senhor — anunciou a Sharpe.

— Fale comigo, homem, fale comigo! — insistiu Moon. — Eu comando aqui.

— Desculpe, meritíssimo — respondeu Noolan, tirando sua barretina velha. — O nosso pessoal explodiu o forte, senhor, e foi embora.

— Quer dizer, o forte Joseph? — perguntou Moon.

— É assim que ele se chama, senhor? O que fica do outro lado do rio, senhor, eles explodiram direitinho, explodiram mesmo! Os canhões tombaram do parapeito e não restou nada no rio, a não ser caquinhos.

— A não ser o quê?

Noolan olhou Sharpe desamparado.

— Entulho, senhor — tentou de novo o sargento. — Pedaços de pedra.

— E você disse que nosso pessoal foi embora? Como diabos você sabe que eles foram?

— Porque os franceses estão lá, senhor, estão sim. Usaram um barco. Estão indo para lá e para cá, senhor, para lá e para cá, e nós ficamos olhando.

— Santo Deus — reagiu Moon, com nojo.

— Você agiu bem, Noolan — elogiou Sharpe.

— Obrigado, senhor.

— E nós estamos perdidos porque nossas forças fugiram e nos deixaram aqui — disse o brigadeiro com irritação.

— Nesse caso, senhor, quanto antes chegarmos à cidade e arranjarmos comida, melhor — sugeriu Sharpe.

Como era o mais forte, Harper carregou a parte da frente da maca do brigadeiro, enquanto o soldado mais alto dos Connaught Rangers segurava a de trás. Demoraram três horas para percorrer aquela curta distância, e já era o fim da manhã quando chegaram ao morro comprido acima da casa grande e da cidade pequena.

— É para lá que vamos — anunciou Moon, no momento em que viu a casa.

— Acho que eles podem ter sido *afrancesados*, senhor — disse Sharpe.

— Fale numa língua que eu entenda, homem.

— Acho que são simpáticos aos franceses, senhor.

A FÚRIA DE SHARPE

— Como você pode saber?

— Porque a casa não foi saqueada, senhor.

— Você não pode deduzir isso — retrucou o brigadeiro, mas sem muita convicção. As palavras de Sharpe o haviam feito pensar, mas ainda assim a casa o atraía como um ímã. Ela prometia conforto e companhia de pessoas de bem. — Só há um modo de descobrir, não é? — proclamou ele. — Indo até lá! Portanto vamos.

— Acho que deveríamos ir para a cidade, senhor — insistiu Sharpe.

— E eu acho que você deveria ficar quieto, Sharpe, e obedecer as minhas ordens.

Assim Sharpe ficou quieto enquanto desciam o morro, passando pelos vinhedos mais altos e depois por baixo das folhas claras de um olival. Manobraram a maca do brigadeiro sobre um muro de pedras baixo e se aproximaram da casa por amplos jardins com ciprestes, laranjeiras e canteiros de flores. Havia um lago grande, cheio de folhas marrons e água estagnada, e depois uma avenida com estátuas. Todas as estátuas representavam santos se retorcendo na agonia da morte. Sebastião segurando o cotoco de uma flecha que perfurava suas costelas, Agnes olhando serena para o céu apesar da espada na garganta, e ao seu lado André pendurado de cabeça para baixo na cruz. Havia homens sendo queimados, mulheres sendo estripadas, e todos preservados em mármore branco riscado de líquen e cocô de pássaros. Os soldados maltrapilhos olhavam arregalados, e os católicos entre eles faziam o sinal da cruz enquanto Sharpe procurava algum sinal de vida na casa. As janelas permaneciam fechadas, mas a fumaça continuava saindo pelas chaminés. Então a grande porta que dava num terraço com balaustrada foi aberta e um homem, vestido de preto, saiu ao sol e ficou parado como se os estivesse esperando.

— É melhor observarmos a etiqueta — disse Moon.

— Senhor? — perguntou Sharpe.

— Pelo amor de Deus, Sharpe, pessoas de bem moram aqui! Elas não querem que sua sala de estar fique lotada de soldados comuns, não é? Você e eu podemos entrar, mas os homens têm de encontrar os alojamentos dos criados.

— Eles deixam sua maca do lado de fora, senhor? — perguntou Sharpe com inocência, e pensou ter ouvido Harper dar uma leve fungada.

— Não seja ridículo, Sharpe — rebateu o brigadeiro. — Eles podem me carregar para dentro antes.

— Sim, senhor.

Sharpe deixou os homens no terraço enquanto acompanhava o brigadeiro até uma sala vasta, repleta de móveis escuros e pinturas sombrias, a maioria mostrando cenas de martírio. Mais santos ardiam ali, ou então olhavam em êxtase enquanto soldados os espetavam, e sobre a lareira havia uma pintura da crucificação em tamanho real. O corpo pálido de Cristo estava coberto de sangue e atrás dele uma grande tempestade lançava raios sobre uma cidade tomada pelo medo. Um crucifixo feito de madeira tão escura que era quase preta pendia na outra ponta da sala, e sob ele havia um oratório particular coberto de um tecido preto, sobre o qual havia um sabre entre duas velas apagadas.

O homem que os recebera era um serviçal que informou ao brigadeiro que a marquesa viria se juntar a eles em breve, e perguntou se haveria algo que seus hóspedes necessitassem. Sharpe se esforçou ao máximo para traduzir, usando mais português que espanhol com o empregado.

— Diga a ele que preciso de um desjejum, Sharpe — ordenou o brigadeiro —, e de um médico.

Sharpe repassou os pedidos, depois acrescentou que seus homens precisavam de comida e água. O criado fez uma reverência e falou que levaria os soldados à cozinha. Deixou Sharpe sozinho com Moon, que estava deitado num sofá.

— Malditos móveis desconfortáveis — reclamou o brigadeiro. Ele fez uma careta devido a uma pontada de dor na perna, então olhou as pinturas. — Como eles podem viver nesta escuridão?

— Acho que são religiosos, senhor.

— Todos somos religiosos, porcaria, mas isso não significa que penduramos imagens de tortura nas paredes, homem! Santo Deus. Não há nada de errado com algumas paisagens decentes e retratos de família. Ele disse que havia uma marquesa aqui?

— Sim, senhor.

— Bom, esperemos que ela seja melhor de se olhar do que suas pinturas malditas, não é?

— Acho que eu deveria ver se os homens estão bem-acomodados, senhor.

— Boa ideia — respondeu Moon, insinuando sutilmente que Sharpe estaria mais feliz na área dos empregados. — Leve o tempo que quiser, Sharpe. Aquele sujeito entendeu que eu preciso de um médico?

— Entendeu, senhor.

— E de comida?

— Ele sabe disso também, senhor.

— Queira Deus que ele traga as duas coisas antes do anoitecer. Ah, Sharpe, mande aquele rapaz inteligente, o que fala línguas, para traduzir para mim. Mas diga para primeiro ele se arrumar. — O brigadeiro balançou a cabeça, dispensando Sharpe, que voltou ao terraço e encontrou o caminho passando por um beco, atravessando o pátio do estábulo até chegar a uma cozinha caiada de branco, cheia de presuntos pendurados e cheirando a fumaça de madeira, queijo e pão assando. Havia um crucifixo pendurado acima do fogão enorme e enegrecido onde duas cozinheiras trabalhavam. Uma terceira mulher socava massa de pão sobre uma mesa comprida e limpa.

Harper riu para Sharpe, então fez um gesto para os queijos, os presuntos e dois gordos barris de vinho em prateleiras.

— Nem daria para imaginar que tem uma guerra acontecendo, não é, senhor?

— Você esqueceu uma coisa, sargento.

— E o que seria, senhor?

— Que há um batalhão de infantaria francesa a meio dia de marcha.

— É mesmo.

Sharpe foi até os dois barris de vinho e bateu no mais próximo.

— Vocês conhecem as regras — declarou aos soldados que olhavam. — Se algum de vocês ficar bêbado farei com que desejem não ter nascido. — Eles o olharam solenemente. Sharpe sabia que o que deveria fazer era levar os dois barris para fora e arrebentá-los, mas se eles quisessem se embebedar encontrariam álcool numa casa daquele tamanho. Bastava pôr um soldado britânico num local ermo e ele logo descobriria uma taverna. — Talvez a gente precise sair daqui depressa — explicou. — Por isso não quero vocês bêbados. Quando chegarmos a Lisboa, prometo que vou enchê-los com tanto rum que não vão conseguir ficar de pé durante uma semana. Mas hoje, pessoal? Hoje vocês ficam sóbrios.

Eles concordaram e Sharpe pendurou o fuzil no ombro.

— Vou montar guarda até vocês terem comido — disse a Harper. — Depois você e outros dois me rendam. Viu aquela velha torre de castelo?

— Não podia deixar de ver, senhor.

— É onde vou estar. E, Harris? Você vai servir de intérprete para o brigadeiro.

Harris estremeceu.

— Preciso, senhor?

— É, precisa sim. E primeiro deve se arrumar.

— Imediatamente, senhor.

— E Harris! — gritou o sargento Harper.

— Sargento?

— Não deixe de informar à Sua Majestade se nós, os irlandeses malditos, causarmos encrenca.

— Farei isso, sargento. Prometo.

Sharpe foi até a torre que formava a extremidade leste do pátio do estábulo. Subiu ao parapeito cerca de 12 metros acima do terreno. Dali tinha uma boa visão da estrada que seguia para leste junto ao rio menor. Era a estrada que os franceses usariam se decidissem ir para lá. Eles iriam? Sabiam que um punhado de soldados ingleses estava perdido na margem espanhola do rio, mas será que se incomodariam em persegui-los? Ou talvez pudessem apenas mandar uma equipe de forrageadores. Era evidente que essa casa grande fora poupada das típicas crueldades francesas porque a marquesa era *afrancesada*, e isso significava que devia estar fornecendo provisões às guarnições francesas. Então será que os franceses também haviam deixado de saquear a cidade? Nesse caso, haveria um barco? Se houvesse, eles poderiam atravessar o rio assim que o brigadeiro tivesse visto um médico, caso houvesse algum médico disponível. Mas, após atravessar o rio, o que fariam? As tropas do brigadeiro haviam explodido o forte Joseph e estavam se retirando para o oeste, voltando ao Tejo, e como Moon tinha uma perna quebrada não existia esperança de alcançá-las. Sharpe se preocupou durante um momento, depois decidiu que o problema não era seu. O brigadeiro Moon era o oficial superior, de modo que tudo que ele teria de fazer era esperar por ordens. Enquanto isso, mandaria seus homens fazerem um par de muletas para o brigadeiro.

Olhou para o leste. As laterais do vale estavam cheias de videiras e alguns homens trabalhavam lá, consertando um dos muros de pedras que sustentavam os terraços. Um cavaleiro ia para o leste e uma criança guiava duas cabras pela estrada, mas além disso nada se movia, a não ser um falcão deslizando no céu sem nuvens. Ainda era inverno, mas o sol tinha um calor surpreendente. Girando, ele podia vislumbrar uma lasca do rio do outro lado da casa e, no lado oposto do Guadiana, os morros de Portugal.

Harper o rendeu, trazendo Hagman e Slattery consigo.

— Harris voltou, senhor. Parece que a dama fala inglês, por isso ele não é necessário. Tem alguma coisa acontecendo?

— Nada. A dama?

— A marquesa, senhor. Uma galinha velha.

— Acho que o brigadeiro esperava algo jovem e delicioso.

— Todos nós esperávamos isso, senhor. Então, o que fazemos se virmos um francês?

— Descemos até o rio. — Sharpe olhou para o leste. — Se os desgraçados vierem, é essa estrada que vão usar, então pelo menos vamos vê-los a uns 3 quilômetros de distância.

— Vamos esperar que não venham.

— E vamos esperar que ninguém esteja bêbado se eles vierem — disse Sharpe.

Harper lançou um olhar perplexo a Sharpe, depois entendeu.

— O senhor não precisa se preocupar com os homens de Connaught, senhor. Eles vão fazer o que o senhor mandar.

— Vão?

— Troquei uma palavrinha com o sargento Noolan, na verdade, e disse que o senhor não era totalmente mau, a não ser que fosse contrariado, e que aí o senhor virava um verdadeiro diabo. E disse que o seu pai era irlandês, o que pode ser verdade, não é?

— Então agora sou um de vocês, é? — perguntou Sharpe, achando graça.

— Ah, não, senhor. O senhor não é bonito o suficiente.

Sharpe voltou à cozinha, onde descobriu Geoghegan socando a massa de pão e mais dois homens de Noolan empilhando lenha ao lado do fogão.

— Elas vão fazer ovos e presunto para o senhor — disse o sargento Noolan. — E nós mostramos como se faz um chá de verdade.

Sharpe se contentou com um naco de pão fresco e um pedaço de queijo duro.

— Algum de vocês tem uma navalha? — perguntou a Noolan.

— Acho que Liam tem — respondeu Noolan, apontando para um dos homens que empilhavam a lenha. — Ele vive se arrumando para as damas, ah, se vive.

— Então quero que todos os homens façam a barba, e ninguém deve sair do pátio do estábulo. Se os malditos comedores de lesma vierem, não queremos sair procurando homens perdidos. Veja se consegue arranjar madeira para fazer muletas para o brigadeiro.

Harris riu.

— Ele já tem muletas, senhor. A dama tinha umas que pertenciam ao marido.

— A marquesa?

— É uma bruxa velha, senhor, uma viúva, e, diabos, tem uma língua dos infernos.

— O brigadeiro recebeu comida?

— Recebeu, senhor, e tem um doutor vindo.

— Ele não precisa de doutor — resmungou Sharpe. — O soldado Geoghegan fez um bom trabalho naquela perna.

Geoghegan riu.

— Fiz mesmo, senhor.

— Vou dar uma olhada por aí — declarou Sharpe. — Se a porcaria dos franceses vierem vocês devem levar o brigadeiro para o rio. — Ele não sabia o que poderiam fazer além de ir para o rio, com os franceses nos calcanhares, mas talvez surgisse algum modo de fugir.

— O senhor acha que eles vêm? — perguntou Noolan.

— Só Deus sabe o que os desgraçados vão fazer.

Sharpe voltou para o exterior, depois atravessou o terraço e desceu até a horta da cozinha. Dois homens trabalhavam lá, colocando plantas em sulcos recém-abertos, e se empertigaram e olharam-no com suspeita enquanto ele ia até a casa de barcos. Era uma construção de madeira sobre alicerces de pedra e tinha uma porta com cadeado. O cadeado era velho, esférico, do tamanho de uma maçã, e Sharpe nem se incomodou tentando abri-lo. Apenas apoiou a alça contra a porta e bateu na base com a coronha do fuzil. Ouviu o mecanismo se soltar dentro, abriu a alça e puxou a porta para fora.

E lá estava o barco.

O barco perfeito. Parecia uma barca de almirante, com seus bancos de remadores, popa larga e uma dúzia de remos bem-dispostos na linha central. Flutuava entre duas passarelas e mal havia uma gota d'água no casco, sugerindo que era estanque. A amurada, o gio e a bancada de popa tinham sido pintados de branco, mas a tinta estava descascando e havia poeira em toda parte e teias de aranha entre os bancos. Uma agitação no escuro embaixo das passagens indicou que havia ratos.

Ouviu os passos atrás e se virou, vendo que um dos jardineiros tinha entrado na casa de barcos. O homem estava segurando uma espingarda de caça, que apontou para Sharpe, e então falou com voz áspera. Ele balançou a cabeça bruscamente e sacudiu a arma, ordenando que Sharpe se afastasse do barco.

Sharpe deu de ombros. A espingarda de caça tinha um cano com pelo menos 1 metro de comprimento. Parecia antiga, mas isso não significava que não funcionasse. O homem era alto, forte, com 40 e poucos anos, e segurava a arma antiga com confiança. Ordenou de novo que Sharpe saísse da casa do barco e Sharpe obedeceu, humildemente. O homem estava repreendendo-o, mas falava tão depressa que Sharpe mal entendia uma palavra em cada dez, porém compreendeu o suficiente quando ele enfatizou as palavras cutucando o cano da arma na sua cintura. Sharpe segurou a arma com a mão esquerda e deu um soco no homem com a direita. Então o chutou entre as pernas e arrancou a espingarda de caça.

— Você não cutuca oficiais ingleses com armas — disse, mas duvidou que o homem tivesse entendido, ou mesmo escutado, porque estava encolhido em agonia e gemendo.

Sharpe soprou os restos de pólvora da caçoleta da arma, de modo que ela não pudesse disparar, depois bateu com o canto numa pedra até que a bala e a pólvora saíram. Esfregou a pólvora na terra e depois, só para garantir que a arma não pudesse disparar, arrancou o cão do fecho e o jogou no rio.

— Você tem sorte de estar vivo — disse ao homem. Em seguida jogou a espingarda contra a barriga do sujeito e resistiu à ânsia de chutá-lo de novo. Não tinha percebido como estava com raiva. O segundo jardineiro recuou, fazendo uma reverência.

Sharpe encontrou o brigadeiro apoiado no sofá com uma toalha enrolada no pescoço. Um jovem serviçal o estava barbeando.

— Aí está você, Sharpe — saudou Moon. — Você ficará satisfeito em saber que descobri o segredo de uma barba bem-feita.

— Descobriu, senhor?

— Ponha um pouco de suco de lima na água. Muito inteligente, não acha?

Sharpe não sabia o que dizer.

— Nós postamos sentinelas, senhor. Os homens estão se limpando e encontrei um barco.

— De que serve um barco agora? — perguntou Moon.

— Para atravessar o rio, senhor. Podemos fazer um cavalo nadar atrás, se tivermos dinheiro para comprar um, e se o senhor puder montar temos uma chance de alcançar nossos rapazes. — Sharpe duvidou que houvesse alguma chance de alcançar as seis companhias ligeiras que se afastavam do forte Joseph, mas precisava dar esperança ao brigadeiro.

Moon ficou em silêncio enquanto o serviçal enxaguava seu rosto, e em seguida o enxugava com uma toalha quente.

A FÚRIA DE SHARPE

— Não vamos a lugar algum até que um médico tenha visto esta perna, Sharpe — declarou o brigadeiro. — A marquesa diz que o sujeito da cidade é perfeitamente adequado para ossos partidos. Ela é uma bruxa velha e amarga, mas está ajudando bastante, e presumo que o médico dela seja melhor do que um maldito soldado irlandês, não acha?

— Acho, senhor, que quanto antes sairmos daqui, melhor.

— Não antes que um médico de verdade tenha visto esta perna — repetiu o brigadeiro com firmeza. — O sujeito foi chamado e deve chegar logo. Depois disso podemos ir. Deixe os homens preparados.

Sharpe mandou Noolan e seus homens à casa de barcos.

— Vigiem a porcaria do barco — ordenou a eles, então subiu a torre e se juntou a Harper, Hagman e Slattery, que vigiavam no topo. Harper disse a Sharpe que nada se mexia na estrada para o leste. — Esteja preparado para ir embora, Pat. Tenho um barco. Agora só estamos esperando o brigadeiro.

— O senhor achou um barco? Fácil assim?

— Fácil assim.

— E o que vamos fazer com ele?

Sharpe pensou um segundo.

— Duvido que possamos alcançar os outros, de modo que provavelmente o melhor é descer o rio e procurar um navio inglês no litoral. Estaremos em Lisboa em cinco dias, e de volta ao batalhão em seis.

— Isso seria bom — disse Harper com fervor.

Sharpe sorriu.

— Joana? — perguntou. Joana era uma jovem portuguesa que Harper havia salvado em Coimbra e que agora compartilhava o alojamento do sargento.

— Gosto daquela garota — admitiu Harper distraidamente. — Ela é uma boa moça. Sabe cozinhar, remendar, é trabalhadora.

— É só isso que ela faz?

— Ela é uma boa moça — insistiu Harper.

— Então você deveria se casar com ela.

— Não há necessidade, senhor — refutou Harper, parecendo alarmado.

— Vou pedir ao coronel Lawford quando voltarmos — disse Sharpe. Oficialmente só era permitida a presença de seis esposas com os homens em cada companhia, mas o coronel poderia dar permissão para mais uma.

Harper encarou Sharpe durante um longo tempo, tentando deduzir se ele estava falando sério ou não, mas o rosto de Sharpe não revelava nada.

— O coronel tem muita coisa com que se preocupar, senhor, tem sim.

— O que ele tem para se preocupar? Nós fazemos todo o trabalho.

— Mas ele é um coronel, senhor. Tem coisas com que se preocupar.

— E eu me preocupo com você, Pat. Me preocupo vendo que é um pecador. Me preocupo porque você vai para o inferno quando morrer.

— Pelo menos posso fazer companhia ao senhor por lá.

Sharpe riu disso.

— Verdade, então talvez eu não peça ao coronel.

— Escapou dessa, sargento — comentou Slattery, achando divertido.

— Mas tudo depende de Moon, não é? — concluiu Sharpe. — Se ele quiser atravessar o rio e tentar alcançar os outros, é o que teremos que fazer. Se ele quiser ir rio abaixo nós vamos rio abaixo, mas de um modo ou de outro devemos levar você para Joana daqui a uma semana. — Ele viu um cavaleiro aparecer no morro ao norte, de onde tinha enxergado a casa pela primeira vez, e pegou a luneta, mas, quando conseguiu apontá-la, o homem havia sumido. Provavelmente um caçador, disse a si mesmo. — Então esteja pronto para ir embora, Pat. E vocês terão que pegar o brigadeiro. Agora ele tem muletas, mas se a porcaria dos franceses aparecer vamos precisar levá-lo ao rio depressa, de modo que vocês vão ter que carregá-lo.

— Há um carrinho de mão no pátio do estábulo, senhor — disse Hagman. — Para carregar esterco.

— Vou colocá-lo no terraço — declarou Sharpe.

Encontrou o carrinho atrás de um monte de esterco de cavalo e o empurrou até o terraço, parando-o junto à porta. Agora havia feito tudo que podia. Tinha um barco, que estava vigiado, os homens estavam preparados, e tudo dependia das ordens de Moon.

Sentou-se do lado de fora da porta do brigadeiro e tirou o chapéu, de modo que o sol do inverno esquentasse seu rosto. Fechou os olhos, cansado,

A FÚRIA DE SHARPE

e em segundos estava dormindo, a cabeça encostada na parede da casa ao lado da porta. Estava sonhando, e tinha noção de que era um sonho bom, então alguém bateu com força em sua cabeça, e isso não era sonho. Saltou de lado, estendendo a mão para o fuzil, e foi atingido de novo.

— Cachorrinho descarado! — berrou uma voz, e então ela o acertou mais uma vez. Era uma velha, mais velha que Sharpe conseguia imaginar, com rosto marrom parecendo lama secada pelo sol, toda feita de rachaduras, rugas, malevolência e amargura. Vestia preto, com um véu de viúva preso ao cabelo branco. Sharpe se levantou, esfregando a cabeça onde ela o havia acertado com uma das muletas emprestadas ao brigadeiro. — Você ousa atacar um dos meus empregados? — berrou ela. — Seu vira-lata insolente!

— Senhora — disse Sharpe, por falta de algo mais para falar.

— Você invadiu minha casa de barcos? — acusou ela numa voz que rangia. — Atacou meu empregado? Se o mundo fosse respeitável você seria chicoteado. Meu marido o teria chicoteado.

— Seu marido, senhora?

— Ele era o marquês de Cardenas e teve o infortúnio de ser embaixador na corte de St. James durante 11 tristes anos. Nós vivemos em Londres. Uma cidade horrível. Uma cidade vil. Por que atacou meu jardineiro?

— Porque ele me atacou, senhora.

— Ele diz que não.

— Se o mundo fosse um lugar respeitável, senhora, a palavra de um oficial seria mais respeitada que a de um empregado.

— Seu cachorrinho descarado! Eu o alimento, dou abrigo, e você me recompensa com barbarismo e mentiras. Agora quer roubar o barco do meu filho?

— Quero pegar emprestado, senhora.

— Não pode — reagiu ela rispidamente. — Ele pertence ao meu filho.

— Ele está aqui, senhora?

— Não, e você também não deveria estar. O que você fará é marchar para longe daqui assim que o doutor tiver visto o seu brigadeiro. Pode levar as muletas e nada mais.

— Sim, senhora.

— Sim, senhora — imitou ela. — Tão humilde. — Um sino soou no interior da casa e ela se virou. — *El médico* — murmurou ela.

Então o soldado Geoghegan apareceu, correndo da horta da cozinha.

— Senhor — ofegou ele —, há homens lá.

— Homens onde?

— Na casa de barcos, senhor. Uma dúzia. Todos com armas. Acho que vieram da cidade, senhor. O sargento Noolan mandou informar ao senhor e perguntar o que deve ser feito, senhor.

— Eles estão guardando o barco?

— Sim, senhor, é exatamente o que estão fazendo. Estão impedindo que a gente entre na casa de barcos, senhor. Só isso. Meu Deus, o que foi isso?

O brigadeiro tinha dado um grito súbito, presumivelmente enquanto o doutor explorava a tala improvisada.

— Diga ao sargento Noolan que não deve fazer nada — avisou Sharpe. — Só vigie os homens e se certifique de que eles não levem o barco embora.

— Não levem o barco embora, senhor. E se eles tentarem?

— Impeçam, porcaria. Calem as espadas... — Ele fez uma pausa e se corrigiu, porque só os fuzileiros falavam em calar espadas: — Calem as baionetas e andem lentamente na direção deles; apontem as baionetas para as virilhas deles que eles vão correr.

— Está bem, senhor, sim, senhor. — Geoghegan riu. — Mas na verdade, senhor, não fazemos mais nada?

— Em geral é o melhor.

— Ah, coitado! — Geoghegan fitou a porta. — Se ele deixasse a perna em paz, a coisa ficaria bem. Obrigado, senhor.

Sharpe xingou em silêncio quando Geoghegan se foi. Tudo havia parecido tão simples quando ele descobrira o barco, mas deveria saber que nada jamais era tão simples assim. E se a marquesa tinha chamado homens da cidade, havia uma chance de sangue ser derramado, e ainda que Sharpe não tivesse dúvida de que seus soldados expulsariam os homens, também temia sofrer duas ou três novas baixas.

— Inferno — reclamou em voz alta, e, como não havia mais nada a fazer, voltou para a cozinha e tirou Harris da mesa. — Você vai ficar do lado de fora do quarto do brigadeiro e me avisar quando o doutor tiver terminado.

Subiu à torre, onde Harper continuava montando guarda.

— Nenhum movimento, senhor — anunciou Harper. — Só que acho que vi um cavaleiro lá em cima há meia hora. — Ele apontou para os morros ao norte. — Mas sumiu.

— Achei ter visto a mesma coisa.

— Ele não está lá agora, senhor.

— Só estamos esperando o doutor terminar com o brigadeiro — declarou Sharpe. — Depois vamos partir. — Não disse nada sobre os homens que vigiavam a casa de barcos. Cuidaria deles quando chegasse a hora. — Quem mora aqui é uma vaca velha e azeda.

— A marquesa.

— Uma vaca velha e murcha. Ela me bateu, porcaria!

— Então tem alguma coisa boa na mulher, não? — sugeriu Harper e, quando Sharpe fez uma carranca, prosseguiu depressa: — Mas é engraçado os comedores de lesma não terem destruído este lugar, não é? Quero dizer, aqui há comida suficiente para um batalhão! E as equipes de forragem deles devem ter encontrado este lugar há meses.

— Ela fez um acordo com a porcaria dos franceses. Provavelmente vende comida a eles e eles a deixam em paz. Ela não está do nosso lado, isso é certo. Ela nos odeia.

— Então ela contou aos franceses que estamos aqui?

— Isso me preocupa. Ela pode ter contado porque é uma vaca velha e má, é isso que ela é. — Sharpe olhou para a estrada. Algo estava errado. Tudo continuava pacífico demais. Talvez, pensou, fosse a notícia de que a marquesa estava tentando proteger o barco que o preocupava, e a ideia de um barco o lembrou do que o sargento Noolan havia falado de manhã ao brigadeiro. Os franceses haviam atravessado o rio. Tinham transformado uma das barcaças intactas num barco usável ou então mantinham um barco no forte Josephine, mas, se os franceses tinham um barco, qualquer que fosse, essa estrada não era a única rota de aproximação. — Inferno — praguejou baixinho.

— O que foi, senhor?

— Eles vão descer o rio.

— Lá está o sujeito de novo — avisou Slattery, apontando para o morro ao norte onde, em silhueta contra o céu, o cavaleiro havia reaparecido. Estava de pé nos estribos e acenando com os braços de modo extravagante.

— Vamos! — chamou Sharpe.

O cavaleiro devia estar vigiando-os o dia inteiro, mas seu serviço não era apenas vigiar, e sim contar ao coronel Vandal quando as forças no rio estivessem perto da casa. Então o restante do 8º avançaria. Estavam encurralados, pensou Sharpe. Alguns franceses vinham de barco, outros pela estrada, e ele estavam entre os dois. Foi correndo pela escada meio desmoronada, gritando ao restante dos homens que se demoravam do lado de fora da cozinha para descerem ao rio.

— Vamos pegar o brigadeiro! — disse a Harper.

A marquesa estava no quarto do brigadeiro, olhando enquanto o doutor enrolava uma bandagem em volta de uma tala nova que substituía a improvisada por Sharpe. Ela viu o sobressalto no rosto de Sharpe e deu uma risada.

— Então os franceses estão chegando — provocou ela. — Os franceses estão chegando.

— Vamos embora, senhor — disse Sharpe, ignorando-a.

— Ele não pode terminar isso primeiro? — O brigadeiro fez um gesto para a bandagem meio enrolada.

— Vamos embora! — insistiu Sharpe. — Sargento!

Harper empurrou o médico de lado e levantou o brigadeiro.

— Meu sabre! — protestou o brigadeiro. — As muletas.

— Para fora! — ordenou Sharpe.

— Meu sabre!

— Os franceses estão chegando — zombou a marquesa.

— Você mandou chamá-los, sua vaca velha azeda — disse Sharpe, e sentiu-se tentado a dar um soco naquela cara cruel, mas em vez disso foi para fora, onde Harper havia largado Moon no carrinho de mão, sem cerimônia.

A FÚRIA DE SHARPE

— Meu sabre! — implorou o brigadeiro mais uma vez.

— Slattery, empurre o carrinho — disse Sharpe. — Pat, prepare a arma de sete canos. — Aquela arma, mais do que qualquer coisa, amedrontaria os homens que vigiavam o barco. — Depressa! — gritou.

Moon ainda estava reclamando por causa do sabre perdido, mas Sharpe não tinha tempo para ele. Correu à frente com Harper, através dos arbustos. Então estava na horta da cozinha e pôde ver a quantidade de homens da cidade vigiando a casa de barcos.

— Sargento Noolan!

— Senhor! — Quem respondeu foi Harris. — Aqui, senhor.

Inferno. Duas barcaças, apinhadas de soldados franceses, desciam o rio.

— Atire contra eles, Harris! Sargento Noolan!

— Senhor?

— Marchar adiante. — Sharpe se juntou à pequena fileira de homens do Connaught. Estavam em número inferior aos homens da cidade, mas os casacas-vermelhas tinham baionetas e Harper havia se juntado a eles com sua arma de sete canos. Fuzis dispararam da margem rio acima e mosquetes franceses estalaram das barcaças. Uma bala acertou o teto da casa de barcos e os homens da cidade se encolheram. — *Váyase* — disse Sharpe, esperando que seu espanhol fosse compreensível. — *Yo le mataré.*

— O que isso significa, senhor? — perguntou o sargento Noolan.

— Vão embora ou nós os matamos.

Outra bala de mosquete francês acertou a casa de barcos e foi isso, talvez mais que a ameaça das baionetas avançando, que esvaziou o último fiapo de coragem dos civis. Eles fugiram e Sharpe soltou um suspiro de alívio. Slattery chegou, empurrando o carrinho com o brigadeiro, enquanto Sharpe abria a porta.

— Ponha o brigadeiro no barco! — ordenou a Slattery, depois correu até onde Harris e três outros fuzileiros estavam agachados junto à margem. Os dois barcos franceses, que eram na verdade barcaças resgatadas impelidas por remos grosseiros, vinham rapidamente, e ele encostou o fuzil no ombro, engatilhou e disparou. A fumaça escondeu o barco francês mais próximo. Ele começou a recarregar, depois decidiu que não havia tempo. — Para o barco! — gritou, e correu de volta com os outros fuzileiros. Noolan já havia cortado os cabos de atracação e eles empurraram o barco para o rio enquanto liberavam os remos. Uma saraivada veio dos barcos franceses e um dos homens de Noolan soltou um grunhido e tombou de lado. Outras balas de mosquetes acertaram a amurada. O brigadeiro estava na proa. Homens corriam para os bancos, mas Harper já estava com dois remos longos nas forquetas e, de pé, fazia força. A corrente os pegou e os virou rio abaixo. Outro tiro veio do barco francês mais próximo; Sharpe passou pelos homens que estavam a meia-nau e pegou a arma de sete canos de Harper. Disparou-a contra a barcaça francesa e o barulho atordoante da arma ecoou nos morros portugueses enquanto eles finalmente começavam a se afastar dos perseguidores.

— Jesus Cristo — disse Sharpe, sentindo puro alívio por terem escapado por pouco.

— Acho que ele está morrendo, senhor — avisou Noolan.

— Quem?

— Conor, coitado.

O homem que havia sido baleado estava tossindo sangue que espumava rosa nos lábios.

— Você deixou o meu sabre! — reclamou Moon.

— Lamento, senhor.

— Era um dos melhores de Bennett!

— Eu disse que lamento, senhor.

— E havia esterco naquele carrinho.

Sharpe apenas olhou nos olhos do brigadeiro e não disse nada. O brigadeiro se deu por vencido.

— Você fez bem em sair — cedeu ele, de má vontade.

Sharpe se virou para os homens nos bancos.

— Geoghegan? Amarre a tala do brigadeiro. Muito bem, rapazes! Muito bem. Essa foi por pouco.

Agora estavam fora do alcance dos mosquetes e as duas pesadas barcaças francesas haviam desistido da perseguição e virado para a margem. Mas à frente deles, onde o rio menor se juntava ao Guadiana, surgiu um grupo de cavaleiros franceses. Sharpe supôs que fossem os oficiais do 8° que tinham galopado adiante do batalhão. Agora aqueles homens teriam de olhar sua presa desaparecer rio abaixo, mas então viu que alguns cavaleiros tinham mosquetes, e se virou para a popa.

— Vire para longe da margem! — disse a Noolan, que havia pegado as cordas do leme.

Sharpe recarregou o fuzil. Podia ver que quatro cavaleiros tinham apeado e estavam se ajoelhando na margem do rio, apontando os mosquetes. A distância era curta, não mais de 30 metros.

— Fuzis! — gritou.

Em seguida apontou o seu. Viu Vandal. O coronel francês era um dos oficiais ajoelhados junto ao rio. Ele tinha um mosquete no ombro e parecia estar apontando diretamente para Sharpe. Seu desgraçado, pensou Sharpe, e virou o fuzil, apontando direto para o peito de Vandal. O barco sacudiu, sua mira se desviou e ele a corrigiu, disposto a ensinar ao desgraçado as vantagens de um fuzil. Começou a puxar o gatilho, mantendo a mira diretamente no peito do francês, e neste momento viu a fumaça sair dos canos dos mosquetes e houve um instante em que toda a sua cabeça pareceu se encher de luz, uma luz branca e ofuscante que se transformou em vermelho-sangue. Houve uma dor como um raio em seu cérebro e então, como sangue coagulando num cadáver, a luz ficou preta e ele não conseguiu enxergar nem sentir mais nada. Nada.

CAPÍTULO III

Dois homens, ambos altos, andavam lado a lado sobre as muralhas de Cádis. Essas defesas eram gigantescas, cercando a cidade para protegê-la contra inimigos e contra o mar. A plataforma de tiro voltada para a baía era larga, tão larga que três carruagens com cavalos podiam andar lado a lado, e era um local popular aonde as pessoas iam para espairecer, mas ninguém incomodava os dois homens. Três dos serviçais do homem mais alto andavam à frente para abrir caminho na multidão, além de três de cada lado e outros ainda iam atrás, para impedir que qualquer estranho incomodasse o patrão.

O homem mais alto — e era muito alto — vestia uniforme de almirante espanhol. Tinha uma meia de seda branca, calções vermelhos até os joelhos, uma faixa vermelha e uma casaca azul-escura com elaborada gola vermelha com acabamento em renda dourada. Sua espada reta tinha uma bainha de pele de peixe preta e punho de ouro. O rosto era fechado, distinto e altivo, um rosto desenhado pela dor e tornado áspero pelo desapontamento. O almirante não tinha o tornozelo e o pé esquerdo, de modo que a parte inferior da perna era feita de marfim, assim como a bengala com castão de ouro que ele usava para ajudá-lo a caminhar.

Seu companheiro era o padre Salvador Montseny. O sacerdote usava batina e tinha um crucifixo de prata pendurado no peito. O almirante fora seu companheiro de prisão na Inglaterra depois de Trafalgar, e às vezes, caso não quisessem que as pessoas próximas os compreendessem, falavam em inglês quando estavam juntos. Hoje, não.

A FÚRIA DE SHARPE

— Então a garota se confessou a você? — perguntou o almirante, achando divertido.

— Ela se confessa uma vez por ano — explicou Montseny —, no dia de sua santa, 13 de janeiro.

— Ela se chama Veronica?

— Caterina Veronica Blazquez. E Deus a trouxe a mim. Havia sete outros padres ouvindo confissões na catedral naquele dia, mas ela foi guiada a mim.

— Então você matou o cafetão dela, depois o inglês e os serviçais dele. Espero que Deus o perdoe por isso, padre.

Montseny não tinha dúvidas sobre as opiniões de Deus.

— O que Deus quer, meu senhor, é uma Espanha santa e poderosa. Quer nossa bandeira desfraldada sobre a América do Sul, um rei católico em Madri e que sua glória seja refletida no nosso povo. Eu faço a obra de Deus.

— E gosta disso?

— Gosto.

— Bom — começou o almirante, então parou ao lado de um canhão virado para a baía. — Preciso de mais dinheiro.

— O senhor terá.

— Dinheiro — disse o almirante em tom de repulsa. Ele era o marquês de Cardenas. Tinha nascido com dinheiro e ganhara mais ainda, porém nunca havia o bastante. Bateu no canhão com a ponta da bengala. — Preciso de dinheiro para subornos — disse com azedume — porque não há coragem nesses homens. Eles são advogados, padre. Advogados e políticos. São o lixo.

O lixo a quem o almirante se referia eram os deputados das Cortes, o parlamento espanhol, que agora se reunia em Cádis, onde seu principal trabalho era criar uma nova constituição para a Espanha. Alguns homens, os *liberales*, queriam uma Espanha governada pelas Cortes, uma Espanha em que os cidadãos teriam voz sobre seu próprio destino, e esses homens falavam em liberdade e democracia, e o almirante os odiava. Queria uma Espanha como a Espanha antiga, comandada por um rei e uma Igreja, uma Espanha dedicada a Deus e à glória. Queria uma Espanha livre de estrangeiros, uma Espanha sem franceses ou britânicos, e para isso teria de subornar membros das Cortes e fazer uma oferta ao imperador francês. Deixe a Espanha, diria a oferta, e iremos ajudá-lo a vencer os ingleses em Portugal. Era uma oferta que os franceses aceitariam porque Napoleão estava desesperado, o general sabia. Ele queria o fim da guerra na Espanha. Aos olhos do mundo parecia que os franceses haviam vencido. Tinham ocupado Madri e tomado Sevilha, de modo que agora o governo espanhol, como tal, agarrava-se à borda do território em Cádis. Mas manter a Espanha significava manter centenas de milhares de franceses em fortalezas, e sempre que esses homens saíam de suas muralhas eram atormentados por guerrilheiros. Se Bonaparte pudesse selar a paz com um governo espanhol com o qual pudesse dialogar, essas guarnições estariam livres para lutar em outros lugares.

— De quanto dinheiro o senhor precisa? — perguntou Montseny.

— Com 10 mil dólares posso comprar as Cortes — declarou o almirante. Em seguida viu uma fragata britânica passar pela ponta do longo molhe que protegia o porto de Cádis do Atlântico aberto. Viu a grande bandeira ondular na popa da fragata e sentiu uma pulsação de puro ódio. Tinha visto os navios de Nelson navegar em sua direção perto do cabo de Trafalgar. Havia respirado a fumaça de pólvora e ouvido os gritos de homens morrendo em seu navio. Fora derrubado por um pedaço de metralha que despedaçara sua perna esquerda, mas o almirante havia permanecido no tombadilho superior, gritando para seus homens lutarem, matarem, resistirem. Então viu uma multidão de marinheiros ingleses gritando, feios como macacos, penetrando em seu convés como um enxame, e chorou quando a bandeira espanhola foi baixada e a inglesa hasteada. Havia entregado sua espada, e então fora feito prisioneiro na Inglaterra, e agora era o almirante manco de um país derrotado que não tinha frota de batalha. Odiava os ingleses.

— Mas os ingleses jamais pagarão 10 mil dólares pelas cartas — disse, ainda olhando a fragata.

— Acho que vão pagar uma grande quantia se nós os amedrontarmos — disse Montseny.

— Como?

A FÚRIA DE SHARPE

— Vou publicar uma carta. Vou mudá-la, claro. E a ameaça implícita será publicarmos todas. — O padre Montseny fez uma pausa, dando ao almirante tempo para questionar sua proposta, mas ele permaneceu em silêncio — Preciso de um escritor para fazer as mudanças — continuou Montseny.

— Um escritor? — perguntou o almirante em tom azedo. — Por que você mesmo não pode fazer as mudanças?

— Posso, mas assim que as cartas forem alteradas, os ingleses irão proclamar que são falsas. Não podemos apresentar os originais a ninguém, porque eles provariam que os ingleses estão certos. Por isso devemos fazer novas cópias, em inglês, por uma mão inglesa, que afirmaremos serem as originais. Preciso de alguém que possa escrever em inglês perfeito. Meu inglês é bom, mas não o bastante. — Ele segurou o crucifixo, pensando. — As cartas novas só precisam convencer as Cortes, e a maioria dos deputados preferirá acreditar nelas, mas mesmo assim as mudanças devem ser convincentes. A gramática e a grafia devem ser exatas. Por isso preciso de um escritor que consiga isso.

O almirante fez um gesto de pouca importância.

— Conheço um homem. Uma criatura horrenda. Mas escreve bem e tem paixão por livros ingleses. Ele fará isso, mas como você vai publicar as cartas?

— *El Correo de Cádiz* — disse o padre Montseny, citando o único jornal que se opunha aos liberais. — Vou imprimir uma carta e direi nela que os ingleses pretendem tomar Cádis e transformá-la numa segunda Gibraltar. Os ingleses negarão, claro, mas teremos uma carta nova com uma assinatura falsificada.

— Eles farão mais que negar — corrigiu o almirante vigorosamente. — Vão convencer a Regência a fechar o jornal!

A Regência era o conselho que governava o que restava da Espanha, e fazia isso com ajuda do ouro inglês, motivo pelo qual se dispunha a manter os ingleses num clima amigável. Mas uma nova constituição poderia significar uma nova Regência, que poderia ser comandada pelo almirante.

— A Regência ficará impotente se a carta não estiver assinada — observou Montseny secamente. — Os ingleses não ousarão admitir a autoria, não é? E os boatos podem agir a nosso favor. Dentro de um dia, tudo que Cádis saberá é que o embaixador deles escreveu a carta.

As cartas tinham sido escritas pelo embaixador inglês na Espanha e eram patéticos jorros de demonstrações de amor. Numa delas havia até uma proposta de casamento, uma proposta feita a uma prostituta chamada Caterina Veronica Blazquez. Era uma prostituta cara, sem dúvida, mas ainda assim uma prostituta.

— O dono do *Correo* é um homem chamado Nunez, não é? — perguntou o almirante.

— É.

— E ele publicará a carta?

— Há uma vantagem em ser padre — disse Montseny. — Os segredos do confessionário, claro, são sagrados, mas as fofocas persistem. Nós, padres, falamos, meu senhor, e eu sei coisas sobre Nunez que ele não quer que o mundo saiba. Ele publicará.

— E se os ingleses destruírem as prensas?

— Provavelmente farão isso — respondeu Montseny, sem dar importância. — Mas em troca de uma pequena quantia posso transformar o prédio numa fortaleza, e seus homens podem ajudar a protegê-lo. Então os ingleses serão obrigados a comprar as cartas que restarem. Tenho certeza de que, assim que publicarmos uma, eles pagarão muito generosamente.

— Como os homens se tornam idiotas completos por causa de mulheres! — declarou o almirante. Em seguida pegou um charuto longo e preto num bolso e mordeu a ponta. Então ficou parado, esperando até que dois meninos vissem o charuto e viessem correndo. Cada um deles estendeu um pedaço de corda grossa de cânhamo acesa numa ponta. O almirante indicou um deles, que bateu com a corda no chão duas vezes para reviver o fogo, depois a levantou para o almirante acender o charuto. O almirante sinalizou para o menino ir até os homens que o seguiam e um deles jogou uma moeda. — Seria melhor se possuíssemos as cartas e o ouro.

Ele viu que agora a fragata inglesa estava perto das rochas que cercavam o bastião de San Felipe e rezou para que ela encalhasse. Queria ver os mastros se sacudirem para a frente quando o casco batesse nas pedras, queria

A FÚRIA DE SHARPE

vê-la adernada e afundando, e queria ver os marinheiros se afogando no mar agitado, porém, claro, ela navegou serenamente para longe do perigo.

— Seria melhor se tivéssemos o ouro inglês e publicássemos as cartas — disse o padre Montseny.

— Seria traição, claro — observou afável o almirante.

— Deus quer a Espanha grandiosa de novo, senhor — disse Montseny fervorosamente. — Nunca é traição fazer a obra de Deus.

O estrondo súbito de um canhão soou na baía, e os dois homens se viraram para ver uma nuvem de fumaça branca e distante. Tinha vindo de um dos gigantescos morteiros que os franceses haviam posto em seus fortes na península do Trocadero, e o almirante esperava que o obus tivesse sido apontado contra a fragata inglesa. Em vez disso o projétil caiu na zona portuária da cidade, 800 metros a leste. O almirante esperou que o obus explodisse, depois deu um trago no charuto.

— Se publicarmos as cartas, as Cortes vão se voltar contra os ingleses. Os subornos garantirão isso, e então poderemos abordar os franceses. Você estaria disposto a ir até eles?

— Muito disposto, senhor.

— Vou dar a você uma carta de apresentação, claro. — O almirante já fizera suas propostas a Paris. Isso tinha sido fácil. Era sabido que ele odiava os ingleses, e um agente francês em Cádis havia falado com ele, mas a resposta do imperador era simples. Consiga os votos nas Cortes e o rei espanhol, então prisioneiro na França, seria devolvido. A França faria a paz e a Espanha estaria livre. Tudo que os franceses exigiam em troca era o direito de mandar tropas através das estradas espanholas para completar a conquista de Portugal, e com isso empurrar o exército inglês de lorde Wellington para o mar. Como sinal de boa vontade, os franceses haviam dado ordens para que as propriedades do almirante no Guadiana não fossem saqueadas, e agora, em troca, o almirante deveria conseguir os votos, cortando a aliança com a Grã-Bretanha. — No verão, padre.

— No verão?

— Tudo estará feito. Teremos o nosso rei. Seremos livres.

— Sob Deus.

— Sob Deus — concordou o almirante. — Arranje o dinheiro, padre, e faça os ingleses parecerem idiotas.

— Essa é a vontade de Deus — disse Montseny. — Portanto acontecerá.

E os ingleses iriam para o inferno.

TUDO FICOU FÁCIL após o tiro derrubar Sharpe.

O barco desceu pelo Guadiana, que ficava cada vez mais largo, penetrando na noite. Uma lua nebulosa prateou os morros e iluminou a água que estremecia sob o vento fraco. Sharpe estava deitado no casco, sem sentidos, a cabeça partida, ensanguentada e coberta por uma bandagem, e o brigadeiro estava sentado na popa, com a perna na tala e as mãos nas cordas do leme, pensando no que fazer. O alvorecer os encontrou entre morros baixos, sem qualquer casa à vista. Garças brancas espreitavam na beira do rio.

— Ele precisa de um médico, senhor — disse Harper, e o brigadeiro ouviu a angústia na voz do irlandês. — Ele está morrendo, senhor.

— Ele está respirando, não está? — perguntou o brigadeiro.

— Está, senhor, mas precisa de um médico.

— Santo Deus, homem, eu não sou mágico! Não posso arranjar um médico no meio do nada, posso? — O brigadeiro estava sentindo dor e falou com mais aspereza do que pretendia, então viu o clarão de hostilidade no rosto de Harper e sentiu uma pontada de medo. Sir Barnaby Moon se considerava um bom oficial, mas não se sentia confortável ao lidar com soldados. — Se chegarmos a uma cidade, vamos procurar um médico — declarou, tentando aplacar o sargento grandalhão.

— Sim, senhor. Obrigado, senhor.

O brigadeiro esperava que encontrassem uma cidade. Precisavam de comida e ele precisava conseguir um médico que pudesse olhar sua perna quebrada que latejava como o diabo.

— Remem! — rosnou para os homens, mas eles não faziam um bom trabalho. As pás pintadas se chocavam a cada golpe, e, quanto mais remavam, menos pareciam avançar, e o brigadeiro percebeu que estavam lutando contra uma maré montante. Deviam estar a quilômetros do mar, no entanto a maré subia contra eles e ainda não havia cidade ou povoado à vista.

A FÚRIA DE SHARPE

— Meritíssimo! — gritou o sargento Noolan da proa, e o brigadeiro viu que outro barco havia aparecido numa curva do rio mais largo. Era um barco a remo, mais ou menos do tamanho do em que estavam, apinhado de homens que sabiam remar e com outros carregando mosquetes, e o brigadeiro fez força no leme para apontar o barco na direção da margem portuguesa.

— Remem! — berrou, depois xingou quando os remos se embolaram de novo. — Santo Deus — exclamou, porque o barco estranho vinha depressa. Estava sendo manobrado com habilidade e era trazido pela maré, e o brigadeiro Moon xingou pela segunda vez logo antes que o homem que comandava o outro barco se levantasse em saudação.

O grito foi em inglês. O oficial que comandava o barco usava o azul da Marinha e viera de uma chalupa inglesa que patrulhava a longa área de maré do Guadiana. O pessoal da embarcação os resgatou, tirou Sharpe das tábuas do casco, alimentou-os e depois os carregou para o mar, onde foram levados até o HMS *Thornside*, uma fragata de 36 canhões, mas Sharpe não soube de nada disso. Havia somente dor.

Dor, escuridão e estalos, de modo que Sharpe sonhou que estava de volta ao HMS *Pucelle*, navegando interminavelmente pelo oceano Índico, e que Lady Grace estava com ele, e em seu delírio ele era feliz de novo, mas então acordava levemente e sabia que ela estava morta, e queria chorar por causa disso. Os estalos continuavam e o mundo oscilava, e houve dor, escuridão e um clarão súbito de luz agonizante, então escuro de novo.

— Acho que ele piscou — disse uma voz.

Sharpe abriu os olhos e a dor em seu crânio parecia uma brasa incandescente.

— Meu Deus — sibilou.

— Não, sou só eu, Patrick Harper, senhor. — O sargento estava curvado sobre ele. Havia um teto de madeira parcialmente iluminado por frestas estreitas de luz do sol que golpeava passando por uma pequena grade. Sharpe fechou os olhos. — O senhor ainda está aí? — perguntou Harper.

— Onde estou?

— No HMS *Thornside*, senhor. Uma fragata.

— Deus — gemeu Sharpe.

— Ele recebeu algumas preces no último dia e meio, recebeu sim.

— Aqui — falou outra voz, e a mão de alguém se enfiou embaixo dos ombros de Sharpe para levantá-lo, fazendo a dor golpear seu crânio, de forma que ele arquejou. — Beba isso — disse a voz.

O líquido era amargo e Sharpe engasgou um pouco, mas o que quer que fosse o fez dormir e ele sonhou de novo. Então acordou novamente, e desta vez era noite e uma lanterna no corredor do lado de fora da cabine diminuta balançava com o movimento do navio, de modo que as sombras oscilavam por cima das paredes de lona, deixando-o tonto.

Dormiu mais uma vez, meio consciente dos sons do navio, dos pés descalços nas tábuas acima, dos estalos de mil peças de madeira, do barulho da água e do clangor intermitente do sino. Logo depois do alvorecer acordou e descobriu que a cabeça estava enrolada com bandagens grossas. A dor ainda perfurava o crânio, mas não era mais intensa, por isso ele tirou os pés do catre e ficou tonto imediatamente. Queria vomitar, porém não havia nada além de bile no estômago. Suas botas estavam no chão, e o uniforme, o fuzil e a espada balançavam num gancho de madeira preso à porta. Fechou os olhos. Lembrou-se do coronel Vandal disparando o mosquete. Pensou em Jack Bullen, pobre Jack Bullen.

A porta se abriu.

— O que diabos o senhor está fazendo? — perguntou Harper, todo animado.

— Quero ir ao convés.

— O cirurgião disse que o senhor precisa descansar.

Sharpe disse a Harper o que o cirurgião podia fazer.

— Me ajude a me vestir — pediu. Não se incomodou com as botas ou a espada, apenas pôs o macacão da cavalaria francesa e o velho casaco verde, depois se apoiou no braço forte de Harper enquanto saíam da cabine. Então o sargento carregou Sharpe um pouco por uma escada íngreme até o convés da fragata, onde ele se agarrou ao cordame.

Um vento forte soprava, e a sensação era boa. Sharpe viu que a fragata estava passando por um litoral baixo e sem graça, salpicado de torres de vigia.

— Vou pegar uma cadeira para o senhor — disse Harper.

— Não preciso de cadeira. Onde estão os homens?

— Estamos todos acomodados na proa, senhor.

— Você não está vestido de modo apropriado, Sharpe — interrompeu uma voz. Sharpe virou o rosto e viu o brigadeiro Moon entronado perto do timão da fragata. Estava sentado numa cadeira, com a perna imobilizada apoiada num canhão. — Você não está com as botas.

— É muito melhor andar descalço no convés — disse uma voz animada. — E o que você está fazendo de pé, afinal de contas? Eu dei ordens para ficar lá embaixo. — Um homem gorducho e alegre, com roupas civis, sorriu para Sharpe. — Sou Jethro McCann, cirurgião desta chata. — Ele se apresentou e estendeu o punho fechado. — Quantos dedos estou mostrando?

— Nenhum.

— E agora?

— Dois.

— Os Limpadores sabem contar — disse McCann. — Estou impressionado. — Os Limpadores eram os fuzileiros, chamados assim porque os uniformes verde-escuros de vez em quando pareciam pretos como os trapos de um limpador de chaminé. — Você consegue andar? — perguntou McCann, e Sharpe conseguiu dar alguns passos antes que uma rajada de vento sacudisse a fragata e o empurrasse de novo para o cordame. — Você está andando muito bem — elogiou McCann. — Está sentindo dor?

— Está melhorando — mentiu Sharpe.

— Você é um desgraçado sortudo, Sr. Sharpe, se me perdoa a palavra. Tem uma sorte dos diabos. Foi atingido por uma bala de mosquete. Um tiro de raspão, motivo pelo qual ainda está aqui, mas ele afundou um pedaço do seu crânio. Eu o pesquei e pus de volta no lugar. — McCann deu um riso orgulhoso.

— Pescou e pôs de volta no lugar?

— Ah, não é difícil — comentou o cirurgião, despreocupadamente. — Não é mais difícil que tirar uma farpa. — Na verdade, tinha sido assustadoramente difícil. O doutor havia levado uma hora e meia de trabalho sob a luz inadequada de um lampião enquanto tentava tirar a lasca de osso com sonda e forceps. Seus dedos ficavam escorregando em sangue e gosma, e ele tinha pensado que jamais conseguiria livrar o osso sem rasgar o tecido cerebral, mas finalmente conseguira prender a borda rachada e puxar a lasca de volta para o lugar. — E aqui está você — continuou McCann —, lépido feito um menino de 2 anos. E a boa notícia é que você tem um cérebro. — Ele viu a perplexidade de Sharpe e balançou a cabeça vigorosamente. — Tem sim! Honestamente! Eu vi com meus próprios olhos, o que nega a afirmação teimosa da Marinha de que os soldados não têm absolutamente nada dentro do crânio. Vou escrever um artigo para a *Review*. Vou ficar famoso! A descoberta de um cérebro num soldado.

Sharpe tentou sorrir, fingindo que estava achando graça, mas só conseguiu fazer uma careta. Tocou a bandagem.

— A dor vai acabar?

— Não sabemos quase nada sobre ferimentos na cabeça, a não ser que sangram um bocado, mas na minha opinião profissional, Sr. Sharpe, ou você vai cair morto ou ficar totalmente bom.

— Isso é um consolo — disse Sharpe. Em seguida se empoleirou num canhão e olhou a terra distante abaixo das nuvens longínquas. — Quanto tempo até chegarmos a Lisboa?

— Lisboa? Estamos indo para Cádis!

— Cádis?

— É o nosso posto — respondeu McCann. — Mas vocês vão encontrar logo um barco que vá para Lisboa. Ah! O capitão Pullifer está no convés. Endireite-se.

O capitão era um homem magro, de rosto fino e aparência séria, uma figura que lembrava um espantalho e que, como Sharpe notou, estava descalço. De fato, se não fosse o casaco com os dourados incrustados de sal, Sharpe teria confundido Pullifer com um marinheiro comum. O capitão falou brevemente com o brigadeiro, depois caminhou pelo convés e se apresentou a Sharpe.

— Fico feliz por vê-lo de pé — declarou em tom taciturno. Tinha um forte sotaque de Devon.

— Eu também, senhor.

— Vamos deixá-lo em Cádis logo, logo, e um doutor de verdade poderá olhar o seu crânio. McCann, se quiser roubar meu café, vai encontrá-lo na mesa da cabine.

— Sim, senhor — assentiu o doutor. McCann evidentemente achou divertido o insulto do capitão, o que indicou a Sharpe que Pullifer não era a fera soturna que aparentava ser. — Consegue andar, Sharpe? — perguntou, carrancudo, o capitão Pullifer.

— Parece que estou bem, senhor — respondeu Sharpe, e Pullifer balançou a cabeça bruscamente, indicando que o fuzileiro deveria ir com ele até a amurada de popa. Moon olhou Sharpe passando.

— Jantei com o seu brigadeiro ontem à noite — disse Pullifer quando estava sozinho com Sharpe sob a grande vela de mezena. Ele fez uma pausa, mas Sharpe não disse nada. — E falei com seu sargento hoje de manhã. É estranho, não é, como as histórias diferem?

— Diferem, senhor?

Pullifer, que estivera olhando a esteira de popa do *Thornside*, virou-se para Sharpe.

— Moon diz que foi tudo culpa sua.

— Ele diz o quê? — Sharpe não tinha certeza de ter ouvido direito. Sua cabeça estava cheia de uma dor pulsante. Tentou fechar os olhos, mas isso não ajudou, por isso os abriu de novo.

— Ele diz que você recebeu a ordem de explodir uma ponte, mas que escondeu a pólvora sob a bagagem de umas mulheres, o que vai contra as regras da guerra, e depois desperdiçou o tempo e os franceses se aproveitaram disso, e ele acabou com um cavalo morto, uma perna quebrada e sem sabre. E me disse que o sabre era o melhor de Bennett.

Sharpe não disse nada, apenas olhou um pássaro branco roçando o mar agitado.

— Você violou as regras da guerra — disse Pullifer azedamente —, mas, pelo que sei, a única regra na porcaria da guerra é vencer. Você destruiu a ponte, não foi?

— Sim, senhor.

— Mas perdeu um dos melhores sabres de Bennett. — Pullifer pareceu achar graça. — Por isso o seu brigadeiro pegou emprestados pena e papel comigo hoje de manhã para escrever um relatório a lorde Wellington. Vai ser um relatório venenoso a seu respeito. Você está se perguntando por que estou contando isso?

— Fico feliz por estar me contando.

— Porque você é como eu, Sharpe. Você veio do fundo do porão. Eu comecei como marinheiro raso. Tinha 15 anos e havia passado oito pescando cavalinhas em Dawlish. Isso foi há trinta anos. Não sabia ler, não sabia escrever e não sabia diferenciar um sextante de um cu, mas agora sou capitão.

— Subiu do fundo do porão — repetiu Sharpe, gostando da gíria naval para alguém que foi promovido dos postos mais baixos até o rancho dos oficiais. — Mas eles nunca deixam o senhor esquecer, não é?

— Na Marinha não é tão ruim — respondeu Pullifer, de má vontade. — Eles valorizam mais a capacidade de navegação que um nascimento nobre. Mas trinta anos no mar ensinam a gente uma ou duas coisas sobre os homens, e tenho a impressão de que o seu sargento estava dizendo a verdade.

— Claro que estava — reforçou Sharpe acaloradamente.

— Por isso estou avisando, só isso. Se eu fosse você, escreveria meu próprio relatório e turvaria a água um pouco. — Pullifer olhou as velas, não encontrou nada a criticar e deu de ombros. — Vão disparar alguns morteiros contra nós na entrada de Cádis, mas até agora eles nunca acertaram algum.

À tarde o vento oeste enfraqueceu, de modo que o *Thornside* diminuiu a velocidade e ficou balançando nas longas ondulações do Atlântico. Cádis surgiu lentamente, uma cidade de luzidias torres brancas que pareciam flutuar sobre o oceano. Ao crepúsculo, o vento havia baixado até um sussurro que não fazia nada a não ser tremular as velas da fragata, e Pullifer se contentou em esperar até a manhã para se aproximar. Um grande navio mercante estava muito mais perto da terra e entrava como um fantasma no porto com os últimos sopros agonizantes do vento. Pullifer olhou-o através de um grande telescópio.

A FÚRIA DE SHARPE

— E o *Santa Catalina* — anunciou. — Nós o vimos nos Açores há um ano. — Ele fechou a luneta. — Espero que esteja recebendo mais vento que nós. Caso contrário, nunca vai chegar à parte sul do porto.

— Isso importa? — perguntou Sharpe.

— Os comedores de lesma vão usá-lo como treino de tiro ao alvo.

Parecia que o capitão estava certo, porque logo depois de escurecer Sharpe ouviu o som abafado de canhões pesados, parecendo trovões distantes. Eram os morteiros franceses disparando do continente, e do castelo de proa do *Thornside* Sharpe viu os clarões monstruosos. Cada clarão era como um raio, pondo em silhueta 1,5 quilômetro de litoral e sumindo num instante, com o brilho súbito confundido pela fumaça que permanecia sob as estrelas. Um marinheiro estava tocando uma música triste numa rabeca e um pouco de luz de lampião vinha da escada que dava para a cabine de popa, onde o brigadeiro jantava de novo com o capitão Pullifer.

— Não foi convidado, senhor? — perguntou Harper. Os fuzileiros de Sharpe e os Connaught Rangers estavam à toa em volta de um canhão de nove libras e cano longo, no castelo de proa.

— Fui — respondeu Sharpe —, mas o capitão achou que talvez eu ficasse mais feliz comendo no alojamento dos oficiais.

— Eles fizeram pudim de ameixa aqui em cima — disse Harper.

— Estava bom — acrescentou Harris. — Muito bom.

— Nós comemos a mesma coisa.

— Às vezes acho que eu deveria ter entrado para a Marinha — declarou Harper.

— Acha? — Sharpe ficou surpreso.

— Pudim de ameixa e rum.

— Não há muitas mulheres.

— Isso é verdade.

— Como está a cabeça, senhor? — perguntou Daniel Hagman.

— Ainda no lugar, Dan.

— Dói?

— Dói — admitiu Sharpe.

— Vinagre e papel pardo, senhor — disse Hagman, sério. — Sempre funciona.

— Eu tinha um tio que foi acertado na cabeça — começou Harper. O irlandês possuía um suprimento infinito de parentes que haviam sofrido os mais variados infortúnios. — Foi acertado por uma cabra velha, foi sim, e o senhor poderia encher o lago Crockatrillen com o sangue dele! Meu Deus, estava por toda parte. Minha tia achou que ele tinha morrido!

Como os fuzileiros e os oficiais, Sharpe esperou.

— E morreu? — perguntou depois de um tempo.

— Santo Deus, não! Naquela noite ele estava ordenhando as vacas de novo, mas a pobre cabra nunca mais foi a mesma. E, afinal, o que vamos fazer em Cádis, senhor?

Sharpe deu de ombros.

— Vamos pegar um barco para Lisboa. Deve haver dezenas de barcos indo para lá.

Ele se virou quando dois estrondos soaram por cima d'água, mas não havia o que ver. Os clarões distantes já tinham sumido e os projéteis dos morteiros não iluminavam quando caíam. Luzes intermitentes brilhavam nas paredes brancas da cidade, mas com exceção disso o litoral estava escuro. A água negra batia nos flancos da fragata e as velas tremiam no vento fraco.

Ao alvorecer o vento havia voltado a soprar forte e o *Thornside* se virou para sudoeste, na direção da entrada da baía de Cádis. Agora a cidade estava mais próxima e Sharpe conseguia ver as enormes fortificações cinzentas sobre as quais as casas reluziam brancas, os muros salpicados de atarracadas torres de vigia e campanários de igrejas, através dos quais a fumaça pairava. Luzes piscavam nas torres e a princípio Sharpe ficou perplexo com isso. Depois percebeu que era o sol se refletindo nas lunetas que observavam a aproximação do *Thornside*. Um barco piloto atravessou o caminho da fragata, com o capitão balançando os braços para mostrar que tinha um piloto disponível para subir a bordo da fragata, porém Pullifer havia passado por aquelas águas traiçoeiras vezes o bastante e não precisava de um guia. Gaivotas circulavam os mastros e as velas da fragata

A FÚRIA DE SHARPE

que deslizava passando pelas ondulações e espumas do mar agitado que marcava a rocha Diamante, e depois a baía se abriu à frente da proa. O *Thornside* virou para o sul, entrando na baía, observado por uma multidão nas muralhas da cidade. Agora era evidente que a fumaça acima da cidade não vinha somente dos fogões, mas principalmente de um navio mercante que pegava fogo no porto. Era o *Santa Catalina*, com o casco atulhado de tabaco e açúcar. Um obus de morteiro francês havia mergulhado entre o mastro de proa e o principal, atravessando uma tampa de alçapão e explodindo abaixo do convés. A tripulação havia improvisado uma bomba e jogado água no fogo. Parecia que haviam controlado o incêndio, mas em algum lugar uma brasa tinha se alojado no meio dos fardos e cresceu. O fogo escondido se espalhou secretamente, com a fumaça disfarçada pelo vapor da água da bomba. Então, logo atrás do mastro principal, o convés irrompeu em novas chamas.

O resto do porto de Cádis, plácido sob um vento suave, parecia não se preocupar com o navio que pegava fogo. Toda uma frota de navios de guerra ingleses estava ancorada ao sul, e Pullifer ordenou que fosse disparado um tiro de saudação ao almirante. Agora os morteiros franceses estavam disparando contra o *Thornside*, mas os projéteis enormes caíam inofensivos dos dois lados, cada um levantando um repuxo de água. Havia três fortes franceses no pântano do continente, todos com morteiros capazes apenas de chegar à beira d'água em Cádis, que ficava em seu istmo como um punho fechado, protegendo a baía. O tenente Theobald, segundo-tenente do *Thornside*, estava ocupado com um sextante, mas em vez de segurá-lo verticalmente, como deveria ser feito ao mirar o sol ou tentar captar uma estrela nos espelhos do instrumento, estava usando-o horizontalmente. Baixou o sextante e franziu a testa. Seus lábios se moveram enquanto ele fazia alguns cálculos semiarticulados, depois foi até onde Sharpe e Harper estavam, apoiados no corrimão a meia-nau.

— Do navio em chamas até o forte é uma distância de 3.340 metros — anunciou Theobald.

— Diabos — disse Sharpe, impressionado. Se o tenente estivesse certo, o projétil do morteiro tinha viajado mais de 3 quilômetros.

— Não garanto os 40 metros — disse Theobald.

Outro morteiro disparou da península do Trocadero. O obus desapareceu nas nuvens baixas enquanto a fumaça do canhão pairava acima do forte, que era uma massa baixa e escura na ponta de terra cercada de pântanos. Então um espirro de água surgiu muito perto do litoral da cidade.

— Mais longe ainda! — disse Theobald, atônito. — Deve ter chegado perto de 3.400 metros! — Era mil metros a mais do que qualquer morteiro inglês podia alcançar. — E os obuses são gigantescos! Uns 60 centímetros de comprimento!

Sharpe pensou nisso.

— O maior morteiro francês que já vi foi um de 12 polegadas.

— O que é bem grande, Deus sabe — acrescentou Harper.

— Eles mandaram fundir estes especialmente em Sevilha — disse Theobald. — Pelo menos é o que os prisioneiros dizem. De qualquer modo são uns desgraçados. Devem usar vinte libras de pólvora para jogar uma bala tão longe. Graças a Deus eles não têm precisão.

— Diga isso àqueles pobres coitados — observou Sharpe, apontando para onde a tripulação do *Santa Catalina* subia num escaler.

— Foi um tiro de sorte — respondeu Theobald. — Como está o seu crânio hoje?

— Dói.

— Nada que o toque de uma mulher não cure — disse Theobald.

Um obus caiu a bombordo do *Thornside*, espirrando água no convés e deixando uma levíssima trilha cinza do pavio aceso, demorando-se no vento fraco. O tiro seguinte caiu a uns 100 metros de distância, e o seguinte foi mais longe ainda, e então os canhões pararam de atirar quando ficou óbvio que a fragata havia saído do alcance.

O *Thornside* ancorou bem ao sul da cidade, perto dos outros navios de guerra ingleses e de várias pequenas embarcações mercantes. O brigadeiro Moon foi mancando até Sharpe, usando as muletas feitas pelo carpinteiro do navio.

— Você vai ficar a bordo por enquanto, Sharpe.

— Sim, senhor.

A FÚRIA DE SHARPE

— Oficialmente os soldados ingleses não têm permissão de entrar na cidade, por isso, se não conseguirmos encontrar um navio que saia hoje ou amanhã, vou arranjar alojamentos para vocês na Isla de León. — Ele indicou as terras baixas ao sul do ancoradouro. — Enquanto isso vou prestar meus respeitos à embaixada.

— À embaixada, senhor?

Moon lançou um olhar exasperado a Sharpe.

— Você está olhando para o que resta da Espanha soberana. Os franceses estão com o resto da porcaria do país, a não ser um punhado de fortalezas, de modo que agora nossa embaixada fica aqui em Cádis, em vez de Madri ou Sevilha. Vou mandar ordens a você.

Essas ordens chegaram logo depois do meio-dia, enviando Sharpe e seus homens para a Isla de León, onde deveriam esperar até que um transporte para o norte deixasse o porto. O escaler que os levou para a terra passou no meio da frota ancorada, na maioria navios mercantes.

— Segundo os boatos, eles vão levar um exército para o sul — comentou o aspirante que comandava o escaler.

— Para o sul?

— Querem desembarcar em algum ponto do litoral, marchar contra os franceses e atacar as linhas de cerco — afirmou o aspirante. — Que diabos, eles fedem! — Ele apontou para quatro grandes navios-prisão que fediam como esgotos abertos. Os cascos já tinham sido de navios de guerra, mas agora estavam sem mastros e as canhoneiras abertas eram protegidas por barras de ferro através das quais homens olhavam a passagem do barco pequeno. — São navios-prisão, senhor — indicou o aspirante. — Cheios de franceses.

— Eu me lembro desse — disse o contramestre, apontando para o casco mais próximo. — Esteve em Trafalgar. Nós o arrebentamos até sobrar apenas lascas. Havia sangue escorrendo pelo costado. Nunca vi uma coisa assim.

— Naquela ocasião os espanhóis estavam do lado errado — falou o aspirante.

— Agora estão do nosso lado — observou Sharpe.

— Esperamos que estejam, senhor. Esperamos mesmo. Cá está, senhor, em segurança, e espero que seu coco se emende.

A Isla de León era lar de 5 mil soldados britânicos e portugueses que ajudavam a defender Cádis dos sitiadores franceses. Tiros esparsos de canhão soavam nas linhas de cerco, alguns quilômetros a leste. A pequena cidade de San Fernando ficava na ilha, e lá Sharpe se apresentou a um major exausto que pareceu achar graça ao saber que um punhado de desgarrados do 88º e do South Essex havia caído no seu colo.

— Seus colegas podem achar espaço nas fileiras de barracas — declarou o major —, mas você vai ficar acantonado em San Fernando, claro, com os outros oficiais. Santo Deus, o que estará livre? — Ele olhou a lista de alojamentos.

— É só por uma noite, talvez — disse Sharpe.

— Depende do vento, não é? Se não soprar para o norte, vocês não vão a lugar nenhum perto de Lisboa. Cá estamos. Você pode dividir uma casa com o major Duncan. Ele é artilheiro, por isso não tem pruridos. Agora ele não está aqui. Está caçando com Sir Thomas.

— Sir Thomas?

— Sir Thomas Graham. Ele comanda aqui. É louco por críquete. Por críquete e caçadas. Claro que não há raposas, por isso eles caçam os cães vadios. Fazem isso entre as linhas, e os franceses fazem a gentileza de não interferir. Você vai querer espaço para o seu criado, não?

Sharpe nunca tivera um criado, mas decidiu que esse era o momento para uma indulgência

— Harris!

— Senhor?

— Agora você é meu serviçal.

— Que júbilo, senhor!

— San Fernando é um lugarzinho decente no inverno — comentou o major. — Tem mosquitos demais no verão, mas é bastante bom nesta época do ano. Há muitas tavernas, algumas com bons bordéis. Existem lugares piores para passar a guerra.

Naquela noite o vento não mudou, nem na seguinte. Sharpe deu aos seus homens e aos do sargento Noolan um dia para consertos. Eles limparam e consertaram uniformes e armas, e em todos os momentos do dia Sharpe rezava para que o vento fosse para o sul ou para o leste. Encontrou um cirurgião do regimento que achou que inspecionar o ferimento de Sharpe faria mais mal que bem.

— Se o sujeito da Marinha pescou o osso e pôs no lugar — disse ele —, fez tudo que a medicina moderna pode fazer. Mantenha a bandagem apertada, capitão, mantenha-a úmida, faça suas preces e tome rum para a dor.

O major Duncan, cujo alojamento Sharpe compartilhava, mostrou-se um escocês afável. Disse que havia pelo menos meia dúzia de navios esperando para zarpar na direção de Lisboa.

— De modo que você vai estar em casa dentro de quatro ou cinco dias — continuou. — Assim que o vento mudar. — Duncan havia convidado Sharpe para a taverna mais próxima, insistindo que a comida era adequada e ignorando quando Sharpe afirmou que não tinha dinheiro. — Os espanhóis comem muito tarde — avisou Duncan —, por isso somos forçados a beber até o cozinheiro acordar. É uma vida dura. — Ele pediu uma jarra de vinho tinto, e nem bem ela aparecera, um jovem oficial com uniforme da cavalaria surgiu à porta da taverna.

— Willie! — cumprimentou Duncan com prazer evidente. — Vai beber conosco?

— Estou procurando o capitão Richard Sharpe, e presumo que seja o senhor, não é? — Ele sorriu para Sharpe e estendeu a mão. — Willie Russell, ajudante de Sir Thomas.

— Lorde William Russell — corrigiu Duncan.

— Mas Willie basta — acrescentou lorde William rapidamente. — O senhor é o capitão Sharpe? Neste caso, senhor, está sendo convocado. Tenho um cavalo para o senhor, e devemos cavalgar como o vento.

— Convocado?

— À embaixada, capitão! Para se encontrar com o ministro plenipotenciário e enviado extraordinário de Sua Majestade à corte da Espanha. Santo Deus, isso é água de poço! — Ele havia experimentado um pouco do vinho de Duncan. — Alguém mijou aí dentro? Está pronto, Sharpe?

— Querem que eu vá à embaixada? — perguntou Sharpe, confuso.

— Sim, e está atrasado. Esta é a terceira taverna em que eu entro e tive que tomar uma bebida em cada uma, não é? *Noblesse oblige*, e coisa e tal. — Ele tirou Sharpe da taverna. — Devo dizer que estou honrado em conhecê-lo! — afirmou lorde William generosamente, depois viu a incredulidade de Sharpe. — Não, verdade. Eu estive em Talavera. Fui ferido lá, mas você tomou uma águia! Foi um golpe forte em Napoleão, não foi? Cá estamos, esse é o seu cavalo.

— Preciso mesmo ir?

Lorde William Russell pareceu pensativo um segundo.

— Acho que sim — respondeu sério. — Porque não é todo dia que enviados extraordinários e ministros plenipotenciários convocam um capitão. E ele não é um sujeito mau, para um embaixador. Você cavalga?

— Mal.

— Como está sua cabeça?

— Doendo.

— Deve doer mesmo, não é? Eu caí de um cavalo uma vez e bati a cabeça num toco de árvore. Fiquei um mês sem conseguir pensar! Ainda não sei se estou curado, para ser honesto. Suba.

Sharpe se acomodou na sela e seguiu lorde William Russell para fora da cidade, entrando no istmo arenoso.

— Qual é a distância?

— Pouco mais de 9 quilômetros. É uma bela cavalgada! Na maré baixa usamos a praia, mas esta noite temos de ir pela estrada mesmo. Você vai conhecer Sir Thomas na embaixada. É um sujeito esplêndido. Vai gostar dele. Todo mundo gosta.

— E Moon?

— Infelizmente também está lá. O sujeito é um grosso, não é? Veja bem, ele foi bem educado comigo, provavelmente porque meu pai é duque.

— Duque?

— De Bedford — completou lorde William, rindo. — Mas não se preocupe, não sou o herdeiro, nem mesmo venho em seguida na sucessão. Sou o que tem de morrer pelo rei e pelo país. Moon não gosta de você, não é?

— Foi o que ouvi dizer.

— O sujeito esteve culpando você por todos os males que sofreu. Diz que você perdeu o sabre dele. Um de Bennett, não é?

— Nunca ouvi falar de Bennett.

— É um cuteleiro em St. James, tremendamente bom e tremendamente caro. Dizem que você poderia se barbear num dos sabres de Bennett, não que eu tenha tentado.

— Foi para isso que mandaram me chamar? Para reclamar?

— Santo Deus, não! Foi o embaixador que mandou chamá-lo. Ele quer embebedar você, acho.

O istmo se estreitou. À esquerda de Sharpe ficava o amplo Atlântico, e à direita a baía de Cádis. A borda da baía parecia branca no crepúsculo, e a brancura era interrompida por centenas de pirâmides brilhantes.

— Sal — explicou lorde William. — Aqui é uma grande atividade, há muito sal.

De repente Sharpe sentiu vergonha de seu uniforme maltrapilho.

— Eu achava que os soldados britânicos não tinham permissão de entrar na cidade.

— Os oficiais têm, mas só os oficiais. Os espanhóis ficam aterrorizados com a ideia de, se pusermos uma guarnição na cidade, nunca irmos embora. Acham que vamos transformar a cidade em outra Gibraltar. Ah, tem uma coisa importante que você deveria saber, Sharpe.

— O que, milorde?

— Me chame de Willie, pelo amor de Deus, todo mundo chama. E a única coisa absolutamente importante, aquela que nunca deve ser esquecida, e essa regra não deve ser violada nem que você esteja caindo de bêbado, é jamais mencionar a esposa do embaixador.

Sharpe olhou o animado lorde William com perplexidade.

— Por que eu faria isso? — perguntou.

— Você não deve — disse lorde William energicamente —, porque seria de um mau gosto pavoroso. Ela se chama Charlotte e fugiu. Charlotte, a Rameira. Fugiu com Henry Paget. Foi medonho, de verdade. Um escândalo horrível. Se você passar algum tempo na cidade, vai ver alguns desses. — Ele enfiou a mão num bolso e pegou um broche. — Veja — encorajou lorde William, jogando o objeto para Sharpe.

O broche era uma coisa barata, feita de osso. Mostrava um par de chifres. Sharpe olhou-o e deu de ombros.

— Chifres de vaca?

— Os chifres do corno. É assim que chamam o embaixador: *el Cornudo*. Nossos inimigos políticos usam esse distintivo para zombar dele, coitado. Ele aguenta bem, mas tenho certeza de que dói. Então, pelo amor de Deus, não pergunte sobre Charlotte, a Rameira, seja bonzinho.

— É improvável que eu faça isso, não é? Eu nem conheço o sujeito.

— Mas é claro que conhece! — afirmou lorde William, animado. — Ele conhece você.

— Conhece? Como?

— Você realmente não sabe quem é o enviado extraordinário de Sua Majestade britânica à Espanha, não é?

— Claro que não!

— O irmão mais novo do secretário do Exterior? — disse lorde William, e viu que Sharpe continuava sem saber de quem ele falava. — Além disso, é o irmão mais novo de Arthur Wellesley.

— De Arthur Wellesley... Quer dizer, de lorde Wellington?

— É o irmão de lorde Wellington, de fato — disse lorde William —, e a coisa fica pior. Charlotte fugiu com o abominável Paget e Henry conseguiu o divórcio, o que significa que teve que aprovar uma lei no parlamento, e isso, acredite, foi uma tremenda bagunça. Então Henry veio para cá e conheceu uma garota tremendamente bonita. Achou que ela era respeitável, o que definitivamente não era, e lhe escreveu algumas cartas. Pobre Henry. E ela é uma coisinha linda, terrivelmente linda! Muito mais linda que Charlotte, a Rameira, mas a coisa toda é completamente embaraçosa e todos fingimos que nada disso jamais aconteceu. A alma da discrição, Sharpe, é isso o que devemos ser. A alma da discrição.

Ele ficou em silêncio porque tinham chegado aos enormes portões e aos gigantescos bastiões que protegiam a entrada sul da cidade. Lá havia sentinelas, mosquetes, baionetas e canhões de cano longo em suas troneiras. Lorde William teve de mostrar um passe. Só então o portão enorme se abriu e Sharpe pôde percorrer as muralhas, os arcos e os túneis da fortificação até se ver nas ruas estreitas da cidade junto ao mar. Havia chegado a Cádis.

Para sua surpresa, Sharpe gostou de Henry Wellesley. Era um homem magro, com quase 40 anos e bonito como o irmão mais velho, ainda que o nariz fosse menos adunco e o queixo, mais largo. Não tinha nem um pouco da arrogância fria de lorde Wellington. Em vez disso parecia acanhado e até gentil. Levantou-se quando Sharpe entrou na sala de jantar da embaixada e pareceu genuinamente satisfeito em ver o fuzileiro.

— Meu caro — saudou ele. — Sente-se aqui. Você conhece o brigadeiro, é claro.

— Conheço, senhor.

Moon lançou um olhar muito frio a Sharpe e nem ao menos o cumprimentou.

— E me permita apresentar Sir Thomas Graham — continuou Henry Wellesley. — O general de divisão Sir Thomas Graham, que comanda nossa guarnição na Isla de León.

— É uma honra conhecê-lo, Sharpe — cumprimentou Sir Thomas. Era um escocês alto e forte, com cabelo branco, rosto castigado pelo sol e olhos muito astutos.

— E acredito que já conheça William Pumphrey — disse Wellesley, ao apresentar o último homem à mesa.

— Santo Deus — exclamou Sharpe involuntariamente. De fato conhecia lorde Pumphrey, mas mesmo assim ficou atônito ao vê-lo. Enquanto isso, lorde Pumphrey jogava um beijo para Sharpe com a ponta dos dedos.

— Não deixe nosso convidado sem graça, Pumps — disse Henry Wellesley, mas era tarde demais, porque Sharpe já estava sem graça. Lorde Pumphrey causava esse efeito nele, e em muitos outros homens também. Era do Ministério do Exterior, disso Sharpe sabia, e o capitão estivera com ele em Copenhague e depois no norte de Portugal, mas Pumphrey continuava ultrajante como sempre. Naquela noite, vestia uma casaca lilás bordada com fios de prata, e na bochecha magra havia uma pinta de veludo preta.

— William é nosso secretário principal aqui — explicou Henry Wellesley.

— Na verdade, Richard, eu fui alocado aqui para deixar os nativos atônitos — comentou languidamente lorde Pumphrey.

— E é tremendamente bem-sucedido nisso — completou Sir Thomas.

— O senhor é muito gentil, Sir Thomas — agradeceu lorde Pumphrey, inclinando a cabeça para o escocês. — Muitíssimo gentil.

Henry Wellesley sentou-se e empurrou um prato para Sharpe.

— Experimente as patas de caranguejo — insistiu. — São uma iguaria local, coletada nos pântanos. Você quebra e chupa a carne.

— Desculpe o atraso, senhor — disse Sharpe. Estava claro, pelos restos na mesa, que o jantar havia acabado, e era igualmente óbvio que Henry Wellesley não tinha comido nada. Ele viu Sharpe fitar seu prato vazio.

— Preciso comparecer a um jantar formal, Sharpe — explicou o embaixador. — Os espanhóis começam a jantar extraordinariamente tarde, e realmente não consigo jantar duas vezes todas as noites. Mesmo assim, esse caranguejo me tenta. — Ele pegou uma pata e usou um quebra-nozes para abrir a casca. Sharpe notou que o embaixador só havia partido a garra para mostrar como se fazia, e pegou agradecido um quebra-nozes. — E como está a cabeça, Sharpe? — perguntou Henry Wellesley.

— Curando, senhor, obrigado.

— Ferimentos na cabeça são uma coisa feia — comentou o embaixador. — Tive um assistente na Índia que abriu a cabeça e eu achei que o pobre coitado estava morto. Mas em uma semana ele ficou inteiro, totalmente curado.

— O senhor esteve na Índia? — perguntou Sharpe.

— Duas vezes. No lado civil, claro. Gostei do lugar.

— Eu também, senhor. — Sharpe estava morrendo de fome e abriu outra pata, que mergulhou numa tigela de manteiga derretida. Lorde William Russell, felizmente, estava igualmente faminto, e os dois compartilharam o prato enquanto os outros homens pegavam charutos.

Era fevereiro, mas fazia calor suficiente para as janelas estarem abertas. O brigadeiro Moon não dizia nada, contente em fazer uma carranca

A FÚRIA DE SHARPE

para Sharpe enquanto Sir Thomas Graham reclamava amargamente dos aliados espanhóis.

— Os navios extras não vieram das Baleares e não vi nenhum dos mapas que prometeram — resmungou ele.

— Tenho certeza de que as duas coisas virão — afirmou Henry Wellesley.

— E os navios que já temos estão ameaçados por balsas incendiárias. Os franceses estão construindo cinco delas.

— Estou certo de que você e o almirante Keats vão adorar cuidar das balsas incendiárias — disse Henry Wellesley com firmeza, depois mudou de assunto voltando-se para Sharpe. — O brigadeiro Moon comentou que vocês se livraram da ponte no Guadiana.

— Sim, senhor.

— Isso é um alívio. No final das contas, Sir Barnaby — Wellesley olhou para o brigadeiro —, foi uma operação extremamente bem-sucedida.

Moon se remexeu na cadeira, então se encolheu quando a dor golpeou sua perna.

— Poderia ter sido melhor, Excelência.

— Como?

— O senhor teria de ser soldado para entender — respondeu Moon abruptamente. Sir Thomas franziu a testa desaprovando a grosseria do brigadeiro, mas Moon não cedeu um centímetro sequer. — Na melhor das hipóteses — continuou ele —, foi apenas um sucesso falho. Um sucesso muito falho.

— Eu servi no 40º de Infantaria — começou Henry Wellesley. — Talvez não tenha sido meu momento mais brilhante, mas não sou ignorante acerca de questões militares. Então me diga por que foi falho, Sir Barnaby.

— As coisas poderiam ter corrido de um jeito melhor — declarou Moon, como se encerrasse o assunto.

O embaixador pegou um charuto já cortado com um serviçal, depois se curvou para acendê-lo na vela estendida.

— E aqui estava eu convidando-o para contar seu triunfo. Você é tão reticente quanto o meu irmão, Sir Barnaby.

— Fico lisonjeado pela comparação com lorde Wellington, Excelência — agradeceu Moon rigidamente.

— Veja bem, uma vez Arthur me contou um feito dele — observou Henry Wellesley. — E não é um feito do qual ele emerge com muito crédito. — O embaixador soltou uma nuvem de fumaça na direção do lustre de cristal. Sir Thomas e lorde Pumphrey estavam sentados imóveis, como se soubessem que algo acontecia na sala, enquanto Sharpe, sentindo a atmosfera tensa, deixava as patas de caranguejo em paz. — Ele perdeu o cavalo em Assaye — continuou o embaixador. — Acho que era esse o nome do lugar. De qualquer modo, ele foi jogado nas fileiras inimigas, todos os outros continuaram galopando e Arthur me contou que tinha certeza de que ia morrer. Foi cercado pelo inimigo, todos ferozes como ladrões. E então, vindo de lugar nenhum, aparece um sargento inglês. De lugar nenhum, disse ele! — Henry Wellesley balançou o charuto como se fosse um mágico que o tivesse feito surgir de repente. — E o que aconteceu em seguida, segundo Arthur, foi a melhor demonstração de qualidade militar que jamais testemunhou. Ele diz que aquele sargento matou cinco homens. Pelo menos cinco homens, disse ele. O sujeito os trucidou sozinho!

— Cinco homens! — disse lorde Pumphrey com admiração sincera.

— Pelo menos cinco — repetiu o embaixador.

— As lembranças das batalhas podem ser muito confusas — comentou Moon.

— Ah! Você acha que Arthur enfeitou a história? — perguntou Henry Wellesley com educação exagerada.

— Um homem contra cinco? — sugeriu Moon. — Eu ficaria muito surpreso, Excelência.

— Então vamos perguntar ao sargento que lutou contra eles — disse Henry Wellesley, jogando sua armadilha. — De quantos homens você lembra, Sharpe?

Moon pareceu picado por uma vespa enquanto Sharpe, de novo sem graça, apenas deu de ombros.

— E então, Sharpe? — instigou Sir Thomas Graham.

— Havia alguns, senhor — respondeu Sharpe, desconfortável. — Mas, claro, o general estava lutando comigo, senhor.

A FÚRIA DE SHARPE

— Arthur me contou que estava atordoado — contrapôs Henry Wellesley. — Disse que estava incapaz de se defender.

— Ele estava lutando para se libertar, senhor — disse Sharpe. Na verdade, Sharpe havia empurrado o tonto Sir Arthur Wellesley por baixo de um dos canhões indianos e o havia abrigado ali. Haviam sido mesmo cinco homens? Não conseguia lembrar. — E a ajuda veio bem depressa, senhor — continuou rapidamente. — Muito depressa.

— Mas, como diz, Sir Barnaby — agora a voz de Henry Wellesley era sedosa —, as lembranças das batalhas podem ser muito confusas. Eu receberia como um favor se o senhor me permitisse ver o relatório sobre seu grande triunfo no forte Joseph.

— Claro, Excelência — respondeu Moon, e então Sharpe entendeu o que havia acontecido. O enviado extraordinário e ministro plenipotenciário havia intervindo a seu favor, deixando Moon saber que lorde Wellington tinha uma dívida para com Sharpe e que seria sensato o brigadeiro mudar o relatório. Isso era um favor, e um favor generoso, mas Sharpe sabia que os favores eram feitos para que outros fossem devolvidos.

Um relógio no console da lareira marcou dez horas da noite e Henry Wellesley suspirou.

— Devo colocar uma roupa chique para nossos aliados. — Houve um arrastar de cadeiras enquanto os convidados se levantavam. — Terminem com o vinho do porto e os charutos — disse o embaixador enquanto ia para a porta, onde parou. — Sr. Sharpe? Podemos trocar uma palavrinha?

Sharpe acompanhou Henry Wellesley pelo corredor até uma saleta iluminada por velas. Um fogo de carvão queimava na lareira, livros cobriam as paredes e uma mesa com tampo de couro ficava sob a janela que o embaixador havia aberto.

— Os empregados espanhóis insistem em me manter aquecido. Eu digo que prefiro o ar fresco, mas eles não acreditam. Deixei você sem graça, lá?

— Não, senhor.

— Foi pelo bem do brigadeiro Moon. Ele me disse que você o havia deixado em má situação, o que duvido que tenha acontecido. Ele é um homem incapaz de dividir o crédito, acho. — O embaixador abriu um armário e pegou uma garrafa escura. — Vinho do Porto, Sharpe. É o melhor de Taylor e você não encontrará melhor deste lado do paraíso. Posso servir uma taça?

— Obrigado, senhor.

— E há charutos na caixa de prata. Você deveria fumar um. Meu médico diz que é bom para o pulmão. — Henry Wellesley serviu uma única taça de vinho do Porto, que entregou a Sharpe. Em seguida foi até uma elegante mesa redonda que servia como tabuleiro de xadrez. Olhou as peças, que estavam no meio de uma partida. — Acho que estou encrencado. Você joga?

— Não, senhor.

— Eu jogo com Duff. Ele foi cônsul aqui e é bastante bom. — O embaixador tocou uma torre preta com um dedo hesitante, depois abandonou o jogo para se sentar atrás da mesa, de onde fez uma inspeção atenta no fuzileiro. — Duvido que meu irmão jamais tenha agradecido adequadamente por ter você salvado a vida dele. — Esperou uma resposta, mas Sharpe ficou quieto. — Obviamente não. É a cara de Arthur.

— Ele me deu uma ótima luneta, senhor — declarou Sharpe.

— Sem dúvida uma luneta que tinha sido dada a ele — insinuou Henry Wellesley — e que ele não queria.

— Tenho certeza de que não é verdade, senhor.

Wellesley sorriu.

— Meu irmão tem muitas virtudes, mas a capacidade de exprimir sentimentos não é uma delas. Se serve de consolo, Sharpe, ele frequentemente expressa admiração por suas qualidades.

— Obrigado, senhor — agradeceu Sharpe, desconcertado.

O embaixador suspirou, dando a entender que a parte agradável da conversa havia terminado. Hesitou, como se procurasse palavras, então abriu uma gaveta e encontrou um pequeno objeto que jogou sobre o tampo de couro da mesa.

— Sabe o que é isso, Sharpe?

— Infelizmente sim, senhor.

— Imaginei que Willie Russell iria contar a você. E que tal isso? — Ele empurrou um jornal por cima da mesa. Sharpe o segurou, viu que se chamava *El Correo de Cádiz*, mas a luz era muito fraca e as letras pequenas demais para tentar ler a folha mal-impressa. Ele baixou o jornal. — Você viu isso?

— Não, senhor.

— Apareceu nas ruas hoje e supostamente publica uma carta que eu teria mandado a uma dama. Na carta eu digo a ela que os ingleses planejam anexar Cádis e transformá-la numa segunda Gibraltar. Não cita o meu nome, mas numa cidade pequena como esta isso não é necessário. E eu não preciso nem dizer a você que o governo de Sua Majestade não tem desígnios para Cádis.

— Então a carta é falsa, senhor?

Henry Wellesley fez uma pausa.

— Não totalmente — respondeu com cautela. Agora não estava encarando Sharpe, mas havia se revirado na cadeira para espiar a escuridão do jardim. Deu um trago no charuto. — Imagino que Willie Russell tenha contado a você sobre minha situação.

— Sim, senhor.

— Então não irei descrevê-la com mais detalhes, a não ser para dizer que há alguns meses conheci uma dama aqui, e fui convencido de que ela era de nascimento nobre. Ela vinha das colônias espanholas e me garantiu que seu pai era rico, que de fato era respeitável, mas não era. E antes que eu descobrisse essa verdade fui tolo a ponto de expressar meu sentimento em cartas. — Ele fez uma pausa, ainda olhando pela janela aberta, esperando Sharpe falar, mas ele ficou quieto. — As cartas foram roubadas — continuou o embaixador —, e não por culpa dela. — Ele se virou e olhou Sharpe em desafio, como se esperasse que não acreditasse.

— E o ladrão tentou chantageá-lo, senhor?

— Exatamente. O desgraçado fez um acordo para me vender as cartas, mas meu emissário foi assassinado. Ele e seus dois companheiros. O dinheiro, claro, desapareceu, e agora as cartas estão nas mãos de nossos inimigos políticos. — Wellesley falava com amargura, e deu um soco no jornal. — Você deve entender, Sharpe, que há homens em Cádis que acreditam sinceramente que o futuro da Espanha seria muito melhor se fizessem a paz com Napoleão. Acreditam que a Grã-Bretanha é o inimigo mais poderoso. Acham que estamos decididos a destruir as colônias da Espanha e assumir seu comércio no Atlântico. Não acreditam que meu irmão possa expulsar os franceses de Portugal, quanto mais da Espanha, e estão trabalhando diligentemente para criar um futuro político que não inclua uma aliança com os britânicos. Meu trabalho é convencê-los do contrário, e essas cartas tornarão a tarefa muito mais difícil. Podem até torná-la impossível. — Mais uma vez ele fez uma pausa, como se convidasse Sharpe a realizar algum comentário, porém o fuzileiro continuou sentado, imóvel e em silêncio. — Lorde Pumphrey me disse que você é um homem capaz — disse em voz baixa o embaixador.

— Ele é muito gentil, senhor — respondeu Sharpe, impassível.

— E diz que você tem um passado pungente.

— Não sei bem o que isso quer dizer, senhor.

Henry Wellesley deu um meio sorriso.

— Perdoe se estou errado e acredite quando garanto que não tento ofender, mas lorde Pumphrey disse que você já foi um ladrão. É verdade?

— Fui, senhor — admitiu Sharpe.

— O que mais?

Sharpe hesitou, então decidiu que o embaixador fora honesto com ele, por isso devolveria a gentileza.

— Ladrão, assassino, soldado, sargento, fuzileiro — disse a lista em tom vazio, mas Henry Wellesley detectou orgulho nas palavras.

— Nossos inimigos, Sharpe, publicaram uma carta, mas dizem que estão dispostos a me vender o restante. Não tenho dúvida de que o preço será extorsivo, mas eles deram a entender que não publicarão mais se eu pagar o preço. Lorde Pumphrey está negociando em meu nome. Caso seja selado um acordo, eu agradeceria muito se você servisse como acompanhante e protetor dele quando as cartas forem trocadas por dinheiro.

Sharpe pensou nisso.

— O senhor disse que seu mensageiro anterior foi morto?

— Ele se chamava Plummer. Os ladrões disseram que ele tentou pegar as cartas sem entregar o ouro, e devo dizer que isso parece plausível. O capitão Plummer era um homem beligerante, que Deus o tenha. Eles o es-

A FÚRIA DE SHARPE

111

faquearam e também seus dois companheiros na catedral, depois jogaram os corpos no quebra-mar.

— O que garante que não farão isso de novo, senhor?

Wellesley deu de ombros.

— O capitão Plummer pode tê-los confrontado. E certamente ele não era um diplomata autorizado. Lorde Pumphrey é. Assassinar lorde Pumphrey, garanto, provocaria uma reação muito vigorosa. E sua presença, ouso dizer, talvez os impeça.

Sharpe ignorou o elogio.

— Mais uma pergunta, senhor. O senhor perguntou se já fui ladrão. O que isso tem a ver com manter lorde Pumphrey vivo?

Henry Wellesley pareceu sem graça.

— Se lorde Pumphrey fracassar em chegar a um acordo, eu esperava que as cartas pudessem ser roubadas de volta.

— O senhor sabe onde elas estão?

— Presumo que no lugar onde o jornal é publicado.

Parecia uma suposição gigantesca para Sharpe, mas ele ignorou.

— Quantas cartas existem, senhor?

— Eles têm 15.

— Existem mais?

— Eu escrevi mais, infelizmente. Porém eles só roubaram 15.

— Então a jovem tem outras, senhor?

— Tenho certeza de que não — disse Henry Wellesley rigidamente. — Talvez apenas 15 tenham sobrevivido.

Sharpe tinha consciência de que algo não havia sido dito, mas achou que pressionar o embaixador não iria revelar isso.

— O roubo é um serviço que exige habilidade, senhor, e a chantagem é um serviço maligno. Preciso de homens. Estamos lidando com matadores, por isso preciso dos meus próprios matadores.

— Com Plummer morto não tenho homens a oferecer — declarou o embaixador dando de ombros.

— Tenho 15 fuzileiros, senhor, e eles servirão. Mas precisam estar aqui, na cidade, e precisam de roupas civis, além de uma carta do senhor a lorde Wellington, dizendo que estão aqui a serviço. Preciso disso acima de tudo, senhor.

— Concordo com tudo — respondeu Henry Wellesley, com alívio na voz.

— E preciso falar com a dama, senhor. Não há sentido em roubar um maço de cartas se há outro lote esperando.

— Infelizmente não sei onde ela está. Se soubesse, diria, claro. Ela parece ter se escondido.

— Mesmo assim preciso do nome dela.

— Caterina — disse Henry Wellesley com ar de desejo. — Caterina Blazquez. — Ele esfregou o rosto com uma das mãos. — Sinto-me muito tolo em contar tudo isso a você.

— Todos já bancamos os tolos por causa de mulheres, senhor. Não estaríamos vivos se não fosse assim.

Wellesley sorriu pesaroso diante disso.

— Mas, se lorde Pumphrey tiver sucesso com a negociação, tudo estará terminado. Uma lição terá sido aprendida.

— E, se não tiver, o senhor quer que eu roube as cartas?

— Espero que não seja necessário. — Wellesley se levantou e jogou o charuto na noite, que atingiu o gramado escuro com uma chuva de fagulhas. — Preciso mesmo me vestir. Uniforme de gala completo, com espada e tudo. Mas uma última coisa, Sharpe.

— Senhor? — Sharpe sabia que deveria chamar o embaixador de "Excelência", mas esquecia, e Wellesley parecia não se incomodar.

— Nós vivemos, respiramos e estamos nesta cidade por permissão dos espanhóis. É assim que deve ser. Então, o que quer que você faça, Sharpe, faça com cuidado. E, por favor, não mencione isso a ninguém além de lorde Pumphrey. Somente ele tem conhecimento das negociações.

Isso não era verdade. Havia outro homem que poderia ajudar, que iria ajudar, mas Henry Wellesley duvidava que ele pudesse ter sucesso. O que o deixava dependendo desse patife cheio de cicatrizes e com uma bandagem na cabeça.

— Não mencionarei, senhor.

— Então boa noite, Sharpe.

— Boa noite, senhor.

Lorde Pumphrey, cheirando levemente a violetas, esperava no corredor.

— E então, Richard?

— Parece que tenho uma missão aqui.

— Fico muito feliz. Vamos conversar? — Lorde Pumphrey guiou Sharpe através do corredor iluminado por velas. — Eram mesmo cinco homens, Richard? Seja sincero. Cinco?

— Sete — respondeu Sharpe, mas não conseguia lembrar. E não importava. Ele era ladrão, era assassino e era soldado, e agora precisava cuidar de um chantagista.

SEGUNDA PARTE

A cidade

CAPÍTULO IV

Sharpe recebeu um quarto no sótão da embaixada. O teto era plano e muito danificado por infiltrações, visto que um grande trecho do reboco estava faltando e o resto, perigosamente rachado. Havia uma jarra com água sobre uma mesinha e um penico embaixo da cama. Lorde
5. Pumphrey tinha pedido desculpas pelas acomodações.

— O cônsul aqui em Cádis alugou as instalações para nós. Cinco casas no total. Eu fiquei com uma delas, mas acho que você estaria mais feliz na própria embaixada.

— Estaria — respondeu Sharpe rapidamente.

10. — Foi o que pensei. Então nós nos encontramos amanhã às cinco da tarde.

— E eu preciso de roupas civis — disse Sharpe ao lorde, e quando foi dormir encontrou uma calça, uma camisa e um casaco arrumados para ele. Suspeitou que haviam pertencido ao desafortunado Plummer. As rou-
15. pas eram pretas, grandes demais, rígidas e estavam ligeiramente úmidas, como se jamais tivessem sido secadas adequadamente depois de lavadas.

Saiu da embaixada às seis horas. Sabia disso porque uns vinte sinos de igreja marcaram a hora, numa cacofonia ao vento que aumentava. Não levava espada nem fuzil, porque as duas armas eram reveladoras demais,
20. porém havia apanhado uma pistola emprestada na embaixada.

— Você não vai precisar dela — dissera lorde Pumphrey na noite anterior.

— Não gosto de andar desarmado — retrucara Sharpe.

A FÚRIA DE SHARPE

— Você é quem sabe. Mas, pelo amor de Deus, não assuste os nativos. Eles já desconfiam bastante de nós.

— Só vou explorar. — Não havia mais nada para Sharpe fazer. Lorde Pumphrey esperava uma mensagem dos chantagistas. Ninguém sabia quem eles eram, mas a publicação da carta no jornal apontava para a facção política mais ansiosa para romper a aliança com os ingleses. — Se suas negociações fracassarem, é por aquele jornal que começaremos — dissera Sharpe.

— Minhas negociações jamais fracassam — garantiu lorde Pumphrey em tom imponente.

— Mesmo assim vou dar uma olhada no jornal — insistiu Sharpe, por isso havia saído de manhã cedo e, mesmo tendo recebido orientações detalhadas, logo se perdeu. Cádis era um labirinto de becos estreitos e escuros e construções altas. Ninguém podia usar carruagem, porque poucas ruas tinham largura suficiente, de modo que os ricos andavam a cavalo, eram carregados em liteiras ou caminhavam.

O sol ainda não havia nascido e a cidade estava adormecida. As poucas pessoas acordadas provavelmente não tinham ido para a cama ainda ou então eram criados varrendo pátios ou carregando lenha. Um gato roçou nos tornozelos de Sharpe e ele parou para fazer carinho no bicho, depois seguiu por outro beco calçado de pedras, no fim do qual encontrou o que desejava do lado de fora de uma igreja. Um mendigo dormia nos degraus. Ele acordou o homem e lhe deu um guinéu inteiro, além da capa e do chapéu de Plummer. Em troca ficou com a capa e o chapéu de aba larga do mendigo. Ambos estavam engordurados e imundos.

Caminhou na direção dos poucos vislumbres do alvorecer e se viu junto à muralha da cidade. A face externa descia íngreme até os molhes do porto, mas a plataforma de tiro ficava quase no mesmo nível das ruas. Caminhou pelo topo largo, onde canhões escuros se escondiam atrás de canhoneiras. Uma fagulha de luz apareceu do outro lado da água, na península do Trocadero, onde os franceses tinham seus morteiros gigantes. Uma companhia de soldados espanhóis estava postada na muralha, mas pelo menos metade roncava. Cães procuravam comida ao longo da borda.

O mundo inteiro, como a cidade, parecia adormecido, mas então uma explosão de luz rasgou o horizonte a leste ao meio. A luz se espalhou como um disco, súbita e branca, destacando a silhueta dos poucos navios ancorados perto dos molhes, e então ela se desbotou, com os restos se retorcendo numa grande flor de fumaça que subiu acima de um dos fortes franceses, e por fim chegou o barulho. Um trovão retumbou sobre a baía, acordando as sentinelas adormecidas enquanto o obus pousava do outro lado da muralha, 400 metros distante de Sharpe. Houve um breve silêncio antes que o projétil explodisse. Um traço de fumaça oscilante, deixado pelo pavio aceso, pairava às primeiras luzes do dia. O obus havia se despedaçado dentro de um pequeno pomar de laranjeiras e, quando chegou ao local, Sharpe pôde sentir o cheiro de fumaça de pólvora. Chutou um caco do invólucro, que caiu quicando pela muralha. Então ele desceu até a grama chamuscada e atravessou o pomar, chegando em uma rua escura. As paredes das casas eram de um branco sujo, enquanto o amanhecer reluzia no leste.

Estava perdido, mas na borda norte da cidade, onde queria estar. Explorando as ruas estreitas, finalmente havia encontrado a igreja com o crucifixo pintado de vermelho na parede externa. Lorde Pumphrey tinha dito que o crucifixo fora trazido da Venezuela e se acreditava que, no dia de são Vicente, a tinta vermelha se transformava em sangue. Sharpe se perguntou quando seria o dia. Gostaria de ver a tinta virar sangue.

Agachou-se no degrau inferior da entrada da igreja. A capa imunda o envolvia e o chapéu de aba larga escondia seu rosto. Lá a rua tinha apenas cinco passos de largura, e quase à frente dele ficava uma casa de quatro andares, marcada por uma concha de vieira cimentada na fachada branca. Um beco seguia pela lateral da casa, cuja porta da frente era ornamentada, flanqueada por duas janelas. As janelas tinham postigos por dentro, e do lado de fora do vidro havia grossas grades pintadas de preto. Os andares superiores tinham três janelas cada, dando para balcões estreitos. Era ali que *El Correo de Cádiz* era impresso.

— A casa pertence a um homem chamado Nunez, que é dono do jornal. Ele mora em cima da gráfica.

A fúria de Sharpe

Ninguém se mexia na casa de Nunez. Sharpe se agachou, imóvel, pondo no degrau ao lado uma tigela de madeira tirada da cozinha da embaixada. Havia posto um punhado de moedas na tigela, lembrando-se de que esse era o modo de encorajar a generosidade. Pensou nos mendigos de sua infância. O Cego Michael, capaz de enxergar como um falcão, e Kate Farrapo, que contratava bebês por 2 pence a hora e puxava os xales das mulheres bem-vestidas na Strand. Ela usava um alfinete de chapéu para fazer os bebês chorarem, e num bom dia às vezes ganhava 2 ou 3 libras, que bebia na mesma tarde. Havia Moses Fedido, que dizia ter sido pároco antes de arranjar dívidas. Lia a sorte das pessoas em troca de 1 xelim.

— Sempre diga que elas serão felizes no amor, garoto — havia aconselhado a Sharpe — porque as pessoas preferem ter sorte na cama a ir para o céu.

O lugar estava estranhamente cômodo. Sharpe ficou agachado e, quando os primeiros pedestres apareceram, murmurou as palavras que Pumphrey havia sugerido.

— *Por favor, Madre de Dios.*

Ficava repetindo as palavras, ocasionalmente murmurando agradecimentos quando uma moeda de cobre batia na tigela. O tempo todo vigiava a casa com a concha de vieira, e notou que a grande porta da frente nunca era usada e que os postigos por trás das grossas grades das janelas jamais eram abertos, ainda que as outras casas da rua os abrissem para aproveitar a pouca luz que conseguia penetrar entre as construções altas. Seis homens chegaram a casa e todos usaram uma porta lateral no beco. No fim da manhã Sharpe foi até lá, murmurando seu encantamento enquanto andava, e se agachou novamente, desta vez na boca do beco, e viu um homem ir até a porta lateral e bater. Uma portinhola se abriu, uma pergunta foi feita e evidentemente respondida de modo satisfatório, pois a porta foi aberta. Na hora seguinte três carregadores entregaram caixotes e uma mulher veio com uma trouxa de roupa lavada. A mesma portinhola foi aberta a cada vez, antes que os visitantes tivessem permissão de entrar. A lavadeira jogou uma moeda na tigela de Sharpe.

— *Gracias.*

No meio da manhã um padre saiu pela porta do beco. Era alto e tinha o queixo comprido. Ele deixou cair uma moeda na tigela de Sharpe e ao mesmo tempo deu uma ordem que Sharpe não entendeu, mas o padre apontou para a igreja e Sharpe presumiu que recebera ordem de sair do beco. Pegou a tigela e arrastou os pés para a igreja, e lá viu encrenca esperando.

Três mendigos haviam ocupado seu lugar nos degraus. Todos eram homens. Pelo menos metade dos mendigos de Cádis era formada de aleijados, sobreviventes de batalhas contra os ingleses ou franceses. Não tinham membros, eram cheios de cicatrizes e ulcerosos. Alguns exibiam placas com o nome das batalhas onde haviam se ferido, enquanto outros usavam com orgulho os restos de seus uniformes, mas nenhum dos três que esperavam era aleijado ou usava uniforme, e todos vigiavam Sharpe.

Sharpe havia invadido a área deles. Os mendigos de Londres eram organizados como qualquer batalhão. Se alguém ocupasse um posto onde outros mendigos ficavam, o sujeito seria avisado, e, caso não atendesse ao aviso, os mendigos chefes seriam chamados em seus covis. Moses Fedido sempre havia trabalhado na Igreja de St. Martin in the Fields, e uma vez fora roubado por dois marinheiros que o chutaram pelo meio da rua até a porta do asilo de pobres, onde pegaram suas moedas, e depois ocuparam seu lugar na escada da igreja. Na manhã seguinte, Moses Fedido estava de volta à igreja e dois cadáveres foram encontrados em Moon's Yard.

Esses três homens estavam em missão semelhante. Não disseram nada quando Sharpe emergiu do beco, apenas o cercaram. Um pegou sua tigela e os outros dois seguraram seus cotovelos e o empurraram depressa para o oeste, até chegarem a um arco sombreado.

— *Madre de Dios* — murmurou Sharpe. Ainda estava encurvado como se tivesse a coluna ferida.

O homem que segurava a tigela exigiu saber quem ele era. Sharpe não entendeu o espanhol rápido e coloquial do sujeito, mas supôs que era o que ele queria saber, assim como adivinhou o que viria em seguida. Uma faca saiu da capa esfarrapada do sujeito e saltou na direção da garganta de Sharpe. Nesse momento o mendigo aparentemente aleijado se transformou num soldado. Sharpe agarrou o pulso do sujeito e manteve a faca em movimento para cima, mas agora na direção do dono, e sorria quando a lâmina deslizou facilmente para a carne macia sob o queixo do sujeito. Deu um último empurrão brusco no pulso, de modo que a lâmina atravessou a língua dele, chegando ao palato. O homem soltou um gemido enquanto o sangue espirrava de sua boca. Sharpe, que havia facilmente libertado o braço direito, agora soltava o esquerdo enquanto o homem desse lado dava um chute violento. Sharpe agarrou a bota dele e a puxou para cima, fazendo-o voar para trás e cair com força nas pedras do calçamento, o crânio fazendo um som parecido com uma coronha de mosquete batendo contra uma pedra. Sharpe deu uma cotovelada entre os olhos do terceiro homem. Tudo isso havia demorado segundos. O primeiro homem estava olhando arregalado para Sharpe, que agora sacou sua pistola. O que havia caído estava agora de joelhos, grogue. O segundo tinha sangue escorrendo pelo nariz e a pistola estava apontada para a virilha do líder. Sharpe a engatilhou e, na passagem em arco, o som foi agourento.

O homem, com a própria faca ainda prendendo a boca fechada, largou a tigela. Ergueu as mãos como se quisesse evitar mais encrenca.

— Dá o fora — disse Sharpe em inglês e, ainda que não entendessem, obedeceram. Recuaram devagar até que Sharpe apontou a pistola e eles fugiram. — Patifes.

Sua cabeça estava latejando. Tocou a bandagem e se encolheu de dor. Agachou-se e recolheu as moedas. Quando se levantou sentiu algo latejar e ficou tonto, por isso se encostou na lateral do beco e olhou para cima, porque isso parecia aliviar a dor. Havia uma cruz engastada no remate central do arco. Olhou para ela até a dor recuar. Guardou a pistola que ainda estava segurando descuidadamente, embora o arco fosse suficientemente profundo para escondê-lo dos poucos pedestres que passavam. Notou mato crescendo ao pé do portão fechado por um grande cadeado antigo, como o que guardava a casa de barcos da marquesa. O cadeado estava cheio de ferrugem. Sharpe saiu à rua e viu que as janelas do prédio estavam fechadas e presas com tábuas. Uma torre de vigia se alçava acima do prédio, e mais mato crescia entre as pedras da torre. A construção estava abandonada e não ficava a mais de quarenta passos da casa de Nunez.

— Perfeita — disse em voz alta, e uma mulher que puxava uma cabra usando uma corda fez o sinal da cruz, porque pensou que ele fosse louco.

Era quase meio-dia. Sharpe passou um longo tempo examinando as ruas em busca da mercadoria que desejava, e teve de enrolar a capa imunda e o chapéu embaixo do braço antes de entrar na loja, onde comprou um cadeado novo. O instrumento fora fabricado na Inglaterra e tinha guardas dentro do invólucro de aço para proteger contra gazuas. O vendedor cobrou muito caro, na certa porque o cliente era inglês, mas Sharpe não discutiu. O dinheiro não era dele, tinha sido dado por lorde Pumphrey, tirado da verba da embaixada.

Voltou ao crucifixo milagroso e se acomodou nos degraus embaixo da cúpula de pedra. Sabia que os três homens voltariam, ou dois deles, mas não antes de terem conseguido reforços, e Sharpe achou que isso lhe daria uma ou duas horas. Um cão investigou os cheiros interessantes de sua capa emprestada, depois mijou na parede. Mulheres entravam e saíam da igreja e a maioria jogava pequenas moedas em sua tigela. Outra mendiga gemia no lado oposto dos degraus. Ela tentou conversar com Sharpe, mas tudo que ele dizia era "Mãe de Deus", e ela parou de tentar. Ele apenas vigiava a casa e imaginava como poderia ter esperança de roubar alguma coisa lá de dentro, se de fato as cartas estivessem lá. O lugar era obviamente bem-guardado, e ele suspeitava que a porta da frente e as janelas do térreo teriam sido bloqueadas. Um monge estivera andando de casa em casa, provavelmente coletando dinheiro para caridade, e o sujeito havia batido na porta, sem resultado, até que o padre queixudo aparecera saindo do beco. Ele gritou para o monge ir embora. Portanto a porta da frente não podia ser aberta, e isso sugeria que havia uma barricada nela, assim como nas duas janelas com grades. Os morteiros franceses dispararam mais duas vezes, no entanto nenhum obus chegou perto da rua onde Sharpe esperava. Ele ficou sentado nos degraus até que as ruas se esvaziaram enquanto as pessoas iam fazer a sesta, depois arrastou os pés de volta até a construção abandonada, onde os três homens haviam tentado roubá-lo.

A FÚRIA DE SHARPE

Arrebentou o cadeado velho com uma pedra solta do calçamento, soltou a corrente e entrou.

Viu-se num pequeno pátio com claustro. Uma parte da galeria tinha desmoronado e as pedras do restante estavam chamuscadas. Havia uma pequena capela de um dos lados e algo atravessara o teto, queimando todo o interior. Um obus francês? Contudo, pelo que Sharpe conseguia ver, os grandes morteiros franceses não tinham alcance para chegar tão longe na cidade e, além disso, os danos eram antigos. Havia mofo crescendo nas marcas de queimado e mato crescendo entre as pedras do piso da capela.

Subiu a escada da torre de vigia. O horizonte da cidade era pontuado por torres, quase duzentas, e Sharpe supôs que teriam sido construídas para que os mercadores vigiassem seus navios que vinham do Atlântico. Ou talvez as primeiras tivessem sido construídas quando Cádis era jovem, quando os romanos possuíam guarnições na península e vigiavam os piratas cartagineses. Então os mouros tomaram Cádis e vigiavam os atacantes cristãos, e, quando finalmente os espanhóis tomaram a cidade, vigiavam os bucaneiros ingleses. Eles chamavam Sir Frances Drake de *el Draco*, e o dragão fora a Cádis e queimara a maior parte da cidade velha, por isso as torres foram reconstruídas, uma após a outra, porque Cádis jamais ficava sem inimigos.

A torre tinha seis andares de altura. O topo era uma plataforma com telhado e uma balaustrada, e Sharpe passou a cabeça muito devagar por cima do parapeito, de modo que ninguém que estivesse olhando visse um movimento súbito. Espiou para o leste e percebeu que estivera certo, aquele era o lugar perfeito para vigiar a casa de Nunez, que ficava apenas a cinquenta passos de distância e era ligada ao prédio abandonado por outras casas, todas com teto plano. A maioria das casas da cidade tinha tetos planos, lugares para desfrutar o sol que raramente chegava às ruas fundas, estreitas e bloqueadas por balcões. As chaminés lançavam sombras pretas, e foi numa dessas sombras que Sharpe viu a sentinela na casa de Nunez: um homem com capa escura, sentado com um mosquete atravessado nos joelhos.

Sharpe vigiou durante quase uma hora, tempo em que o sujeito praticamente não se mexeu. Os morteiros franceses tinham parado de atirar, mas longe, a sul e a leste, brotava fumaça de canhões do outro lado dos pântanos, onde os sitiadores franceses ficavam de frente para o pequeno exército britânico que protegia o istmo de Cádis. O som do canhão era abafado, um mero resmungo de trovão distante, e por fim isso também morreu.

Sharpe voltou à rua, fechou o portão, recolocou a corrente e usou o cadeado novo para prendê-la. Enfiou a chave num bolso e andou para leste e sul, para longe da casa de Nunez. Mantinha o oceano à direita, sabendo que isso o levaria à catedral onde deveria encontrar lorde Pumphrey. Enquanto andava pensou em Jack Bullen. Pobre Jack, um prisioneiro, e se lembrou do sopro de fumaça brotando do mosquete de Vandal. Havia uma vingança a realizar. Sua cabeça doía. Às vezes uma pontada de dor enegrecia sua visão no olho direito, o que era estranho, porque o ferimento era do lado esquerdo do couro cabeludo. Chegou cedo à catedral, por isso sentou-se no quebra-mar e olhou as grandes ondas vindas do Atlântico para se partir nas pedras e recuar em branco. Um pequeno grupo de homens andava com dificuldade no recife irregular que se estendia a leste da cidade e terminava num farol. Podia ver que carregavam fardos, presumivelmente combustível para o fogo que ficava aceso a noite toda na plataforma do farol. Eles hesitavam entre as pedras, só pulando quando o mar recuava e a espuma branca escorria das pedras.

Um relógio marcou cinco horas e ele andou até a catedral que, mesmo inacabada, erguia-se enorme acima das casas menores. O teto estava meio coberto por lonas, de modo que era difícil dizer como ficaria quando estivesse terminada, mas por enquanto parecia feia, uma massa brutal de pedra marrom-acinzentada interrompida por poucas janelas e envolta por uma teia de aranha de andaimes. A entrada, que dava para uma rua estreita com pilhas de pedras, era alcançada através de uma bela escadaria onde lorde Pumphrey esperava, defendendo-se dos mendigos com uma bengala com castão de marfim.

— Santo Deus, Richard — exclamou o nobre ao cumprimentá-lo. — Onde conseguiu essa capa?

— Com um mendigo.

Lorde Pumphrey estava vestido sobriamente, mas um cheiro de lavanda brotava de sua casaca escura e da capa preta e comprida.

— Teve um dia útil? — perguntou lepidamente, enquanto usava a bengala para afastar os mendigos e chegar à porta.

— Talvez. Afinal, tudo depende se as cartas estão no jornal ou não.

— Espero que a coisa não chegue a esse ponto — desejou lorde Pumphrey. — Espero que os chantagistas façam contato comigo.

— Ainda não fizeram?

— Ainda não. — Pumphrey mergulhou um indicador na bacia de água benta e o passou na testa. — Não sou papista, claro, mas não faz mal fingir, não acha? A mensagem dava a entender que nossos oponentes estão dispostos a nos vender as cartas, mas só em troca de um montante de dinheiro. Não é horrendo? — Essa última pergunta se referia ao interior da catedral, que para Sharpe não pareceu horrendo, apenas esplêndido, ornamentado e enorme. Ele estava olhando uma nave comprida, flanqueada por agrupamentos de colunas. Nos corredores laterais havia fileiras de capelas cheias de estátuas pintadas, altares dourados e velas acesas pelos fiéis. — Eles estão construindo isso há quase 100 anos — disse lorde Pumphrey —, e agora o trabalho de certa forma parou por causa da guerra. Acho que um dia vão terminar. Tire o chapéu.

Sharpe tirou rapidamente o chapéu.

— O senhor escreveu a Sir Thomas?

— Escrevi. — Lorde Pumphrey havia prometido escrever um bilhete requisitando que os fuzileiros de Sharpe fossem mantidos na Isla de León, em vez de serem postos num navio para Lisboa, ao norte. O vento viera do sul durante o dia, e alguns navios já haviam partido para o norte.

— Vou pegar meus homens esta noite — anunciou Sharpe.

— Eles terão que se alojar no estábulo e fingir que são empregados da embaixada. Vamos até o cruzeiro.

— Cruzeiro?

— O lugar onde o transepto cruza a nave. Há uma cripta embaixo.

— Onde Plummer morreu?

— Onde Plummer morreu. Não é o que você queria ver?

BERNARD CORNWELL

A outra extremidade da catedral ainda não tinha sido construída. Uma parede simples, de tijolos, se erguia onde o santuário e o altar-mor ficariam. O cruzeiro, logo à frente da parede simples, era um local arejado e alto com pilares enormes em cada canto. Acima de Sharpe estava agora a cúpula inacabada, onde poucos homens trabalhavam em andaimes que subiam junto a cada agrupamento de colunas e depois se espalhavam perto da base da cúpula. Um guindaste improvisado estava preso no alto dos andaimes da cúpula e dois homens puxavam uma plataforma de madeira cheia de pedras para cima.

— Pensei que o senhor tinha dito que eles haviam interrompido a construção.

— Suponho que façam reparos — respondeu lorde Pumphrey distraidamente. Em seguida guiou Sharpe, passando por um púlpito atrás do qual fora construída uma passagem em arco numa das colunas enormes. Um lance de escada descia até sumir. — O capitão Plummer teve seu fim aqui embaixo. — Lorde Pumphrey indicou a escada. — Tento sentir pena por seu falecimento, mas devo dizer que ele era um homem detestável. Quer descer?

— Claro.

— Duvido muito que eles escolham este lugar de novo — comentou o nobre.

— Depende da intenção deles.

— Como assim?

— Se quiserem nos matar, talvez escolham este local. Funcionou para eles uma vez, então por que não usá-lo de novo?

Ele desceu na frente, saindo numa câmara extraordinária. Era circular, com teto em cúpula baixa. Havia um altar numa das extremidades. Três mulheres estavam ajoelhadas diante do crucifixo, com as contas dos rosários nos dedos diligentes, olhando o Cristo crucificado enquanto Pumphrey ia na ponta dos pés até o centro da cripta. Assim que chegou, pôs um dedo nos lábios e Sharpe supôs que o nobre estivesse sendo reverente, mas em vez disso Pumphrey bateu a bengala com força no chão e o som ecoou e ecoou de novo.

A FÚRIA DE SHARPE

— Não é incrível? — perguntou.

"Incrível", disse o eco, e repetiu, e repetiu, e repetiu. Uma das mulheres se virou e fez uma carranca, mas o nobre apenas sorriu para ela e fez uma reverência elegante.

— Você pode cantar fazendo harmonia consigo mesmo aqui. Gostaria de tentar?

Sharpe estava mais interessado nas passagens em arco que saíam da grande câmara. Eram cinco. A do centro levava a outra capela, que tinha um altar iluminado por velas, ao passo que as outras quatro eram cavernas escuras. Explorou a mais próxima e descobriu uma passagem saindo. Ela circulava a câmara grande, indo de uma caverna a outra.

— Desgraçados espertos, não é? — disse a lorde Pumphrey, que o havia seguido.

— Espertos?

— Plummer deve ter morrido no meio da câmara grande, não foi?

— É onde o sangue estava, sem dúvida. Você ainda pode ver, se olhar com atenção.

— E os desgraçados deviam estar nas câmaras laterais. E nunca dá para saber em qual eles estão porque podem circular pelo corredor. Só há um motivo para marcar o encontro num lugar assim. É um terreno de matança. Você quer negociar com os desgraçados? Diga para se encontrarem conosco num lugar público, à luz do dia.

— Suspeito que temos motivo para ceder a eles, em vez de o contrário.

— Seja lá o que isso signifique. De quanto dinheiro estamos falando?

— Pelo menos mil guinéus. Pelo menos. Provavelmente muito mais.

— Inferno! — reclamou Sharpe, e deu um riso sem humor. — Isso vai ensinar o embaixador a escolher suas mulheres com mais cuidado.

— Henry pagou os 300 guinéus que Plummer perdeu, mas ele pode se dar a esse luxo. O homem que roubou sua esposa teve que lhe pagar uma fortuna. Mas, a partir de agora, será dinheiro do governo.

— Por quê?

— Porque assim que nossos inimigos publicaram a carta, a coisa se tornou uma questão de política pública. Isso não tem mais a ver com a escolha infeliz de uma companheira de cama, e sim com a política britânica com a Espanha. Talvez por isso eles tenham publicado a carta. Fez o preço aumentar e abriu a bolsa de Sua Majestade. Se esse era o motivo deles, devo dizer que foi muito inteligente.

Sharpe voltou à câmara central. Imaginou inimigos escondidos a toda volta, se movendo pelo corredor oculto, ameaçando sair de um novo arco a intervalos de alguns segundos. Plummer e seus companheiros seriam como ratos numa rinha, sem jamais saber de que buraco os terriers sairiam.

— Imagine que eles realmente vendam as cartas. O que os impediria de manter cópias e publicá-las de qualquer modo?

— Eles terão de concordar em não fazer isso. É uma das nossas exigências.

— Exigências são besteiras — replicou Sharpe com escárnio. — Vocês não estão lidando com outros diplomatas, mas com umas porcarias de chantagistas!

— Eu sei, Richard. Eu sei. É insatisfatório, mas devemos fazer o máximo e confiar que a transação seja feita com honra.

— Quer dizer que só estão esperando o melhor?

— Isso é ruim?

— Na batalha, milorde, espere sempre o pior. Então talvez possa estar preparado para ela. Onde está a mulher?

— Mulher?

— Caterina Blazquez é o nome dela, não? Onde está?

— Não faço ideia — respondeu Pumphrey em tom distante.

— Ela faz parte do esquema? — perguntou Sharpe enfaticamente. — Ela quer guinéus?

— As cartas foram roubadas dela!

— É o que ela diz.

— Você tem uma mente muito cheia de suspeitas, Richard.

Sharpe não disse nada. Não gostava do modo como Pumphrey usava seu primeiro nome. Denotava mais que familiaridade. Era algo paternalista e falso. Pumphrey gostava de passar a impressão de fragilidade, leveza e frivolidade, mas Sharpe sabia que existia uma mente afiada funcionando naquela cabeça enfeitada. Lorde Pumphrey era um homem que se sentia à vontade na escuridão, e sabia muito bem que os motivos escusos eram a força motora do mundo.

— Pumps — chamou ele, e foi recompensado pelo ligeiro erguer de uma sobrancelha —, você sabe muito bem que eles vão nos enganar.

— Motivo pelo qual pedi sua presença, capitão Sharpe.

Assim estava melhor.

— Não sabemos se as cartas estão na sede do jornal, não é?

— Não.

— Mas, se eles nos enganarem, o que farão, terei que cuidar deles. Qual é o objetivo, milorde? Roubá-las ou impedir que sejam publicadas?

— O governo de Sua Majestade gostaria das duas coisas.

— E o governo de Sua Majestade me paga, não é? Dez xelins e 6 pence por dia, deduzindo 4 xelins e 6 pence para as refeições.

— Tenho certeza de que o embaixador vai recompensá-lo — disse lorde Pumphrey rigidamente.

Sharpe ficou quieto. Foi ao centro da câmara, onde podia ver o sangue seco, preto entre as pedras do piso. Bateu com o bico da bota no chão e ouviu o eco. Barulho, pensou, barulho e balas. Matar os desgraçados de medo. Mas talvez Pumphrey estivesse certo. Talvez eles pretendessem mesmo vender as cartas. Mas, se escolheram esta cripta para a troca, Sharpe deduziria que gostariam de ficar com as cartas e o ouro. Subiu a escada de volta para o cruzeiro da catedral e lorde Pumphrey foi atrás. Havia uma porta na parede de tijolos temporária e Sharpe a experimentou. Ela se abriu com facilidade, e do outro lado estava o exterior e grandes pilhas de pedras abandonadas, esperando que o trabalho na catedral fosse retomado.

— Já viu o suficiente? — perguntou lorde Pumphrey.

— Só reze para que eles não queiram se encontrar conosco na cripta.

— E se quiserem?

— Só reze para não quererem — recomendou Sharpe, porque nunca vira um lugar tão ideal para uma emboscada e assassinato.

Caminharam em silêncio pelas ruas pequenas. Um obus de morteiro explodiu com um baque surdo na outra ponta da cidade, e um instante depois todos os sinos das igrejas de Cádis tocaram ao mesmo tempo. Sharpe se perguntou se o barulho se destinava a chamar homens para apagar o fogo ateado pela granada. Então viu que todo mundo na rua havia parado. Os homens tiravam o chapéu e baixavam a cabeça.

— As *oraciones* — explicou lorde Pumphrey, tirando o chapéu.

— O quê?

— Está na hora das preces da tarde. — As pessoas fizeram o sinal da cruz quando os sinos pararam de tocar. Sharpe e Pumphrey continuaram andando, mas tiveram de parar diante de uma loja para dar passagem a três homens que carregavam gigantescos fardos de lenha nas costas. — É tudo importado — disse lorde Pumphrey.

— A lenha?

— Não podemos pegar no continente, não é? Então ela é trazida das Baleares ou dos Açores. Custa muito dinheiro cozinhar ou ficar aquecido no inverno em Cádis. Por sorte a embaixada recebe carvão da Inglaterra.

Lenha e carvão. Sharpe olhou os homens até desaparecerem. Isso lhe deu uma ideia. Um modo de salvar o embaixador caso os desgraçados não vendessem as cartas. Um modo de vencer.

O PADRE SALVADOR Montseny ignorava os dois homens que operavam as prensas, mas eles estavam bastante conscientes de sua presença. Havia algo muito ameaçador na calma do sacerdote. O patrão deles, Eduardo Nunez, que havia trazido Montseny à gráfica, estava sentado numa cadeira alta no canto da sala e fumava um charuto enquanto Montseny explorava o lugar.

— O trabalho foi bem-feito — elogiou Montseny.

— Só que agora não podemos enxergar. — Nunez indicou os retângulos pretos onde antes ficavam as duas janelas. — A luz já era ruim. Agora trabalhamos no escuro.

— Vocês têm lampiões — observou o padre Montseny.

— Mas o serviço é delicado.

Nunez apontou para os dois empregados. Um estava passando tinta na fôrma de impressão usando uma bola de pele de ovelha, enquanto o outro aparava uma folha de papel.

A FÚRIA DE SHARPE

— Então faça o trabalho com cuidado — disse Montseny azedamente.

Estava satisfeito. O porão, onde os dois aprendizes de gráfico moravam, não tinha entrada além de um alçapão que dava no piso da gráfica, enquanto a gráfica em si, que ocupava quase todo o térreo, agora só era acessível pela porta que vinha do pátio. O primeiro andar era um depósito, atulhado de papel e tinta, que só podia ser alcançado por uma escada aberta, ao lado do alçapão. O segundo e o terceiro andares eram onde Nunez morava, e Montseny havia bloqueado a escada que levava ao teto plano. Um guarda ficava sobre esse teto o tempo todo, subindo para o posto através de uma escada de mão na varanda do quarto de Nunez. Nunez não gostava daquele arranjo, mas estava sendo bem-pago com ouro inglês.

— O senhor acredita mesmo que seremos atacados? — perguntou Nunez.

— Espero que você seja atacado.

Nunez fez o sinal da cruz.

— Por que, padre?

— Porque então os homens do almirante vão matar nossos inimigos.

— Não somos soldados — rebateu Nunez, nervoso.

— Todos somos soldados, lutando por uma Espanha melhor.

Ele tinha nove guardas para manter a gráfica em segurança. Eles viviam no depósito em cima e cozinhavam as refeições no pátio ao lado da latrina. Eram homens resistentes como bois, com mãos grandes manchadas por anos passados nos cordames dos navios de guerra, e todos eram familiarizados com armas e dispostos a matar por seu rei, seu país e seu almirante.

Havia uma saleta ao lado da gráfica. Era o escritório de Nunez, uma sepultura de contas antigas, papéis e livros, mas Montseny o havia expulsado, substituindo-o por uma criatura mandada pelo almirante; uma criatura miserável, um homem que vivia reclamando, com cheiro de fumaça, encharcado de álcool e fedendo a suor, um escritor. Benito Chavez era gordo, nervoso, rabugento e pomposo. Tinha ganhado a vida escrevendo opiniões para jornais, mas à medida que a terra governada pelos espanhóis encolhia, os jornais que aceitavam suas opiniões desapareceram até ele ficar só com a Sir Thomas Graham fora suficiente para manter os fuzileiros de Sharpe na Isla de León. Naquela tarde Sharpe foi procurá-los nas fileiras de barracas. Tinha posto o uniforme de novo e tomado emprestado um cavalo da embaixada. Estava escuro quando chegou ao acampamento, onde encontrou Harper tentando reviver uma fogueira agonizante.

— Tem rum naquela garrafa, senhor — disse Harper, apontando para uma garrafa de pedra junto à porta da barraca.

— Onde estão os outros?

— Onde eu vou estar em dez minutos. Numa taverna, senhor. Como está sua cabeça?

— Latejando.

— Está mantendo a bandagem úmida, como o cirurgião disse que deveria fazer?

— Esqueci.

— O sargento Noolan e os homens dele foram embora. Pegaram uma chalupa de guerra para Lisboa. Mas nós vamos ficar, não é?

— Não por muito tempo. — Sharpe desceu desajeitadamente da sela e imaginou o que diabo faria com o cavalo.

— É, nós recebemos ordens do próprio general de divisão, Sir Thomas Graham — disse Harper, gostando de citar o posto e o título. — Passadas a nós pelo próprio lorde William Russell, nada menos do que isso. — Ele lançou um olhar interrogativo a Sharpe.

— Temos um serviço, Pat, uns desgraçados na cidade que precisam levar uma surra.

— Um serviço, é? — Havia um toque de ressentimento na voz de Harper.

— Está pensando em Joana?

— Estava, senhor.

— Vão ser só uns dias, Pat, e pode haver algum dinheiro nisso. — Ocorrera-lhe que lorde Pumphrey estava certo e que Henry Wellesley poderia muito bem ser generoso em sua recompensa se as cartas fossem recuperadas. Curvou-se sobre o fogo e esquentou as mãos. — Precisamos arranjar umas roupas civis para todos vocês, em seguida levá-los a Cádis por um ou dois dias, e depois disso podemos ir para casa. Joana vai esperar você.

A FÚRIA DE SHARPE

— Vai, espero. E o que o senhor vai fazer com esse animal? Ele está indo embora.

— Inferno. — Sharpe recuperou a égua. — Vou levá-la para o alojamento de Sir Thomas. Ele deve ter um estábulo. E quero falar com ele, de qualquer modo. Preciso pedir um favor.

— Vou com o senhor — disse Harper. Ele abandonou a fogueira e Sharpe percebeu que o sargento estivera esperando-o. O grande irlandês pegou o seu fuzil, a arma de sete canos e o resto de seu equipamento na barraca. — Se eu deixar alguma coisa aqui, senhor, os desgraçados vão roubar. Nessa porcaria de exército só tem ladrão. — Agora Harper estava feliz, não porque Sharpe havia retornado, mas porque seu oficial havia se lembrado de perguntar sobre Joana. — E qual é esse serviço, senhor?

— Precisamos roubar uma coisa.

— Deus salve a Irlanda. E eles precisam de nós? Este acampamento está cheio de ladrões.

— Eles querem um ladrão em quem possam confiar.

— Acho que isso é difícil. Deixe-me levar a égua, senhor.

— Preciso falar com Sir Thomas — disse Sharpe entregando as rédeas. — Depois vamos nos juntar aos outros. Seria bom beber alguma coisa.

— Acho que o senhor vai encontrar Sir Thomas ocupado. Eles andaram correndo por aí a noite toda feito estorninhos, de verdade. Tem alguma coisa acontecendo.

Entraram na cidadezinha. As ruas de San Fernando eram muito mais espaçosas que os becos de Cádis e as casas eram mais baixas. Lampiões ardiam em algumas esquinas e a luz se derramava das tavernas onde soldados britânicos e portugueses bebiam, vigiados pelos prebostes sempre presentes. San Fernando havia se tornado uma cidade-guarnição, lar dos 5 mil homens enviados para guardar o istmo de Cádis. Sharpe perguntou a um dos prebostes onde era o alojamento de Sir Thomas, e o homem apontou para um beco que levava ao cais ao lado da enseada estreita. A enseada transformava o istmo em uma ilha. Duas grandes tochas ardiam do lado de fora do quartel-general, iluminando um grupo de oficiais animados. Sir Thomas era um deles. Estava de pé na soleira, e ficou claro que

Harper estava certo: algo estava acontecendo e o general estava ocupado. Distribuía ordens, mas então viu Sharpe e parou.

— Sharpe! — gritou ele.

— Senhor?

— Bom homem! Quer vir conosco? Bom homem! Willie, cuide dele. — Sir Thomas não disse mais nada, porém se virou bruscamente e, acompanhado por meia dúzia de oficiais, caminhou na direção da enseada.

Lorde William Russell se virou para Sharpe.

— Você vem! — disse ele. — Que bom!

— Vou aonde?

— Caçar, é claro.

— Preciso de um cavalo?

— Santo Deus, não, a não ser que ele saiba nadar.

— Posso deixá-lo no estábulo daqui?

— Pearce! — gritou lorde William. — Pearce!

— Estou aqui, milorde, estou aqui, sempre presente e preparado, senhor. — Um soldado da cavalaria, de pernas arqueadas, que parecia ter idade suficiente para ser pai de lorde William, apareceu vindo do beco ao lado do quartel-general. — O lorde esqueceu o sabre.

— Santo Deus, esqueci? Esqueci mesmo, obrigado, Pearce. — Lorde William pegou o sabre e enfiou na bainha. — Cuide do pangaré do capitão Sharpe, está bem, Pearce? Você é um bom sujeito. Com certeza não quer se juntar a nós, não é?

— Tenho que preparar o desjejum do milorde.

— Tem mesmo, Pearce, tem mesmo. Bife, não é?

— Posso desejar uma boa caçada ao milorde? — perguntou Pearce, dando um peteleco num grão de poeira numa dragona de lorde William.

— É uma gentileza incomum da sua parte, Pearce, obrigado. Venha, Sharpe, não podemos demorar. Precisamos pegar a maré! — Lorde William partiu atrás de Sir Thomas, meio correndo. Sharpe e Harper, ainda achando aquilo divertido, seguiram-no até um molhe comprido onde, sob o luar fraco, Sharpe viu grupos de casacas-vermelhas subindo em barcos. O general Graham vestia botas pretas, calções pretos, casaca vermelha e o chapéu bicorne preto. Tinha

A FÚRIA DE SHARPE

uma espada de dois gumes no cinto e estava falando com um oficial da Marinha, mas parou por tempo suficiente para cumprimentar Sharpe de novo.

— Bom homem! Como está sua cabeça?

— Vou sobreviver, senhor.

— Esse é o espírito! E aquele é o seu barco. Entre.

O barco era um grande batelão de fundo chato, manobrado por uns vinte marinheiros com remos compridos. Sharpe deu um pequeno pulo e pousou no amplo convés de popa. O casco do barco já estava ocupado por casacas-vermelhas sorridentes.

— O que diabos estamos fazendo? — perguntou Harper.

— Não faço a menor ideia — respondeu Sharpe —, mas preciso falar com o general e essa parece a melhor chance que terei.

Quatro outros batelões estavam atrás, todos se enchendo lentamente de casacas-vermelhas. Um oficial de engenharia jogou um rolo de pavio rápido na última barca. Então um grupo de seus homens carregou barris de pólvora para dentro. Lorde William Russell pulou ao lado de Sharpe, enquanto o general Graham, agora praticamente sozinho no cais, caminhava acima dos batelões.

— Nada de fumar, rapazes! — gritou o general. — Não podemos deixar que os franceses vejam uma luz só porque vocês precisam dar uma baforada. E nada de barulho, também. E certifiquem-se de que suas armas não estejam engatilhadas. E divirtam-se, ouviram? Divirtam-se.

Ele repetiu as ordens aos homens de cada barco, depois foi ao primeiro batelão. No espaçoso convés de popa havia espaço para uma dúzia de oficiais de pé ou sentados e ainda restava espaço para o marinheiro que manobrava a comprida cana do leme.

— Esses patifes — maldisse Sir Thomas a Sharpe, indicando os casacas-vermelhas agachados no casco do batelão — são do 87º. Não é isso que vocês são, rapazes? Umas porcarias de rebeldes irlandeses?

— Somos, senhor! — gritaram de volta dois ou três homens.

— E você não vai encontrar soldados melhores deste lado dos portões do inferno — disse Sir Thomas, suficientemente alto para os irlandeses ouvirem. — Você é muito bem-vindo, Sharpe.

— Bem-vindo a que, senhor?

— Não sabe? Então por que está aqui?

— Vim pedir um favor, senhor.

Sir Thomas gargalhou.

— E eu pensei que você queria se juntar a nós! Ah, bem, o favor deve esperar, Sharpe, deve esperar. Temos trabalho a fazer.

Os batelões haviam zarpado e agora eram impelidos a remos por um canal através dos pântanos que bordejavam a Isla de León. Adiante de Sharpe, a nordeste, a silhueta longa e negra da península do Trocadero tinha acabado de ficar visível na noite. Fagulhas de luz indicavam onde ficavam os fortes franceses. Lorde William lhe disse que havia três fortes. O mais distante era o de Matagorda, que ficava mais perto de Cádis, e era o morteiro gigante dele que causava os maiores danos à cidade. Logo ao sul ficava o forte San José, e mais ao sul ainda e mais perto da Isla de León ficava o forte San Luis.

— O que vamos fazer é passar pelo San Luis até o rio que fica do outro lado — explicou lorde William. — A boca do rio é uma enseada, e assim que chegarmos lá, Sharpe, estaremos entre o San Luis e o San José. Enfiados, você poderia dizer.

— E o que tem na enseada?

— Cinco enormes balsas incendiárias. — Sir Thomas tinha ouvido a pergunta de Sharpe e a respondera. — Os desgraçados só estão esperando um vento norte forte para soltá-las contra nossa frota. Não podemos permitir. — A frota, na maioria pequenos navios costeiros com alguns poucos mercantes maiores, estava se agrupando para levar os homens de Graham e o exército espanhol do general Lapeña para o sul. Eles desembarcariam na costa e marchariam em direção ao norte para atacar as linhas de cerco por trás. — Planejamos queimar as balsas esta noite — continuou Sir Thomas. — Já terá passado da meia-noite quando chegarmos. Será que você daria ao 87º a honra de se juntar a ele?

— Com prazer, senhor.

— Major Gough! Conhece o capitão Sharpe?

Um oficial apareceu como uma sombra ao lado de Sir Thomas.

— Não fui apresentado, senhor — disse Gough —, mas me lembro de você de Talavera, Sharpe.

— Sharpe e seu sargento requisitam o privilégio de lutar com seus rapazes esta noite, Hugh.

— Eles serão muito bem-vindos, senhor. — Gough falava com um leve sotaque irlandês.

— Avise aos seus rapazes que eles têm a companhia de dois fuzileiros desgarrados, está bem? — reforçou Sir Thomas. — Não queremos os seus patifes atirando contra dois homens que capturaram uma águia francesa. Então aí está, Sharpe. O major Gough vai desembarcar os rapazes dele no lado sul da enseada. Há alguns guardas lá, mas será fácil cuidar deles. Depois imagino que os franceses mandarão uma equipe de apoio do forte San Luis, de modo que a coisa deve ficar bem interessante.

O plano de Sir Thomas era pôr dois batelões na margem sul e dois na margem norte. Os homens desembarcariam para expulsar os guardas franceses, depois defenderiam a enseada dos contra-ataques esperados. Enquanto isso, o quinto batelão, que levava os engenheiros, iria remar até as balsas incendiárias que estavam logo acima dos dois acampamentos franceses, capturá-las e colocar os explosivos.

— Deve ser igual aos fogos da noite de Guy Fawkes — declarou Sir Thomas, com ar lupino.

Sharpe se acomodou no convés. Lorde William Russell havia trazido salsicha fria e uma garrafa de vinho. A salsicha foi cortada em fatias e a garrafa passada de mão em mão enquanto os marinheiros faziam força com os grandes remos e o batelão abria caminho entre as ondas curtas e agitadas. Um espanhol estava de pé ao lado do timoneiro.

— É o nosso guia — explicou Sir Thomas. — Um pescador. Bom sujeito.

— Ele não nos odeia, senhor? — perguntou Sharpe.

— Odeia?

— Vivem me dizendo que os espanhóis nos odeiam.

— Ele odeia os franceses, como eu, Sharpe. Se há uma constante neste vale de lágrimas é sempre odiar os malditos franceses, sempre. — Sir

Thomas falava com veemência sincera. — Imagino que você odeie os franceses, não é, Sharpe?

Sharpe pensou um pouco. Odiar? Não tinha certeza se os odiava.

— Não gosto daqueles desgraçados, senhor.

— Eu já gostei — afirmou Sir Thomas.

— Já gostou? — perguntou Sharpe, perplexo.

— Eu gostava deles. — O general estava olhando para a frente, para as pequenas luzes que apareciam através das ameias do forte. — Gostava, Sharpe. Sentia regozijo com a revolução deles. Acreditei que era um alvorecer para a humanidade. Liberdade. Igualdade. Fraternidade. Acreditava em todas essas coisas e ainda acredito, mas agora odeio os franceses. Odeio desde o dia em que minha esposa morreu, Sharpe.

Sharpe sentiu-se quase tão desconfortável quanto na ocasião em que o embaixador confessara sua tolice ao escrever cartas de amor a uma prostituta.

— Lamento, senhor — murmurou.

— Foi há 19 anos — disse Sir Thomas, aparentemente sem perceber a compaixão desajeitada de Sharpe. — Perto do litoral sul da França. Minha querida Mary morreu no dia 26 de junho de 1792. Nós levamos o corpo dela para a terra e pusemos num caixão, e era meu desejo que ela fosse enterrada na Escócia. Por isso contratamos uma barca para nos levar a Bordeaux, onde poderíamos conseguir um navio que nos levasse para casa. E nos arredores de Toulouse, Sharpe — a voz do general estava se transformando num rosnado enquanto ele contava —, uma turba de franceses arruaceiros meio bêbados insistiu em revistar a barca. Eu lhes mostrei meu passe, implorei a eles, tentei fazer com que mostrassem respeito, mas eles me ignoraram, Sharpe. Eram homens que usavam o uniforme da França. Abriram aquele caixão e molestaram minha querida Mary em sua mortalha, e a partir desse dia, Sharpe, endureci meu coração contra essa raça maldita. Entrei para o Exército para me vingar e rezo a Deus diariamente para viver o suficiente para ver cada maldito francês ser arrancado da face da terra.

— Amém — anuiu lorde William Russell.

A FÚRIA DE SHARPE

— E esta noite, em nome da minha Mary — continuou Sir Thomas com enorme prazer —, vou matar mais alguns.

— Amém — disse Sharpe.

Um vento fraco vinha do oeste. Levantava ondas minúsculas na baía de Cádis, através da qual os cinco batelões se arrastavam lentos, baixos e escuros contra a água negra. Fazia frio, mas não demais, porém Sharpe desejou estar usando um sobretudo. Oito quilômetros ao norte e à esquerda as luzes de Cádis brilhavam contra as paredes brancas, criando uma risca pálida entre o mar e o céu, e mais perto, talvez 1,5 quilômetro a oeste, a luz amarela de lampiões se derramava das janelas de popa dos navios ancorados. Mas lá, no coração da baía, não havia luz, só o espadanar dos remos pintados de preto.

— Seria mais rápido — começou Sir Thomas rompendo um longo silêncio — se partíssemos da cidade, mas teríamos de colocar os batelões junto dos molhes e os franceses saberiam que estamos indo. Por isso não contei a você sobre essa pequena aventura ontem à noite. Se eu dissesse uma palavra sobre o que estava planejando, os franceses saberiam na hora do desjejum.

— O senhor acredita que haja espiões na embaixada?

— Eles têm espiões em toda parte, Sharpe. A cidade toda está cheia de espiões. Eles enviam as mensagens em barcos de pesca. Os malditos já sabem que vamos mandar um exército para atacar suas linhas de cerco e suspeito que o marechal Victor saiba mais sobre meus planos do que eu.

— Os espiões são espanhóis?

— Presumo que sim.

— Por que eles servem aos franceses, senhor?

Sir Thomas deu um risinho.

— Bem, alguns deles pensam como eu pensava, Sharpe, que liberdade, igualdade e fraternidade são coisas boas. E são mesmo, mas Deus sabe que não nas mãos dos franceses. E alguns deles simplesmente odeiam os ingleses.

— Por quê?

— Eles têm muitos motivos, Sharpe. Santo Deus, foi há apenas 15 anos que bombardeamos Cádis! E há seis anos destruímos a frota deles em Trafalgar! E a maioria dos mercadores daqui acredita que queremos destruir o comércio deles com a América do Sul e tomá-lo, e estão certos. Nós negamos, claro, mas continuaremos tentando. E eles acreditam que estamos fomentando a rebelião em suas colônias sul-americanas, e não estão totalmente errados. Nós realmente encorajamos a rebelião, mas agora estamos fingindo que não. E há Gibraltar. Eles nos odeiam por estarmos em Gibraltar.

— Achei que eles tinham dado Gibraltar a nós, senhor.

— É, de fato, pelo Tratado de Utrecht em 1713, mas foram uns tremendos idiotas em assinar aquele papel, e sabem muito bem disso. Portanto um bom número deles nos odeia, e agora os franceses estão espalhando boatos de que vamos anexar Cádis também! Deus sabe que não é verdade, mas os espanhóis estão dispostos a acreditar. E há homens na Espanha que acreditam fervorosamente que uma aliança com os franceses serviria ao seu país melhor do que uma amizade com os ingleses, e não sei se estão errados. Mas cá estamos, Sharpe, aliados, gostemos disso ou não. E há um número suficiente de espanhóis que odeiam os franceses, mais que os que sentem aversão por nós, portanto há esperança.

— Sempre há esperança — disse, animado, lorde William Russell.

— É, Willie, talvez — respondeu Sir Thomas. — Mas, quando a Espanha está reduzida a Cádis e lorde Wellington sustenta apenas o trecho de terreno ao redor de Lisboa, é difícil ver como poderemos expulsar os franceses de volta para suas pocilgas. Se Napoleão tivesse uma migalha de bom senso se oferceria para devolver o rei dos espanhóis e fazer a paz. Então estaríamos totalmente perdidos.

— Pelo menos os portugueses estão do nosso lado — declarou Sharpe.

— Verdade! E são ótimos sujeitos. Tenho 2 mil deles aqui.

— Se é que eles vão lutar — disse lorde William, duvidando.

— Vão lutar — respondeu Sharpe. — Eu estive no Buçaco. Eles lutaram.

— E o que aconteceu? — perguntou Sir Thomas, e a narrativa dessa história levou o batelão para mais perto da margem da península do

Trocadero, densa de juncos. Agora o forte San Luis estava perto. Localizava-se duzentos ou trezentos passos para dentro da terra, onde os pântanos davam lugar a um terreno firme o bastante para sustentar as muralhas enormes. Para além do fosso inundado do forte, Sharpe só conseguia ver um pequeno brilho de luz acima da esplanada. Esse era um erro dos franceses. Sharpe suspeitou que as sentinelas tivessem braseiros acesos na plataforma de tiro, para se aquecerem, e até mesmo a luz fraca dos carvões tornaria difícil que eles vissem qualquer coisa se movendo nos baixios escuros. Mas o maior perigo não era das sentinelas do forte, e sim dos barcos de guarda, e Sir Thomas sussurrou para ficarem de vigia. — Tentem ouvir os remos deles — sugeriu.

Evidentemente os franceses possuíam uma dúzia de barcos de guarda. Eles tinham sido vistos no crepúsculo patrulhando o litoral baixo do Trocadero, mas agora não havia sinal deles. Ou estavam mais para o fundo da baía ou, mais provavelmente, suas tripulações tinham sido impelidas de volta para a enseada pelo vento gélido. Sir Thomas suspeitava que as tripulações dos barcos fossem compostas por soldados e não por marinheiros.

— Os desgraçados estão de malandragem, não é? — sussurrou.

A mão de alguém tocou o ombro de Sharpe.

— É o major Gough — disse uma voz no escuro —, e este é o alferes Keogh. Fique com ele, Sharpe, e garanto que não vamos atirar em vocês.

— Provavelmente não— corrigiu o alferes Keogh.

— Ele provavelmente não vai atirar em vocês — disse o major Gough, aceitando a correção.

Agora havia uma luz adiante, só o bastante para Sharpe ver que o alferes Keogh era absurdamente jovem, com rosto magro e ansioso. A luz vinha de fogueiras que ardiam a cerca de 400 metros adiante. Os cinco barcos estavam entrando na enseada, esgueirando-se pela água para evitar a espuma branca que marcava o canal raso, e as fogueiras ardiam onde as sentinelas francesas vigiavam as balsas incendiárias. Agora os remos pretos dos batelões mal tocavam a água. O oficial da Marinha que comandava os barcos havia ajustado o tempo da expedição para chegar exatamente quando a maré terminasse de subir, de modo que a água levasse os batelões contra a corrente fraca do rio. Quando o ataque terminasse, a maré já deveria ter virado e o fluxo vazante apressaria a saída dos britânicos. Por enquanto nenhum francês havia visto os barcos, ainda que certamente as sentinelas estivessem a postos, pois Sharpe vira um uniforme azul com cinturões brancos cruzados no peito ao lado de uma das fogueiras.

— Eu os odeio — praguejou Sir Thomas baixinho. — Deus sabe o quanto.

Sharpe podia ver um leve traço de luz vazando acima da esplanada do forte San Jose. Parecia ficar a cerca de 800 metros. Uma distância grande para tiros de canhão, pensou, especialmente se os franceses usassem metralha, mas o forte mais ao sul, o San Luis, ficava muito mais perto, o suficiente para rasgar a enseada com disparos de metralha, que eram projéteis feitos de balas de mosquete dentro de cilindros de estanho que se despedaçavam no cano do canhão. As balas, às centenas, se espalhavam como tiros para caça ao pato. Sharpe odiava metralhas. Todos os soldados de infantaria odiavam.

— Os patifes estão dormindo — murmurou lorde William.

De repente Sharpe foi tomado pela culpa. Havia combinado de se encontrar com lorde Pumphrey ao meio-dia para descobrir se os chantagistas tinham mandado alguma mensagem, e mesmo duvidando que fosse haver alguma, sabia que seu lugar era em Cádis, e não ali. Seu dever era para com Henry Wellesley, e não com o general Graham, no entanto lá estava, e só podia rezar para não ser estripado por uma metralha disparada na noite. Tocou o punho da espada e desejou ter afiado a lâmina antes de vir. Gostava de ir para a batalha com a lâmina afiada. Então tocou o fuzil. Não eram muitos os oficiais que carregavam arma de fogo longa, mas Sharpe não era como a maioria dos oficiais. Tinha nascido na sarjeta, fora criado na sarjeta e era um lutador da sarjeta.

Então a proa do batelão bateu suavemente na lama.

— Vamos matar uns desgraçados — disse Sir Thomas vingativamente.

E os primeiros soldados desembarcaram.

CAPÍTULO V

Sharpe saltou do batelão para a água que chegava ao topo das botas. Vadeou terra adentro, seguindo o alferes Keogh, cujo chapéu bicorne parecia ter pertencido ao seu avô. Tinha pontas exageradamente encurvadas, de onde pendiam borlas frouxas, e no cocuruto havia uma enorme pluma azul combinando com os arremates das casacas vermelhas do 87°.

— Sigam, sigam, sigam — sibilava Keogh, não para Sharpe, e sim para um grande sargento e uns vinte homens que evidentemente estavam sob sua responsabilidade naquela noite. O sargento havia se emaranhado numa armadilha para peixes, feita de vime, e estava xingando enquanto tentava chutá-la das botas. — Precisa de ajuda, sargento Masterson? — perguntou Keogh.

— Deus, não, senhor — respondeu Masterson, pisoteando os restos da armadilha. — Foi essa porcaria, senhor.

— Calar baionetas, rapazes! — ordenou Keogh. — Em silêncio!

Parecia extraordinário para Sharpe que quatrocentos ou quinhentos homens pudessem desembarcar tão perto dos dois acampamentos nas margens da enseada e não serem notados, porém os franceses ainda não haviam percebido os atacantes. Sharpe via pequenas barracas à luz das fogueiras, e entre as barracas havia abrigos rústicos feitos de galhos cobertos com junco. Vários mosquetes estavam de pé do lado de fora de uma tenda frouxa e Sharpe se perguntou por que, em nome de Deus, os franceses tinham fornecido barracas. Os homens deveriam estar vigiando as balsas, e não dormindo, mas pelo menos algumas sentinelas se mantinham acordadas. Dois homens andavam lentamente pelo acampamento, com os mosquetes pendurados, sem suspeitar de nada, enquanto um segundo batelão liberava outra companhia de casacas-vermelhas junto aos homens do 87º. Mais duas companhias estavam vadeando em terra na margem norte.

— Fora balar, rapazes — pareceu dizer o major Gough baixinho e com urgência logo atrás dos homens de Keogh. — Fora balar!

— Fora o quê? — sussurrou Sharpe para Harper.

— *Faugh a ballagh*, senhor. Quer dizer "abram caminho". Saiam do caminho porque os irlandeses estão chegando. — Harper havia desembainhado sua espada-baioneta. Evidentemente estava guardando as sete balas da arma enorme para mais tarde. — Nós também vamos, porcaria — declarou, e prendeu o punho de latão da espada sobre o cano do fuzil, de modo que agora o cano segurava 58 centímetros de aço assassino.

— Avante agora! — O major Gough voltou para o inglês, mas mesmo assim falava baixo. — E trucidem os desgraçados. Mas façam isso baixinho, rapazes. Não acordem os queridinhos até ser preciso.

O 87º avançou, as baionetas reluzindo à luz fraca das fogueiras. Estalos soaram à medida que os homens engatilhavam os mosquetes e Sharpe teve certeza de que os franceses iriam escutar esse barulho, mas o inimigo continuou em silêncio. Foi uma sentinela na margem norte quem primeiro percebeu o perigo. Talvez tivesse visto a forma escura dos batelões na enseada, ou então vislumbrou as lâminas reluzentes vindo do oeste, mas o que quer que a tenha alarmado provocou um grito estrangulado de perplexidade, seguido por um espocar de seu mosquete.

— *Faugh a ballagh!* — gritou o major Gough. — *Faugh a ballagh!* Sejam implacáveis com eles, rapazes, sejam implacáveis! — Agora que o fator surpresa tinha sido perdido, Gough não tinha intenção de avançar lenta e disciplinadamente. Sharpe se lembrava do batalhão em Talavera, e sabia que era uma unidade firme, mas agora Gough desejava velocidade e selvageria. — Corram, patifes! — esbravejou ele. — Andem depressa! E gritem! Gritem!

Os homens reagiram a esse comando de caça berrando como assombra-ções furiosas. Começaram a correr pelo pântano, tropeçando em moitas e saltando pequenas valas. O alferes Keogh, ágil e jovem, corria adiante com sua espada de oficial de infantaria, de lâmina estreita, erguida bem alto.

— *Faugh a ballagh!* — berrou ele. — *Faugh a ballagh!*

Então saltou uma vala, com as pernas abertas e a bainha da espada balançando, enquanto a mão esquerda segurava o chapéu, grande demais para que não caísse. Ele tropeçou, mas o sargento Masterson, que era quase tão grande quanto Harper, puxou o alferes de aparência frágil e o colocou de pé.

— Matem eles! — gritava Keogh. — Matem eles!

Mosquetes soltavam fagulhas em meio às fogueiras, mas Sharpe não ouviu uma bala passar nem viu ninguém cair. Os franceses, espalhados e sonolentos, estavam saindo atabalhoadamente das tendas e abrigos. Um oficial, com a espada refletindo a luz das fogueiras, tentava juntar as tropas, mas os gritos dos irlandeses atacando bastaram para impelir os homens recém-acordados para mais longe na escuridão. Houve alguns poucos tiros de mosquete por parte dos homens de Gough, porém a maior parte do trabalho foi feita pela mera ameaça de suas baionetas de 43 centímetros. Uma mulher com as pernas nuas agarrou sua roupa de cama e correu atrás de seu homem. Dois cães estavam correndo em círculos, latindo. Sharpe viu dois homens montados sumindo no escuro atrás dele. Girou, com o fuzil levantado, mas os cavaleiros haviam galopado para além do flanco irlandês indo para o escuro, na direção em que os batelões tinham aterrado. Keogh havia sumido à frente, seguido por seus homens, mas Sharpe conteve Harper.

— Nós temos casacos verdes, Pat — alertou. — Alguém vai nos confundir com os franceses se não tivermos cuidado.

Estava certo. Meia dúzia de homens com debruns amarelos nos casacos vermelhos apareceu por entre as fogueiras e Sharpe viu um mosquete girando na sua direção.

— Nonagésimo quinto! — gritou. — Nonagésimo quinto! Não atire! Quem são vocês?

A FÚRIA DE SHARPE

149

— Sexagésimo sétimo! — gritou uma voz de volta.

O 67º era um regimento de Hampshire e tinha avançado mais lentamente que os irlandeses, porém havia se mantido em ordem cerrada. Agora um capitão o levava para o sudeste, para guardar o perímetro do acampamento tomado, enquanto o major Gough gritava para seus irlandeses se voltarem entre as tendas e formarem um cordão semelhante no lado da baía. Sharpe estava enfiando sua espada nas pequenas barracas enquanto ele e Harper caminhavam até Gough, e um desses golpes provocou um grito. Sharpe puxou de lado as abas da barraca e viu dois franceses encolhidos dentro.

— Fora! — grunhiu Sharpe. Os dois engatinharam para fora e esperaram, tremendo. — Nem mesmo sei se vamos fazer prisioneiros.

— Não podemos simplesmente matá-los — respondeu Harper.

— Não vou matá-los — rosnou Sharpe. — Levantem-se!

Ele cutucou os homens com sua espada, depois os levou na direção de outro grupo de prisioneiros que estavam sendo escoltados pelos casacas-vermelhas de Hampshire. Um desses homens do regimento estava curvado junto a um garoto francês que não parecia ter mais de 14 ou 15 anos. Ele havia sido atingido por uma bala no peito e estava sufocando até a morte, com os calcanhares batendo no chão.

— Calma, garoto — disse o homem de Hampshire enquanto acariciava o rosto do garoto agonizante. — Calma. — A margem oposta se iluminou com um estardalhaço súbito de tiros de mosquete que desapareceu tão depressa quanto havia surgido, e ficou evidente que os casacas-vermelhas de lá tinham tido tanto sucesso quanto os homens na margem sul.

— É você, Sharpe? — Era a voz do major Gough.

— Sim, senhor.

— Isso foi extremamente rápido — anunciou Gough, parecendo desapontado. — Os sujeitos simplesmente fugiram! Não lutaram. Pode fazer a honra de informar ao general Graham que esta margem está segura e que não há um contra-ataque à vista? Você provavelmente vai encontrá-lo perto das balsas.

— Será um prazer, senhor — respondeu Sharpe. Em seguida levou Harper de volta pelo acampamento capturado.

BERNARD CORNWELL

— Achei que íamos lutar um pouco — disse Harper, parecendo tão desapontado quanto Gough.

— Os patifes estavam dormindo, não é?

— Eu vim até aqui só para olhar um punhado de dublinenses acordarem uns comedores de lesma?

— Os homens de Gough são de Dublin?

— O regimento foi criado lá, senhor. — Harper viu uma mochila francesa abandonada, pegou-a e olhou o interior. — Nada que preste — declarou, e a jogou fora. — E quanto tempo vamos ficar aqui?

— O tempo que levar. Uma hora?

— Tanto assim?

— Os engenheiros têm muito trabalho a fazer, Pat — disse Sharpe, e de repente pensou no pobre Sturridge, que havia confiado que Sharpe iria mantê-lo vivo no Guadiana.

Encontraram o general Graham na margem, onde as balsas incendiárias estavam atracadas. O quinto batelão, que levava os engenheiros, fora amarrado na balsa mais próxima, onde dois franceses estavam mortos.

Cada uma das cinco balsas era uma grande plataforma quadrada feita de madeira, com um barrote curto onde um pedaço de vela podia ser preso. Os franceses esperavam uma noite escura, um vento norte e uma maré montante que as carregasse até a frota que esperava para levar o exército em direção ao sul. Tripulações de voluntários manobrariam as balsas pesadas, guiando-as até cerca de 400 metros do ancoradouro. Depois acenderiam os pavios lentos e pulariam nos barcos a remo para escapar daquele inferno. Se as balsas tivessem sucesso em chegar entre as embarcações inglesas e espanholas, causariam pânico. Os navios cortariam os cabos das âncoras para não pegar fogo e o vento faria com que aqueles sem âncora se chocassem uns contra os outros ou contra o litoral pantanoso da Isla de León, e, enquanto isso, as monstruosas balsas incendiárias deslizariam, provocando mais caos. Cada uma estava atulhada de barris incendiários e fardos de lenha, e armadas com canhões velhos nos perímetros. Os bota-fogos dos canhões estavam ligados aos barris incendiários através de mechas lentas. Os canhões eram todos pequenos, e alguns pareciam ter 200 anos, mas Sharpe supôs que estariam carregados com metralha, balas sólidas e qualquer outra coisa que os franceses pudessem enfiar nos canos, de modo que as balsas em chamas cuspiriam balas, obuses e morte enquanto se aproximavam do ancoradouro apinhado.

Os engenheiros estavam montando suas cargas e levando o pavio rápido até a margem sul, onde o general Graham se postava com seus ajudantes. Sharpe lhe deu o recado de Gough e Sir Thomas balançou a cabeça.

— São umas coisas malignas, não? — declarou, apontando para a balsa mais próxima.

— Balgowan! — saudou uma voz da margem norte. — Balgowan!

— Perthshire! — gritou Sir Thomas de volta.

— Tudo seguro deste lado, senhor! — berrou a voz.

— Muito bem!

— Balgowan, senhor? — perguntou Sharpe.

— É a senha. Eu deveria ter dito a você. Balgowan é onde eu cresci, Sharpe. O melhor lugar neste mundo de Deus. — Ele estava franzindo a testa enquanto falava, olhando o sul, na direção do forte San Luis. — Tudo foi fácil demais — disse, preocupado. Sharpe não falou nada porque o general de divisão Sir Thomas Graham não precisava de seus comentários.

— Tropas ruins. — Sir Thomas falava dos franceses que supostamente estavam guardando as balsas. — É assim. A podridão começa no nível dos batalhões. Aposto os seus anos de soldo contra os meus, Sharpe, que os oficiais do batalhão estão dormindo nos fortes. Eles têm camas quentes, fogo na lareira e empregadinhas entre os lençóis enquanto seus homens sofrem aqui fora.

— Não vou aceitar sua aposta, senhor.

— Seria idiota se aceitasse — concluiu Sir Thomas. À luz das fogueiras agonizantes no acampamento o general podia ver fileiras de casacas-vermelhas viradas para o forte. Aqueles homens estariam com a silhueta contra as fogueiras, e assim seriam alvos excelentes para a artilharia do forte.

— Willie — chamou o general —, diga a Hugh e a Johnny para fazer seus homens se deitarem.

— Sim, senhor — respondeu lorde William, que em seguida correu para o sul, e Sir Thomas chapinhou pela lama e subiu a bordo da balsa mais próxima.

— Venha dar uma olhada, Sharpe! — convidou ele.

Sharpe e Harper seguiram o general, que usou sua espada de lâmina grossa para abrir o barril mais próximo. A tampa saiu, revelando meia dúzia de bolas claras, cada uma do tamanho de uma bala de 9 libras.

— O que diabo é isso? — perguntou Sir Thomas. — Parece *haggis*.

— Bombas de fumaça, senhor — explicou um tenente engenheiro depois de dar uma olhada rápida nas bolas. Ele e um sargento engenheiro estavam substituindo os pavios lentos dos canhões por outros, mais rápidos.

Sir Thomas levantou uma bola e cutucou a mistura embaixo dela.

— O que tem no resto do barril?

— Na maior parte é salitre, senhor — respondeu o tenente. — Provavelmente misturado com enxofre, antimônio e piche. Vai queimar feito o inferno.

Sir Thomas sentiu o peso da bomba de fumaça. O invólucro tinha uma dúzia de furos e, quando Sir Thomas bateu nela, o som foi oco.

— Papel machê?

— Isso mesmo, senhor. Papel machê cheio de pólvora, antimônio e pó de carvão. Não se vê muito disso hoje em dia. É um equipamento naval. São feitas para serem acesas e lançadas através das escotilhas dos canhões inimigos, e então sufocam os artilheiros. Claro que a pessoa provavelmente morria ao fazer isso, mas elas podem ser umas coisinhas terríveis em espaços confinados.

— E por que estão aqui? — perguntou Sir Thomas.

— Acho que os franceses supunham que elas iriam provocar uma nuvem de fumaça que iria à frente das balsas para escondê-las, senhor. Agora, se me der licença, senhor.

— Claro, homem. — O general saiu do caminho do tenente. Pôs a bomba de fumaça de volta no barril e já ia recolocar a tampa quando Sharpe estendeu a mão para as bolas.

— Posso ficar com elas, senhor?

A FÚRIA DE SHARPE

153

— Você quer essas coisas? — perguntou Sir Thomas, surpreso.

— Com sua permissão, senhor.

Sir Thomas pareceu considerar Sharpe muito estranho, depois deu de ombros.

— O que você quiser, Sharpe.

Sharpe mandou Harper encontrar uma mochila francesa. Estava pensando na cripta da catedral e nas cavernas e corredores ao redor da câmara baixa, e nos homens espreitando no escuro com mosquetes e facas. Encheu a mochila com as bombas de fumaça e entregou a Harper.

— Cuide disso, Pat. Pode salvar nossa vida.

O general Graham havia saltado na balsa seguinte, onde um grupo de engenheiros estava colocando novos pavios nos canhões carregados e cargas de pólvora no centro da balsa.

— Há mais bombas de fumaça aqui, Sharpe — gritou ele.

— Já tenho o suficiente, senhor, obrigado.

— Para que você precisa... — começou a perguntar o general, mas parou abruptamente porque um canhão havia disparado no forte San Luis.

Finalmente a guarnição havia acordado para o que acontecia no pântano. Enquanto o estrondo do canhão sumia, Sharpe ouviu balas de mosquete assobiando no céu, o que significava que o canhão tinha sido carregado com metralha. O som mal havia silenciado quando a fumaça de seu disparo foi iluminada por três explosões violentas de luz vermelha, à medida que mais peças disparavam das ameias. Uma bala sólida retumbou logo acima da cabeça do general e um enxame de balas de mosquete fumegou no pântano.

— Eles não vão usar obuses porque não querem atear fogo às balsas — apontou Sharpe a Harper.

— Isso não serve muito de consolo, senhor, considerando que estão apontando os canhões diretamente para nós — replicou Harper.

— Eles só estão atirando contra o acampamento.

— E por acaso nós estamos no acampamento.

Então os canhões do forte San José abriram fogo na margem norte. Estavam muito mais distantes e a metralha suspirava no escuro, em vez de sibilar ou assobiar. Uma bala sólida caiu na enseada e espirrou água sobre a balsa mais próxima. Agora os clarões dos canhões surgiam ao norte e ao sul, iluminando a noite com lampejos súbitos e sinistros que reluziam na fumaça enovelada, depois sumiam, deixando Sharpe atordoado. Ele sabia que não deveria ter vindo, na verdade nem Sir Thomas deveria ter vindo. Um general de divisão não tinha motivo para se juntar a uma equipe de ataque rápido que deveria ser comandada por um major ou, no máximo, um tenente-coronel. Mas Sir Thomas obviamente era um homem que não conseguia resistir ao perigo. O general olhava o sul, tentando ver, à luz intermitente dos canhões, se alguma infantaria francesa havia saído do San Luis.

— Sharpe! — chamou ele.

— Senhor?

— O capitão Vetch me disse que os engenheiros estão trabalhando em um ótimo ritmo. Volte para os batelões, está bem? Lá você vai encontrar um capitão da Marinha chamado Collins. Diga a ele que vamos dar o toque de retirada daqui a uns vinte minutos. Talvez meia hora. Lembra da senha e da contrassenha?

— Balgowan e Perthshire, senhor.

— Muito bem. Pode ir. E não me esqueci de que você precisa de um favor meu! Falaremos disso no desjejum.

Sharpe levou Harper de volta pela enseada. Os marinheiros gritaram a senha e Sharpe deu a contrassenha. O capitão Collins era um homem atarracado que olhava de esguelha para os cerca de vinte prisioneiros postos sob seus cuidados.

— O que devo fazer com eles? — perguntou, lamentando. — Não há espaço nos batelões para levá-los.

— Então vamos deixá-los aqui — resolveu Sharpe.

Em seguida repassou a mensagem do general, depois ficou ao lado de Collins olhando os clarões dos canhões. Uma bala francesa acertou os restos de uma fogueira, fazendo brasas, fagulhas e chamas explodirem uns 10 ou 15 metros no ar. Algumas lascas acesas pousaram nas barracas e provocaram pequenos incêndios que iluminaram as balsas desajeitadas.

— Não gosto de lutar à noite — admitiu Collins.

— Não é fácil — acrescentou Sharpe.

Toda sombra parecia se mexer e o pântano estava cheio de sombras lançadas pelas fogueiras. Ele se lembrou da noite anterior a Talavera, e de como havia descoberto os franceses subindo o morro. Aquela fora uma noite louca e confusa, mas nesta, pelo menos, o inimigo parecia estar deitado. A artilharia da fortaleza ainda disparava, mas agora a metralha e as balas sólidas estavam indo longe para a esquerda de Sharpe.

— Dois patifes vieram aqui — começou Collins. — Ambos a cavalo! Sei que não temos cavalos, mas mesmo assim pensei que poderia ser um par dos nossos que tivesse conseguido capturar dois animais. Cavalgaram até mim, bem calmos, e depois galoparam para longe. Não chegamos a disparar um tiro sequer. Um deles até gritou boa-noite enquanto ia embora, o desgraçado insolente.

Então os franceses sabiam que os batelões estavam abaixo do acampamento, pensou Sharpe, e, mais ainda, sabiam que estavam mal guardados por um pequeno piquete de soldados da Marinha.

— Se não se importa com minha sugestão, eu moveria os batelões um pouco mais rio acima — disse Sharpe.

— Por quê?

— Porque há uma grande distância entre vocês e os rapazes irlandeses.

— Nós tivemos que desembarcar aqui — explicou Collins. — Não podíamos remar direto para o acampamento, não é?

— Poderiam ir para lá agora. — Sharpe apontou para os marinheiros que esperavam nos bancos.

— Meu serviço é guardar os barcos — declarou Collins em tom firme. — Eu não os comando.

— E quem comanda?

Um tenente da Marinha comandava os batelões, mas evidentemente havia ido rio acima a bordo do quinto barco e agora estava com os engenheiros, e Collins, sem ordens diretas, não se arriscaria a mover os dois batelões por iniciativa própria. Pareceu insultado simplesmente por Sharpe ter sugerido isso.

— Vou esperar ordens — disse, indignado.

— Nesse caso vamos fazer um piquete para você — decidiu Sharpe. — Vamos ficar ali. — Ele apontou para o sul. — Avise aos seus rapazes para não atirarem em nós quando voltarmos.

Collins não respondeu. Sharpe mandou Harper deixar a mochila com as bombas de fumaça no batelão do general, depois o levou para o sul.

— Fique de vigia, Pat.

— O senhor acha que os franceses virão?

— Eles não podem simplesmente ficar lá sentados e deixar que a gente queime as balsas, não é?

— Até agora eles ficaram cochilando, senhor.

Agacharam-se nos juncos. O vento fraco vinha do oceano distante e trazia o cheiro de sal das salinas do outro lado da baía. Sharpe via o reflexo das luzes da cidade piscando e balançando na água. Os tiros dos fortes pontuavam a noite, mas a essa distância era difícil dizer se os disparos provocavam algum dano nos acampamentos capturados. Era complicado ver qualquer coisa. Os homens de Dublin e Hampshire permaneciam deitados e os engenheiros estavam ocupados nas sombras dentro das balsas.

— Se eu fosse os franceses — começou Sharpe —, não me preocuparia com as balsas. Viria e tomaria esses batelões. Isso nos deixaria isolados aqui, não é? Eles pegariam uns duzentos prisioneiros, inclusive um general de divisão. Não seria uma noite de trabalho ruim para um punhado de patifes sonolentos, não é?

— O senhor não é o exército francês, é? Eles provavelmente estão se embebedando. Deixando os artilheiros fazer o serviço.

— Eles podem se dar ao luxo de perder as balsas incendiárias se capturarem cinco batelões. Podem usá-los no lugar das balsas.

— Nós vamos embora logo, senhor — comentou Harper, como se isso fosse um consolo. — Não precisa se preocupar.

— Esperemos que sim.

Ficaram em silêncio. Pássaros do pântano, acordados pelos tiros, gritavam tristes no escuro.

— E o que vamos fazer na cidade? — perguntou Harper após um tempo.

A FÚRIA DE SHARPE

157

— Tem uns patifes que pegaram umas cartas e nós temos que comprá-las de volta. Ou pelo menos temos que garantir que ninguém trapaceie enquanto elas estão sendo compradas, e, se tudo der errado, o que vai acontecer, teremos que roubar as porcarias de volta.

— Cartas? Não é ouro?

— Não é ouro, Pat.

— E vai dar errado?

— Claro que vai. Estamos lidando com chantagistas. Eles nunca se contentam com o primeiro pagamento, não é? Sempre voltam para pegar mais, por isso provavelmente teremos que matar os desgraçados antes que a coisa acabe.

— As cartas são de quem?

— Uma puta escreveu — explicou Sharpe vagamente. Achava que Harper ficaria sabendo da verdade em breve, mas gostava de Henry Wellesley o suficiente para não espalhar ainda mais a vergonha do sujeito. — Deve ser bem fácil, só que os espanhóis não vão gostar do que estamos fazendo. Se formos apanhados, eles vão nos prender. Ou nos matar.

— Prender?

— Só vamos ter que ser espertos, Pat.

— Então está bem. Não vai ser um problema, não é?

Sharpe sorriu. O vento agitou os juncos. A maré estava imóvel. Os canhões disparavam constantemente, com os tiros caindo no pântano ou agitando a enseada.

— Eu gostaria que a porcaria do 8º estivesse aqui — declarou Sharpe baixinho.

— Os Chapéus-de-Couro? — perguntou Harper, achando que Sharpe falava de um regimento de Cheshire.

— Não. O 8º francês, Pat. Os desgraçados que encontramos lá em cima, no rio. Os que aprisionaram o pobre tenente Bullen. Eles devem estar voltando para cá, não é? Agora não podem chegar a Badajoz sem a ponte. Quero encontrá-los de novo. Aquele maldito coronel Vandal. Vou atirar na cabeça dele, desgraçado.

— O senhor vai encontrá-lo.

— Talvez. Mas não aqui. Vamos embora em uma semana. Mas um dia, Pat, vou achar o desgraçado e assassiná-lo pelo que fez com o tenente Bullen.

Harper não respondeu. Em vez disso, pôs a mão na manga de Sharpe que, no mesmo instante, ouviu o farfalhar de juncos. Não era o som do vento fraco agitando as plantas, e sim algo mais regular, como passos. E estavam próximos.

— Está vendo alguma coisa? — sussurrou.

— Não. Sim.

Então Sharpe os viu. Ou viu sombras correndo agachadas. Houve um brilho de luz se refletindo num pedaço de metal, talvez um cano de mosquete. As sombras pararam, fundindo-se na escuridão, mas Sharpe viu outros homens movendo-se mais além. Quantos? Vinte? Não, o dobro. Inclinou-se perto de Harper.

— Sete canos — murmurou no ouvido do sargento. — Depois vamos para a direita. Vamos correr feito o diabo por trinta passos, em seguida deitamos.

Harper levantou devagar a arma de sete canos, muito devagar. Então, com a coronha apoiada no ombro direito, engatilhou-a. A garra do fecho estalou ao se encaixar e o som chegou até os franceses. Sharpe viu os rostos pálidos se virando para ele, e nesse momento Harper puxou o gatilho e a arma inundou o pântano com ruído e o iluminou com o clarão que saía dos canos. A fumaça escondeu Sharpe, que saiu correndo. Contou os passos, e no trigésimo se deitou. Pôde ouvir um homem gemendo. Dois mosquetes dispararam, depois uma voz gritou uma ordem, e não soaram mais armas. Harper se jogou ao lado dele.

— Depois fuzis — ordenou Sharpe. — Em seguida vamos para os barcos.

Pôde ouvir os franceses sibilando uns com os outros. Tinham sido atingidos feio pelas sete balas e sem dúvida estavam discutindo baixas, mas então ficaram em silêncio e Sharpe pôde vê-los com mais clareza, porque de repente ficaram com a silhueta contra as chamas dos canhões que disparavam do forte. Apoiou-se num dos joelhos e mirou com o fuzil.

— Pronto?

— Sim, senhor.

A FÚRIA DE SHARPE

— Fogo.

Os dois fuzis cuspiram para as sombras. Sharpe não teve ideia se alguma bala havia acertado. Só sabia que os franceses estavam tentando tomar os batelões, que estavam perigosamente perto da enseada e que os tiros deviam ter provocado um alarme. Esperava que o capitão dos soldados da Marinha tivesse tomado a iniciativa de ordenar que os barcos fossem levados rio acima.

— Venha — disse, e os dois correram desajeitadamente, meio tropeçando nas moitas, e ele sentiu que os franceses haviam jogado a cautela fora e corriam à sua direita. — Tirem os barcos daí — gritou Sharpe para o piquete de soldados da Marinha. — Tirem os barcos! — Sua cabeça era toda dor, mas ele precisava ignorar isso. Mosquetes franceses espocavam na noite. Uma bala bateu na lama perto dos pés de Harper, no instante em que os soldados da Marinha disparavam uma saraivada para o escuro.

Os súbitos disparos de mosquetes haviam alertado os marinheiros, que cortaram os cabos dos arpéus que estavam usando como âncoras e em seguida empurraram os batelões para longe da margem, mas os barcos pesados se moviam numa lentidão dolorosa. O que estava mais longe de Sharpe fazia um progresso melhor, porém o mais próximo parecia um pouco encalhado. Mais mosquetes franceses espocaram, tossindo fumaça no meio da qual Sharpe via o brilho de baionetas. Os soldados da Marinha, em menor número, subiram atabalhoadamente no batelão mais próximo enquanto os franceses chegavam à margem. Um soldado disparou e um francês de casaca azul foi lançado para trás, e dois outros se aproximaram do batelão e cravaram as baionetas em marinheiros que tentavam usar os remos para empurrar a barcaça para longe da margem. Os atacantes agarraram os remos. Os prisioneiros franceses, que estiveram sob guarda, agora estavam livres e, mesmo desarmados, também tentavam abordar o batelão. Uma pistola disparou, com o som mais agudo que o de um mosquete. Então uma dúzia de estalos mais pesados soou, e Sharpe supôs que os marinheiros tivessem recebido as pistolas pesadas usadas por equipes de abordagem. Além disso, haviam recebido alfanjes, ainda que sem dúvida nenhum deles tivesse esperado usá-los, mas agora golpeavam os homens que tentavam subir pela amurada do batelão.

Sharpe estava a 20 metros de distância, agachado na beirada da enseada. Disse a si mesmo que essa luta não era sua, que sua responsabilidade estava na cidade, cujas luzes brilhavam do outro lado da baía ampla. Mas tinha seis bombas de fumaça a bordo daquele batelão ameaçado e as queria, e, além disso, se os franceses tomassem ao menos um batelão, isso tornaria a retirada de Sir Thomas quase impossível.

— Precisamos afastar os desgraçados daquele barco.

— Devem ser cinquenta, senhor. Ou mais.

— Um bocado dos nossos rapazes ainda está lutando. Só vamos assustar os patifes. Talvez eles fujam.

Levantou-se, pendurou o fuzil descarregado às costas e desembainhou a espada.

— Deus salve a Irlanda — disse Harper.

Os regulamentos do Exército decretavam que Sharpe, como oficial de escaramuça, deveria estar armado com um sabre de cavalaria, mas ele jamais havia gostado dessa arma. A curva do sabre o tornava bom para cortar, mas na verdade a maioria dos oficiais o usava apenas como enfeite. Ele preferia a pesada espada de soldado da cavalaria, uma das mais longas fabricadas. A lâmina era reta, quase 1 metro de aço de Birmingham. A cavalaria reclamava constantemente da arma. Ela não mantinha o gume, a lâmina era pesada demais e a ponta assimétrica a tornava ineficaz. Sharpe havia limado o gume de trás para tornar a ponta simétrica e gostava do peso da arma, que a transformava num porrete eficaz. Ele e Harper espadanaram nos baixios da enseada e chegaram pela esquerda dos franceses. Os homens de casacas azuis não esperavam um ataque, e até podiam estar pensando que os dois homens com uniformes escuros eram franceses, porque nenhum se virou para enfrentá-los. Aqueles eram os retardatários dos franceses, os que não estavam dispostos a mergulhar na enseada e lutar contra soldados e marinheiros, e nenhum deles queria uma batalha. Alguns estavam recarregando os mosquetes, mas a maioria apenas assistia à luta pelo batelão quando Sharpe e Harper os acertaram.

A FÚRIA DE SHARPE

Sharpe estocou a espada contra a garganta de um sujeito que caiu, com a vareta fazendo barulho no cano do mosquete. O capitão golpeou de novo Harper estava cravando a espada-baioneta e berrando em gaélico. Uma baioneta francesa brilhou à direita de Sharpe e ele girou a espada com força, acertando o gume rombudo contra o crânio de um homem, e de repente não havia inimigo imediato à frente, apenas um trecho de água e um bolo de franceses tentando abordar a proa do batelão defendido por soldados da Marinha com alfanjes e baionetas. Sharpe vadeou na enseada e cravou a espada na coluna de um homem, e soube imediatamente que havia se arriscado demais, porque os atacantes do batelão se viraram ferozmente contra ele. Uma baioneta cortou seu casaco e se prendeu ali. Ele deu um golpe lateral no momento em que Harper chegava a seu lado.

Harper estava gritando incoerente. Acertou a coronha do fuzil no rosto de um homem, porém mais franceses vinham e Sharpe arrastou Harper para trás, afastando-o das lâminas. Quatro homens os atacavam, e não eram retardatários. Eram homens que queriam matar, ele podia ver os dentes à mostra e as baionetas compridas. Girou a espada num enorme golpe como se colhesse feno, afastando duas baionetas, depois recuou de novo. Harper estava ao seu lado e os franceses pressionavam, achando que tinham vítimas fáceis. Pelo menos, pensou Sharpe, o inimigo não estava com mosquetes carregados. Nesse momento uma arma espocou e o clarão ofuscou-o e a fumaça densa o engolfou. Mas a bala foi parar só Deus sabia onde, e Sharpe se desviou dela instintivamente e caiu de lado na enseada. Os franceses deviam ter pensado que ele estava morto, porque o ignoraram e tentaram acertar Harper, que cravou a espada-baioneta com força nos olhos de um homem, no instante em que os irlandeses atacaram.

O major Gough havia trazido sua companhia de volta para a enseada, e a primeira coisa que Sharpe percebeu foi uma saraivada que mergulhou o pântano em ruído. Depois disso vieram os gritos dos casacas-vermelhas atacando. Chegavam com baionetas e fúria.

— *Faugh a ballagh!* — gritavam, e os franceses obedeceram.

O ataque contra o batelão se desfez sob o assalto do 87º. Um francês se curvou sobre Sharpe, achando que ele estava morto e provavelmente querendo sua espada, então Sharpe lhe deu um soco no rosto, depois saiu da água com a espada girando, e cortou o rosto do sujeito. O francês correu. Sharpe viu o alferes Keogh golpeando com sua espada reta um inimigo muito maior, que tentava acertar o oficial magro com seu mosquete. O grande sargento Masterson cravou sua baioneta nas costelas do sujeito. O francês caiu diante do peso de Masterson. Keogh acertou sua espada no homem caído e quis mais. Estava soltando um grito agudo, viu duas figuras escuras nos baixios da enseada e se virou para atacar, gritando para seus homens seguirem-no.

— *Faugh a ballagh!* — berrou Harper.

— Vocês! — Keogh parou à beira d'água. De repente riu. — Foi uma luta de verdade.

— Foi desesperada demais — murmurou Harper.

O major Gough estava gritando para seus homens formarem uma linha e virarem para o sul. Sargentos afastaram os casacas-vermelhas dos cadáveres inimigos que eles estavam saqueando. Os soldados navais sobreviventes estavam tirando o resto dos franceses dos batelões sob pancadas, mas o capitão Collins, com um alfanje na mão, estava morto.

— Ele deveria ter tirado a porcaria dos barcos, senhor — declarou um sargento naval ao ver Sharpe. O sargento cuspiu um jorro escuro de tabaco num cadáver francês. — O senhor está encharcado — acrescentou. — Caiu na água?

— Caí — respondeu Sharpe, e o primeiro estrondo rasgou a escuridão.

A explosão vinha de uma das cinco balsas. Um pináculo de chamas, de um branco brilhante, disparou para o céu, depois veio a luz vermelha, relampejando num círculo que achatou o capim do pântano. A noite estava inundada pelo fogo. Mais tarde foi decidido que uma fagulha errante de uma fogueira do acampamento capturado teria acendido o pavio rápido. As cargas já haviam sido postas e os engenheiros estavam esticando as últimas mechas quando um deles viu a chama brilhante de um pavio rápido aceso. Gritou um aviso, depois pulou da balsa no instante em que o primeiro barrilete explodiu. Agora os pavios soltavam fagulhas e fumaça por todas as balsas, como serpentes de fogo se retorcendo.

A FÚRIA DE SHARPE

163

O pináculo branco se retorceu e diminuiu o brilho. O ribombo da explosão se esvaiu no pântano enquanto uma corneta soava, ordenando que as tropas britânicas voltassem aos batelões. A corneta ainda estava tocando quando as cargas seguintes explodiram, uma após a outra, com o fogo saltando para as nuvens e o ruído socando o pântano onde o junco e o capim se dobravam de novo sob o vento quente e súbito. A fumaça começou a subir das balsas onde os barris incendiários franceses pegavam fogo e suas chamas iluminavam as tropas francesas que haviam recuado para longe dos batelões.

— Fogo! — rugiu o major Gough, e sua companhia do 87º soltou uma saraivada. As cargas continuavam explodindo e as balsas queimavam. Os canhões nos perímetros das balsas começaram a disparar, as balas e a metralha assobiando por cima da enseada e do pântano.

— Para trás! Para trás! — gritava Sir Thomas Graham.

A corneta soou de novo. Casacas-vermelhas voltavam do acampamento, tendo terminado o serviço. Alguns eram auxiliados por seus companheiros. Pelo menos os tiros de canhão do forte haviam parado, presumivelmente porque os artilheiros assistiam aos fogos de artifício na enseada. Lascas de madeira em chamas giravam no ar, novas pulsações de fogo rasgavam a noite, e outro canhão explodiu. Sharpe tropeçou no corpo de um francês parcialmente afundado na beira da enseada.

— Contem os que estão entrando! — gritou o major Graham. — Contem!

— Um, dois, três! — O alferes Keogh estava tocando no ombro dos homens que subiam a bordo. Um marinheiro recuperou um remo apanhado pelos franceses. Estalos de mosquetes soaram no pântano e um homem do 87º caiu para a frente na lama. — Peguem-no! — gritou Keogh. — Seis, sete, oito, cadê seu mosquete, seu cretino?

Os homens de Hampshire estavam embarcando no outro batelão. O general Graham, com seus dois ajudantes e um grupo de engenheiros, esperava para ser o último a bordo. Agora as balsas haviam virado um inferno. Jamais sairiam da enseada. A fumaça fervilhava a dezenas de metros no céu noturno, mas havia chamas suficientes alimentando-a para iluminar o pântano, e os artilheiros do San Luis podiam ver os casacas-vermelhas agrupados na margem da enseada, e deviam saber que os batelões estavam ali. E de repente os canhões voltaram a disparar. Agora usavam obuses, além de balas sólidas. Um obus explodiu na margem oposta e outro, cuja trilha do pavio formou uma tira de vermelho girando na noite coberta de chamas, mergulhou na enseada. Uma bala sólida se chocou contra as fileiras de Hampshire.

— Todos aqui! — gritou Keogh.

— Sir Thomas! — gritou o major Gough. A explosão de um obus jogou lama, juncos e um mosquete francês para o alto. Um canhão antigo estourou na balsa mais próxima e Sharpe viu a bala ricocheteando na água.

— Sir Thomas! — gritou de novo o major Gough, mas Sir Thomas estava esperando para garantir que todos os homens de Hampshire tivessem embarcado, e só então foi para o batelão.

Um obus explodiu alguns passos atrás dele, mas milagrosamente os estilhaços do invólucro passaram assobiando sem acertá-lo. Marinheiros empurraram o batelão para longe da margem e a maré vazante o levou para a baía. As balsas incendiárias eram agora um enorme incêndio em meio a uma nuvem de fumaça. Os reflexos das chamas ondulavam na água, depois foram partidos por uma bala sólida que levantou um grande repuxo d'água, encharcando os homens das barcaças que saíam da margem norte. O quinto batelão estava no meio da enseada, com os marinheiros fazendo força nos remos para escapar dos tiros de canhão.

— Remem! — gritou um oficial naval no barco de Sharpe. — Remem!

Três canhões dispararam simultaneamente no forte San Luis e Sharpe ouviu uma bala passar trovejando acima. Tiros de mosquete relampejavam no pântano e alguns casacas-vermelhas se levantaram na barriga do batelão e atiraram de volta.

— Não atirem! — gritou Gough.

— Remem! — berrou de novo o oficial naval.

— Não foi exatamente a retirada organizada que eu previ — declarou Sir Thomas. Um obus, com o pavio chicoteando o escuro com sua tira de frenética luz vermelha, bateu na enseada. — É você, Sharpe?

— Sim, senhor.

A FÚRIA DE SHARPE

— Está molhado, homem.

— Caí na água, senhor.

— Você vai acabar morrendo com alguma doença! Tire a roupa. Pegue a minha capa. Como está sua cabeça? Esqueci que você estava ferido. Nunca deveria ter pedido que viesse.

Mais dois canhões dispararam, em seguida outros dois, do forte San José, ao norte, mas cada puxão nos grandes remos levava os batelões para longe das chamas e para o interior da escuridão da baía. Feridos gemiam no casco dos batelões. Outros homens falavam empolgados, com a permissão de Gough.

— Qual foi a sua contagem de baixas, Hugh? — perguntou Sir Thomas ao irlandês.

— Três mortos e oito feridos, senhor — respondeu Gough.

— Mas foi uma boa noite de trabalho — anunciou Sir Thomas. — Uma noite de trabalho muito boa.

Porque a frota estava em segurança, e, quando finalmente os espanhóis estivessem preparados, Sir Thomas poderia levar seu pequeno exército para o sul.

Os APOSENTOS DE Sir Thomas Graham em San Fernando eram modestos. Ele havia confiscado a oficina de um construtor de barcos, com paredes de pedra caiada. Tinha-a mobiliado com uma cama, uma mesa e quatro cadeiras. Na oficina havia uma grande lareira diante da qual as roupas de Sharpe foram postas para secar. O capitão havia posto seu fuzil lá, também, com a placa do fecho removida para que o calor do fogo chegasse à mola mestra. Ele próprio estava enrolado numa camisa e uma capa que o general Graham insistira em lhe emprestar. Enquanto isso, o general ditava seu relatório.

— O desjejum vai ser servido logo — declarou o general entre as frases.

— Estou morrendo de fome — observou lorde William Russell.

— Seja um bom sujeito, Willie, e veja por que a refeição está demorando — pediu o general, depois ditou fartos louvores aos homens que ele havia comandado na enseada. O alvorecer estava delineando os morros do interior, mas o brilho das balsas em chamas ainda era vívido nos pântanos escuros, e a nuvem de fumaça devia ser visível até em Sevilha, a mais de 100 quilômetros dali. — Quer que eu mencione seu nome, Sharpe? — perguntou Sir Thomas.

— Não, senhor. Eu não fiz nada.

Sir Thomas deu um olhar astuto a Sharpe.

— Se você diz, Sharpe. E qual é esse favor que posso fazer por você?

— Quero que me dê uma dúzia de obuses, senhor. De 12 libras, se tiver, mas de 9 servem.

— Eu tenho. O major Duncan tem, pelo menos. O que aconteceu com o seu casaco? Corte de espada?

— Baioneta, senhor.

— Vou mandar meu ordenança costurar enquanto tomamos o desjejum. Doze obuses, hein? Para quê?

Sharpe hesitou.

— Provavelmente é melhor que o senhor não saiba.

Sir Thomas fungou diante da resposta.

— Passe isso a limpo, Fowler — disse ao escrevente, dispensando-o. Esperou que ele saísse, foi até a lareira e estendeu as mãos diante do calor. — Deixe-me adivinhar, Sharpe, deixe-me adivinhar. Cá está você, órfão de seu batalhão, e de repente recebo ordens de mantê-lo aqui, em vez de mandá-lo ao seu lugar de direito. E enquanto isso a carta de amor de Henry Wellesley está divertindo os cidadãos de Cádis. Essas duas coisas estariam conectadas?

— Sim, senhor.

— Existem mais cartas? — perguntou Sir Thomas com astúcia.

— Muitas outras, senhor.

— E o embaixador quer que você faça o quê? Que as encontre?

— Ele quer comprá-las de volta, senhor, e, se isso não der certo, quer que sejam roubadas.

— Roubadas! — Sir Thomas lançou um olhar cético. — Você já teve alguma experiência com esse tipo de negócio?

A FÚRIA DE SHARPE

167

— Um pouco, senhor — respondeu Sharpe e, após uma pausa, percebeu que o general queria mais. — Foi em Londres, senhor, quando eu era criança. Aprendi como se faz.

Sir Thomas gargalhou.

— Uma vez fui agarrado por um batedor de carteiras em Londres e derrubei o sujeito. Não foi você, foi?

— Não, senhor.

— Então Henry quer que você roube as cartas e você quer uma dúzia dos meus obuses? Diga por que, Sharpe.

— Porque, se as cartas não puderem ser roubadas, senhor, elas devem ser destruídas.

— Você vai explodir meus obuses dentro de Cádis?

— Espero que não, senhor, mas a coisa pode chegar a esse ponto.

— E você espera que os espanhóis acreditem que foi uma bomba de morteiro francês?

— Espero que os espanhóis não saibam o que pensar, senhor.

— Eles não são idiotas, Sharpe. Os espanhóis podem ser muito pouco cooperativos, mas não são idiotas. Se o descobrirem explodindo obuses em Cádis vão colocá-lo naquela prisão pestilenta antes que possa contar até três.

— Motivo pelo qual é melhor que o senhor não saiba.

Lorde William Russell irrompeu na sala.

— O desjejum está chegando. Bife, fígado frito e ovos frescos, senhor. Bem, quase frescos.

— Imagino que você queira que as coisas sejam entregues na embaixada, não? — Sir Thomas ignorou lorde William e falou com Sharpe.

— Se for possível, senhor, e endereçadas a lorde Pumphrey.

Sir Thomas resmungou.

— Venha se sentar, Sharpe. Você gosta de fígado frito?

— Sim, senhor.

— Mandarei encaixotar as coisas e entregar hoje — comunicou Sir Thomas, em seguida lançou um olhar de reprovação para lorde William. — Não é bom parecer curioso, Willie. O Sr. Sharpe e eu estamos discutindo assuntos secretos.

BERNARD CORNWELL

— Eu posso ser a própria alma da discrição — declarou lorde William.

— Você pode ser — concordou Sir Thomas —, mas raramente é.

O casaco de Sharpe foi levado para ser remendado. Depois ele sentou-se para comer bife, fígado, rins, presunto, ovos fritos, pão, manteiga e café forte. Apesar de estar apenas meio vestido, Sharpe desfrutou tudo. Na metade da refeição percebeu que um companheiro à mesa era filho de um duque e o outro, um rico proprietário de terras na Escócia, no entanto sentia-se estranhamente confortável. Não havia maldade em lorde William, e estava claro que Sir Thomas simplesmente gostava de soldados.

— Nunca pensei que eu seria um soldado — confessou ele a Sharpe.

— Por que não, senhor?

— Porque me sentia feliz como era, Sharpe, feliz como era. Eu caçava, viajava, lia, jogava críquete e tinha a melhor esposa do mundo. Então minha Mary morreu. Durante um tempo fiquei me remoendo, e me ocorreu que os franceses eram uma presença maligna. Pregam a liberdade e a igualdade, mas o que eles são? São degradados, bárbaros e desumanos, e percebi que meu dever era lutar contra eles. Por isso vesti um uniforme, Sharpe. Tinha 46 anos quando pus a casaca vermelha pela primeira vez, e isso foi há 17 anos. E de um modo geral devo dizer que foram anos felizes.

— Sir Thomas não pôs simplesmente um uniforme — observou lorde William enquanto destroçava o pão com uma faca cega. — Ele criou o 90º à sua própria custa.

— E foram custos tremendos! — acrescentou Sir Thomas. — Só os chapéus me custaram 436 libras, 16 xelins e 4 pence. Sempre me perguntei para que foram os 4 pence. E cá estou, Sharpe, ainda lutando contra os franceses. Já comeu o suficiente?

— Sim, senhor, obrigado.

Sir Thomas fez menção de levar Sharpe ao estábulo. Pouco antes de chegarem, o general o fez parar.

— Joga críquete, Sharpe?

— Nós jogávamos em Shorncliffe, senhor — respondeu Sharpe cautelosamente, referindo-se ao quartel onde os fuzileiros eram treinados.

— Preciso de jogadores de críquete — disse o general, depois franziu a testa, pensativo. — Henry Wellesley é um idiota desgraçado — continuou, mudando abruptamente de assunto. — Mas um idiota decente. Sabe o que quero dizer?

— Acho que sim, senhor.

— Ele é um homem muito bom. Lida bem com os espanhóis. Eles podem ser extremamente irritantes. Prometem o mundo e entregam migalhas, mas Wellesley tem paciência para tratar com eles, e os espanhóis sensatos sabem que podem confiar nele. Ele é um bom diplomata e precisamos dele como embaixador.

— Eu gostei dele, senhor.

— Mas fez papel de idiota com aquela mulher. Ela está com as cartas?

— Acho que está com algumas, senhor.

— Então você a está procurando?

— Estou, senhor.

— Você não vai explodi-la com meus obuses, vai?

— Não, senhor.

— Espero que não, porque ela é uma coisinha linda. Eu a vi com ele uma vez, e Henry parecia um gato que havia achado uma tigela de leite. Ela também parecia feliz. Fico surpreso ao saber que ela o traiu.

— Lorde Pumphrey disse que foi o cafetão dela.

— E o que você acha?

— Acho que ela viu ouro, senhor.

— Claro, o problema com Henry Wellesley é ser o tipo de homem que perdoa — disse Sir Thomas, aparentemente ignorando as palavras de Sharpe. — Não me surpreenderia se ainda estivesse caído por ela. Ah, bem, provavelmente só estou falando bobagens. Gostei da sua companhia ontem à noite, Sr. Sharpe. Se terminar seus negócios suficientemente rápido, espero que nos dê um ou dois jogos. Tenho um escrevente que é um lançador feroz, mas o desgraçado torceu o tornozelo. E espero que você me conceda a honra de viajar para o sul conosco. Podemos lançar algumas bolas rápidas para o marechal Victor, não é?

— Eu gostaria disso, senhor — respondeu Sharpe, embora soubesse que não existia esperança de isso se realizar.

BERNARD CORNWELL

Foi procurar Harper e os outros fuzileiros. Encontrou uma loja de roupas em San Fernando e, com o dinheiro da embaixada, comprou trajes civis para seus homens e em seguida, sob a fumaça das balsas em chamas que pairava sobre Cádis como uma grande nuvem escura, foram para a cidade.

À tarde a nuvem continuava lá, e 12 obuses comuns, encaixotados e rotulados como repolhos, haviam chegado à embaixada.

CAPÍTULO VI

Nada aconteceu nos três dias seguintes. O vento virou para o leste e trouxe uma persistente chuva de fevereiro para apagar o fogo das balsas, mas a fumaça ainda manchava os pântanos do Trocadero e pairava sobre a baía indo na direção da cidade, onde lorde Pumphrey esperava uma mensagem de quem estivesse em posse das cartas. O embaixador morria de medo de outra edição do *El Correo de Cádiz*. Nenhuma foi lançada.

— Ele tem publicado muito pouco ultimamente — informou James Duff, o cônsul britânico em Cádis, ao embaixador.

Duff havia morado na Espanha durante quase cinquenta anos e era cônsul havia mais de trinta. Algumas pessoas achavam que ele era mais espanhol que os espanhóis, e mesmo quando a Espanha estava em guerra com a Inglaterra ele fora poupado de qualquer insulto e tinha permissão de continuar com seu negócio de comprar e exportar vinho. Agora que a embaixada fora obrigada a buscar refúgio em Cádis, não havia necessidade de um cônsul na cidade, mas Henry Wellesley valorizava a sabedoria e os conselhos do homem mais velho.

— Acho que Nunez está com dificuldades — disse Duff, falando do dono do *Correo de Cádiz*. — Ele não tem leitores fora da cidade propriamente dita, e o que pode publicar? Notícias das cortes? Mas todo mundo sabe o que acontece lá, antes mesmo que Nunez possa colocar em letra de forma. Não lhe resta nada além de boatos de Madri, mentiras de Paris e listas de navios chegando e partindo.

— Ainda assim não quer aceitar nosso dinheiro? — perguntou Wellesley.

— Nem um centavo — respondeu Duff. O cônsul era magro, pequeno, elegante e astuto. Visitava o embaixador na maioria das manhãs, invariavelmente elogiando Henry Wellesley pela qualidade de seu xerez, que o próprio Duff vendia à embaixada, mas com os franceses ocupando a Andaluzia o suprimento estava diminuindo. — Suspeito que ele esteja sendo pago por outra pessoa.

— Você ofereceu com generosidade? — perguntou o embaixador.

— Como o senhor pediu, Excelência. — Duff havia visitado Nunez em nome de Wellesley e oferecera dinheiro caso ele concordasse em não publicar mais cartas. A oferta fora recusada, por isso Duff fizera uma oferta pelo próprio jornal, uma oferta espantosamente generosa. — Ofereci dez vezes o que a casa, a gráfica e o negócio valem, mas ele não aceitou. Tenho certeza de que gostaria, mas é um homem muito amedrontado. Acho que não ousa vender porque teme pela própria vida.

— E se propõe a publicar mais cartas?

Duff deu de ombros, sugerindo que não sabia a resposta.

— Lamento muito colocá-lo nessa situação difícil, Duff. Foi tolice minha, uma completa tolice minha.

Duff deu de ombros outra vez. Nunca havia se casado e não se compadecia pelas idiotices que as mulheres provocavam nos homens.

— Então devemos esperar que lorde Pumphrey seja bem-sucedido — continuou o embaixador.

— Ele pode muito bem ter sucesso, mas eles terão cópias, e vão publicá-las de qualquer modo. O senhor não pode contar com a honra deles, Excelência. Os riscos são muito altos.

— Santo Deus. — Henry Wellesley coçou os olhos, depois girou na cadeira para olhar a chuva que caía constante no pequeno jardim da embaixada.

— Mas pelo menos o senhor possuirá os originais e poderá provar que o *Correo* os alterou — apontou Duff em tom de consolo.

Henry Wellesley se encolheu. Podia ser verdade que seria capaz de provar a falsificação, mas não poderia escapar da vergonha do que não fora forjado.

— Quem são eles? — perguntou com raiva.

BERNARD CORNWELL

— Suspeito que sejam pessoas pagas por Cardenas — disse Duff calmamente. — Posso sentir o cheiro do almirante por trás disso, e infelizmente ele é implacável. Imagino... — Ele fez uma pausa, franzindo a testa ligeiramente. — Imagino que o senhor tenha pensado numa ação mais direta para impedir a publicação.

Wellesley ficou quieto por alguns segundos, depois fez que sim.

— Pensei, Duff, pensei. Mas só sancionaria essa ação com muita relutância.

— O senhor é sábio em ser relutante. Notei um aumento nas patrulhas espanholas ao redor da propriedade de Nunez. Temo que o almirante Cardenas tenha convencido a Regência a ficar de olho no jornal.

— Você poderia falar com Cardenas — sugeriu Wellesley.

— Poderia, e ele será cortês, vai me oferecer um xerez excelente e depois negará que tenha qualquer conhecimento do assunto.

Wellesley não disse nada. Não precisava. Seu rosto traía o desespero.

— Nossa única esperança — continuou Duff — é Sir Thomas Graham ser bem-sucedido em levantar o cerco. Uma vitória desse tipo confundiria os que se opõem a uma aliança com os britânicos. O problema, claro, não é Sir Thomas, e sim Lapeña.

— Lapeña. — Wellesley repetiu o nome em tom duro. Lapeña era o general espanhol cujas forças acompanhariam os britânicos para o sul.

— Ele terá mais homens que Sir Thomas — continuou Duff, sem remorsos —, por isso deverá ter o comando. E, se não receber o comando, os espanhóis não cederão as tropas. E Lapeña, Excelência, é uma criatura tímida. Todos devemos manter as esperanças de que Sir Thomas poderá inspirar valor nele. — Duff ergueu a taça de xerez à luz da janela. — Este é o de 1803?

— É.

— Muito bom. — Duff se levantou e, com a ajuda de uma bengala, foi até a mesa com tampo de xadrez marchetado. Olhou alguns segundos para as peças e avançou um bispo branco para tomar uma torre. — Acho que é xeque, Excelência. Sem dúvida na próxima semana o senhor vai me confundir.

O embaixador acompanhou Duff cortesmente até a liteira que esperava no pátio.

— Se eles publicarem mais — disse Wellesley, segurando um guarda-chuva sobre o cônsul enquanto se aproximavam da liteira —, terei que pedir demissão.

— Não será necessário, tenho certeza — declarou Duff, sem soar convincente.

— Mas se for, Duff, você terá que segurar meu fardo até a chegada de outro homem.

— Rezo para que permaneça no cargo, Excelência.

— Eu também, Duff, eu também.

Uma espécie de resposta às preces do embaixador chegou no quarto dia após as balsas incendiárias terem sido destruídas. Sharpe estava no estábulo, onde lutava para manter seus entediados homens ocupados consertando o telhado, um serviço que eles odiavam, mas que era uma ocupação melhor do que se embebedarem. O serviçal de lorde Pumphrey encontrou Sharpe entregando telhas ao fuzileiro Slattery.

— O lorde pede sua presença, senhor — chamou o serviçal, olhando com nojo o macacão sujo de Sharpe. — O quanto antes, senhor — acrescentou.

Sharpe vestiu o velho casaco preto do capitão Plummer, pôs uma capa e seguiu o serviçal pelo labirinto de becos da cidade. Descobriu lorde Pumphrey no balcão do meio da Igreja de São Filipe Néri. A igreja era uma câmara oval com piso de ousados ladrilhos em preto e branco, sobre o qual três balcões pontuavam o teto em cúpula de onde pendia um enorme lustre apagado, mas cheio de estalactites de cera de vela. Agora a igreja era o lar das Cortes, o parlamento espanhol, e era do balcão superior, conhecido como paraíso, que o público podia ouvir os discursos feitos embaixo. O balcão do meio era para pessoas importantes, homens da Igreja e diplomatas, e o mais baixo era para as famílias e amigos dos deputados.

O enorme altar da igreja fora coberto com pano branco, diante do qual um retrato do rei da Espanha, agora prisioneiro na França, era exposto onde normalmente ficaria o crucifixo. Diante do altar escondido o presidente das Cortes sentava-se a uma mesa comprida flanqueada por um par de tribunas. Os deputados estavam em três fileiras de cadeiras viradas para ele. Sharpe sentou-se no banco ao lado de lorde Pumphrey, que ouvia um orador arengando em tons agudos e passionais, mas que obviamente estava aborrecendo o público, pois havia deputados levantando-se das cadeiras e saindo rapidamente pela porta principal da igreja.

— Ele está explicando o papel crucial representado pelo Espírito Santo no governo da Espanha — sussurrou lorde Pumphrey a Sharpe.

Um padre se virou e fez uma carranca para Pumphrey, que sorriu e balançou os dedos para o sujeito ofendido.

— É uma pena que eles tenham coberto o altar — lamentou o lorde. — Ele tem uma pintura bastante requintada da Imaculada Conceição. É de Murillo, e os querubins são encantadores.

— Querubins?

— Umas coisinhas gorduchas e lindas — disse lorde Pumphrey, recostando-se. Hoje cheirava a água de rosas, mas felizmente havia decidido não usar sua pinta de veludo e estava vestido sobriamente com tecido preto. — Acredito que os querubins melhorem a igreja, não acha? — O padre se virou e exigiu silêncio, e lorde Pumphrey levantou uma sobrancelha exasperado, depois puxou o ombro de Sharpe e o levou ao redor do balcão, até ficarem diretamente sobre o altar, e portanto de frente para as três fileiras onde se encontrava o restante dos deputados. — Na segunda fileira de trás para a frente — sussurrou Pumphrey —, lado direito, a quarta cadeira. Eis o inimigo.

Sharpe viu um homem alto e magro usando uniforme azul-escuro. Tinha uma bengala enfiada entre os joelhos e parecia entediado, porque a cabeça estava inclinada para trás e os olhos, fechados. A mão direita se abria e se fechava repetidamente sobre o castão da bengala.

— O almirante marquês de Cardenas — anunciou lorde Pumphrey.

— O inimigo?

— Ele jamais nos perdoou por Trafalgar. Nós o mutilamos lá e o fizemos prisioneiro. Ele foi muito bem-tratado, numa casa muito decente em Hampshire, mas mesmo assim nos odeia, e esse, Sharpe, supostamente é o homem que está pagando ao *Correo de Cádiz*. Você tem uma luneta?

A FÚRIA DE SHARPE

— Na embaixada.

— Felizmente eu possuo todo o equipamento essencial a um espião — declarou lorde Pumphrey, e deu a Sharpe uma pequena luneta com um cilindro exterior coberto de madrepérola. — Dê uma olhada no casaco do almirante.

Sharpe abriu a luneta e apontou as lentes, focalizando o casaco azul do almirante.

— O que estou procurando?

— Os chifres — disse lorde Pumphrey. Sharpe moveu o instrumento para a direita e viu um dos broches com chifres preso no tecido escuro. A marca do corno, o distintivo de zombaria do inimigo. Depois levantou a luneta e viu que agora os olhos do almirante estavam abertos e olhavam diretamente para ele. Era um rosto duro, pensou Sharpe, duro, sagaz e vingativo.

— O que sabemos com certeza sobre o almirante? — perguntou a lorde Pumphrey.

— Com certeza? Nada, é claro. Ele é um homem honrado, deputado, herói da Espanha e, pelo menos em público, um aliado valioso. Na verdade é uma criatura azeda, movida pelo ódio, que provavelmente está negociando com Bonaparte. Suspeito disso, mas não posso provar .

Quer que eu assassine o desgraçado?

— Isso certamente melhoraria as relações diplomáticas entre a Grã-Bretanha e a Espanha, não acha? — indagou Pumphrey acidamente. — Por que náo pensei em fazer isso? Não, Richard, não quero que você assassine o desgraçado.

O almirante havia chamado um criado e agora sussurrava em seu ouvido, apontando para Sharpe. O criado se afastou rapidamente e Sharpe fechou a luneta.

— Como o senhor disse que era o nome dele?

— Marquês de Cardenas. É dono de muitas terras no vale do Guadiana.

— Nós conhecemos a mãe dele, e é uma vaca velha e cruel. Também está bem-acomodada na cama com os franceses.

— Literalmente?

— Não. Mas eles não saquearam a propriedade dela. E ela os chamou quando nós chegamos. Tentou fazer com que fôssemos presos. Vaca.

— Tal mãe, tal filho — disse Pumphrey. — E você não deve assassiná-lo. Precisamos frustrar os truques desonestos dele, claro, mas devemos fazer isso sem que ninguém note. Você está muito sujo.

— Estávamos consertando o telhado do estábulo.

— Isso não é ocupação para um oficial.

— Nem pegar de volta cartas de um chantagista, mas mesmo assim estou fazendo.

— Ah, o mensageiro, eu suspeito — observou lorde Pumphrey. Estava olhando um homem que chegara ao balcão e estava deslizando pelos bancos na direção deles. Usava um distintivo com chifres igual ao do almirante.

— Mensageiro? — perguntou Sharpe.

— Foi dito para eu esperar aqui. Devemos ter uma reunião para discutir a compra das cartas. Eu temia que você não chegasse a tempo.

Pumphrey ficou em silêncio enquanto o homem se esgueirava atrás dele, e depois se inclinou perto do ouvido do lorde. Falou brevemente e baixo demais para Sharpe ouvir, então continuou andando na direção da segunda porta do balcão.

— Tem um café em frente à igreja e um emissário vai se encontrar conosco lá. Vamos? — chamou lorde Pumphrey.

Seguiram o mensageiro descendo a escada e saíram no térreo numa pequena antecâmara onde o almirante estava agora. O marquês de Cardenas era muito alto e muito magro, e tinha uma perna de pau preta. Estava apoiado numa bengala de ébano. Lorde Pumphrey fez uma reverência baixa e requintada, que o almirante devolveu com um gesto rígido antes de girar nos calcanhares e sair mancando da igreja.

— O patife nem se incomoda em se esconder de nós — comentou Sharpe.

— Ele venceu, Sharpe. Ele venceu, e está cantando vantagem.

O vento soprava forte na rua estreita, quase arrancando o chapéu de lorde Pumphrey enquanto ele atravessava correndo a garoa fria em direção ao café. Lá havia uma dúzia de mesas, a maioria ocupada por homens que pareciam estar falando todos ao mesmo tempo. Gritavam uns com os outros, ignoravam uns aos outros e gesticulavam com extravagância. Um, para enfatizar o argumento, picou um jornal em pedacinhos e espalhou os pedaços na mesa, depois se recostou em triunfo.

— São os deputados das Cortes — explicou lorde Pumphrey. Em seguida olhou ao redor, mas não viu ninguém que estivesse obviamente esperando por isso atravessou a multidão ruidosa e foi ocupar uma das mesas vazias no fundo do café.

— A outra cadeira, milorde — pediu Sharpe.

— Você faz questão?

— Quero ficar virado para a porta.

Lorde Pumphrey trocou de lugar e Sharpe sentou-se de costas para a parede. Uma jovem pegou o pedido de um café e Pumphrey se virou para olhar os clientes que discutiam em meio à fumaça de charutos.

— Advogados, em sua maioria.

— Advogados?

— Uma grande proporção dos deputados é de advogados — disse Pumphrey, coçando o rosto magro com as duas mãos. — Escravos, liberais e advogados.

— Escravos?

Lorde Pumphrey tremeu exageradamente e apertou o casaco com mais força em volta dos ombros.

— Em termos bastante grosseiros, há duas facções nas Cortes. De um lado ficam os tradicionalistas. São compostos pelos monarquistas, pelos religiosos e pelos retrógrados. São chamados de *serviles*. É um apelido insultuoso, como chamar alguém de Tory, na Inglaterra. *Serviles* quer dizer escravos, e eles querem ver o rei ser restaurado e a Igreja triunfante. São a facção dos senhores de terras, do privilégio e da aristocracia. — Ele estremeceu de novo. — Os *serviles* se opõem aos *liberales*, que são chamados assim porque vivem falando em liberdade. Os *liberales* querem ver uma Espanha em que os desejos do povo sejam mais importantes que os decretos de uma Igreja tirânica ou os caprichos de um rei déspota. O governo de Sua Majestade britânica não tem um ponto de vista oficial sobre essas discussões. Simplesmente queremos ver um governo espanhol disposto a continuar com a guerra contra Napoleão.

Sharpe olhou com escárnio.

— O senhor está do lado dos *serviles*. Claro que está.

— Estranhamente, não. Se muito, apoiamos os *liberales*, desde, claro, que as loucas ideias deles não sejam exportadas para a Grã-Bretanha. Que Deus não permita. Mas qualquer facção servirá, desde que os espanhóis continuem a lutar contra Bonaparte.

— Então onde está a confusão?

— A confusão, Sharpe, é que homens dos dois lados sentem aversão por nós. Há *serviles* e *liberales* que acreditam seriamente que o inimigo mais perigoso da Espanha não é a França, e sim a Inglaterra. O líder dessa facção, claro, é o almirante Cardenas. É um *servile*, naturalmente, mas, se puder convencer um número suficiente de *liberales* de que vamos anexar Cádis, pode conseguir o que deseja. Ele quer uma Espanha sob um rei católico e com ele próprio como o principal conselheiro, e para isso precisa fazer as pazes com a França. Então onde nós estaremos? — Lorde Pumphrey deu de ombros. — Diga: por que o temível Sir Thomas Graham me mandou obuses de artilharia de presente? Não que eu seja ingrato, claro, mas é curioso, não é? Santo Deus! O que você está fazendo?

A pergunta foi instigada pelo surgimento súbito de uma pistola, que Sharpe colocou sobre a mesa. Pumphrey já ia protestar, então viu que Sharpe estava olhando para além dele. Girou e viu um homem alto, de capa comprida, vindo na direção dos dois. O homem tinha o rosto comprido, com queixo proeminente que, de algum modo, pareceu familiar a Sharpe.

O homem pegou uma cadeira de outra mesa, girou-a e sentou-se entre Sharpe e Pumphrey. Olhou a pistola, deu de ombros e acenou para a garota que servia.

— *Vino tinto, por favor* — pediu bruscamente. — Não vim aqui para lutar — disse, agora falando inglês —, portanto pode guardar a arma.

Sharpe a virou de modo a fazer o cano apontar diretamente para o homem, que tirou a capa molhada, revelando ser um padre.

— Meu nome é padre Salvador Montseny — disse ele, agora a lorde Pumphrey. — Certas pessoas pediram que eu negociasse em nome delas.

— Certas pessoas? — perguntou lorde Pumphrey.

— O senhor certamente não espera que eu revele a identidade delas, milorde — O padre fitou a pistola de Sharpe e foi então que o capitão o reconheceu. Era o padre que estivera na casa de Nunez, o que havia ordenado que ele saísse do beco. — Não tenho interesse pessoal nesse assunto — continuou o padre Montseny —, mas as pessoas que pediram que eu falasse em seu nome acreditavam que o senhor confiaria se escolhessem um padre como porta-voz.

— Guarde a arma, Sharpe — pediu lorde Pumphrey. — Você está amedrontando os advogados. Eles acham que você pode ser um cliente deles. — Lorde Pumphrey esperou enquanto Sharpe baixava a pederneira e colocava a pistola sob a capa. — O senhor fala inglês fluente, padre.

— Tenho talento para línguas — respondeu Montseny com modéstia. — Cresci falando francês e catalão. Depois aprendi espanhol e inglês.

— Francês e catalão? O senhor é da fronteira?

— Sou catalão. — O padre Montseny fez uma pausa enquanto o café e uma jarra de vinho eram postos na mesa. Serviu-se do vinho. — O preço, de acordo com o que fui instruído a dizer, é de 3 mil guinéus em ouro.

— O senhor está autorizado a negociar? — perguntou lorde Pumphrey.

Montseny não disse nada. Em vez de responder, pegou um torrão de açúcar numa tigela e jogou em seu vinho.

— Três mil guinéus é um valor ridículo — declarou Pumphrey. — É exorbitante. Mas, para encerrar o que é um embaraço, o governo de Sua Majestade está preparado para pagar 600.

O padre Montseny balançou ligeiramente a cabeça, como a sugerir que a contraoferta era absurda, depois pegou um copo vazio na mesa ao lado e serviu vinho a Sharpe.

— E quem é o senhor?

— Eu cuido dele — respondeu Sharpe, virando bruscamente a cabeça na direção de lorde Pumphrey e desejando não ter feito isso, porque a dor chicoteou seu crânio.

Montseny olhou a bandagem na cabeça de Sharpe. Pareceu achar graça nela.

— Eles deram um ferido a você? — perguntou a lorde Pumphrey.

— Eles me deram o melhor que tinham — respondeu Pumphrey em tom de desculpa.

— O senhor não precisa de proteção, milorde.

— O senhor esquece que o último homem a negociar pelas cartas foi assassinado — observou lorde Pumphrey.

— Isso é lamentável — disse o padre, sério —, porém me garantiram que foi culpa do próprio homem. Ele tentou tomar as cartas à força. Estou autorizado a aceitar 2 mil guinéus.

— Mil — disse Pumphrey —, com a promessa de que mais nada será publicado no *Correo*.

Montseny serviu-se de mais vinho.

— Meus superiores estão dispostos a usar sua influência sobre o jornal, mas isso custará 2 mil guinéus.

— Infelizmente, só temos 1.500 no cofre da embaixada — explicou Pumphrey.

— Mil e quinhentos — repetiu o padre Montseny, como se estivesse considerando.

— E em troca dessa quantia, padre, seus superiores devem nos dar todas as cartas e prometer não publicar as outras.

— Acho que será aceitável — ponderou o padre Montseny. Em seguida deu um sorrisinho, como se estivesse satisfeito com o resultado das negociações, então se recostou. — Eu poderia oferecer um conselho que economizaria dinheiro a você, se o senhor desejar.

— Eu agradeceria muitíssimo — disse Pumphrey com polidez exagerada.

— O seu exército partirá a qualquer dia, não é? Vocês desembarcarão tropas em algum lugar ao sul e irão para o norte enfrentar o marechal Victor. Acham que ele não sabe? O que acham que acontecerá?

— Vamos vencer — resmungou Sharpe.

O padre o ignorou.

A FÚRIA DE SHARPE

— Lapeña terá... O quê? Oito mil homens? Nove? E o seu general Graham levará 3 ou 4 mil? Portanto Lapeña terá o comando, e ele é uma velha. O marechal Victor terá um número equivalente, provavelmente mais, e Lapeña vai se amedrontar. Entrará em pânico e o marechal Victor vai esmagá-lo. Então vocês terão pouquíssimos soldados para proteger a cidade, e os franceses vão atacar as muralhas. Muitas mortes vão acontecer, mas no verão Cádis será francesa. Então as cartas não vão mais importar, não é?

— Nesse caso, por que simplesmente não entregá-las a nós? — disse lorde Pumphrey.

— Mil e quinhentos guinéus, milorde. Fui instruído a dizer que o senhor deve levar o dinheiro pessoalmente. Pode ser acompanhado por dois homens, não mais, e um bilhete será enviado à embaixada informando onde a troca será feita. O senhor deve esperar pelo bilhete depois das *oraciones* de hoje. — Montseny terminou de beber seu vinho, levantou-se e largou 1 dólar na mesa. — Pronto, cumpri minha função — concluiu, acenou abruptamente e saiu.

Sharpe girou a moeda de dólar na mesa.

— Pelo menos ele pagou pelo vinho.

— Podemos esperar um bilhete depois das orações da tarde — disse lorde Pumphrey, franzindo a testa. — Isso significa que ele quer o dinheiro esta noite?

— Claro. Nisso o senhor pode confiar no patife, porém em nada mais.

— Nada mais?

— Eu fui até o jornal. Ele está enfiado nisso até o pescoço. Não vai entregar as cartas. Vai pegar o dinheiro e fugir.

Pumphrey mexeu seu café.

— Acho que você está errado. As cartas são um bem em depreciação.

— O que diabos isso significa?

— Significa, Sharpe, que ele está certo. Lapeña terá o comando do exército. Sabe como os espanhóis chamam Lapeña? *Doña Manolito*. Sra. Manolito. Ele é uma velha nervosa e Victor vai esmagá-lo.

— Sir Thomas é bom — defendeu Sharpe com lealdade.

— Talvez. Mas Doña Manolito vai comandar o exército, e não Sir Thomas, e, se o marechal Victor derrotar Doña Manolito, Cádis vai cair E quando Cádis cair os políticos de Londres vão cair uns sobre os outros na corrida para a câmara de negociação. A guerra custa dinheiro, Sharpe, e metade do parlamento já acredita que ela não pode ser vencida. Se a Espanha cair, que esperança existe?

— Lorde Wellington.

— Que se agarra num canto de Portugal enquanto Bonaparte monta na Europa. Se o restinho da Espanha cair, a Inglaterra fará um acordo de paz. Se... Não, *quando* Victor derrotar Doña Manolito os espanhóis não vão esperar a queda de Cádis. Vão negociar. Vão preferir entregar Cádis a ver a cidade ser saqueada. E, quando eles se renderem, as cartas não valerão um tostão furado. Foi por isso que as descrevi como um bem em depreciação. O almirante, se é que é o almirante, iria preferir ter o dinheiro agora a algumas cartas de amor inúteis daqui a um mês. Portanto, sim, eles estão negociando com boa-fé. — Lorde Pumphrey acrescentou algumas moedas pequenas ao dólar do padre e se levantou. — Temos que chegar à embaixada, Sharpe.

— Ele está mentindo — alertou Sharpe.

Lorde Pumphrey suspirou.

— Na diplomacia, Sharpe, presumimos que todo mundo está mentindo o tempo todo. Desse modo, fazemos progresso. Nossos inimigos esperam que Cádis seja francesa dentro de algumas semanas, por isso querem o dinheiro agora, visto que, após essas poucas semanas, não haverá dinheiro. Eles fazem feno enquanto o sol brilha, é simples.

Agora chovia mais forte e o vento soprava com intensidade. As placas sobre as lojas balançavam enlouquecidas e um estrondo de trovão ribombou no continente, parecido demais com tiros de artilharia pesada. Sharpe deixou Pumphrey guiá-lo pelo labirinto de becos até a embaixada. Passaram pelo arco que estava guardado por um esquadrão de soldados espanhóis entediados e atravessaram rapidamente o pátio, mas foram contidos por uma voz vinda de cima.

— Pumps! — chamou a voz. — Aqui em cima!

Sharpe, como lorde Pumphrey, levantou os olhos e viu o embaixador inclinado para fora de uma janela da torre de vigia da embaixada, uma modesta estrutura de cinco andares na borda do pátio do estábulo.

— Aqui em cima — gritou de novo Henry Wellesley. — E o senhor, Sr. Sharpe! Venham! — Ele parecia empolgado.

Sharpe foi até a plataforma coberta e viu que o brigadeiro Moon era o senhor da torre. Tinha uma cadeira e uma banqueta para os pés. Ao lado da cadeira havia uma luneta, e numa mesinha uma garrafa de rum e embaixo dela um penico. Essa torre fora equipada com janelas para proteger a plataforma superior do mau tempo, e estava claro que Moon havia adotado o ninho de águia. Agora estava de pé e, apoiado nas muletas, olhava para o leste junto com o embaixador.

— Os navios! — avisou Henry Wellesley recebendo Sharpe e lorde Pumphrey.

Uma enorme quantidade de pequenos navios vinha rapidamente pelas ondas com cristas brancas entrando no vasto porto da baía de Cádis. Aos olhos de Sharpe eram embarcações de aparência estranha. Cada uma tinha um único mastro e uma vela gigantesca. As velas eram em formato de cunha, afiadas na frente e enormes na popa.

— São faluchos — explicou o embaixador —, uma palavra para não se tentar dizer embriagado.

— Luxo é conseguir chegar aqui antes da tempestade — comentou o brigadeiro, provocando uma risada em Henry Wellesley.

Os morteiros franceses estavam tentando afundar os faluchos, sem sucesso. O som dos canhões era abafado pela chuva e pelo vento. Sharpe via a fumaça florescer dentro do forte Matagorda e do forte San José a cada vez que um morteiro disparava, mas não podia ver onde os projéteis caíam porque a água já estava turbulenta demais. Os faluchos avançavam com dificuldade, indo para a extremidade sul da baía onde o restante dos navios estava seguro, fora do alcance dos morteiros. Eram perseguidos por nuvens escuras e uma chuva forte enquanto a tempestade se espalhava para o sul. Um raio estalou ao longe, no litoral norte.

— Então os espanhóis mantiveram a palavra! — declarou exultante Henry Wellesley. — Esses navios vieram das Baleares! Vamos precisar de dois dias para aprovisioná-los, e depois o exército pode embarcar.

Ele parecia estar chegando ao fim de suas preocupações. Se o exército combinado dos britânicos e espanhóis pudesse destruir as obras de cerco e expulsar as forças de Victor para longe de Cádis, seus inimigos políticos seriam neutralizados. As Cortes e a capital espanhola poderiam até retornar para uma Sevilha recapturada, e haveria o raro gosto de vitória no ar.

— O plano é Lapeña e Sir Thomas se encontrarem com as tropas vindas de Gibraltar e depois marcharem para o norte, pegando Victor pela retaguarda, golpeando-o e expulsando suas tropas da Andaluzia — explicou Henry Wellesley a Sharpe.

— Isso deveria ser secreto — resmungou o brigadeiro.

— Muito secreto — disse lorde Pumphrey azedamente. — Um padre acabou de contá-lo a mim.

O embaixador pareceu alarmado.

— Um padre?

— Que parecia ter muita certeza de que o marechal Victor tem total conhecimento de nossos planos para atacar suas linhas.

— Claro que tem conhecimento — disse o brigadeiro. — Victor pode ter começado a carreira como corneteiro, mas é capaz de contar navios, não é? Por que outro motivo a frota está se reunindo? — Ele se virou de volta para olhar os faluchos, agora fora do alcance dos morteiros que tinham ficado em silêncio.

— Acho, Excelência, que deveríamos conferenciar — sugeriu lorde Pumphrey. — Tenho uma proposta para o senhor.

O embaixador olhou o brigadeiro, que estava encarando os navios atentamente.

— Uma proposta útil?

— Incrivelmente encorajadora, Excelência.

— Claro — retrucou Henry Wellesley, e foi para a escada.

— Venha, Sharpe — chamou lorde Pumphrey, mas, enquanto Sharpe seguia o lorde, o brigadeiro estalou os dedos.

A FÚRIA DE SHARPE

— Fique aqui, Sharpe — ordenou Moon.

— Vou daqui a pouco — disse Sharpe a Pumphrey. — Senhor? — perguntou ao brigadeiro quando Wellesley e Pumphrey haviam saído.

— O que diabo você está fazendo aqui?

— Ajudando o embaixador, senhor.

— Ajudando o embaixador, senhor — imitou Moon. — Foi por isso que ficou? Você devia ter seguido em um navio de volta para Lisboa.

— O senhor também não deveria?

— Ossos partidos se curam melhor em terra — respondeu o brigadeiro. — Foi o que o médico me disse. É razoável, quando a gente pensa bem. Todas aquelas sacudidas nos navios. Não ajudam um osso a se emendar, não é? — Ele grunhiu enquanto se sentava. — Gosto de ficar aqui em cima. A gente vê coisas. — Ele deu um tapinha na luneta.

— Mulheres, senhor? — Sharpe não podia pensar em outro motivo para um homem com a perna quebrada lutar para chegar ao topo de uma torre de vigia, e a torre dava a Moon a visão de dezenas de janelas.

— Cuidado com a língua, Sharpe. E diga por que ainda está aqui.

— Porque o embaixador pediu que eu ficasse, senhor, para ajudá-lo.

— Você aprendeu a ser descarado nas fileiras, Sharpe? Ou nasceu assim?

— Ter sido sargento ajudou, senhor.

— Ter sido sargento?

— A gente precisa lidar com os oficiais, senhor. Dia sim, dia não.

— E você não tem opinião elevada sobre os oficiais?

Sharpe não respondeu. Em vez disso olhou os faluchos que estavam virando contra o vento e baixando âncoras. A baía era um tumulto de ondulações com espumas e pequenas ondas furiosas.

— Pode me dar licença, senhor?

— Isso tem alguma coisa a ver com a tal mulher? — perguntou Moon.

— Que mulher, senhor? — Sharpe deu as costas para a escada.

— Eu sou capaz de ler um jornal, Sharpe. O que você e aquele maricas desgraçado estão tramando?

— Maricas?

— Pumphrey, idiota. Ou você não notou? — perguntou com escárnio.

— Notei, senhor.

— Porque, se gosta muito dele — disse o brigadeiro com malícia —, você tem um rival. — Moon ficou deliciado com a indignação no rosto de Sharpe. — Eu mantenho os olhos abertos, Sharpe. Sou um soldado. É melhor ficar de olhos abertos. Sabe quem visita a casa do maricas? — Ele fez um gesto pela janela. A embaixada era composta por uma série de casas ao redor de dois pátios e um jardim, e o brigadeiro apontou para uma casa no jardim menor. — O embaixador, Sharpe, ele mesmo! Entra se esgueirando na casa do maricas. O que acha disso?

— Acho que lorde Pumphrey é conselheiro do embaixador, senhor.

— Conselhos que devem ser dados à noite?

— Não sei, senhor. E pode me dar licença?

— Dou — concedeu Moon com desprezo.

Sharpe desceu ruidosamente a escada da torre, indo para o escritório do embaixador, onde encontrou Henry Wellesley olhando o jardim, onde caía a chuva forte. Lorde Pumphrey estava junto à lareira, aquecendo o traseiro.

— O capitão Sharpe acredita que o padre Montseny estava mentindo — disse Pumphrey a Wellesley quando Sharpe entrou.

— É mesmo, Sharpe? — perguntou Wellesley sem se virar.

— Não confio nele, senhor.

— Num homem da Igreja?

— Nós nem sabemos se ele é padre de verdade — questionou Sharpe.

— E eu o vi no jornal.

— O que quer que o sujeito seja, temos que negociar com ele — disse lorde Pumphrey em tom mordaz.

— Mil e oitocentos guinéus — exclamou o embaixador, sentado à mesa. — Santo Deus. — Ele estava tão pasmo que não viu o olhar dado por Sharpe a lorde Pumphrey.

Tendo seu peculato revelado inadvertidamente pelo embaixador, Pumphrey fez cara de inocente.

— Eu sugeriria, Excelência, que os espanhóis viram antes de nós os navios chegando. Eles concluíram que nossa expedição partirá em um ou dois dias. Isso significa uma batalha em menos de duas semanas, e estão totalmente confiantes na vitória. E, se as forças que defendem Cádis forem destruídas, as cartas se tornarão irrelevantes. Eles gostariam de lucrar com elas antes de isso acontecer, daí terem aceitado minha oferta.

— Mas querem 1.800 guinéus — disse Henry Wellesley.

— Os guinéus não são seus — retrucou Pumphrey.

— Santo Deus, Pumps, as cartas são!

— Ao publicar uma carta, Excelência, nossos oponentes transformaram a correspondência em instrumentos de diplomacia. Portanto temos justificativa para usar as verbas de Sua Majestade para torná-las ineficazes. — Lorde Pumphrey fez um gesto bonito com a mão direita. — Vou perder o dinheiro na contabilidade, senhor. Não é difícil.

— Não é difícil! — retrucou Henry Wellesley.

— Subvenções para os guerrilheiros — disse lorde Pumphrey de modo afável. — Compra de informações de agentes, subornos aos deputados das Cortes. Nós gastamos centenas, milhares de guinéus com essas coisas, e o Tesouro jamais vislumbrou um recibo até agora. Não é difícil, Excelência.

— Montseny vai pegar o dinheiro e ficar com as cartas — objetou Sharpe, teimoso.

Os dois o ignoraram.

— Ele insiste em que você faça a troca pessoalmente? — perguntou o embaixador a lorde Pumphrey.

— Suspeito que seja seu modo de me garantir que a violência não será contemplada — respondeu lorde Pumphrey. — Ninguém ousaria assassinar um diplomata de Sua Majestade. Isso causaria muito tumulto.

— Eles mataram Plummer — apontou Sharpe.

— Plummer não era diplomata — reagiu lorde Pumphrey incisivamente.

O embaixador encarou Sharpe.

— Você pode roubar as cartas, Sharpe?

— Não, senhor. Provavelmente posso destruí-las, mas estão bem-guardadas demais para serem roubadas.

— Destruí-las — repetiu o embaixador. — Presumo que isso signifique violência.

— Sim, senhor.

BERNARD CORNWELL

190

— Não, não posso concordar com atos capazes de piorar nosso relacionamento com os espanhóis — Henry Wellesley coçou o rosto com as duas mãos. — Eles cumprirão com a palavra, Pumps? Não publicarão novas cartas?

— Imagino que o almirante esteja contente com o dano causado pela primeira, senhor, e está ansioso para receber ouro. Acho que manterá a palavra. — Pumphrey franziu a testa quando Sharpe fez um som de escárnio.

— Então que seja — concluiu Henry Wellesley. — Compre-as, compre-as, e peço desculpas por causar essa complicação.

— A complicação, Excelência — disse lorde Pumphrey —, logo estará terminada. — Ele olhou o jogo de xadrez do embaixador. — Acho que chegamos ao fim do assunto. Capitão Sharpe? Presumo que vá me acompanhar.

— Estarei lá — respondeu Sharpe, soturno.

— Então vamos juntar o ouro e acabar com isso — finalizou lorde Pumphrey em tom leve.

O BILHETE CHEGOU bem depois do anoitecer. Sharpe estava esperando com seus homens numa baia vazia do estábulo da embaixada. Todos os seus cinco homens usavam roupas civis baratas e pareciam sutilmente diferentes. Hagman, que já era bem magro, parecia um mendigo. Perkins lembrava um rato de rua pouco atraente, um dos rapazes de Londres que varria bosta de cavalo do caminho dos pedestres com a esperança de ganhar uma moeda. Slattery parecia ameaçador, um batedor de carteiras que poderia ficar violento à menor demonstração de resistência. Harris estava igual a um homem sem sorte, talvez um professor bêbado jogado nas ruas, enquanto Harper era como um camponês que havia acabado de chegar à cidade, grande, plácido e deslocado com seu casaco vagabundo de tecido grosso.

— O sargento Harper vai comigo — disse Sharpe a eles. — O restante de vocês espera aqui. Não se embebedem! Posso precisar de vocês mais tarde. — Ele suspeitava que a aventura daquela noite fosse azedar. Lorde Pumphrey podia se sentir otimista com o resultado, mas Sharpe queria estar pronto para o pior, e os fuzileiros eram seu reforço.

A FÚRIA DE SHARPE

191

— Se não é para ficarmos bêbados, senhor, por que o conhaque? — perguntou Harris.

Sharpe havia trazido quatro garrafas de conhaque do suprimento do embaixador, então as desarrolhou e derramou o conteúdo num balde do estábulo. Depois acrescentou uma jarra de óleo de lampião.

— Misture tudo isso e ponha de volta nas garrafas — disse a Harris.

— O senhor vai causar um incêndio?

— Não sei o que diabos vamos fazer. Talvez não façamos nada. Mas fiquem sóbrios, esperem e veremos o que acontece.

Sharpe havia pensado em ir com todos os seus homens, mas o padre insistira para Pumphrey levar apenas dois companheiros, e, caso o lorde chegasse com mais, provavelmente nada aconteceria. Havia uma chance, admitia Sharpe, de que Montseny estivesse negociando honestamente, por isso concederia ao padre essa pequena chance na esperança de que as cartas fossem entregues. Duvidava disso. Limpou as duas pistolas da Marinha que havia apanhado no pequeno arsenal da embaixada, lubrificou os fechos e as carregou.

Os relógios da embaixada marcaram onze horas antes que lorde Pumphrey chegasse ao estábulo. O lorde usava uma capa preta e carregava uma bolsa de couro.

— É na catedral, Sharpe — anunciou lorde Pumphrey. — Na cripta de novo. Depois da meia-noite.

— Inferno. — Sharpe jogou água no rosto e afivelou o cinto da espada. — O senhor está armado? — perguntou a Pumphrey, e o lorde abriu a capa mostrando um par de pistolas de duelo enfiadas no cinto. — Bom, porque os desgraçados estão planejando um assassinato. Ainda está chovendo?

— Não, senhor — respondeu Hagman. — Mas está ventando.

— Pat, arma de sete canos e fuzil?

— E uma pistola, senhor — respondeu Harper.

— E isso — concluiu Sharpe. Em seguida foi até a parede onde a mochila francesa estava pendurada e tirou quatro bombas de fumaça. Lembrou-se do tenente engenheiro descrevendo como elas podiam ser letais em locais fechados. — Alguém tem um isqueiro?

BERNARD CORNWELL

192

Harris tinha. Entregou-o a Harper.

— Talvez todo mundo devesse ir, senhor — sugeriu Slattery.

— Eles estão esperando três — disse Sharpe, olhando Pumphrey, que confirmou com um gesto. — Se virem mais de três, provavelmente vão sumir. Eles vão fazer isso de qualquer modo, assim que tiverem o que tem nessa bolsa. — Ele apontou para a valise que lorde Pumphrey carregava. — Está pesada?

Pumphrey balançou a cabeça.

— Quatorze quilos, talvez — supôs, sentindo o peso da bolsa.

— É o bastante. Estamos prontos?

As ruas calçadas de pedras estavam molhadas, reluzindo à luz intermitente das tochas que ardiam nas passagens em arcos ou em esquinas. O vento soprava frio, agitando as capas dos homens.

— O senhor sabe o que eles vão fazer? — perguntou Sharpe a Pumphrey.

— Vão fazer com que a gente entregue o ouro e depois vão sumir. Provavelmente darão alguns tiros para manter nossa cabeça abaixada. O senhor não vai receber carta alguma.

— Você é extremamente cínico — disse Pumphrey. — As cartas são cada vez menos úteis para eles. Se publicarem mais, a Regência vai fechar o jornal.

— Eles vão publicar mais — insistiu Sharpe.

— Eles devem preferir ter isso — argumentou lorde Pumphrey, levantando a bolsa.

— O que eles preferem é ficar com as cartas e com o ouro. Provavelmente não querem matar o senhor, considerando que é um diplomata, mas o senhor vale 1.500 guinéus para eles. Por isso vão matar, se for necessário.

Pumphrey os guiou para o oeste, na direção do mar. O vento soprava mais forte e a noite se enchia com o som estrondoso e estalado da lona que cobria as partes inacabadas do teto da catedral. Agora Sharpe podia vê-la, a enorme parede cinza tremeluzindo com retalhos de luz lançados por tochas das ruas próximas.

— É cedo — anunciou lorde Pumphrey, parecendo nervoso.

— Eles já estão aqui — respondeu Sharpe.

— Talvez não.

— Eles estão aqui. Esperando por nós. E o senhor não me deve algo?

— Devo?

— Um agradecimento. Quanto tem na bolsa, senhor? — perguntou ele quando viu a perplexidade de lorde Pumphrey. — Tem 1.800 ou 1.500?

Lorde Pumphrey encarou Harper, como se sugerisse que Sharpe não deveria falar desses assuntos diante de um sargento.

— Mil e quinhentos, claro — respondeu Pumphrey em voz baixa. — E obrigado por não dizer nada diante de Sua Excelência.

— O que não quer dizer que não vá falar amanhã.

— Meu trabalho exige despesas, Sharpe, despesas. Você provavelmente tem despesas também, não tem?

— Não me inclua nessa, milorde.

— Eu simplesmente faço o que todo mundo faz — disse lorde Pumphrey com dignidade frágil.

— Então no seu mundo todos mentem e são corruptos?

— Isso se chama serviço diplomático.

— Então agradeço a Deus por ser apenas ladrão e assassino.

O vento os golpeava enquanto saíam do último beco e subiam a escadaria que dava nas portas da catedral. Pumphrey foi até a porta da esquerda, que guinchou nas dobradiças quando ele a empurrou. Harper, acompanhando Sharpe para dentro, fez o sinal da cruz e uma breve genuflexão.

Colunas se estendiam até o cruzeiro onde luzes fracas brilhavam. Mais velas ardiam nas capelas laterais, todas as chamas tremeluzindo ao vento que abria caminho para o vasto espaço. Sharpe foi à frente pela nave, com o fuzil na mão. Não conseguia ver ninguém. Havia uma vassoura encostada numa coluna.

— Se começar encrenca, deite-se — preveniu Sharpe.

— Não é melhor simplesmente correr? — perguntou lorde Pumphrey com petulância.

— Eles já estão atrás de nós. — Sharpe tinha ouvido passos, e agora, olhando para trás, viu dois homens nas sombras do final da nave. Depois ouviu o som raspado e a pancada de trincos sendo fechados. Estavam presos.

— Santo Deus — exclamou lorde Pumphrey.

— Reze para ele estar do seu lado, milorde. Tem dois homens atrás de nós vigiando a porta, Pat.

— Já vi, senhor.

Chegaram ao cruzeiro, onde o transepto encontrava a nave. Mais velas ardiam no altar-mor temporário. Andaimes subiam pelas quatro colunas gigantescas, desaparecendo na escuridão da cúpula inacabada. Pumphrey havia chegado ao degrau da cripta, mas Sharpe o fez parar.

— Espere, milorde — advertiu, e foi até a porta na parede temporária, onde um dia ficaria o santuário. A porta estava trancada. Não havia trincos no interior, nem cadeado ou buraco de fechadura, o que significava que estava trancada pelo outro lado, fazendo Sharpe xingar. Tinha cometido um erro. Supusera que a porta fosse trancada pelo lado de dentro, mas quando havia explorado a catedral com lorde Pumphrey não verificou, ou seja, sua saída estava bloqueada.

— O que foi? — perguntou lorde Pumphrey.

— Precisamos de outra saída. — Sharpe olhou para as sombras emaranhadas dos andaimes que cercavam o cruzeiro. Lembrou-se de ter visto janelas lá em cima. — Quando sairmos, será subindo a escada.

— Não vai acontecer nada — disse, nervoso, lorde Pumphrey.

— Mas, se acontecer, vamos subir a escada.

— Eles não ousarão atacar um diplomata — insistiu lorde Pumphrey num sussurro rouco.

— Por 1.500 pratas eu atacaria o próprio rei — disse Sharpe, depois foi na frente, descendo a escada da cripta.

A luz de velas reluzia na grande câmara redonda. Sharpe foi quase até o pé da escada e se agachou. Puxou com o polegar a pederneira do fuzil e o pequeno ruído ecoou de volta para ele. Podia ver o segundo lance de escadas à direita. Também podia ver as três passagens em arco das cavernas, e se esgueirou descendo mais um degrau até conseguir ver as outras duas passagens à esquerda. Não havia ninguém à vista, mas uma dúzia de velas estava acesa no chão. Tinham sido arrumadas num círculo amplo e havia algo sinistro nelas, como se tivessem sido dispostas para algum ritual pagão.

A FÚRIA DE SHARPE

As paredes eram de pedra nua e o teto, uma cúpula rasa feita de alvenaria rústica. Não havia enfeites ali embaixo. A câmara parecia nua e fria como uma caverna, e era mesmo, percebeu Sharpe, pois a cripta fora cortada na rocha sobre a qual Cádis era construída.

— Vigie a retaguarda, Pat — comandou baixinho, e sua voz ricocheteou de volta atravessando a grande câmara.

— Estou vigiando, senhor — respondeu Harper.

Então uma coisa branca reluziu no canto da visão de Sharpe e ele girou, levantando o fuzil, e viu que era um pacote jogado de uma das passagens do lado oposto. O embrulho pousou no chão, e o som, ao bater na pedra, reverberou em ecos múltiplos que só terminaram quando o pacote havia parado de deslizar, quase no centro do círculo de velas.

— As cartas — soou a voz de Montseny de uma das passagens escuras. — E boa noite, milorde.

Pumphrey não disse nada. Sharpe estava vigiando os arcos escuros, mas era impossível dizer de que caverna Montseny havia falado. O eco borrava o som, destruindo qualquer indício de sua fonte.

— Ponha o ouro no chão, milorde — mandou Montseny —, depois pegue as cartas e nosso negócio estará concluído.

Pumphrey se remexeu como se fosse obedecer, mas Sharpe o conteve com o cano do fuzil.

— Precisamos olhar as cartas — disse Sharpe em voz alta. Podia ver que o pacote estava amarrado com barbante.

— Vocês três vão examinar as cartas — reagiu Montseny. — Em seguida vão deixar o ouro.

Sharpe ainda não podia determinar onde Montseny estava. Pensou que o pacote fora jogado da passagem mais próxima do outro lance de escada, mas sentia que Montseny estava numa câmara diferente. Cinco câmaras. Um homem em cada? E Montseny queria que Pumphrey e seus companheiros estivessem no centro do piso, onde estariam cercados pelas armas. Ratos num barril, pensou Sharpe.

— Vocês sabem o que fazer — sussurrou. Em seguida baixou a pederneira até que o fuzil estivesse seguro. — Pat? Segure o braço do lorde, e, quando formos, vamos depressa. — Ele confiava em Harper para fazer a coisa certa, mas suspeitava que lorde Pumphrey fosse ficar confuso. O importante agora era se manter longe do pacote de cartas, porque aquele era o espaço iluminado, o local da matança. Sharpe suspeitava que Montseny não queria matar, mas desejava o ouro e mataria se fosse necessário. Mil e quinhentos guinéus eram uma fortuna. Dava para construir uma fragata com esse dinheiro, comprar um palácio, subornar uma igreja repleta de advogados. — No começo vamos devagar — disse baixinho —, depois depressa.

Levantou-se, desceu o último degrau e pareceu estar levando os companheiros para o pacote no centro do piso, porém virou para a esquerda, na direção da passagem mais próxima, onde havia um homem corpulento na entrada do arco de alvenaria. O homem pareceu atônito quando Sharpe surgiu. Estava segurando um mosquete, mas claramente não parecia pronto para dispará-lo, e ainda se encontrava apenas boquiaberto quando Sharpe o acertou com a coronha de latão do fuzil. Foi um golpe forte, bem na mandíbula do sujeito. Sharpe agarrou o mosquete com a mão esquerda e o arrancou. O homem tentou bater nele, mas agora Harper estava ali e a coronha da arma de sete canos estalou no crânio do sujeito, que caiu como um boi abatido.

— Vigie-o, Pat — disse Sharpe, e foi até o fundo da câmara, onde a passagem ligava as criptas separadas. Um pouco de luz se filtrava até ali, e uma sombra se moveu. Sharpe puxou a pederneira do fuzil e o som fez a sombra se afastar.

— Milorde! — grunhiu Montseny rispidamente, no escuro.

— Mostre o rosto, padre! — gritou Sharpe.

— O que eu faço com esse patife? — perguntou Harper.

— Chute-o para longe, Pat.

— Ponha o ouro no chão! — gritou Montseny. Agora ele não parecia mais calmo. As coisas não aconteciam como havia planejado.

— Preciso ver as cartas! — exclamou lorde Pumphrey, com a voz aguda.

— O senhor pode olhar as cartas. Saia, milorde. Todos vocês! Saiam, tragam o ouro e inspecionem as cartas.

Harper empurrou o homem meio atordoado para a luz. Ele cambaleou, depois correu pela câmara até uma das passagens do outro lado. Sharpe estava agachado ao lado de Pumphrey.

— Não se mova, milorde. Pat, as bombas de fumaça.

— O que você está fazendo? — perguntou Pumphrey, alarmado.

— Pegando as cartas para o senhor. — Sharpe pendurou o fuzil e engatilhou o mosquete capturado.

— Milorde! — gritou Montseny.

— Estou aqui!

— Rápido, milorde!

— Diga para ele se mostrar, primeiro — sussurrou Sharpe.

— Mostre-se! — gritou lorde Pumphrey.

Harper havia retornado ao corredor escuro que passava ao redor do círculo exterior de câmaras. Nada se movia ali. Ouviu o estalo do isqueiro de Harper, viu a chama saltar, depois as fagulhas no pavio da primeira bomba de fumaça.

— É o senhor que quer as cartas — gritou Montseny. — Então venha pegá-las!

O segundo, o terceiro e o quarto pavio foram acesos. As minhocas de fogo sumiram dentro das bolas perfuradas, porém nada pareceu acontecer. Harper se esgueirou para longe delas, como se temesse que fossem explodir

— Quer que eu vá pegar o ouro? — gritou Montseny, e sua voz reverberou na cripta.

— Por que não vem? — gritou Sharpe. Não houve resposta

A fumaça começou a sair das quatro bolas. Começou fina, mas de repente uma delas soltou um chiado e se adensou com velocidade surpreendente Sharpe a pegou, sentindo o calor através do invólucro de papel machê.

— Milorde! — gritou Montseny com raiva.

— Estamos indo! — gritou Sharpe, e rolou a primeira bola para dentro da grande câmara. Agora as outras estavam soltando uma fumaça fétida e Harper as jogou após a primeira, e de repente a grande câmara central não era mais um local bem-iluminado, e sim uma caverna escura cheia de fumaça retorcendo-se, sufocante, obliterando a luz das 12 velas. — Pat! — chamou Sharpe. — Leve o lorde escada acima. Agora!

Sharpe prendeu o fôlego, correu para o centro da cripta e pegou o pacote. Virou-se de volta para a escada no instante em que um homem atravessou a fumaça com um mosquete na mão. Sharpe girou o mosquete do sujeito contra o dono, acertando o cano nos olhos do sujeito. O homem caiu para longe enquanto Sharpe corria para a escada. Harper estava perto do topo, segurando o cotovelo de Pumphrey. Um mosquete disparou na cripta e o eco multiplicado fez aquilo parecer a saraivada de um batalhão. A bala acertou o teto acima da cabeça de Sharpe, tirando uma lasca de pedra, mas o capitão tinha subido a escada. Harper estava lá, esperando-o, e havia dois homens com mosquetes no meio da nave. Sharpe sabia que Harper estava imaginando se deveria atacá-los e escapar pela porta principal da catedral.

— A escada, Pat! — ordenou Sharpe. Seguir pela nave seria permitir que Montseny e seus homens atirassem neles por trás. — Vão! — Ele empurrou Pumphrey para a escada mais próxima. — Leve-o para cima, Pat! Vai! Vai!

Um mosquete disparou na nave. O tiro passou por Sharpe e se enterrou numa pilha de panos roxos que esperavam para decorar os altares da catedral durante a quaresma que viria em breve. Sharpe ignorou o homem que havia disparado, atirando para baixo com seu mosquete capturado pela escada da cripta. Depois tirou o fuzil do ombro e disparou também. Ouviu homens correndo na fumaça abaixo, tossindo. Eles esperaram um terceiro tiro, que não veio, porque Sharpe havia corrido para o andaime e estava subindo para salvar sua vida.

CAPÍTULO VII

Sharpe subiu correndo a escada. Um mosquete disparou na nave e o som foi amplificado pelas paredes da catedral. Ouviu a bala bater em pedra e assobiar pelo transepto. Então um estrondo gigantesco provocou um grito de alarme por parte dos perseguidores. Harper havia jogado um bloco de pedra no cruzeiro e o calcário se despedaçou, espalhando lascas pelo piso.

— Outra escada, senhor! — gritou Harper de cima, e Sharpe viu a segunda escada, subindo na escuridão do alto.

Cada um dos pilares enormes nos cantos do cruzeiro sustentava uma torre de andaimes, mas assim que as quatro torres frágeis chegavam aos arcos sobre os pilares o andaime se ramificava e se juntava para abarcar as paredes que subiam até a base da cúpula. Outro mosquete disparou e a bala se enterrou numa tábua. A poeira que o tiro liberou sufocou um pouco Sharpe, que estava subindo a segunda escada, oscilando de modo alarmante.

— Aqui, senhor! — Harper estendeu a mão. O irlandês e lorde Pumphrey estavam numa larga laje de pedra do tambor da cúpula, uma prateleira decorativa que corria ao redor da metade do pilar. Sharpe supôs que estaria a uns 12 metros acima do piso da catedral, e o pilar continuava subindo por uma distância equivalente antes que os andaimes se espalhassem embaixo da cúpula. Havia uma janela lá no alto, no escuro. Ele não podia vê-la, mas se lembrava dela.

A FÚRIA DE SHARPE

— O que você fez? — perguntou lorde Pumphrey com raiva. — Nós deveríamos ter negociado! Nem vimos as cartas!

— Pode vê-las agora — rebateu Sharpe, e enfiou o pacote nas mãos de Pumphrey.

— Você não percebe a ofensa que isso vai causar aos espanhóis? — A raiva de lorde Pumphrey não foi aplacada pela oferta do pacote. — Isso é uma catedral! Eles terão soldados aqui a qualquer momento!

Sharpe deu sua opinião sobre isso, depois espiou pela borda do tambor enquanto recarregava o fuzil. Ainda estavam relativamente a salvo porque a laje de pedra era larga e os protegia de qualquer disparo dado do piso do cruzeiro, mas supôs que os inimigos logo tentariam subir o andaime e atacá-los pelos flancos. Podia ouvir os homens falando lá embaixo, mas também podia escutar uma coisa estranha, algo que parecia uma luta. Era um som que estrondeava como disparos de canhão. Estalava, aumentava e diminuía, e Sharpe supôs que fosse o vento sacudindo as lonas que cobriam o teto inacabado. Um ronco mais alto se sobrepunha aos estrondos, e vinha de um trovão. Qualquer ruído de armas na catedral seria abafado pela tempestade, e além disso Montseny havia trancado as portas. O padre não mandaria chamar soldados. Ele queria o ouro.

Uma saraivada de mosquetes estalou e ecoou, e as balas ricochetearam ao redor do tambor. Sharpe supôs que os tiros deviam ter sido disparados para proteger alguém que estivesse subindo uma escada. Olhou, viu a sombra na coluna oposta, apontou o fuzil e puxou o gatilho. O homem foi jogado de lado e caiu no chão, antes de se arrastar até os bancos do coro da nave e sumir de vista.

— Você tem uma faca? — perguntou Pumphrey.

Sharpe lhe deu um canivete. Ouviu o barbante sendo cortado, depois o farfalhar de papéis.

— Quer que o sargento Harper acenda uma luz? — ofereceu.

— Não precisa — murmurou Pumphrey com tristeza. Desdobrou uma folha grande. Mesmo na semiescuridão sobre o tambor Sharpe viu que o pacote não continha cartas, e sim um jornal. Presumivelmente *El Correo de Cádiz*. — Você estava certo.

— Mil e quinhentos guinéus — disse Sharpe. — O que dá 1.575 libras. Seria possível um homem se aposentar com isso. Você e eu, Pat, poderíamos pegar o dinheiro. — Sharpe parou para morder a ponta de um cartucho. — Podíamos viajar para a América, abrir uma taverna, viver bem para sempre.

— Não precisaríamos de uma taverna, senhor, não com 1.500 guinéus.

— Mas seria bom, não é? Uma taverna numa cidade perto do mar? A gente poderia chamar a taverna de lorde Pumphrey. — Ele pegou um retalho de couro na bolsa de cartuchos, enrolou a bala e a socou no cano. — Mas eles não têm lordes na América, não é?

— Não — respondeu lorde Pumphrey.

— Então a gente podia dar o nome de O Embaixador e a Puta.

Sharpe colocou a vareta de volta no lugar, embaixo do cano. Escorvou e engatilhou o fuzil. Ninguém se mexia lá embaixo, o que sugeria que Montseny estava pensando em alguma estratégia. Ele e seus homens tinham aprendido a temer o poder de fogo acima, mas isso não iria detê-los por muito tempo, não quando havia 1.500 guinéus de ouro ingleses para ser obtidos.

— Você não faria isso, Sharpe, faria? — perguntou Pumphrey, nervoso. — Quero dizer, você não está planejando pegar o dinheiro, não é?

— Por algum motivo, milorde, eu sou um patife leal. Deus sabe por quê. Mas o sargento Harper é irlandês. Tem motivo suficiente para odiar os ingleses, que somos nós. Bastaria um tiro daquela arma de sete canos e o senhor e eu viramos carne morta. Mil e quinhentos guinéus, Pat. Você poderia fazer muita coisa com isso.

— Poderia, senhor.

— Mas o que temos que fazer agora é ir para a esquerda — disse Sharpe. — Subir até aquela janela. — Ele apontou. Seus olhos haviam se ajustado à semiescuridão e podia ver uma leve claridade revelando a janela por baixo da cúpula. — Vamos atravessar. Tem andaimes pela parede externa. Vamos descer e estaremos na cidade, como ratos num buraco.

Para chegar lá teriam que escalar o andaime acima do tambor, depois atravessar uma prancha estreita e subir outra escada, que levava a uma frágil plataforma logo embaixo da janela. As escadas, como os barrotes do andaime, eram amarradas com cordas. Não era uma jornada longa, não mais que 10 metros para cima, então a mesma distância na horizontal, e a metade disso subindo de novo, mas para fazê-lo teriam de se expor aos homens lá embaixo. Sharpe supôs que haveria oito ou nove homens presentes, todos com mosquetes, e até um mosquete conseguiria acertar àquela distância. Assim que saíssem do abrigo da larga laje de pedra, um deles certamente seria atingido por uma bala.

— O que precisamos é distrair os desgraçados. Uma pena não termos aquelas outras bombas de fumaça.

— Elas funcionaram bem, não foi? — disse Harper, feliz. A fumaça estava vazando para fora da escada da cripta e se espalhando no piso do cruzeiro, mas não havia o suficiente para obscurecer a alta cúpula.

Sharpe se agachou no tambor, olhando o andaime ao redor do cruzeiro. Montseny e seus homens estavam fora das vistas, na nave. Sem dúvida esperavam que Sharpe saísse da segurança da laje de pedra. Então disparariam uma saraivada. Portanto a solução era distraí-los, confundi-los, mas como?

— Tem mais alguma pedra, Pat?

— Há uma dúzia de blocos aqui, senhor.

— Jogue-os. Só para mantê-los felizes.

— Posso usar a arma de sete canos, senhor?

— Só se você vir dois ou três deles. — A arma de sete canos era maligna, mas demorava tanto para recarregar que se tornava inútil assim que disparada.

— E o senhor?

— Tive uma ideia.

Era uma ideia desesperada, mas Sharpe tinha visto a corda comprida amarrada à base do andaime do outro lado. Ela subia para a escuridão, desaparecendo em algum lugar na cúpula e depois reaparecia mais perto dele. Havia um grande gancho de ferro na ponta, e esse gancho estava amarrado ao andaime à sua direita e na próxima plataforma embaixo. A corda era usada para levantar blocos de pedra para a cúpula.

— Devolva o canivete — pediu a Pumphrey. — Agora, Pat! — ordenou, e Harper jogou um bloco de calcário no transepto.

BERNARD CORNWELL

Quando ele se chocou no chão, Sharpe desceu pela escada. Não usou os degraus, mas fez como um marinheiro usando uma escada de tombadilho, as mãos e os pés na borda externa, e xingou quando uma farpa se cravou na mão direita. Bateu na prancha da plataforma embaixo e sentiu-a estremecer. Uma segunda pedra se chocou contra o piso da catedral, e Montseny deve ter pensado que eles estavam atirando as pedras por terem ficado sem munição, porque ele e outros três apareceram com mosquetes.

— Deus o abençoe — exclamou Harper, e disparou a arma de sete canos.

O som foi ensurdecedor, uma explosão gigantesca que reverberou na catedral enquanto as sete balas rasgavam o espaço entre os bancos do coro. Um homem xingou lá embaixo enquanto Sharpe alcançava o gancho. Um mosquete disparou contra ele, mas o disparo vinha do transepto distante e a bala errou por 1 metro. Ele segurou o gancho pesado e cortou a corda que o prendia no lugar, em seguida carregou o gancho e seu cabo de volta pela prancha, subiu a escada e passou para o tambor, justo quando dois disparos estalavam luminosos na escuridão lá embaixo. Entregou o gancho a Harper.

— Puxe — ordenou. — Não com um tranco, só puxe com o máximo de força que puder. — Ele não queria que os homens embaixo entendessem o que estava acontecendo, por isso a tensão na corda precisava ser gradual.

Um leve guincho vindo da escuridão acima revelou que a corda passava por uma polia no alto. Sharpe viu o cabo se retesar e ouviu Harper grunhir. Uma sombra se moveu abaixo e Sharpe pegou o fuzil, mirou rapidamente e disparou. A sombra desapareceu. Harper estava puxando com toda a sua enorme força enquanto Sharpe pegava outro cartucho.

— Não está se mexendo — avisou Harper.

Sharpe terminou de recarregar, depois entregou o fuzil e sua pistola a lorde Pumphrey.

— Divirta-os, milorde.

Em seguida se agachou perto de Harper e os dois fizeram força com a corda. Ela não se mexeu 1 centímetro sequer. A ponta estava amarrada a um barrote do andaime, que parecia impossível de ser movido. O nó havia deslizado para cima, até onde um segundo barrote estava amarrado transversalmente, e não iria se mover mais. O ângulo não facilitava, era agudo demais, porém, se Sharpe conseguisse mover aquele barrote, teria a distração que desejava.

Lorde Pumphrey disparou uma das suas pistolas de duelo, depois a segunda, e Sharpe ouviu um grito vindo da nave.

— Muito bem, milorde. — disse. Decidiu então abandonar a cautela.

— Dê um tranco — disse a Harper, e os dois deram uma série de puxões fortes na corda.

Sharpe achou que o barrote havia se movido ligeiramente, só um tremor, e os homens embaixo devem ter percebido o que estavam fazendo, porque um deles correu para fora da nave com uma faca na mão. Lorde Pumphrey disparou uma pistola da Marinha e a bala acertou o piso de pedras, ricocheteando pela nave. O homem havia chegado ao andaime e estava subindo para cortar a corda.

— Puxe! — disse Sharpe, e ele e Harper deram um puxão forte.

O barrote do andaime se dobrou para fora. O andaime era velho. Estava parado havia quase vinte anos e as amarras tinham se esgarçado. Havia blocos de pedra empilhados nas plataformas e alguns se mexeram. Assim que começassem a se mover, não iriam parar.

— Puxe! — disse Sharpe de novo, e eles puxaram a corda outra vez.

Nesse momento o barrote do andaime do lado oposto se soltou do restante da estrutura. Pedras começaram a despencar em meio às tábuas. O homem com a faca saltou para salvar sua vida, e a estrutura do outro lado do cruzeiro despencou numa confusão de barulho e poeira.

— Agora! — gritou Sharpe.

O ruído foi monstruoso. Os barrotes, as tábuas e as pedras despencavam e se partiam, soltavam lascas e estrondeavam enquanto quase 30 metros de andaime cascateavam no cruzeiro. Blocos de pedra arrebentavam os barrotes e as tábuas, porém o mais útil era a poeira. Era mais densa que fumaça, e no meio das pedras e da madeira que despencavam ela florescia como uma escura nuvem cinzenta que diminuía a fraca luz das velas proveniente das capelas da catedral. O andaime que Sharpe estava atravessando começou a se sacudir e a destruição se espalhou pelo cruzeiro. Então ele empurrou Pumphrey escada acima. Harper já estava no alto, usando a coronha da arma de sete canos para despedaçar a janela.

— Use sua capa! — gritou Sharpe. Podia ouvir alguém gritando lá embaixo.

Harper pôs a capa por cima dos cacos de vidro na base da janela despedaçada e, sem cerimônia, puxou Pumphrey.

— Venha, senhor!

Harper estendeu a mão para Sharpe e agarrou-a no instante em que as tábuas deslizaram de baixo dos pés dele. O restante do andaime despencou, enchendo a catedral com mais ruído e poeira.

Agora estavam equilibrados precariamente na borda da janela. O cruzeiro atrás deles borbulhava com poeira, através da qual a luz das velas morreu, mergulhando a catedral em escuridão absoluta.

— Há uma queda, senhor — alertou Harper.

Sharpe saltou, mas a queda parecia não terminar nunca, e de repente ele se esparramou sobre um teto plano. Pumphrey veio em seguida, gemendo de dor ao cair, e Harper o seguiu.

— Deus salve a Irlanda, senhor — disse o sargento fervorosamente. — Mas aquilo foi desesperado!

— O senhor está com o dinheiro?

— Estou — respondeu Pumphrey.

— Gostei daquilo — elogiou Sharpe. Sua cabeça doía como o diabo e a mão estava sangrando, mas ele não podia fazer nada em relação a isso. — Gostei mesmo.

O vento o golpeou. Podia ouvir ondas se quebrando ali perto. Quando foi à borda do telhado viu o tremor branco das cristas de ondas do outro lado do quebra-mar. Tinha começado a chover de novo, ou talvez fossem os borrifos do mar trazidos pelo vento.

— O andaime é do outro lado.

— Acho que quebrei o meu tornozelo — anunciou lorde Pumphrey.

— Não, não quebrou não — replicou Sharpe, que não tinha certeza disso, mas não era hora de o lorde ficar débil. — Ande e vai melhorar.

A FÚRIA DE SHARPE

As velas monstruosas batiam contra a coroa inacabada da cúpula e sobre o altar incompleto. Sharpe trombou contra uma das cordas que as prendiam, depois tateou até a borda do telhado. Chegava luz de um lampião num pátio abaixo, apenas o suficiente para que ele visse onde o andaime era construído. Podia ver outros lampiões, balançando enquanto eram carregados pelas ruas. Alguém devia ter ouvido os tiros na catedral apesar do barulho da tempestade, mas quem quer que fosse investigar iria para a fachada leste, com suas três portas. Ninguém estava vigiando o flanco norte da catedral, onde Sharpe encontrou as escadas. Com Harper agora segurando o ouro, eles desceram uma escada depois da outra. Trovões soavam acima e clarões de raios iluminavam o intricado padrão de barrotes e pranchas por onde desciam. Lorde Pumphrey quase beijou as pedras do calçamento quando chegaram embaixo.

— Santo Deus — exclamou ele. — Acho que foi só uma luxação.

— Eu disse que não estava quebrado. — Sharpe riu. — A coisa foi meio corrida no final, mas com exceção disso tudo saiu bem.

— Era uma catedral! — disse Harper.

— Deus vai perdoar você. Ele pode não perdoar os patifes que estão lá dentro, mas vai perdoar você. Ele ama os irlandeses, não ama? Não é isso que você vive dizendo?

A embaixada não ficava longe. Eles bateram ao portão e um porteiro sonolento o abriu.

— O embaixador está esperando? — perguntou Sharpe a Pumphrey.

— Claro.

— Então o senhor pode lhe devolver o dinheiro de Sua Majestade — disse Sharpe. — Menos 6 guinéus. — Ele abriu a valise e descobriu que estava cheia de bolsas de couro. Desamarrou uma, contou 6 guinéus e entregou o restante a Pumphrey.

— Seis guinéus? — perguntou lorde Pumphrey.

— Talvez eu precise subornar alguém.

— Imagino que Sua Excelência vá desejar ver você de manhã. — Pumphrey parecia desanimado.

— O senhor sabe onde me encontrar. — Sharpe foi na direção do estábulo, mas parou embaixo do arco e viu que lorde Pumphrey não seguia na direção da casa onde ficavam os escritórios e os aposentos de Henry Wellesley. Em vez disso, foi para o pátio que levava às casas menores, até a própria casa. Viu o lorde desaparecer e cuspiu. — Eles acham que sou idiota, Pat.

— Acham, senhor?

— Todos acham. Você está cansado?

— Eu poderia dormir durante um mês, senhor, poderia mesmo.

— Mas agora não, Pat. Agora não.

— Não, senhor.

— Qual é a melhor hora para bater num homem?

— Quando ele está caído?

— Quando ele está caído — concordou Sharpe. Havia trabalho a fazer.

SHARPE DEU 1 guinéu a cada um de seus fuzileiros. Eles estavam dormindo com um sono pesado quando ele e Harper voltaram ao estábulo, mas acordaram assim que Sharpe acendeu um lampião.

— Quantos de vocês estão bêbados?

Os rostos olharam-no ressentidos. Ninguém falou.

— Não me importa se estão. Só quero saber.

— Eu bebi um pouco — admitiu Slattery.

— Está bêbado?

— Não, senhor.

— Harris?

— Não, senhor. Tomei um pouco de vinho tinto, mas não muito.

Perkins estava franzindo a testa para seu guinéu. Talvez nunca tivesse visto um antes.

— O que M. B. F. ET H. REX F. D. B. ET L. D. S. R. L. A. T. ET E. significa? — perguntou. Tinha lido a inscrição na moeda e tropeçava nas letras, lembrando-se delas em parte de algum tempo antigo na escola.

— Como diabos eu vou saber? — perguntou Sharpe.

— Rei da Grã-Bretanha, da França e da Irlanda, Defensor da Fé, Duque de Brunswick e Luneburg, Arquitesoureiro e Eleitor, claro — explicou Harris.

— Pelos infernos — exclamou Perkins, impressionado. — E quem é esse, então?

— O rei Jorge, idiota — respondeu Harris.

— Guarde isso — disse Sharpe a Perkins. Não tinha certeza do motivo para ter dado os guinéus a eles, a não ser que, numa noite em que tanto dinheiro fora tratado de modo tão leviano, Sharpe não via motivo para seus fuzileiros não se beneficiarem. — Todos vocês vão precisar de sobretudos e chapéus.

— Meu Deus — disse Harris. — Nós vamos sair? Nessa tempestade?

— Preciso dos obuses de 12 libras e das últimas duas bombas de fumaça. Coloquem nas suas mochilas. Vocês encheram as garrafas com óleo e conhaque?

— Sim, senhor.

— Vamos precisar delas também. E sim, vamos sair. — Ele não queria. Queria dormir, mas o tempo de atacar era quando o inimigo estava desequilibrado. Montseny havia levado pelo menos seis homens para a catedral, talvez mais, e esses homens provavelmente ainda estavam soterrados nos destroços dos andaimes e nas perguntas dos soldados que tinham ido descobrir a causa do transtorno. Será que isso significava que o jornal estava sem guardas? Mas, com ou sem guardas, a tempestade era um presente de Deus. — Vamos sair — repetiu.

— Aqui, senhor. — Hagman lhe trouxe uma garrafa de pedra.

— O que é isso?

— Vinagre, senhor, para a sua cabeça. Tire o chapéu. — Hagman insistiu em encharcar a bandagem com vinagre. — Vai ajudar, senhor.

— Estou fedendo.

— Todos estamos, senhor. Somos soldados do rei.

A tempestade estava piorando. A chuva havia recomeçado e caía mais forte, impelida por um vento que golpeava os quebra-mares da cidade com ondas pesadas. Os trovões rolavam como tiros de canhão acima das torres de vigia e os raios rasgavam a baía, onde a frota fazia força contra os cabos das âncoras.

Sharpe achou que já passava das duas da madrugada quando chegou ao prédio abandonado próximo à casa de Nunez. A chuva era cruel. Tirou a chave do bolso, destrancou o cadeado e abriu a porta. Havia se perdido apenas duas vezes no caminho até lá, e por fim encontrara o lugar ao pegar a rota ao longo do muro do porto. Havia soldados espanhóis, abrigados perto dos canhões virados para a entrada da baía, e Sharpe temera que perguntassem o que estava fazendo, por isso marchou com seus cinco homens como um esquadrão. Achou que as sentinelas espanholas presumiriam que os homens eram um destacamento da guarnição, obrigados a suportar o mau tempo, e os deixariam em paz. Tinha dado certo, e agora estavam no interior do prédio abandonado. Fechou o portão e o trancou com os fechos internos.

— Está com a lanterna? — perguntou a Perkins.

— Sim, senhor.

— Só acenda dentro do prédio.

Em seguida Sharpe deu ordens cuidadosas a Harper, antes de levar Hagman até a torre de vigia. Tatearam pela escuridão e subiram a escada. Assim que chegaram ao topo, era difícil enxergar qualquer coisa porque a noite estava escura demais. Sharpe se mantinha atento a alguma sentinela em cima da casa de Nunez, mas não viu nada. Havia trazido Hagman porque o velho caçador tinha a melhor mira dentre os fuzileiros.

— Se ele estiver lá, senhor, vai estar abrigado do vento e da chuva — disse Hagman.

— Provavelmente.

Um feixe de raio iluminou o interior da torre. O trovão ecoou pela cidade. A chuva caía com força, sibilando nos telhados abaixo.

— Alguém mora sobre a gráfica, senhor? — perguntou Hagman.

— Acho que sim. — A maioria das casas da cidade parecia ter lojas ou oficinas no térreo e moradias em cima.

— E se houver mulheres e crianças?

— É por isso que tenho as bombas de fumaça.

Hagman pensou sobre o assunto.

— Quer dizer que vai expulsá-los com fumaça?

— Essa é a ideia, Dan.

— É que eu não gostaria de matar criancinhas, senhor.

— Você não terá que fazer isso — declarou Sharpe, esperando estar certo.

Houve outro clarão de raio.

— Não tem ninguém lá, senhor — avisou Hagman, apontando para o telhado da casa de Nunez. — No telhado, senhor — acrescentou, percebendo que Sharpe não devia ter visto o gesto.

— Todos foram à catedral, então?

— Foram, senhor?

— Estou falando sozinho, Dan — disse Sharpe, olhando a chuva e o vento.

Tinha visto uma sentinela à luz do dia e presumira que haveria um homem lá à noite, mas e se esse homem ainda estivesse na catedral? Ou será que estaria simplesmente se mantendo seco e quente dentro da casa? Sharpe havia planejado jogar as bombas de fumaça pelas chaminés. A fumaça expulsaria quem estivesse no interior do prédio para a rua. Então Sharpe jogaria os obuses para causar o máximo de dano possível. A ideia de usar as chaminés lhe havia ocorrido quando vira a lenha ser carregada pelas ruas da cidade, mas e se ele conseguisse entrar na casa de Nunez?

— Quando isso estiver terminado, senhor, vamos voltar ao batalhão? — perguntou Hagman.

— Espero que sim.

— Imagino quem estará comandando a companhia, senhor. O pobre Sr. Bullen que não será.

— Acho que deve ser o tenente Knowles.

— Ele vai gostar de ver a gente de volta, senhor.

— Eu vou ficar feliz em vê-lo. E não vai demorar, Dan. Ali! — Sharpe tinha visto um brilho de luz imediatamente embaixo da torre. Apareceu por um segundo e sumiu, mas revelou a Sharpe que Harper havia achado um meio de subir ao telhado. — Vamos descer.

— Como está sua cabeça, senhor?

— Vou sobreviver, Dan.

Sharpe percebeu que os telhados planos eram o sonho de um ladrão. Era possível andar por toda Cádis, quatro andares acima das ruas, e poucas dessas ruas eram largas demais para serem cruzadas com um salto. A tempestade também era de grande ajuda. A chuva e o vento abafariam qualquer barulho, mas mesmo assim ele disse aos seus homens para tirar as botas.

— Carreguem-nas — ordenou. Mesmo com a tempestade as botas fariam barulho demais nos tetos das casas entre a torre de vigia e o jornal.

Havia muros baixos entre os telhados, mas foi preciso menos de um minuto para passar por eles, e Sharpe descobriu que não tinha sentinelas na casa de Nunez. Havia um alçapão, mas estava firmemente trancado por dentro. Sharpe vira a escada que subia do balcão no primeiro reconhecimento do lugar. Entregou suas botas a Perkins, pendurou o fuzil no ombro e desceu. A escada ia até a lateral do balcão, de modo que os grandes postigos de madeira que cobriam a porta tivessem espaço para abrir. Os postigos estavam fechados e trancados. Sharpe tateou até encontrar o ponto onde eles se juntavam e enfiou o canivete no meio. A lâmina deslizou com facilidade porque a madeira estava podre. Encontrou a lingueta, empurrou-a para cima e um postigo foi atingido pelo vento e bateu violentamente na parede. Os postigos protegiam uma porta com uma vigia de vidro, que começou a chacoalhar ao vento. Sharpe enfiou a faca no espaço entre as portas, mas essa madeira era sólida. O postigo bateu de novo. Quebre o vidro, pensou. Fácil. Mas e se houvesse trincos na base da porta?

Já ia se agachar e fazer força contra a base da porta quando viu uma claridade no interior do cômodo. Por um instante achou que havia imaginado isso, depois pensou se seria o reflexo de raios distantes no vidro, mas a claridade apareceu de novo. Era uma fagulha. Ficou de lado. A luz desapareceu pela segunda vez, reapareceu, e ele achou que alguém lá dentro estivera dormindo. A pessoa fora acordada pelas batidas do postigo e agora estava usando um isqueiro para acender uma vela. De repente a chama surgiu luminosa, depois se firmou enquanto a vela era acesa.

Sharpe esperou com o canivete na mão. A chuva fazia barulho no seu chapéu, o mesmo chapéu que ele havia comprado do mendigo. Ouviu os trincos sendo puxados. Três trincos. Então a porta se abriu e um homem apareceu vestido com camisola. Era um homem mais velho, com 40 e tantos ou 50 anos, tinha cabelo desgrenhado e rosto mal-humorado. Estendeu a mão para o postigo que balançava enquanto a vela tremulava ao vento, atrás dele. Então viu Sharpe e abriu a boca para gritar. A lâmina foi encostada em seu pescoço.

— *Silencio* — sibilou Sharpe. Em seguida empurrou o homem para dentro. Havia uma cama desarrumada, roupas empilhadas numa cadeira, um penico e nada mais. — Pat! Traga todo mundo para baixo.

Os fuzileiros encheram o quarto. Eram figuras escuras, encharcadas, que agora calçaram as botas. Sharpe fechou os postigos e os trancou. Harris, que dominava melhor o espanhol, estava falando com o prisioneiro que gesticulava loucamente ao falar.

— Ele se chama Nunez, senhor — disse Harris. — Diz que há dois homens no térreo.

— Onde estão os outros? — Sharpe sabia que teria de haver mais de dois guardas.

Houve uma comoção em espanhol.

— Ele diz que eles saíram, senhor.

Então Montseny havia tirado as sentinelas do lugar na esperança de ter um lucro profano.

— Pergunte onde estão as cartas.

— As cartas?

— Só pergunte. Ele vai saber.

Um olhar matreiro surgiu rapidamente no rosto de Nunez, depois uma expressão de puro alarme quando Sharpe se virou para ele com a faca. Ele encarou Sharpe e sua coragem fugiu. Falou rapidamente.

— Ele diz que estão lá embaixo, senhor — traduziu Harris. — Com o escritor. Isso faz sentido?

— Faz. Diga para ele ficar quieto agora. Perkins, você vai ficar aqui e vigiá-lo.

— Amarro ele, senhor? — sugeriu Harris.

— E faça com que cale a boca, também.

Sharpe acendeu uma segunda vela e a levou para o cômodo seguinte, onde viu um lance de escada subindo para o alçapão trancado. Outra escada descia ao segundo andar, onde havia uma pequena cozinha e uma sala. Uma porta dava na próxima escada, que levava a um depósito enorme, cheio de papel. Havia luz no térreo. Sharpe deixou a vela na escada e foi até o topo da escada aberta. Viu a prensa enorme e negra abaixo, e junto dela uma mesa onde tinham sido largadas cartas de baralho. Havia um homem dormindo no chão, e outro, com um mosquete sobre os joelhos, estava frouxo numa cadeira. Uma enorme pilha de jornais recém-impressos estava junto à parede.

Henry Wellesley tinha insistido para que Sharpe não fizesse nada para perturbar os espanhóis. Eles eram aliados melindrosos, explicara, ressentidos porque a defesa de Cádis precisava das tropas britânicas.

— Eles devem ser manobrados com rédeas muito leves — dissera o embaixador. Não deveria haver violência.

— Dane-se isso — disse Sharpe em voz alta, e puxou a pederneira do fuzil. O som fez o homem da cadeira levar um susto.

O sujeito começou a levantar seu mosquete e viu o rosto de Sharpe. Pousou-o no chão e suas mãos tremeram.

— Podem descer, rapazes — gritou Sharpe para o topo da escada.

Tudo estava fácil demais. Fácil demais? Só que 1.500 guinéus eram um incentivo muito poderoso para ele se dar ao luxo de se descuidar, e sem dúvida o padre Montseny ainda estava tentando explicar a confusão na catedral.

Os dois homens foram desarmados. Harper descobriu dois aprendizes de gráficos dormindo no porão, que foram conduzidos para cima e postos num canto com os guardas, enquanto o escritor, uma ruína de homem com barba malfeita, era arrastado para fora de uma sala menor.

— Harris, diga ao patife miserável que ele tem dois minutos de vida, a não ser que me entregue as cartas — ordenou Sharpe.

Benito Chavez deu um grito quando Harris encostou a espada-baioneta em seu pescoço. Harris forçou o desgraçado contra uma parede e começou a interrogá-lo enquanto Sharpe explorava a sala. A porta que levava à rua estava bloqueada com uma alvenaria grosseira, e a dos fundos, que presumivelmente dava no pátio, estava trancada com grandes fechos de ferro. Isso significava que Sharpe e seus homens tinham o lugar para si.

A FÚRIA DE SHARPE

— Sargento? Todos os papéis do primeiro andar, jogue-os aqui. Slattery? Guarde um desses jornais — ele apontou para as edições recém-impressas empilhadas contra a porta da frente, que estava bloqueada — e espalhe o resto. E quero os obuses.

Sharpe colocou os obuses na zona de prensagem das máquinas, depois apertou a placa de modo que ficassem presos como num torno. Harper e Hagman estavam jogando os papéis no chão e Sharpe empurrou folhas amassadas no espaço entre os obuses, de modo que o papel queimando acendesse os pavios.

— Diga a Perkins para trazer Nunez para baixo — ordenou.

Nunez desceu e entendeu imediatamente o que Sharpe queria. Começou a implorar.

— Diga para ele ficar quieto — ordenou Sharpe a Harris.

— Essas são as cartas, senhor. — Harris estendeu um maço de papéis que Sharpe enfiou no bolso. — E ele diz que tem mais.

— Mais? Então pegue!

— Não, senhor, ele disse que a moça ainda deve estar com elas. — Harris balançou o polegar para Chavez, que estava se remexendo enquanto acendia um charuto. — E ele diz que quer tomar uma bebida, senhor.

Na mesa havia uma garrafa com conhaque pela metade, com as cartas de baralho. Sharpe a entregou ao escritor, que bebeu desesperadamente. Hagman estava derramando a mistura de conhaque com óleo de lampião nos papéis que agora cobriam o piso. As duas bombas de fumaça restantes estavam perto da porta dos fundos, prontas para encher a casa com fumaça e impedir qualquer tentativa de apagar as chamas. Sharpe supunha que o fogo destruiria a casa inteira. As letras de chumbo, cuidadosamente organizadas em suas caixas altas, iriam se derreter, os obuses destruiriam a prensa e o fogo subiria pela escada. As paredes laterais, de pedra, iriam mantê-lo confinado e, assim que o telhado se queimasse, a chuva furiosa apagaria as chamas. Sharpe havia planejado simplesmente pegar as cartas, mas suspeitava que pudesse haver cópias. Uma prensa intacta ainda poderia publicar mentiras, por isso era melhor queimar tudo.

— Joguem-nos lá fora — pediu a Harper, indicando os prisioneiros.

— Lá fora, senhor?

— Todos eles. Para o pátio dos fundos. Chutem todos para fora e depois tranquem a porta de novo.

Todos os prisioneiros foram empurrados pela porta, os trincos foram fechados e Sharpe mandou seus homens subirem a escada de novo. Foi ao pé da escada e usou uma vela para acender os papéis mais próximos. Durante alguns segundos as chamas arderam baixas. Depois pegaram em alguns papéis encharcados de conhaque e óleo de lampião e o fogo se espalhou com velocidade surpreendente. Sharpe subiu a escada correndo, perseguido pela fumaça.

— Subam pelo alçapão e sigam para o telhado — indicou aos seus homens.

Foi o último a passar pelo alçapão. A fumaça já estava enchendo o quarto. Sabia que as bombas de fumaça estariam borbulhando nas chamas. Depois pareceu que a casa toda estremeceu quando o primeiro obus explodiu. Sharpe se agarrou à beira do alçapão enquanto uma sucessão de estrondos profundos e jatos de fumaça passavam por ele com violência, anunciando que o restante dos obuses havia pegado fogo. Esse era o fim do *Correo de Cádiz*, pensou. Em seguida fechou o alçapão e seguiu Hagman pelos telhados até o prédio vazio da igreja.

— Muito bem, rapazes — elogiou quando estavam de volta na capela. — Agora só precisamos ir para casa, de volta à embaixada.

Um sino de igreja estava tocando, presumivelmente convocando homens para extinguir as chamas. Isso significava que haveria caos nas ruas, e o caos era bom porque ninguém notaria Sharpe e seus homens na confusão.

— Escondam as armas — ordenou, depois os levou pelo pátio. Sua cabeça estava latejando e a chuva caía com força, mas ele sentiu um alívio enorme porque o serviço estava feito. Tinha as cartas, havia destruído a gráfica e agora, pensou, só faltava lidar com a moça, mas não via problemas nisso.

Puxou os trincos pesados e empurrou o portão. Só queria abri-lo 1 centímetro, o suficiente para olhar para fora, mas, antes de ter se movido meio centímetro, foi empurrado para dentro com tamanha força que Sharpe cambaleou para trás, chocando-se contra Harper. De repente homens apinharam o portão. Eram soldados. Pessoas que moravam na rua tinham acendido lâmpadas e aberto janelas para ver o que acontecia na casa de Nunez. Havia luz mais que suficiente para Sharpe ver uniformes azul-claros e cinturões brancos cruzados no peito, e meia dúzia de baionetas longas que brilhavam quando um sétimo soldado apareceu com uma lanterna. Atrás dele havia um oficial com casaca de um azul mais escuro, com uma faixa amarela na cintura. O oficial rosnou uma ordem que Sharpe não entendeu, mas entendia muito bem o que significavam as baionetas. Recuou.

— Nada de armas — ordenou aos seus homens.

O oficial espanhol rosnou uma pergunta para Sharpe, mas de novo falou depressa demais.

— Façam o que eles quiserem — disse Sharpe. Estava tentando avaliar as chances, e elas não eram boas. Seus homens tinham armas, mas elas estavam escondidas embaixo de capas ou casacos, e esses soldados espanhóis pareciam eficientes, acordados e vingativos. O oficial falou de novo.

— Ele quer que a gente entre na capela, senhor — traduziu Harris.

Dois soldados espanhóis foram primeiro, para garantir que nenhum homem de Sharpe pegasse uma arma assim que estivesse abrigado da chuva. Sharpe pensou em atacar aqueles dois, derrubando-os e depois defendendo a porta da capela, mas abandonou a ideia instantaneamente. Duvidava que pudesse escapar da capela, homens certamente morreriam, e a confusão política seria monstruosa.

— Lamento por isso, rapazes — disse, sem saber o que fazer.

Recuou para os degraus do altar, que estavam vazios. Os soldados espanhóis se enfileiraram à frente, os rostos sérios e as baionetas apontadas. A lanterna foi posta no chão e à sua luz Sharpe viu que os mosquetes estavam engatilhados. Duvidou que as armas fossem disparar. Chovera demais, e nem mesmo o melhor fecho de mosquete podia impedir que a chuva forte umedecesse a pólvora.

— Se os desgraçados puxarem um gatilho vocês podem lutar. Mas até lá, não.

BERNARD CORNWELL

O oficial parecia ter 20 e poucos anos, talvez fosse uns dez anos mais novo que Sharpe. Era alto, tinha rosto largo e inteligente, e queixo forte. Seu uniforme, mesmo molhado, demonstrava que ele era rico, porque era de tecido bom, de um corte magnífico.

— Nós estávamos nos abrigando da chuva, señor — disse Sharpe em inglês.

O oficial fez outra pergunta em espanhol impenetrável.

— Só estávamos nos abrigando da chuva — insistiu Sharpe.

— A pólvora deles deve estar úmida, senhor — disse Harper baixinho.

— Eu sei. Mas não quero mortes.

Agora o oficial tinha visto as armas deles. Deu uma ordem ríspida.

— Ele disse para a gente colocar as armas no chão, senhor — explicou Harris.

— Façam isso — mandou Sharpe. Aquilo era um aborrecimento desgraçado, pensou. A probabilidade era que terminassem numa cadeia espanhola, e nesse caso o importante era destruir as cartas. Pousou a espada.

— Só estávamos nos abrigando da chuva, señor.

— Não estavam, não — respondeu subitamente o oficial, em bom inglês. — Estavam pondo fogo na casa do señor Nunez.

Sharpe ficou tão surpreso com a mudança abrupta de língua que não encontrou o que dizer. Ainda estava meio agachado, a mão na espada.

— O senhor sabe o que é este lugar? — perguntou o espanhol.

— Não — respondeu Sharpe cautelosamente.

— O Priorado da Divina Pastora. Já foi um hospital. Meu nome é Galiana, capitão Galiana. E o senhor é?

— Sharpe — respondeu Sharpe.

— E seus homens o chamam de "senhor", por isso presumo que tenha patente.

— Capitão Sharpe.

— *Divina Pastora* — repetiu Galiana. — Monges já viveram aqui, e os pobres podiam receber cuidados médicos. Era uma instituição de caridade, capitão Sharpe, caridade cristã. Sabe o que aconteceu? Claro que não. — Ele deu um passo adiante e chutou a espada para longe de Sharpe. — O que aconteceu foi o seu almirante Nelson. Foi em 1797. Ele bombardeou a cidade e esse foi o pior dano que ele causou. — Galiana indicou a capela queimada. — Uma bomba, sete monges mortos e um incêndio. O priorado fechou porque não havia dinheiro para os consertos. Meu avô fundou este lugar e minha família o teria consertado, mas nossa fortuna vem da América do Sul e sua Marinha acabou com essa fonte de renda. Isso, capitão Sharpe, foi o que aconteceu.

— Estávamos em guerra quando aconteceu — disse Sharpe.

— Mas agora não estamos. Somos aliados. Ou será que isso escapou à sua atenção?

— Estávamos nos abrigando da chuva.

— Então foi uma sorte terem encontrado o priorado destrancado?

— Uma sorte muito grande.

— Mas e o azar do señor Nunez? Ele é viúvo, capitão Sharpe, luta para ganhar a vida, e agora o negócio dele está arruinado. — Galiana fez um gesto na direção da porta da capela, para além da qual Sharpe conseguia ouvir a agitação na rua.

— Não sei nada sobre o señor Nunez.

— Então vou informá-lo. Ele é dono, ou era, de um jornal chamado *El Correo de Cádiz*. Como jornal, não é grande coisa. Há um ano era lido por toda a Andaluzia, mas agora? Vende apenas alguns exemplares. Costumava ser publicado duas vezes por semana, mas atualmente tem sorte se consegue notícias suficientes para um exemplar a cada 15 dias. Faz listas dos navios que chegam e partem do porto e descreve as cargas. Publica o que os padres vão pregar nas igrejas da cidade. Descreve os procedimentos das Cortes. Jornalismo barato, não é como vocês dizem? Mas no último número, capitão Sharpe, havia uma coisa muito mais interessante. Uma carta de amor. Não era assinada. O señor Nunez meramente dizia que era uma carta traduzida do inglês e que ele a havia encontrado caída na rua, e que se o verdadeiro dono a quisesse, deveria vir ao jornal. Foi por isso que veio aqui, capitão? Não! Por favor, não diga que estava se protegendo da chuva.

— Eu não escrevi carta de amor nenhuma — disse Sharpe.

— Todos sabemos quem escreveu — respondeu Galiana com escárnio.

— Sou um soldado. Não lido com amor.

Galiana sorriu.

— Duvido, capitão, duvido.

Ele se virou enquanto um homem passava pela porta da capela. Uma pequena multidão estava enfrentando a chuva, querendo olhar os esforços para apagar o incêndio, e alguns, vendo que o portão do priorado estava aberto, tinham entrado no pátio. Um deles, uma criatura maltrapilha, encharcada e com a barba manchada de tabaco, entrou na capela.

— Foi ele! — gritou o homem em espanhol, apontando para Sharpe. Era o escritor, Benito Chavez, que tinha conseguido outra garrafa de conhaque. Estava quase bêbado, mas não tão inválido a ponto de não reconhecer Sharpe. — Foi ele! — denunciou, ainda apontando. — O da cabeça com bandagem.

— Prendam-no — ordenou Galiana aos seus homens.

Os soldados espanhóis avançaram e Sharpe pensou em tentar pegar a espada, mas antes que pudesse se mover viu que Galiana estava indicando Chavez.

— Prendam-no! — disse Galiana, apontando para Chavez. O escritor ganiu em protesto, mas dois homens de Galiana o empurraram contra a parede e o mantiveram ali. — Ele está bêbado — explicou Galiana a Sharpe — e fazendo acusações danosas contra nossos aliados, por isso pode passar o resto da noite contemplando a própria idiotice na cadeia.

— Aliados? — Agora Sharpe estava tão confuso quanto Chavez.

— Não somos aliados? — perguntou Galiana com inocência dissimulada.

— Eu achava que éramos, mas às vezes não tenho certeza.

— Você é como os espanhóis, capitão Sharpe, confuso. Cádis está cheia de políticos e advogados, e eles encorajam a confusão. Discutem. Será que deveríamos ser uma república? Ou quem sabe uma monarquia? Queremos as Cortes? E, nesse caso, elas deveriam ter uma câmara ou duas? Alguns querem um parlamento como o da Inglaterra. Outros insistem que a Espanha é governada melhor por Deus e por um rei. Brigam por causa dessas coisas como crianças, mas na verdade só há uma discussão real.

A FÚRIA DE SHARPE

Agora Sharpe entendeu que Galiana estivera jogando com ele. O espanhol era de fato um aliado.

— O ponto é se a Espanha luta contra a França ou não — disse Sharpe.

— Exato.

— E você — continuou Sharpe com cuidado — acredita que a Espanha deva lutar contra os franceses?

— Você sabe o que os franceses fizeram com nosso país? As mulheres estupradas, as crianças mortas, as igrejas violadas? Sim, acredito que devemos lutar. Também acredito, capitão Sharpe, que os soldados ingleses estão proibidos de entrar em Cádis. Eles sequer têm permissão de entrar na cidade sem os uniformes. Eu deveria prender todos vocês. Mas presumo que estejam perdidos, não é?

— Estamos perdidos.

— E estavam simplesmente se protegendo da chuva?

— Estávamos.

— Então vou escoltá-los à sua embaixada, capitão Sharpe.

— Diabos — exclamou Sharpe, aliviado.

Demoraram meia hora para ir até a embaixada. O vento tinha parado um pouco quando chegaram ao portão e a chuva havia diminuído. Galiana chamou Sharpe de lado.

— Eu recebi a ordem de vigiar o jornal, para o caso de alguém tentar destruí-lo. Acredito, e espero não estar me enganando, que ao fracassar nesse serviço ajudei na guerra contra a França.

— Ajudou — respondeu Sharpe.

— Também acredito que você me deva um favor, capitão Sharpe.

— Devo — admitiu Sharpe fervorosamente.

— Vou encontrar um. Tenha certeza, vou encontrar um. Boa noite, capitão.

— Boa noite, capitão — despediu-se Sharpe. O pátio da embaixada estava escuro, as janelas sem luzes. Sharpe tocou as cartas dentro do bolso do casaco, pegou o jornal com Slattery e foi dormir.

BERNARD CORNWELL

CAPÍTULO VIII

Henry Wellesley parecia cansado, e isso era compreensível. Estivera numa recepção ao embaixador português durante metade da noite e fora acordado cedo, depois do alvorecer, quando uma delegação indignada chegou à embaixada britânica. O tamanho da urgência do protesto ficou claro pela delegação ter vindo tão cedo, muito antes que a maior parte da cidade tivesse acordado. Os dois diplomatas idosos, ambos vestidos de preto, tinham sido enviados pela Regência, o conselho que governava o que restava da Espanha, e ambos estavam agora sentados muito rígidos na sala do embaixador, onde o fogo recém-aceso soltava fumaça na lareira atrás deles. Lorde Pumphrey, vestido às pressas e parecendo pálido, estava sentado de um dos lados da mesa de Wellesley enquanto o intérprete ficava de pé, do outro.

— Uma pergunta, Sharpe — disse Wellesley recebendo bruscamente o fuzileiro.

— Senhor?

— Onde você esteve ontem à noite?

— Na cama, senhor, a noite toda — respondeu Sharpe, impassível. Era o tom de voz que havia aprendido a usar quando era sargento, a voz destinada a contar mentiras aos oficiais. — Fui dormir cedo, senhor, por causa da minha cabeça. — Ele tocou a bandagem. Sharpe acabara de ser acordado por um empregado da embaixada e tinha vestido o uniforme às pressas, mas estava barbado, desgastado, sujo e exausto.

A FÚRIA DE SHARPE

— Você ficou na cama? — perguntou Wellesley.

— A noite toda, senhor — respondeu Sharpe, olhando um centímetro acima da cabeça do embaixador.

O intérprete repetiu o diálogo em francês, o idioma da diplomacia. O intérprete só estava ali para traduzir as palavras de Sharpe porque todos os outros diziam o que tinham a dizer em francês. Wellesley encarou a delegação e levantou uma sobrancelha, como a sugerir que era o máximo que poderiam saber a respeito do capitão Sharpe.

— Estou fazendo essas perguntas a você, Sharpe, porque houve uma pequena tragédia ontem à noite — explicou o embaixador. — Um jornal foi completamente queimado. Infelizmente foi totalmente destruído. Ninguém se feriu, por felicidade, mas é uma coisa triste.

— Muito triste, senhor.

— E o proprietário do jornal, um homem chamado... — Wellesley parou para olhar algumas anotações que havia rabiscado.

— Nunez, Excelência — ajudou lorde Pumphrey, solícito.

— Nunez, um homem chamado Nunez, afirma que foram ingleses que fizeram isso, e que os ingleses eram comandados por um cavalheiro com a cabeça coberta por uma bandagem.

— Um cavalheiro, senhor? — perguntou Sharpe, sugerindo que ele jamais poderia ser confundido com um cavalheiro.

— Estou usando a palavra de modo liberal, capitão Sharpe — disse Wellesley com aspereza surpreendente.

— Eu estava na cama, senhor — insistiu Sharpe. — Mas houve raios, não foi? Acho que me lembro de uma tempestade, ou será que sonhei isso?

— Houve raios, de fato.

— Um raio provavelmente causou o incêndio, senhor.

O intérprete explicou à delegação que houve raios, e um dos diplomatas visitantes observou que eles tinham encontrado estilhaços de obus no meio das cinzas. Os dois homens olharam Sharpe novamente enquanto as palavras eram traduzidas.

— Obus? — perguntou Sharpe com inocência fingida. — Então devem ter sido os morteiros franceses, senhor.

A sugestão provocou uma enxurrada de palavras, resumidas pelo embaixador.

— Os morteiros franceses não têm alcance para chegar àquela parte da cidade, Sharpe.

— Teriam, senhor, se recebessem carga dupla.

— Carga dupla? — perguntou lorde Pumphrey delicadamente.

— O dobro da pólvora usual, senhor. Isso lança o obus muito mais longe, mas sob o risco de explodir o canhão. Ou talvez eles tenham encontrado um pouco de pólvora decente, não é? Eles estavam usando lixo, nada além de poeira, mas um barril de pólvora de carvão cilíndrico aumentaria o alcance deles. Provavelmente foi isso, senhor. — Sharpe disse esse absurdo com uma voz confiante. Afinal de contas, ele era o único soldado na sala e os outros provavelmente não sabiam nada sobre pólvora, de forma que ninguém questionou sua opinião.

— Então provavelmente foi um morteiro — sugeriu Wellesley, e os diplomatas aceitaram educadamente a ficção de que os canhões franceses haviam destruído o jornal.

Estava claro que não acreditavam na história e estava igualmente claro que, apesar da indignação, não se importavam muito. Tinham protestado porque precisavam, mas não desejavam prolongar uma discussão com Henry Wellesley que, efetivamente, era o homem que financiava o governo da Espanha. A ficção de que os franceses tinham conseguido aumentar o alcance dos morteiros em 500 metros bastaria para aplacar a raiva da cidade.

Os diplomatas partiram com expressões mútuas de pesar e consideração. Assim que haviam saído, Henry Wellesley se recostou na cadeira.

— Lorde Pumphrey contou o que aconteceu na catedral. Foi uma pena, Sharpe.

— Uma pena, senhor?

— Houve baixas! — disse Wellesley, sério. — Não sabemos quantas, e não ouso demonstrar muito interesse em descobrir. No momento ninguém está nos acusando diretamente de causar os danos, mas farão isso, com certeza.

A FÚRIA DE SHARPE

— Nós ficamos com o dinheiro, senhor — argumentou Sharpe —, e eles nunca iriam nos dar as cartas. Tenho certeza de que lorde Pumphrey contou isso ao senhor.

— Contei — afirmou Pumphrey.

— E foi um padre que tentou enganar vocês? — Wellesley parecia chocado.

— O padre Salvador Montseny — disse azedamente lorde Pumphrey.

Wellesley girou sua cadeira para olhar pela janela. Era um dia cinzento e uma névoa fina turvava o pequeno jardim.

— Talvez eu pudesse ter feito algo em relação ao padre Montseny — declarou ele, ainda olhando a névoa. — Poderia ter pressionado, até conseguir que fosse mandado para uma missão em algum pântano cheio de febre e esquecido por Deus nas Américas, mas agora isso é impossível. Suas ações no jornal, Sharpe, tornaram isso impossível. Esses cavalheiros fingiram acreditar em nós, mas sabem muito bem que você fez aquilo. — Ele se virou de volta, com o rosto demonstrando uma raiva súbita. — Eu avisei que deveríamos agir com cautela. Mandei você observar o que era adequado. Não podemos ofender os espanhóis. Eles sabem que o jornal foi destruído numa tentativa de impedir que as cartas fossem publicadas, e não ficarão felizes conosco. Podem até chegar ao ponto de disponibilizar outra gráfica para os homens que têm as cartas! Santo Deus, Sharpe! Nós temos uma casa queimada, um negócio destruído, uma catedral violada, homens feridos, e isso em troca de quê? Diga! De quê?

— Disso, senhor? — respondeu Sharpe, e pôs o exemplar do *Correo de Cádiz* na mesa do embaixador. — Acho que é uma nova edição, senhor.

— Ah, santo Deus — exclamou Henry Wellesley. Ele estava ficando vermelho enquanto virava as páginas e via coluna após coluna, cheias de suas cartas. — Ah, santo Deus.

— Este é o único exemplar — anunciou Sharpe. — Eu queimei o restante.

— Você queimou... — começou o embaixador, mas então sua voz falhou porque Sharpe tinha começado a pôr as cartas imprudentes do embaixador em cima do jornal, uma após a outra, como se estivesse distribuindo cartas de baralho.

— Aqui estão suas cartas, senhor — disse Sharpe, ainda com a voz de sargento. — E nós arruinamos a prensa que as imprimiu, senhor, e queimamos os jornais deles, e ensinamos aos patifes a não nos tratar levianamente, senhor. Como lorde Pumphrey me disse, senhor, nós frustramos os truques desonestos deles. Pronto, senhor. — Ele pôs a última carta sobre a mesa.

— Santo Deus — disse Henry Wellesley, olhando as cartas.

— Santo Deus todo-poderoso — murmurou debilmente lorde Pumphrey.

— Eles podem ter cópias, senhor — disse Sharpe —, mas sem os originais não podem provar que as cartas são verdadeiras, não é? E, de qualquer modo, agora eles não têm como imprimi-las.

— Santo Deus — repetiu Wellesley, dessa vez olhando Sharpe.

— Ladrão, assassino e incendiário — anunciou Sharpe com orgulho. O embaixador não disse nada, apenas o encarou. — Já ouviu falar de um oficial espanhol chamado capitão Galiana, senhor?

Wellesley havia olhado novamente as cartas e parecia não tê-lo ouvido. Então levou um susto, como se tivesse acabado de acordar.

— Fernando Galiana? Sim, ele era oficial de ligação com o predecessor de Sir Thomas. Um rapaz esplêndido. Essas são todas as cartas?

— Todas as que eles tinham, senhor.

— Santo Deus — disse mais uma vez o embaixador, depois se levantou abruptamente, pegou as cartas e o jornal e levou tudo para a lareira. Jogou-os nos carvões e olhou as chamas subirem. — Como... — começou ele, depois decidiu que era melhor se algumas perguntas ficassem sem resposta.

— É só isso, senhor? — perguntou Sharpe.

— Devo agradecer a você, Sharpe — disse Wellesley, ainda olhando as cartas que queimavam.

— E aos meus homens, senhor, a todos os cinco. Vou levá-los de volta à Isla de León, onde esperaremos um navio.

— Claro, claro. — O embaixador foi rapidamente até a sua escrivaninha. — Seus cinco homens ajudaram?

— Muito, senhor.

Uma gaveta foi aberta e Sharpe ouviu o som de moedas. Fingiu não estar interessado. O embaixador, não querendo que sua generosidade, ou que a falta dela, ficasse óbvia, enrolou as moedas num pedaço de papel que levou até Sharpe.

— Será que você pode passar meus agradecimentos a seus colegas?

— Claro, senhor, obrigado, senhor. — Sharpe pegou as moedas.

— Mas parece que você deveria voltar para a cama — disse Wellesley.

— O senhor também.

— Agora estou bem acordado. Lorde Pumphrey e eu vamos ficar de pé. Sempre há trabalho a fazer! — De repente Wellesley estava feliz, repleto de alívio e da percepção de que um pesadelo havia terminado. — E, claro, vou escrever ao meu irmão recomendando você nos mais altos termos. Estou certo disso, Sharpe.

— Obrigado, senhor.

— Santo Deus! Acabou. — O embaixador olhou as últimas chamas pequenas que tremeluziam acima da confusão negra de papéis sobre os carvões. — Acabou!

— A não ser pela dama, senhor — lembrou Sharpe. — Caterina. Ela tem algumas cartas, não é?

— Ah, não — respondeu o embaixador, feliz. — Ah, não. Acabou de verdade! Obrigado, Sharpe.

Sharpe saiu. Foi para o pátio onde respirou profundamente. Era uma manhã opaca, exaurida após a noite chuvosa. O cata-vento na torre da embaixada indicava que o vento vinha do oeste. Um gato se esfregou nos tornozelos dele e Sharpe se inclinou para acariciá-lo, depois desembrulhou as moedas. Quinze guinéus. Supôs que deveria dar uma a cada homem e ficar com o restante. Enfiou-as num bolso, sem saber se era uma recompensa generosa ou não. Provavelmente não, decidiu, mas seus homens ficariam bastante felizes. Iria dar 2 guinéus a cada um deles, o que lhes garantiria um monte de rum.

— Vá achar um rato — disse ao gato — porque é isso que eu vou fazer.

Passou pelo arco em direção ao pátio menor, onde empregados varriam os degraus e a vaca da embaixada estava sendo ordenhada. A porta dos fundos da casa de lorde Pumphrey estava aberta e uma mulher desceu a escada para pegar leite. Sharpe esperou até ela estar de costas, depois subiu correndo e passou pela cozinha, onde o fogão tinha acabado de ser reacendido. Subiu a escada seguinte de dois em dois degraus e abriu a porta de cima, encontrando-se num corredor ladrilhado. Seguiu por mais uma escada, coberta por carpete, passando por pinturas de paisagens espanholas mostrando casas brancas, rochas amarelas e céus azuis. No patamar havia a estátua de mármore branco de um garoto nu. A estátua era em tamanho real e tinha um chapéu bicorne na cabeça. Uma porta estava aberta e Sharpe viu uma mulher espanando um quarto, que ele supôs que fosse do lorde. Esgueirou-se e ela não o ouviu. O próximo lance de escada era mais estreito e levava a um patamar com três portas fechadas. A primeira dava em outra escada. A segunda era a porta de um pequeno quarto atulhado de mobília sem uso, valises e caixas de chapéus. A última porta dava num quarto.

Sharpe entrou furtivamente e fechou a porta. Demorou um momento para seus olhos se ajustarem à escuridão, porque os postigos das duas janelas estavam fechados, mas então viu uma banheira de estanho vazia diante da lareira, onde os restos do fogo da noite ainda soltavam fumaça. Havia uma escrivaninha, dois sofás, um grande guarda-roupa com portas espelhadas e uma cama de dossel com as cortinas bordadas fechadas.

Atravessou o grosso tapete e abriu o postigo mais próximo, olhando por cima dos telhados em direção à baía de Cádis, onde raios de sol errantes achavam caminho através das nuvens para pratear as ondas pequenas.

Alguém resmungou na cama, depois gemeu ligeiramente, como se estivesse ressentida por ter sido acordada pela nova luz que se filtrava pelas cortinas da cama. Sharpe foi até a segunda janela e abriu os postigos. Arrumadas no banco da janela, em suportes de mogno, estavam seis perucas douradas. Um vestido azul fora descartado num dos sofás, com um colar de safiras e um par de brincos de safiras. O gemido soou de novo e Sharpe foi até a cama, então puxou as cortinas.

— Bom dia — disse animado.

E Caterina Veronica Blazquez abriu a boca para gritar.

— MEU NOME é Sharpe — apresentou-se ele antes que ela pudesse dar alarme aos empregados.

Caterina fechou a boca.

— Richard Sharpe — acrescentou ele.

Ela balançou a cabeça. Estava apertando as roupas de cama contra o queixo. A cama era larga e estava claro que uma segunda pessoa a havia ocupado durante a noite, porque os travesseiros ainda mostravam as marcas da cabeça. A cabeça do embaixador, Sharpe tinha certeza. O brigadeiro Moon o vira ir a casa, e Sharpe não podia culpar Henry Wellesley de ser incapaz de entregar sua prostituta, porque Caterina Blazquez era uma beldade. Tinha cachos louros e curtos, bonitos mesmo desalinhados, grandes olhos azuis, nariz pequeno, boca generosa e pele lisa e clara. Numa terra de mulheres de olhos escuros, cabelos escuros e pele morena, ela reluzia como um diamante.

— Estive procurando você — disse Sharpe —, e não sou o único.

Ela balançou levemente a cabeça, o que, aliado à expressão amedrontada, revelou que estava com medo de quem a procurava.

— Você me entende, não é? — perguntou Sharpe.

Uma confirmação breve. Ela puxou as cobertas mais alto, cobrindo a boca. Este era um bom local para escondê-la, pensou Sharpe. Ela não corria perigo ali, certamente não da parte de lorde Pumphrey, e vivia no conforto que um homem desejaria que sua amante desfrutasse. Estava bastante segura, pelo menos até que as fofocas dos criados revelassem sua presença na casa de Pumphrey. Caterina estava examinando Sharpe, os olhos viajando por seu uniforme maltrapilho, vendo a espada, subindo de novo ao rosto, e agora seus olhos estavam no mínimo ligeiramente mais arregalados.

— Estive ocupado ontem à noite — declarou Sharpe. — Recuperando algumas cartas. Lembra daquelas cartas?

Outra confirmação minúscula.

— Mas eu as peguei de volta. Dei ao Sr. Wellesley. Ele as queimou.

Caterina baixou as roupas de cama uns 2 centímetros e o recompensou com um rápido sorriso. Sharpe tentou deduzir quantos anos ela teria. Vinte e dois? Vinte e três? Era jovem, de qualquer modo. Jovem e sem defeitos, pelo que ele podia ver.

— Mas existem mais cartas, querida, não existem?

Houve um ligeiro erguer de sobrancelhas quando ele a chamou de querida, então um balanço de cabeça quase imperceptível na negativa.

Sharpe suspirou.

— Sei que sou um oficial inglês, querida, mas não sou idiota. Você sabe o que significa idiota?

Uma confirmação de cabeça.

— Então me deixe contar uma história de ninar. Henry Wellesley escreveu um monte de cartas para você que não deveria ter escrito, e você as guardou. Guardou todas, querida. Mas seu cafetão pegou a maior parte, não foi? E ele ia vendê-las e dividir o dinheiro com você, mas então foi assassinado. Você sabe quem o assassinou?

Ela balançou a cabeça.

— Um padre. O padre Salvador Montseny.

Um ligeiro novo erguer de sobrancelhas.

— E o padre Montseny assassinou o homem que foi mandado para comprá-las de volta — continuou Sharpe. — E ontem à noite tentou me assassinar, só que sou muito mais difícil de ser morto. De modo que ele perdeu as cartas e o jornal que as publicava, e agora ele é um padre com muita raiva, querida. Mas ele sabe de uma coisa. Sabe que você não destruiu todas as cartas. Sabe que guardou algumas. Você as guardou para o caso de precisar do dinheiro. Mas quando seu cafetão foi assassinado você ficou com medo, não foi? Por isso correu para Henry e contou um monte de mentiras. Contou que as cartas foram roubadas e que não havia mais nenhuma. Mas existem outras, e você está com elas, querida.

Uma negação breve e pouquíssimo convincente, apenas o bastante para tremular os cachos.

— E o padre está com raiva, meu amor — continuou Sharpe. — Ele quer as outras cartas. De um modo ou de outro ele vai arranjar uma gráfica, mas primeiro tem que conseguir as cartas, não é? Por isso virá atrás de você, Caterina, e ele é um homem malvado com uma faca. Vai cortar sua barriga bonita de baixo até em cima.

Outro tremor dos cachos. Ela puxou as cobertas mais alto para esconder o nariz e a boca.

— E você acha que ele não pode encontrá-la? Eu encontrei você. E sei que você tem as cartas.

Dessa vez não houve reação, só os olhos grandes observando-o. Não havia medo naqueles olhos. Sharpe soube que essa era uma garota que tinha aprendido o enorme poder que sua aparência exercia e já sabia que Sharpe não iria machucá-la.

— Então diga, querida, onde estão as outras cartas, e teremos terminado.

Muito lentamente ela baixou o lençol e as cobertas para descobrir a boca. Olhou Sharpe solenemente, aparentando estar pensando na resposta, depois franziu a testa.

— Me diga, o que houve com a sua cabeça?

— Ela entrou no caminho de uma bala.

— Foi muita idiotice sua, capitão Sharpe. — O sorriso tremeluziu e desapareceu. Ela possuía uma voz langorosa, com as vogais americanas. — Pumps me contou sobre você. Disse que você é perigoso.

— Sou. Muito.

— Não é, não. — Ela sorriu para ele, depois rolou um pouco para olhar um relógio ornamentado que tiquetaqueava sobre a lareira. — Nem são oito horas!

— Seu inglês é bom.

Ela se recostou no travesseiro.

— Minha mãe era americana. Papai era espanhol. Eles se conheceram na Flórida. Já ouviu falar da Flórida?

— Não.

— Fica no sul dos Estados Unidos. Antes pertencia à Grã-Bretanha, mas vocês tiveram que devolver à Espanha depois da Guerra de Independência. Não tem muita coisa lá, a não ser índios, escravos, soldados e missionários. Papai era capitão na guarnição de St. Augustine. — Ela franziu a testa. — Se Henry encontrar você aqui, vai ficar com raiva.

— Esta manhã ele não vai voltar. Está trabalhando com lorde Pumphrey.

— Coitado do Pumps. Gosto dele. Ele fala bastante comigo. Vire-se.

Sharpe obedeceu, depois se esgueirou de lado para vê-la nos espelhos das portas do guarda-roupa.

— E se afaste dos espelhos — mandou Caterina.

Sharpe obedeceu de novo.

— Pode se virar agora. — Ela havia posto um roupão de seda azul que amarrou junto ao queixo, dando-lhe um sorriso. — Quando trouxerem o café da manhã e a água você terá que esperar ali. — Ela apontou uma porta ao lado do guarda-roupa.

— Você bebe água no café da manhã?

— É para o banho — respondeu ela. Em seguida puxou uma fita que fez ressoar um sino no fundo da casa. — Vou mandar reacenderem o fogo também. Você gosta de presunto? Pão? Se as galinhas tiverem posto, haverá ovos. Vou dizer a eles que estou com muita fome. — Ela prestou atenção até ouvir passos na escada. — Vá se esconder — ordenou.

Sharpe entrou num cômodo pequeno, cheio de roupas de Caterina. Uma mesa com espelho estava atulhada de unguentos, cosméticos e pintas pretas para grudar no rosto. Atrás do espelho havia uma janela, e Sharpe, espiando o horizonte que ia clareando, pôde ver a frota levantando âncoras e navegando para o norte, saindo da baía. O exército estava em movimento. Olhou os navios e pensou que seu lugar era lá, com homens, mosquetes, canhões e cavalos nos porões. Homens indo para a guerra, e ali estava ele, no quarto de vestir de uma prostituta.

O desjejum chegou meia hora depois, tempo em que a lareira estava acesa e a banheira, cheia de água soltando vapor.

— Os empregados odeiam encher a banheira — disse Caterina, agora sentada com as costas apoiadas numa pilha de travesseiros —, porque é trabalho demais para eles, mas eu insisto em tomar banho todo dia. A água deve estar muito quente, por isso pode esperar. Coma um pouco.

Sharpe estava morrendo de fome. Sentou-se na cama e comeu, e entre as mordidas fez perguntas.

— Quando você saiu da... Como você disse? Flórida?

— Quando eu tinha 16 anos minha mãe morreu. Papai tinha fugido muito antes disso. Eu não quis ficar lá.

— Por quê?

— Ficar na Flórida? — Ela estremeceu ao pensar. — É só um pântano quente cheio de cobras, jacarés e índios.

— E como veio para cá?

— De navio — explicou ela, com os olhos grandes e sérios. — Era longe demais para nadar.

— Sozinha?

— Gonzalo me trouxe.

— Gonzalo?

— O homem que morreu.

— O homem que ia vender as cartas?

Ela confirmou.

— E você vem trabalhando com Gonzalo desde então?

Ela confirmou de novo.

— O mesmo jogo?

— Jogo?

— Fingir que é bem-nascida, conseguir cartas, vendê-las de volta?

Ela sorriu.

— Nós ganhamos bastante dinheiro, capitão Sharpe. Mais que o senhor poderia sonhar.

— Não preciso sonhar, querida. Uma vez roubei as joias de um rei indiano.

— Então você é rico? — perguntou ela, com os olhos se iluminando.

— Perdi tudo.

— Você é descuidado, capitão Sharpe.

— E o que você vai fazer sem Gonzalo?

Ela franziu a testa.

— Não sei.

— Vai ficar com Henry? Ser a amante dele?

— Ele é muito bom para mim, mas não acho que vá me levar para Londres. E ele vai acabar voltando para lá, não é?

— Vai — confirmou Sharpe.

— Então terei que arranjar outro, mas não será você.

— Não?

— Alguém rico — disse ela com um sorriso.

— E terá que ficar longe do padre Salvador Montseny.

Ela estremeceu de novo.

— Ele é mesmo um assassino? Um padre?

— Dos piores que existem, querida. E quer as suas cartas. E vai matá-la para conseguir.

— Mas você também quer as minhas cartas.

— Quero.

— E Pumps diz que você é um assassino.

— Sou.

Ela pareceu pensar em seu dilema durante um momento, em seguida apontou para a banheira.

— É hora da limpeza.

— Quer que eu volte para aquele quarto?

— Claro que não. O banho é para você. Está fedendo. Dispa-se, capitão Sharpe, e vou lavar suas costas.

Sharpe era um bom soldado. Obedeceu.

— Gosto de Henry Wellesley — declarou Sharpe.

— Eu também, mas ele é... — Caterina fez uma pausa enquanto pensava— ... Sério.

— Sério?

— Triste. A mulher dele o magoou. Pumps diz que ela não era bonita.

— Você não pode confiar em tudo que Pumps diz.

— Mas acho que ele está certo. Algumas mulheres não são bonitas e no entanto enlouquecem os homens. Ela deixou Henry triste. Você vai dormir?

— Não — respondeu Sharpe. A cama era a mais confortável que ele já havia experimentado. Colchão de penas, lençóis de seda, travesseiros grandes e Caterina. — Preciso ir.

A FÚRIA DE SHARPE

— Seu uniforme não está seco. — Ela havia insistido em lavar o uniforme na água usada do banho, e agora ele estava aberto em duas cadeiras diante do fogo.

— Nós precisamos ir — corrigiu Sharpe.

— Nós?

— Montseny quer encontrar você. E para pegar as cartas vai machucá-la. Ela pensou nisso.

— Quando Gonzalo morreu, eu vim para cá porque estava apavorada. E porque aqui é seguro.

— Você acha que Pumps vai protegê-la?

— Ninguém ousaria entrar aqui. É a embaixada!

— Montseny faria isso. Não existe guarda na porta da frente de lorde Pumphrey, existe? E, se os empregados virem um padre, vão confiar nele. Montseny pode entrar aqui facilmente. Eu entrei.

— Mas se eu for com você como vou viver?

— Como todo mundo.

— Eu não sou todo mundo — disse ela indignada —, e você não disse que ia voltar para Lisboa?

— Vou, mas você vai estar mais segura na Isla de León. Tem um monte de soldados britânicos para defendê-la. Ou pode ir para Lisboa comigo. — Ela recompensou essa sugestão com um sorriso e silêncio. — Eu sei — continuou Sharpe —, não sou rico o bastante. E por que você mentiu para Henry?

— Menti para ele? — Ela arregalou os olhos, inocente.

— Quando veio para cá, querida, você disse que não tinha mais nenhuma carta. Disse que havia perdido as que não estavam com Gonzalo. Você mentiu.

— Achei que talvez, se as coisas dessem errado... — começou ela, e deu de ombros.

— Ainda teria algo para vender?

— Isso é ruim?

— Claro que é — respondeu Sharpe, sério. — Mas é bem sensato. E quanto você quer por elas?

BERNARD CORNWELL

236

— Seu uniforme está queimando — avisou ela. Em seguida saiu da cama e foi virar o casaco e o macacão. Sharpe a olhou. Era uma beldade. Capaz de enlouquecer homens, pensou. Ela voltou para a cama e deslizou para o seu lado de novo.

— Então, quanto? — perguntou ele.

— Gonzalo disse que conseguiria 400 dólares para mim.

— Ele estava enganando você.

— Acho que não. Pumps disse que não conseguiria mais de 700.

Sharpe demorou um momento para entender o que ela estava dizendo.

— Lorde Pumphrey disse isso?

Ela fez que sim muito séria.

— Ele falou que poderia esconder o dinheiro na contabilidade. Diria que era para subornos, mas que só poderia esconder 700.

— E daria isso a você em troca das cartas?

Ela fez que sim de novo.

— Ele disse que conseguiria 700 dólares, ficaria com 200 e me daria 500. Mas tinha que esperar até as outras cartas serem encontradas. Disse que as minhas não seriam valiosas até que fossem as únicas sobrando.

— Diabo.

— Você está chocado. — Caterina achou divertido.

— Eu pensava que ele era honesto.

— Pumps! Honesto? — Ela gargalhou. — Pumps me conta os segredos dele. Não deveria, mas quer saber os meus. Quer saber o que Henry diz sobre ele, por isso o faço me contar coisas primeiro. Não que Henry me conte segredos! Por isso eu conto a Pumps o que ele quer ouvir. Ele me contou um segredo sobre você.

— Não tenho segredos com lorde Pumphrey — disse Sharpe, indignado.

— Ele tem um sobre você. Uma garota em Copenhague? Chamada Ingrid?

— Astrid.

— Astrid, esse é o nome. Pumps mandou matá-la — disse Caterina.

Sharpe a encarou.

— Ele o quê? — perguntou depois de um tempo.

A FÚRIA DE SHARPE

— Astrid e o pai dela. Pumps mandou cortar a garganta deles. Ele tem muito orgulho disso. Me fez prometer que não contaria a ninguém.

— Ele matou Astrid?

Fazia quatro anos desde que Sharpe havia estado em Copenhague com o exército britânico invasor. Quisera ficar na Dinamarca, deixar o Exército e se estabelecer com Astrid, mas o pai dela tinha proibido o casamento e ela era uma jovem obediente. Por isso Sharpe abandonou o sonho e viajou de volta para a Inglaterra.

— O pai dela costumava mandar informações para a Inglaterra — disse Sharpe —, mas ficou chateado conosco quando capturamos Copenhague.

— Pumps disse que ele sabia um monte de segredos.

— Sabia.

— Agora não sabe nenhum — concluiu Caterina implacável. — Nem Astrid.

— Desgraçado — murmurou Sharpe, pensando em lorde Pumphrey. — Maldito desgraçado.

— Você não pode machucá-lo! — disse Caterina, séria. — Eu gosto de Pumps.

— Diga a Pumps que o preço das cartas é de mil guinéus.

— Mil guinéus!

— Em ouro. Diga isso, e diga que ele pode mandar o dinheiro para você na Isla de León.

— Por quê?

— Porque eu vou estar lá, e você também. E enquanto estiver lá você estará a salvo daquele padre assassino.

— Você quer que eu vá embora daqui?

— Você tem as cartas, por isso é hora de ganhar dinheiro com elas. E, se ficar aqui, outra pessoa ganhará esse dinheiro. E é provável que mate você para conseguir as cartas. Portanto diga a Pumps que você quer mil guinéus, e que se não conseguir vai me contar sobre Astrid.

— Você era apaixonado por ela?

— Era.

— Isso é interessante.

— Diga a lorde Pumphrey que, se ele quiser viver, deve pagar mil guinéus a você. Peça dois, e talvez você consiga.

— E se ele não pagar?

— Eu corto a garganta dele.

— Você é um homem realmente abominável — disse ela, pondo a coxa esquerda sobre as pernas dele.

— Eu sei.

Ela pensou por alguns segundos, depois exibiu um rosto maroto.

— Henry quer que eu fique aqui. Vai ficar infeliz se eu for para a Isla de León.

— Você se importa com isso?

— Não. — Ela examinou o rosto de Sharpe. — Pumps vai mesmo pagar mil guinéus?

— Provavelmente mais — respondeu Sharpe, depois beijou o nariz dela.

— E o que você quer?

— O que você quiser me dar.

— Ah, isso.

A FROTA PARTIU, todos os navios menos os faluchos espanhóis que não podiam enfrentar as ondas monstruosas reminiscentes da tempestade, por isso retornaram à baía, perseguidos pelos chafarizes inúteis provocados pelos morteiros franceses. Os maiores navios ingleses atravessaram o mar revolto e depois foram para o sul, uma quantidade enorme de velas passando ao largo de Cádis até desaparecer para além do cabo de Trafalgar. O vento continuou vindo do oeste e no dia seguinte os espanhóis encontraram mares mais gentis e foram também.

San Fernando ficou vazia após a maior parte do exército partir. Ainda havia batalhões na Isla de León, mas estavam cuidando das compridas defesas na enseada pantanosa que protegia a ilha e a cidade do exército do marechal Victor, embora esse exército tenha abandonado suas linhas de cerco dois dias depois de os faluchos espanhóis partirem. O marechal Victor sabia perfeitamente o que os aliados planejavam. O general Lapeña e o general Graham levariam suas tropas de navio para o sul e, após

A FÚRIA DE SHARPE

desembarcar em Gibraltar, marchariam para o norte para atacar as obras de cerco francesas. Victor não tinha intenção de permitir que suas linhas fossem atacadas pela retaguarda. Levou a maior parte de seu exército para o sul, procurando um local onde pudesse interceptar as forças britânicas e espanholas. Deixou alguns homens guardando as linhas francesas, assim como os ingleses tinham deixado alguns para proteger suas baterias. Cádis esperava.

O vento passou a soprar frio do norte. A baía de Cádis estava quase sem embarcações, a não ser pelos pequenos barcos de pesca e os navios-prisão sem mastros. Os fortes franceses no Trocadero disparavam obuses de morteiro inofensivos, mas com o marechal Victor longe as guarnições pareciam ter perdido o entusiasmo. O vento permaneceu soprando obstinadamente do norte, de modo que nenhum navio poderia partir para Lisboa. Sharpe, de volta à Isla de León, esperava.

Uma semana após o último navio aliado ter partido, e um dia depois de o marechal Victor ter marchado para longe das obras de cerco, Sharpe pegou dois cavalos emprestados no estábulo de Sir Thomas Graham e foi para o sul, ao longo do litoral da ilha, onde o mar se quebrava branco sobre a areia interminável. Tinha sido convidado para cavalgar até o fim da praia e Caterina o acompanhava.

— Baixe os calcanhares — disse ela. — Baixe os calcanhares e mantenha as costas retas. Você cavalga como um camponês.

— Sou camponês. Odeio cavalos.

— Eu adoro. — Ela cavalgava feito homem, como aprendera na América espanhola. — Odeio cavalgar de lado. — Usava calções, um casaco e um chapéu de aba larga mantido no lugar por uma echarpe. — Não suporto o sol, deixa a pele feito couro. Você deveria ver as mulheres da Flórida! Parecem jacarés. Se eu não usasse chapéu teria um rosto igual ao seu.

— Está dizendo que sou feio?

Ela gargalhou, depois tocou as esporas nos flancos da égua e se virou para a borda agitada do mar. Os cascos espirravam branco no ar onde as ondas chegavam na praia. Caterina fez um círculo e voltou para perto de Sharpe, com os olhos brilhando. Tinha chegado numa carruagem alugada em um estábulo fora da cidade, perto do Observatório Real, e atrás da carruagem três palafreneiros guiavam cavalos de carga com pilhas de roupas, cosméticos e perucas. Caterina havia cumprimentado Sharpe com um beijo recatado, depois fizera um gesto na direção dos cocheiros e palafreneiros.

— Eles precisam ser pagos — disse despreocupadamente, antes de entrar na casa alugada por Sharpe. Agora que o exército se fora havia uma grande quantidade de casas vazias. Sharpe pagou aos homens e depois olhou pesaroso as poucas moedas que lhe restavam.

— O embaixador está infeliz com você? — perguntou a Caterina quando se juntou a ela dentro de casa.

— Henry está quieto. Ele sempre fica quieto quando fica infeliz. Mas eu disse que estava com medo de ficar em Cádis. Que casa ótima!

— Henry queria que você ficasse?

— Claro que queria. Mas eu insisti.

— E lorde Pumphrey?

— Disse que traria o dinheiro. — Ela lhe deu um sorriso ofuscante. — Mil e duzentos guinéus!

O sargento Harper havia observado a chegada de Caterina com rosto inexpressivo.

— Agora ela está do lado forte, senhor?

— Ela vai ficar com a gente por um tempo — anunciou Sharpe.

— Mas que surpresa!

— E se o desgraçado daquele padre der as caras, mate-o.

Sharpe duvidava que Montseny chegasse perto da Isla de León. O padre fora derrotado, e se tivesse algum bom senso desistiria da luta. A melhor esperança para a facção dele agora era o marechal Victor derrotar o exército aliado, porque então Cádis inevitavelmente cairia e os políticos no interior das muralhas desejariam fazer as pazes com a França antes que o desastre acontecesse.

Isso era problema de outras pessoas. Sharpe estava cavalgando numa praia comprida, atingida pelo mar. A leste havia dunas de areia e, para além delas, o pântano. A oeste ficava o Atlântico, e ao sul, onde a praia terminava junto à foz de um rio, estavam soldados espanhóis com seus uniformes azul-celeste. De longe, do outro lado do pântano, vinha o ribombar de tiros, o som dos canhões franceses bombardeando as baterias inglesas que guardavam a Isla de León. O som era espasmódico e fraco como um trovão distante.

— Você parece feliz — disse Caterina.

— E estou.

— Por quê?

— Porque aqui é limpo. Não gostei de Cádis. Muitos becos, muita escuridão, muita traição.

— Pobre capitão Sharpe — zombou ela com um sorriso brilhante. — Não gosta de cidades?

— Não gosto de políticos. Todas aquelas porcarias de advogados recebendo suborno e fazendo discursos pomposos. O que vai vencer esta guerra é aquilo.

Ele apontou adiante, para onde os homens de casacos azuis trabalhavam na água rasa. Dois faluchos estavam ancorados na foz do rio e escaleres transportavam soldados para a praia do outro lado. Os faluchos estavam carregados até as amuradas com madeira, âncoras, correntes e pilhas de tábuas, o material necessário para fazer uma ponte flutuante. Não havia barcaças propriamente ditas, mas os escaleres serviriam, e a ponte resultante seria estreita, mas se estivesse bem-ancorada ficaria bastante segura.

O capitão Galiana estava entre os oficiais. Foi a convite dele que Sharpe havia ido ao fim da praia, e agora seguia para cumprimentar o fuzileiro a cavalo.

— Como está a cabeça, capitão?

— Melhorando. Não dói tanto quanto antes. É o vinagre que cura. Posso apresentar a Srta. Caterina Blazquez? Capitão Fernando Galiana.

Se Galiana ficou surpreso ao ver uma jovem sem dama de companhia, escondeu isso, e fez uma reverência dando um sorriso de boas-vindas a Caterina.

— Estamos fazendo uma ponte e protegendo-a com um forte que vamos construir na outra margem — disse, respondendo à primeira pergunta dela.

— Por quê? — perguntou Caterina.

— Porque se o general Lapeña e Sir Thomas não conseguirem chegar às obras de cerco dos franceses, senhorita, eles precisarão de uma ponte para voltar à cidade. Espero que não seja necessária, mas o general Lapeña achou prudente fazê-la. — Galiana lançou um olhar pesaroso a Sharpe, como se lamentasse aquele derrotismo.

Caterina pensou na resposta de Galiana.

— Mas, se vocês podem construir uma ponte, por que levar o exército para o sul em barcos? — perguntou ela. — Por que não atravessar aqui e atacar os franceses?

— Porque este não é um lugar bom para lutar, señorita. Se atravessássemos a praia aqui, não encontraríamos nada além de mais areia à frente e uma enseada à esquerda. Se atravessássemos aqui, os franceses nos encurralariam na praia. Seria um massacre.

— Eles foram de navio para o sul para poderem marchar em direção ao interior e pegar os franceses pela retaguarda — disse Sharpe.

— E você gostaria de estar com eles? — perguntou ela a Sharpe. Tinha percebido certa inveja na voz dele.

— Gostaria.

— Eu também — acrescentou Galiana.

— Há um regimento no Exército francês com o qual eu tenho contas a acertar — explicou Sharpe. — O 8º da linha. Quero encontrá-lo de novo.

— Talvez encontre — disse Galiana.

— Não. Estou no lugar errado — respondeu Sharpe azedamente.

— Mas o exército vai avançar a partir de lá — Galiana apontou para o interior — e os franceses vão marchar para enfrentá-lo. Acho que um homem decidido poderia cavalgar ao redor do exército francês e se juntar às nossas forças. Um homem decidido, digamos, e que conheça a região.

— E esse é você, e não eu.

— Eu conheço a região — começou Galiana —, mas quem comandar o forte aqui terá ordens para impedir que soldados espanhóis não autorizados atravessem a ponte. — Ele fez uma pausa, olhando Sharpe. — Porém não haverá ordens para impedir os ingleses.

— Quantos dias para eles chegarem aqui? — perguntou Sharpe.

— Três? Quatro?

— Tenho ordens para pegar um navio para Lisboa.

— Nenhum navio partirá para Lisboa agora — afirmou Galiana, confiante.

— O vento pode virar.

— Não tem nada a ver com o vento, e sim com a possibilidade de o general Lapeña ser derrotado.

Pelo que Sharpe tinha ouvido, todo mundo esperava que Lapeña, Doña Manolito, levasse uma surra de Victor.

— E se for derrotado? — perguntou com voz inexpressiva.

— Então eles terão todos os navios disponíveis para evacuar a cidade, motivo pelo qual nenhum navio terá permissão de partir até que tudo esteja decidido.

— E você espera a derrota? — perguntou Sharpe com brutalidade.

— O que espero é que você pague o favor que me deve.

— Levando você para o outro lado da ponte?

Galiana sorriu.

— Esse é o favor, capitão Sharpe. Levar-me para o outro lado da ponte.

E Sharpe pensou que talvez encontrasse o coronel Vandal outra vez.

TERCEIRA PARTE

A batalha

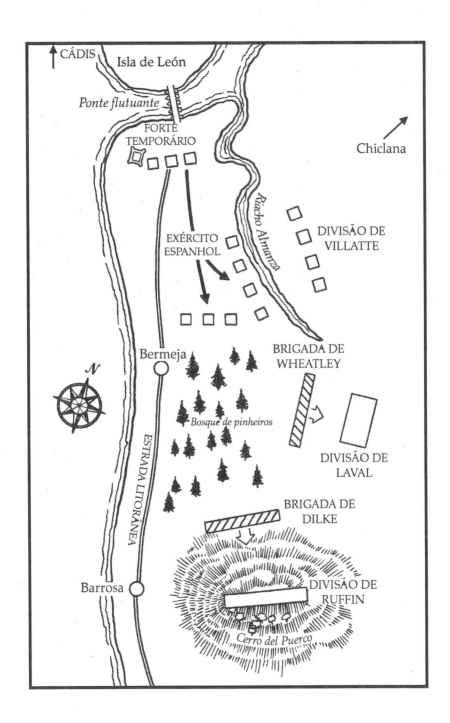

CAPÍTULO IX

Era o caos. Um maldito caos. Era de enfurecer.

— Era totalmente de se esperar — disse lorde William Russell com calma.

— Desgraça! — explodiu Sir Thomas Graham.

5. — Em absolutamente todos os aspectos é exatamente o que esperávamos — declarou lorde William, parecendo muito mais sábio do que aparentavam seus 21 anos.

— E que se dane você também — reagiu Sir Thomas Graham. Seu cavalo empinou as orelhas diante da veemência do dono. — Sujeito desgraçado!

10. — xingou Sir Thomas, batendo com o chicote na bota direita. — Você, não, Willie. Ele. Ele! Aquele desgraçado!

Sir Thomas esporeou o cavalo, chamou os ajudantes e foi para a frente da coluna, onde o general Lapeña ordenara outra parada.

Tudo deveria ter sido simples demais. Extremamente simples. Desembar-

15. car em Tarifa e lá encontrar as tropas britânicas mandadas da guarnição de Gibraltar, o que acontecera de acordo com os planos, e nesse ponto todo o exército deveria marchar para o norte. Porém não podiam sair de Tarifa uma vez que os espanhóis não tinham chegado, e assim Sir Thomas esperou dois dias, dois dias consumindo rações que deveriam ser reservadas

20. para a marcha. E quando as tropas de Lapeña chegaram, seus barcos não se arriscavam a atravessar as ondas da praia, por isso as tropas espanholas foram obrigadas a vadear. Desembarcaram encharcadas, tremendo e com fome, sem condições de marchar, por isso mais um dia foi desperdiçado.

Mas mesmo assim deveria ter sido fácil. Eram apenas 80 quilômetros para marchar, o que, mesmo com os canhões e a bagagem, não deveria demorar mais de quatro dias. A estrada ia para o norte, seguindo um rio sob a Sierra de Fates. Então, assim que saíssem desses morros, deveriam ter atravessado a planície usando uma boa estrada que levava a Medina Sidonia, onde o exército aliado viraria para o oeste para atacar as linhas de cerco francesas ancoradas na cidade de Chiclana. Era isso que deveria ter acontecido, mas não aconteceu. Os espanhóis lideravam a marcha e eram lentos, dolorosamente lentos. Sir Thomas, cavalgando à frente das tropas britânicas que formavam a retaguarda, notou as botas que haviam se despedaçado e sido descartadas ao lado da estrada. Alguns espanhóis cansados tinham tombado fora das fileiras, juntando-se às botas estragadas, e simplesmente olhavam os homens de casacas vermelhas e casacos verdes marchando. E talvez isso não tivesse importado se um número suficiente de espanhóis, descalços ou não, houvesse chegado a Medina Sidonia para expulsar qualquer guarnição que os franceses tivessem estabelecido na cidade.

O general Lapeña parecera tão ansioso quanto Sir Thomas quando a marcha iniciou. Entendia a necessidade de se apressar para o norte e virar para o oeste antes que o marechal Victor encontrasse um local para resistir. O exército aliado deveria irromper como uma tempestade sobre a retaguarda desprotegida das linhas de cerco francesas. Sir Thomas visualizava seus homens atravessando furiosos os acampamentos franceses, destroçando as posições de artilharia, explodindo os paióis e arrancando o exército partido de suas fortificações de terra e mandando-o contra os canhões da linha britânica que protegia a Isla de León. Só era necessário ter velocidade, velocidade, velocidade, mas então, no segundo dia, Lapeña decidira descansar suas tropas de pés machucados e marchar durante a noite seguinte. E até isso poderia ter servido, no entanto os guias espanhóis se perderam e o exército acabou fazendo um grande círculo sob o brilho áspero das estrelas.

— Maldição! — havia exclamado Sir Thomas. — Eles não conseguem ver a estrela Polar?

BERNARD CORNWELL

— Há pântanos, Sir Thomas — dissera o oficial de ligação espanhol, num tom de súplica.

— Maldição! Simplesmente sigam a estrada!

Mas a estrada não fora seguida e o exército se desviou, depois parou, e homens sentavam-se nos campos onde alguns tentavam dormir. O terreno estava úmido e a noite, surpreendentemente fria, por isso poucos deles conseguiram algum descanso. Os ingleses acendiam curtos cachimbos de barro e os ordenanças dos oficiais andavam com os cavalos dos superiores de um lado para o outro enquanto os guias discutiam, até que finalmente alguns ciganos, acordados em seu acampamento num bosque de sobreiros, apontaram o caminho para Medina Sidonia. As tropas haviam marchado durante 12 horas, e quando acamparam ao meio-dia tinham percorrido apenas 8 quilômetros, mas pelo menos a cavalaria da Legião Germânica do Rei, que servia sob o comando de Sir Thomas, conseguira surpreender meio batalhão de infantaria francesa que estava forrageando, matou uma dúzia de inimigos e capturou o dobro.

O general Lapeña, num surto de energia, propusera então que marchassem de novo naquela mesma tarde, mas os homens estavam exaustos devido à noite desperdiçada e as rações ainda estavam sendo distribuídas. Por isso ele concordara com Sir Thomas em esperar até que os homens fossem alimentados, e depois decidiu que eles deveriam dormir antes de marcharem ao alvorecer, mas ao amanhecer o próprio Lapeña não estava pronto. Parecia que um oficial francês, um dos capturados pela cavalaria alemã, revelara que o marechal Victor tinha reforçado a guarnição em Medina Sidonia, de modo que agora ela possuía mais de 3 mil homens.

— Não podemos ir para lá — declarou Lapeña. Ele era um homem lúgubre, ligeiramente encurvado, com olhos nervosos que raramente ficavam imóveis. — Três mil homens! Podemos derrotá-los, mas a que preço? Atraso, Sir Thomas, atraso. Eles vão nos segurar enquanto Victor manobra ao redor de nós! — Suas mãos haviam feito gestos extravagantes descrevendo um círculo, e terminaram se chocando uma com a outra. — Vamos para Vejer. Hoje! — Ele tomou a decisão com uma bela ênfase. — Saindo de Vejer podemos atacar Chiclana a partir do sul.

A FÚRIA DE SHARPE

251

E esse era um plano viável. O oficial francês capturado, um capitão de óculos chamado Brouard, bebeu vinho demais do general Lapeña e revelou, animado, que não havia guarnição em Vejer. Sir Thomas sabia que uma estrada ia daquela cidade para o norte, o que significava que o exército aliado podia alcançar as obras de cerco francesas pelo sul em vez de se mover para leste. Embora não estivesse feliz com essa decisão, Sir Thomas reconheceu que fazia sentido.

Porém, quando as ordens mudaram, o exército já completava quase meio dia de marcha, e assim tudo se tornou um caos. Era enfurecedor. Era incompetente.

Vejer estava visível do outro lado da planície, uma cidade com casas brancas no topo de uma colina a noroeste, no entanto os guias começaram conduzindo a marcha para sudeste. Sir Thomas cavalgou até Lapeña e, de forma diplomática, apontou a cidade e sugeriu que seria melhor seguir naquela direção. Depois de uma longa conferência Lapeña havia concordado, e assim o exército se dirigiu para a direção oposta, e isso demorou porque a vanguarda espanhola precisava marchar de volta ao longo de uma estrada apinhada de tropas imóveis. Mas pelo menos estavam indo na direção certa, e agora haviam parado de novo. Simplesmente parado. Ninguém se movia. Nenhuma mensagem vinha pela coluna para explicar a parada. Os soldados espanhóis caíam nas bordas e acendiam seus rolos de papel com tabaco úmido.

— Aquele desgraçado! — repetiu Sir Thomas enquanto cavalgava para encontrar o general Lapeña.

Quando a parada ocorrera ele estava no fim da coluna porque gostava de cavalgar indo e vindo ao longo de suas tropas. Podia saber muito sobre seus homens pelo modo como marchavam, e se mostrava satisfeito com sua pequena força. Eles sabiam que estavam sendo malcomandados, sabiam que estavam em meio ao caos, porém seus espíritos permaneciam elevados. Os Couves-Flores eram os últimos da coluna, conhecidos mais formalmente como segundo batalhão do 47º regimento de infantaria. Suas casacas vermelhas tinham acabamentos com os retalhos brancos que lhes davam o apelido, mas os oficiais dos Couves-Flores preferiam chamar os homens de Lancashire de "Os homens de Wolfe", para lembrar o dia em que haviam expulsado os franceses do Canadá. Os Couves-Flores, um ferrenho batalhão da guarnição de Cádis, era reforçado por duas companhias dos Limpadores, homens de casacos verdes do terceiro batalhão do 95º. Sir Thomas tirou o chapéu para os oficiais, e de novo para os homens dos dois batalhões portugueses que tinham vindo de Cádis. Eles riam para ele, e ele tirava o chapéu repetidamente. Acenou aprovando ao ver que os caçadores portugueses, a infantaria ligeira, estavam em ótimo espírito. Um dos seus capelães, um homem com a batina suja de lama que levava um mosquete e um crucifixo pendurado no pescoço, exigiu saber quando poderiam começar a matar franceses.

— Logo! — prometeu Sir Thomas, esperando que isso fosse verdade. — Logo, logo!

À frente dos portugueses estava o batalhão flanqueador de Gibraltar. Era uma unidade improvisada, formada pelas companhias ligeiras e por granadeiros de três batalhões da guarnição de Gibraltar. Tropas de primeira, todas elas. Duas companhias do 28º, um regimento de Gloucestershire e as duas companhias de flanco do 9º, jovens de Norfolk conhecidos como Rapazes Santos porque as placas das barretinas, enfeitadas com uma imagem de Britânia, eram vistas pelos espanhóis como uma imagem da Virgem Maria. Onde quer que os Rapazes Santos marchassem na Espanha, as mulheres se ajoelhavam e faziam o sinal da cruz. Atrás dos flanqueadores de Gibraltar estavam os Faughs, do 87º, e Sir Thomas tocou o chapéu em resposta ao cumprimento do major Gough.

— É o caos, Hugh, o caos — admitiu Sir Thomas.

— Vamos dar um jeito nisso, Sir Thomas.

— É, vamos sim, vamos.

À frente do 87º estava o segundo batalhão do 67º, homens de Hampshire, recém-chegados da Inglaterra e sem batismo de sangue até a noite em que haviam atacado as balsas incendiárias. Era um bom regimento, admitiu Sir Thomas, assim como as outras oito companhias do 28º que esperavam à frente deles. O 28º era outro sólido regimento campestre, dos condados. Tinham vindo da guarnição de Gibraltar e Sir Thomas ficou satisfeito ao vê-los porque se lembrava dos homens de Gloucestershire em Corunha. Eles haviam lutado com bravura naquele dia e morreram lutando, negando seu apelido, os Dândis de Abas de Prata. Seus oficiais insistiam em usar abas extralongas nas casacas, e essas abas eram luxuosamente bordadas em prata. O 28º preferia ser conhecido como os Cortadores, numa lembrança solene do dia em que haviam cortado as orelhas de um irritante advogado francês no Canadá. O tenente-coronel dos Cortadores estava conversando com o coronel Wheatley, que comandava todas as tropas na estrada atrás. Wheatley, vendo Sir Thomas se aproximar, pediu seu cavalo.

O major Duncan e suas duas baterias de artilharia, com cinco canhões cada, esperavam à frente dos Abas de Prata. Duncan, descansando encostado num armão, levantou as sobrancelhas enquanto Sir Thomas passava e foi recompensado com um rápido dar de ombros.

— Vamos desfazer essa bagunça! — gritou Sir Thomas, e de novo torceu para que estivesse certo.

Na frente dos canhões estava sua primeira brigada, e ele soube como era sortudo em ter uma unidade daquelas sob seu comando. Eram apenas dois batalhões, mas cada um deles era forte. O de trás era outro batalhão composto, formado por duas companhias de Coldstreamers, mais duas de fuzileiros e três companhias do 3º da Infantaria de Guarda. Escoceses! A única infantaria escocesa sob seu comando, e Sir Thomas tirou o chapéu para eles. Achava que com os escoceses poderia partir os portões do inferno, e tinha um nó na garganta enquanto passava pelos homens de casacas vermelhas com acabamento em azul. Sir Thomas era sentimental. Amava soldados. Um dia havia pensado que todos os homens que usavam casacas vermelhas eram patifes e ladrões saídos da sarjeta. Depois que entrara para o Exército descobrira que estava certo, mas também aprendera a amá-los. Amava sua paciência, sua ferocidade, sua resistência e sua coragem. Pensava com frequência que caso morresse prematuramente e se juntasse à sua Mary no céu escocês, queria morrer entre esses homens como Sir John Moore, outro escocês, havia morrido em Corunha. Sir Thomas guardava a faixa vermelha de Moore como lembrança daquele dia, a trama manchada com o sangue escuro de seu herói. A morte de um soldado era uma morte feliz, pensava, porque, mesmo nas garras de uma dor medonha, o homem morreria na melhor companhia do mundo. Girou na sela para olhar seu sobrinho.

— Quando eu morrer, John, certifique-se de levar meu corpo para se juntar ao da sua tia Mary.

— O senhor não vai morrer.

— Enterre-me em Balgowan — anunciou Sir Thomas, e tocou a aliança que ainda usava. — Há dinheiro para pagar pelos custos do transporte do cadáver para casa. Você vai descobrir que tem dinheiro suficiente.

Ele teve de engolir em seco enquanto passava pelos escoceses indo até onde o segundo batalhão do 1º da Infantaria de Guarda comandava sua coluna. O 1º da Infantaria de Guarda! Eram chamados de Carvoeiros porque, anos antes, tinham carregado carvão para esquentar seus oficiais num gélido inverno em Londres, e os Carvoeiros formavam um dos melhores batalhões que marchavam pela terra. Todos os homens da Guarda eram comandados pelo general de brigada Dilkes, que tocou a ponta de seu chapéu bicorne e se juntou ao coronel Wheatley para seguir Sir Thomas enquanto passavam pelas tropas espanholas até onde o general Lapeña estava, desconsolado e impotente, em sua sela.

Lapeña olhou Sir Thomas desapontado. Suspirou como se tivesse esperado a chegada do escocês e a considerasse um incômodo. Fez um gesto para a distante Vejer, que reluzia branca em seu morro.

— *Inundación* — declarou Lapeña lenta e nitidamente, depois fez círculos com as mãos como a sugerir que tudo era inútil. Nada poderia ser feito. O fracasso fora determinado pelo destino. Era o fim.

— A estrada, Sir Thomas, está inundada — traduziu desnecessariamente o oficial de ligação. O general espanhol não havia expressado pesar, mas o oficial de ligação achou prudente sugeri-lo. — É triste, Sir Thomas. Triste.

O general Lapeña olhou Sir Thomas com ar lamentoso, e algo em sua expressão parecia sugerir que era tudo culpa do escocês.

— *Inundación* — repetiu, dando de ombros.

— A estrada está mesmo inundada — concordou Sir Thomas em espanhol. O trecho estava alagado onde a estrada cruzava um pântano ao redor de um lago e, ainda que ela tivesse sido construída mais alta, a chuva forte havia elevado o nível da água de modo que agora o pântano, a pista elevada e 400 metros da estrada estavam embaixo d'água. — Está inundada — disse Sir Thomas —, mas ouso dizer, señor, que vamos descobrir que é possível passar.

Não esperou pela reação de Lapeña. Esporeou o cavalo para a pista elevada. O cavalo levantou borrifos, depois vadeou enquanto a água ficava mais funda. Ficou nervoso, balançando a cabeça e revirando os olhos, mas Sir Thomas manteve firme controle enquanto seguia a linha de varas enfiadas na beira da pista elevada. Virou o cavalo na metade da área inundada, quando a água estava acima dos estribos, e gritou de volta para a margem leste, numa voz afiada pelos ventosos campos de caça na Escócia:

— Vamos em frente! Ouviram? Continuem!

— Os canhões não vão conseguir passar — disse Lapeña. — E não podem rodear a inundação. — Ele fez um gesto desalentado para o norte, onde os pântanos se estendiam para além da margem da área inundada.

Isso foi repetido a Sir Thomas quando ele trotou de volta. Sir Thomas balançou a cabeça, depois gritou chamando o capitão Velch, o oficial engenheiro que havia queimado as balsas incendiárias e fora postado com a guarda avançada para fazer esse tipo de avaliação.

— Faça um reconhecimento, capitão — ordenou Sir Thomas —, e diga se os canhões podem usar a estrada.

O capitão Velch foi com seu cavalo pelo trecho inundado e voltou com um informe confiante de que era possível atravessar a estrada. Porém o general Lapeña insistiu que o trecho elevado poderia ter sido danificado pela água e que deveria ser examinado devidamente e, se necessário, reparado antes que qualquer canhão fosse levado para o outro lado do lago.

— Então pelo menos mande a infantaria — sugeriu Sir Thomas, e depois de um tempo todos concordaram, hesitando, que talvez a infantaria pudesse se arriscar à travessia.

— Tragam seus rapazes — disse Sir Thomas ao general de brigada Dilkes e ao coronel Wheatley. — Quero suas duas brigadas perto da margem. Não quero que fiquem estendidas pela estrada.

Não havia perigo em deixar as brigadas se estendendo à distância, mas Sir Thomas esperava que, sob o olhar das tropas britânicas e portuguesas, os espanhóis demonstrassem algum entusiasmo.

As duas brigadas se aproximaram da margem do lago, deixando os canhões na estrada, mas a chegada dos homens de Sir Thomas não teve efeito sobre os espanhóis. Os soldados deles insistiram em tirar as botas e as meias antes de pisar cautelosamente na via inundada. A maior parte dos oficiais de Lapeña não tinha cavalo, porque poucas montarias haviam sido mandadas nos faluchos, e esses oficiais a pé exigiram ser carregados por seus homens. Todos seguiram dolorosamente devagar, como se temessem que o terreno cedesse sob seus pés e que as águas os engolfassem.

— Deus do céu — resmungou Sir Thomas enquanto olhava um pequeno grupo de oficiais espanhóis montados que estavam no meio da travessia e sondavam nervosos a estrada escondida usando varas longas. — John — chamou ele virando-se para seu sobrinho —, mande meus cumprimentos ao major Duncan. Diga a ele que quero os canhões aqui e agora e que tenham atravessado esse maldito lago até o meio da tarde.

O major Hope foi pegar os canhões. Lorde William Russell apeou, pegou uma luneta na bolsa da sela e a apoiou nas costas do cavalo enquanto examinava a paisagem ao norte. Era um terreno baixo, limitado no horizonte por morros nus onde povoados com construções brancas refletiam o sol do inverno. A planície era salpicada por estranhas sempre-verdes que pareciam desenhos de criança representando árvores. Eram altas, com tronco preto e nu e um tufo escuro de folhagem se espalhando até muito acima.

— Gosto daquelas árvores — disse ele, ainda olhando pelo instrumento.

— *Sciadopitys verticillata* — retrucou Sir Thomas casualmente, então viu lorde William olhá-lo com espanto e perplexidade. — Minha querida Mary passou a gostar delas durante nossas viagens — explicou ele —, e nós tentamos plantar um bosque em Balgowan, mas não firmaram. Seria de pensar que os pinheiros cresceriam bem em Perthsire, não é? Mas esses, não. Morreram no primeiro inverno. — Ele parecia relaxado, mas lorde William podia ver que os dedos do general tamborilavam impacientes no arção da sela. Lorde William olhou de novo pela luneta, passando a lente devagar por um povoado meio escondido pelos riscos de um olival, e então parou. Ele encarou o superior.

— Estamos sendo vigiados, Sir Thomas — anunciou.

— Imagino que sim. O marechal Victor não é idiota. São dragões, não?

— Uma tropa de dragões. — Lorde William torceu o cano comprido, aumentando o foco das lentes. — Não muitos. Talvez vinte. — Ele podia ver os uniformes verdes dos cavaleiros contra as paredes brancas das casas. — São dragões, sim, senhor, e estão num povoado entre dois morros baixos. A uns 5 quilômetros. — Um clarão de luz surgiu num telhado e lorde William supôs que um francês estivesse olhando de volta através de outra luneta. — Parece que estão apenas nos vigiando.

— Vigiando e informando — completou Sir Thomas, carrancudo. — Não devem ter recebido ordem para nos incomodar, Willie, só para ficar de olho, e aposto o ducado do seu pai contra uma das minhas cabanas de guarda-caça que o marechal Victor já está marchando.

Lorde William examinou os morros dos dois lados do povoado, mas nenhum inimigo aparecia lá.

— Devemos contar a Doña Manolito?

Pela primeira vez, Sir Thomas não censurou o apelido zombeteiro.

— Deixe-o em paz — respondeu baixinho, olhando o general espanhol. — Se ele souber que há homens verdes perseguindo-o, provavelmente vai dar meia-volta e fugir. Você não repetirá isso, Willie.

— Sou a própria alma da discrição, senhor — respondeu lorde William, depois fechou a luneta e a guardou de volta na bolsa da sela. — Mas, se Victor está marchando, senhor... — acrescentou, pensando nas implicações, mas deixando a pergunta no ar.

— Ele vai barrar nossa estrada! — disse Sir Thomas, finalmente parecendo animado. — E isso significa que teremos de lutar. E precisamos lutar. Se simplesmente fugirmos, aqueles advogados desgraçados em Cádis vão convidar os franceses. Temos que lutar, Willie, e temos que mostrar aos espanhóis que podemos vencer. Olhe aquelas tropas. — Ele apontou para onde os casacas-vermelhas e casacos-verdes esperavam. — São os melhores do mundo, Willie, os melhores do mundo! Então vamos forçar uma batalha, certo? Vamos fazer o que viemos fazer.

A infantaria espanhola, que esperava para atravessar a pista elevada, teve que sair rapidamente do caminho para liberar a passagem para as duas baterias de canhões ingleses. Esses canhões chegaram numa balbúrdia de correntes e num estardalhaço de cascos. O general Lapeña, vendo seus homens se espalhar, esporeou até Sir Thomas e, indignado, exigiu saber por que os dez canhões, com seus armões e cofres de munição, tinham saído da ordem da marcha.

— O senhor precisa deles na outra margem — explicou Sir Thomas em tom de encorajamento —, para o caso de os franceses virem enquanto seus bravos homens estão atravessando. — Ele incitou a artilharia principal na direção da pista elevada. — E vão depressa — disse ao oficial que comandava os artilheiros. — Forcem esses patifes a correr!

— Sim, senhor — respondeu o tenente, rindo.

Uma companhia de fuzileiros fora enviada para escoltar os canhões. Eles tiraram suas caixas de cartuchos dos cintos e vadearam na pista elevada, onde se alinharam nas bordas, sua presença destinando-se a acalmar as parelhas de cavalos. A primeira bateria, sob o comando do capitão Shenley, cruzou num ótimo tempo. A água chegou acima dos eixos das peças de artilharia, mas quatro canhões de 9 libras e um morteiro de 5,5 polegadas, cada um puxado por oito cavalos, fizeram a travessia sem problemas. Os armões tiveram que ser esvaziados de modo que a água não arruinasse as cargas de pólvora dentro deles. As cargas foram postas numa das carroças da bateria, que tinham altura suficiente para as manterem secas e carregavam mais centenas de kits de munição de reserva.

— Agora a segunda bateria! — ordenou Sir Thomas.

A essa altura ele estava com um ótimo humor, porque a bateria de Shenley, com as correntes tilintando e as rodas levantando borrifos em forma de cristas de galo, haviam apressado os espanhóis retardatários até a outra margem. De repente havia uma sensação de urgência.

Então o primeiro canhão da segunda bateria escorregou para fora da pista elevada. Sir Thomas não viu o que aconteceu. Mais tarde ficou sabendo que um dos cavalos havia tropeçado, as parelhas se desviaram para a esquerda, os cocheiros as haviam puxado de volta, e o canhão, balançando atrás do armão, escorregou para fora da pista, ricocheteou na borda e caiu na enchente, derrubando os artilheiros de cima do armão e fazendo os cavalos pararem subitamente, encharcados.

O general Lapeña virou a cabeça muito devagar para lançar um olhar acusador a Sir Thomas.

Os artilheiros chicotearam os cavalos, os cavalos puxaram, mas o canhão não se mexia.

E do outro lado da planície, para além do grande trecho de pântano, um brilho de sol se refletiu em algo metálico.

Dragões.

TUDO TERMINOU NAQUELA noite, menos a luta que determinaria se Cádis sobreviveria ou se iria cair. Mas a parte traiçoeira acabou quando lorde Pumphrey chegou à casa que Sharpe havia alugado em San Fernando. Chegou depois do anoitecer, carregando a mesma bolsa que havia levado à cripta da catedral, e Sharpe achou que o lorde estava mais nervoso do que quando descera a escada até onde o padre Montseny esperava no escuro. Pumphrey se esgueirou para o interior da sala e seus olhos se arregalaram ligeiramente ao ver Sharpe sentado junto à lareira.

— Achei que você poderia estar aqui — disse. Em seguida forçou um sorriso para Caterina, depois olhou ao redor.

A sala era pequena, pouco mobiliada, com uma mesa escura e cadeiras de encosto alto. As paredes eram caiadas e tinham retratos de bispos e um velho crucifixo. A luz vinha de uma pequena lareira e de um lampião tremeluzente pendurado sob uma das traves pretas que cruzavam o teto.

— Este não é o tipo de conforto que você aprecia, Caterina — disse Pumphrey gentilmente.

— É o céu, comparado com a casa onde eu cresci.

— Há isso, claro — concordou lorde Pumphrey. — Esqueci que você cresceu numa cidade de guarnição. — Em seguida lançou um olhar preocupado a Sharpe. — Ela me disse que sabe como capar porcos, Sharpe.

— Você deveria ver o que ela consegue fazer com os homens.

— Mas você estaria muito mais confortável de volta na cidade — disse Pumphrey a Caterina, ignorando as palavras azedas de Sharpe. — Você não tem o que temer da parte do padre Montseny.

— Não?

— Ele foi ferido quando o andaime caiu na catedral. Ouvi dizer que não vai andar de novo, nunca mais. — Pumphrey olhou Sharpe outra vez, esperando uma reação. Não recebeu qualquer uma, por isso sorriu para Caterina, pôs a bolsa na mesa, tirou um lenço da manga, espanou uma cadeira e sentou-se. — Então seu motivo para deixar a cidade, minha cara, não faz mais sentido. Cádis está segura.

— E os meus motivos para ficar aqui? — perguntou Caterina.

Os olhos de Pumphrey pousaram brevemente sobre Sharpe.

— Os seus motivos são da sua conta, minha cara. Mas volte para Cádis.

— Você é o procurador de Henry? — perguntou Sharpe com escárnio.

— Sua Excelência ficou até um pouco aliviado pela partida da señorita Blazquez — esclareceu Pumphrey com dignidade assumida. — Acho que ele sente que um capítulo infeliz de sua vida se encerrou. Pode ser esquecido. Não, simplesmente desejo que Caterina retorne para poder desfrutar da companhia dela. Somos amigos, não somos? — apelou a Caterina.

— Somos amigos, Pumps — respondeu ela calorosamente.

— Então, como amigo, devo dizer que as cartas não têm mais valor. — Ele sorriu para ela. — Deixaram de ter valor no momento em que Montseny ficou aleijado. Só fiquei sabendo desse resultado infeliz hoje de manhã. Garanto que ninguém mais tentará publicá-las.

— Então por que trouxe o dinheiro, milorde? — perguntou Sharpe.

— Porque eu o havia retirado antes de saber da notícia sobre o padre Montseny, e porque ele está mais seguro comigo que se ficar na minha casa, e porque Sua Excelência está disposta a pagar uma quantia menor em troca das cartas.

— Uma quantia menor — repetiu Sharpe apático.

— Por gentileza do coração dele — completou lorde Pumphrey.

— Menor, quanto? — perguntou Sharpe.

— Cem guinéus — propôs Pumphrey. — É de fato muita generosidade da parte de Sua Excelência.

Sharpe se levantou e a mão de lorde Pumphrey estremeceu indo na direção do bolso da casaca. Sharpe gargalhou.

— Você trouxe uma pistola! Acha mesmo que pode lutar comigo? — A mão de lorde Pumphrey ficou imóvel e Sharpe foi para trás dele. — Sua Excelência não sabe porcaria nenhuma sobre essas cartas, milorde. Você não contou a ele. Você as quer para si.

— Não diga absurdos, Sharpe.

— Porque elas seriam valiosas, não é? Uma pequena alavanca que poderia ser usada contra a família Wellesley para sempre? O que o irmão mais velho de Henry faz?

— O conde de Mornington é secretário do Exterior — disse Pumphrey muito rigidamente.

— Claro que é, e é um homem útil de se ter com uma dívida para com você. É por isso que quer as cartas, milorde? Ou planeja vendê-las a Sua Excelência?

— Você tem uma imaginação fértil, capitão Sharpe.

— Não. Eu tenho Caterina, e Caterina tem as cartas, e você tem o dinheiro. O dinheiro é fácil para você, milorde. Como foi que você chamou? Subvenções para guerrilheiros e subornos para deputados? Mas agora o ouro é para Caterina, que é uma causa tremendamente melhor do que encher as bolsas de um bando de advogados malditos. E tem outra coisa, milorde.

— Sim? — perguntou lorde Pumphrey.

Sharpe pousou a mão no ombro de Pumphrey, fazendo o nobre estremecer. Em seguida se curvou para sussurrar em voz rouca no ouvido dele:

— Se você não pagar a ela, farei com você o que ordenou que fosse feito com Astrid.

— Sharpe!

— Cortar a garganta é mais difícil que capar porcos, mas é igualmente sujo — disse Sharpe. Ele desembainhou alguns centímetros da espada, deixando a lâmina fazer barulho na boca da bainha. Sentiu um tremor no ombro de lorde Pumphrey. — Eu deveria fazer isso com você, milorde, em nome de Astrid, mas Caterina não quer que eu o faça. Então, vai pagar o dinheiro a ela?

Pumphrey ficou completamente imóvel.

— Você não vai cortar minha garganta — replicou com calma surpreendente.

— Não vou?

— Pessoas sabem que estou aqui, Sharpe. Tive que perguntar a dois prebostes onde você estava acantonado. Acha que eles vão se esquecer de mim?

— Eu assumo riscos, milorde.

— E por isso é valioso, Sharpe, mas não idiota. Mate um diplomata de Sua Majestade e morrerá. Além disso, como você diz, Caterina não vai deixar que você me mate.

Caterina não disse nada. Em vez disso apenas balançou a cabeça ligeiramente, mas Sharpe não pôde discernir se era uma negação da afirmação confiante de lorde Pumphrey ou um sinal de que não queria que ele fosse morto.

— Caterina quer dinheiro — declarou Sharpe.

— Motivo que compreendo totalmente — respondeu Pumphrey, e empurrou a bolsa para o centro da mesa. — Você tem as cartas?

Caterina entregou as seis cartas a Sharpe, que as mostrou ao lorde, depois as levou para a lareira.

— Não! — disse Pumphrey.

— Sim — respondeu Sharpe, e as jogou na lenha acesa. As cartas pegaram fogo, enchendo a sala com um brilho trêmulo que iluminou o rosto pálido de lorde Pumphrey. — Por que você matou Astrid?

— Para preservar os segredos da Inglaterra — respondeu Pumphrey asperamente. — Esse é o meu trabalho. — Ele se levantou abruptamente, e houve um súbito ar de autoridade em sua figura frágil. — Você e eu somos parecidos, capitão Sharpe, sabemos que na guerra, como na vida, só existe uma regra. Vencer. Lamento em relação a Astrid.

— Não lamenta, não — rebateu Sharpe.

Pumphrey fez uma pausa.

A FÚRIA DE SHARPE

— Você está certo, não lamento. — Ele deu um sorriso súbito. — Você joga muito bem, capitão Sharpe, parabéns. — Em seguida lançou um beijo a Caterina e saiu sem dizer mais uma palavra.

— Gosto de Pumps — disse Caterina quando o nobre foi embora —, por isso fico feliz porque você não o matou.

— Deveria ter matado.

— Não — retrucou ela com firmeza. — Ele é como você, um patife, e os patifes devem ser leais uns aos outros. — Ela estava empilhando os guinéus, brincando com as moedas, e a luz do lampião pendurado na trave refletia o ouro brilhando amarelo em sua pele.

— Vai voltar para Cádis agora? — perguntou Sharpe.

Ela fez que sim.

— Provavelmente — disse, e girou uma moeda.

— Encontrar um homem?

— Um homem rico — respondeu ela, olhando a moeda que girava. — O que mais posso fazer? Mas antes de encontrá-lo gostaria de assistir a uma batalha.

— Não! Não é lugar para uma mulher.

— Talvez. — Ela deu de ombros, depois sorriu. — Então, quanto você quer, Richard?

— O que você quiser me dar.

Ela empurrou uma pilha generosa sobre a mesa.

— Você é um idiota, capitão Sharpe.

— Provavelmente. Sou.

E, em algum lugar ao sul, dois exércitos estavam marchando. Sharpe achava que havia uma chance de se juntar a eles, e o ouro não lhe serviria lá, porém a lembrança de uma mulher era sempre um conforto.

— Vamos levar o dinheiro para cima — sugeriu.

E levaram.

UM AJUDANTE DO general Lapeña tinha visto os dragões. Estava olhando-os sair do olival distante na direção das tropas que esperavam na outra extremidade da pista elevada. O general Lapeña pegou uma luneta emprestada e fez um ajudante parar o cavalo ao lado para pousar o cano no ombro do rapaz.

— *Dragones* — disse com ar funesto.

— Não são muitos — reagiu Sir Thomas bruscamente. — E estão muito longe. Santo Deus, eles não conseguem mover aquele canhão?

Não conseguiam. O canhão, uma peça de 9 libras com cano de 2 metros, estava preso. A maior parte da arma se encontrava embaixo d'água, de modo que apenas a ponta da roda esquerda e o topo da culatra eram visíveis. Um cavalo se mostrava agitado enquanto um artilheiro tentava manter sua cabeça acima d'água. Os fuzileiros postados para guardar as bordas da pista elevada estavam segurando os outros cavalos, mas os animais sentiam cada vez mais medo e o cavalo em pânico ameaçava mandar o canhão e o armão mais para baixo do barranco inundado.

— Separe o armão, homem! — gritou Sir Thomas e, quando sua ordem não teve efeito imediato, esporeou o cavalo para a pista elevada. — Quero mais uma dúzia de homens! — gritou para os soldados de infantaria mais próximos.

Um esquadrão de soldados portugueses seguiu Sir Thomas, que conteve seu cavalo ao lado do canhão tombado.

— Qual é o problema? — perguntou bruscamente.

— Parece haver uma vala ali embaixo, senhor — disse um tenente. Ele estava agarrado à roda afundada e obviamente temia que toda a pesada arma tombasse sobre ele. — A roda se prendeu na vala, senhor — acrescentou. Um sargento e três artilheiros faziam força contra a peça, tentando levantar o olho da conteira que prendia o canhão ao armão, e cada esforço fazia o canhão afundar mais um pouquinho, porém finalmente conseguiram levantar o olho de cima do pino, de modo que o armão saltou para a estrada num jorro de cascos espadanando. O canhão ficou atrás, mas se sacudiu perigosamente, e os olhos do tenente se arregalaram de medo até a arma se acomodar, mas agora a culatra estava totalmente submersa.

Sir Thomas desafivelou o cinturão da espada e o jogou, com a bainha e as bolsas, para lorde William, que o seguira obedientemente até a pista elevada. Também entregou ao ajudante seu chapéu bicorne, de modo que o vento fraco agitava seu cabelo branco. Em seguida desceu da sela, mergulhando até o peito na água cinzenta.

— Nem de longe é tão frio quanto o Tay. Venham, rapazes.

Agora a água chegava às axilas de Sir Thomas. Ele encostou o ombro na roda, enquanto fuzileiros sorridentes e soldados portugueses se juntavam a ele. Lorde William se perguntou por que Sir Thomas teria permitido que o canhão fosse separado das parelhas de cavalos, depois entendeu que o general não queria que a arma liberada saltasse adiante e esmagasse um homem sob sua roda. O serviço seria feito devagar e com firmeza.

— Forcem as costas! — gritou o general para os homens ao redor. — Força! Vamos, agora!

O canhão se moveu. A culatra reapareceu, depois o topo da roda direita surgiu acima da água. Um fuzileiro perdeu o apoio do pé, escorregou sob a água, bateu os braços para voltar e se agarrou num raio de roda. Os artilheiros na estrada haviam prendido uma tira à culatra e estavam puxando como se disputassem um cabo de guerra.

— Aí vem ele! — gritou Sir Thomas em triunfo, e o canhão subiu sacudindo-se até a borda e rolou para a pista elevada. — Segurem-no! — disse Sir Thomas. — E vamos andando! — Em seguida enxugou as mãos no casaco encharcado enquanto o olho da conteira era conectado outra vez. Houve um estalar de chicote e o canhão estava de novo em movimento. Um sargento português, vendo que o general tinha dificuldade para montar no cavalo por causa do peso das roupas molhadas, correu para ajudar e levantou Sir Thomas. — Muito obrigado, muito obrigado — agradeceu Sir Thomas, dando uma moeda ao homem antes de se acomodar na sela. — É assim que se faz, Willie.

— O senhor vai pegar uma doença e morrer — disse lorde William com preocupação genuína.

— Bom, se pegar, o major Hope sabe o que fazer com meu cadáver. — Sir Thomas estava totalmente molhado, mas com um largo sorriso. — Aquela água estava fria, Willie! Um frio desgraçado! Certifique-se de que aqueles soldados troquem de roupa. — E gargalhou de repente. — Quando eu era garoto, Willie, nós perseguimos uma raposa para dentro do Tay. Eu era só um menino e os cães não estavam fazendo nada, a não ser latir para ela, por isso levei meu cavalo para dentro do rio e peguei o bicho com as mãos nuas. Achei que era um herói! Meu tio me deu uma surra por causa disso. Nunca faça o serviço dos cães, disse ele, mas às vezes é preciso, às vezes simplesmente é preciso.

Os dragões tinham virado para o norte, jamais chegando a menos de 1,5 quilômetro das tropas que atravessavam a pista elevada, e, quando a cavalaria ligeira da Legião Alemã do Rei trotou na direção deles, os dragões galoparam rapidamente para longe. O restante da infantaria espanhola atravessou, ainda se movendo numa lentidão dolorosa, de modo que o sol já se punha quando as duas brigadas de Sir Thomas cruzaram a pista, e já estava totalmente escuro antes que o exército marchasse de novo. A estrada subia cada vez mais, e sutilmente, na direção das luzes de Vejer que tremeluziam no topo do morro, sob as estrelas. O exército marchou ao norte da cidade, seguindo uma estrada que levava a um bivaque noturno num bosque de oliveira onde Sir Thomas finalmente se livrou das roupas molhadas e se agachou junto a uma fogueira para se esquentar.

No dia seguinte equipes de forrageadores se espalharam, retornando com um rebanho de bezerros magros, outro de ovelhas grávidas e cabras irritadas. Sir Thomas se agitava, ansioso para retomarem o movimento, e por falta de outra atividade cavalgou com um esquadrão da cavalaria alemã até descobrir que os morros ao norte e a leste estavam tomados pelos cavaleiros inimigos. Uma tropa da cavalaria espanhola veio pela margem de um riacho para se encontrar com os homens de Sir Thomas. Seu comandante era um capitão que usava calção amarelo, colete amarelo e casaco azul com debruns vermelhos. Ele levou a mão ao chapéu saudando Sir Thomas.

— Eles estão nos vigiando — disse em francês, presumindo que Sir Thomas não falasse espanhol.

— É o trabalho deles — respondeu Sir Thomas em espanhol. Tinha se preocupado em aprender a língua ao ser postado pela primeira vez em Cádis.

— Capitão Sarasa — disse o espanhol, informando seu nome, depois tirou um charuto da bolsa da sela. Um dos seus homens acendeu um is-

A FÚRIA DE SHARPE

queiro e Sarasa se curvou sobre a chama até que o charuto estivesse bem aceso. — Tenho ordens de não enfrentar o inimigo.

Sir Thomas percebeu o tom carrancudo do espanhol e entendeu que Sarasa estava frustrado. Ele queria levar seus homens até as cristas dos morros baixos e mandá-los contra as *vedettes* inimigas.

— Você tem ordens? — perguntou Sir Thomas, em tom neutro.

— Ordens do general Lapeña. Devemos proteger as equipes de forragem, nada mais.

— Você preferiria lutar?

— Não é para isso que estamos aqui? — perguntou Sarasa com truculência.

Sir Thomas gostou de Sarasa. Era jovem, provavelmente ainda não fizera 30 anos e tinha uma beligerância que encorajou Sir Thomas, que acreditava que os espanhóis lutariam como demônios se tivessem chance e, talvez, alguma liderança. Em Bailen, três anos antes, uma força espanhola havia derrotado todo um corpo francês e o forçara à rendição. Até haviam tomado uma águia, de modo que podiam lutar muito bem. E, se o capitão Sarasa servia de exemplo, eles queriam lutar, mas pela primeira vez Sir Thomas se descobriu concordando com Lapeña.

— O que há do outro lado do morro, capitão?

Sarasa fitou a crista de morro mais próxima, onde duas *vedettes* eram visíveis. Uma *vedette* era um posto de sentinela formado por cavalarianos postados para vigiar um inimigo. Havia 12 homens nas duas *vedettes* enquanto Sir Thomas, agora reforçado pelos homens de Sarasa e suas espadas, tinha mais de sessenta.

— Não sabemos, Sir Thomas — admitiu ele.

— Provavelmente não há nada do outro lado do morro — supôs Sir Thomas —, e poderíamos caçar aqueles sujeitos, e se fizéssemos isso iríamos vê-los num morro mais distante e acharíamos que não há mal em expulsá-los de lá, e isso continuaria até que estivéssemos 8 quilômetros ao norte daqui e as equipes de forragem estariam mortas.

Sarasa deu um trago no charuto.

— Eles me ofendem — disse com veemência.

— Eles me enojam — retrucou Sir Thomas. — Mas vamos lutar ou no lugar que escolhermos ou onde precisarmos, e nem sempre quando quisermos.

Sarasa deu um sorriso rápido, como a dizer que havia aprendido a lição. Em seguida bateu a cinza do charuto.

— O restante do meu regimento recebeu a ordem de fazer reconheci mento na estrada de Conil, senhor — anunciou em tom muito entediado.

— Conil? — perguntou Sir Thomas, e Sarasa confirmou com a cabeça. O espanhol ainda estava olhando os dragões distantes, mas via com clareza que Sir Thomas estava pegando um mapa dobrado na bolsa da sela. Era um mapa ruim, mas mostrava Gibraltar e Cádis, e entre elas marcava Medina Sidonia e Vejer, a cidade que devia estar logo ao sul. Sir Thomas passou um dedo para oeste de Vejer até chegar ao litoral do Atlântico. — Conil? — perguntou de novo, batendo no mapa.

— Conil de la Frontera. — Sarasa confirmou a localização dando o nome inteiro da cidade. — Conil junto ao mar — acrescentou em voz mais rascante.

Junto ao mar. Sir Thomas olhou o mapa. Conil ficava de fato no litoral. Dezesseis quilômetros ao norte dele havia um povoado chamado Barrosa, e de lá uma estrada ia para o leste até Chiclana, que era a base das linhas de cerco francesas, mas Sir Thomas já sabia que o general Lapeña não tinha intenção de usar aquela estrada, porque a apenas uns 3 quilômetros ao norte de Barrosa ficava o rio Sancti Petri onde, supostamente, a guarnição espanhola estava fazendo uma ponte flutuante. Se atravessasse aquela ponte, o exército estaria de novo na Isla de León, e mais duas horas de marcha levariam os homens de Lapeña de volta a Cádis, a salvo dos franceses.

— Não — disse Sir Thomas com raiva, e seu cavalo se agitou, nervoso.

A estrada a tomar deveria ser a que ia de Vejer para o norte. Romper o cordão de *vedettes* francesas e marchar rapidamente. Victor estaria defendendo Chiclana, claro, mas rodeando a leste da cidade o exército aliado poderia manobrar o marechal francês para fora de sua posição preparada e forçá-lo a lutar em terreno que eles próprios escolhessem. Mas em vez disso o general espanhol estava pensando em dar um passeio junto ao mar?

A FÚRIA DE SHARPE

Estava pensando em recuar para Cádis? Sir Thomas mal conseguia crer, porém sabia que um ataque a Chiclana, a partir de Barrosa, era impossível. Seria um avanço por estradas ruins contra um exército em posições estabelecidas, e Lapeña jamais contemplaria esse risco. Doña Manolito só queria ir para casa, mas para chegar em casa faria seu exército marchar por uma estrada litorânea, e tudo que os franceses precisariam seria avançar contra essa estrada para encurralar os aliados entre eles e o mar.

— Não! — repetiu Sir Thomas, então virou o cavalo para o acampamento distante. Esporeou-o, depois conteve abruptamente o garanhão e se virou de volta para Sarasa. — Você não deve lutar, não são suas ordens?

— Sim, Sir Thomas.

— Mas, claro, se aqueles desgraçados o ameaçarem, seu dever é matá-los, não é?

— É, Sir Thomas?

— É, sem dúvida! E tenho certeza de que você cumprirá com seu dever, capitão, mas não os persiga! Não abandone os forrageadores! Não vá além da crista do morro, ouviu? — Sir Thomas esporeou de novo e achou que, se um francês da *vedette* simplesmente levantasse a mão, Sarasa atacaria. De modo que pelo menos alguns inimigos iriam morrer, mesmo que Doña Manolito aparentemente quisesse descansar para viver eternamente. — Desgraçado — resmungou Sir Thomas. — Sujeito desgraçado. — E cavalgou para salvar a campanha.

— Vi sua amiga ontem à noite — anunciou o capitão Galiana a Sharpe.

— Minha amiga?

— Dançando no Bachica.

— Ah, Caterina? — perguntou Sharpe. Caterina havia retornado a Cádis, viajando numa carruagem alugada e com uma valise cheia de dinheiro.

— Você não disse que ela era viúva — observou Galiana em tom de reprovação. — Chamou-a de señorita!

Sharpe olhou Galiana, boquiaberto.

— Viúva?

— Ela estava vestida de preto, com um véu — explicou Galiana. — Na verdade ela não dançou, claro, mas assistiu.

Ele e Sharpe estavam numa área coberta de cascalho, na borda da baía. O vento norte trazia o fedor dos navios-prisão ancorados nos baixios da salina. Dois barcos de guarda remavam lentamente na direção deles.

— Não dançou? — perguntou Sharpe.

— Ela é viúva. Como dançaria? É cedo demais. Disse que o marido morreu há apenas três meses. — Galiana fez uma pausa, evidentemente lembrando-se de Caterina cavalgando na praia, onde seu vestido e sua postura não eram nem um pouco de luto. Decidiu não dizer nada sobre isso. — Ela foi muito graciosa comigo. Gosto dela.

— Ela é muito agradável — respondeu Sharpe.

— O seu brigadeiro também estava lá.

— Moon? Ele não é meu brigadeiro, e suponho que também não estava dançando.

— Estava usando muletas — disse Galiana. — E me deu ordens.

— A você! Ele não pode dar ordens a você! — Sharpe jogou uma pedra horizontalmente na água, esperando que quicasse nas ondas pequenas, mas ela afundou instantaneamente. — Espero que você tenha dito a ele para ir para o inferno e ficar lá.

— Estas ordens — disse Galiana.

Ele tirou um pedaço de papel do bolso do uniforme e entregou a Sharpe, a quem, surpreendentemente, as ordens eram dirigidas. O papel era um cartão de dança e as palavras tinham sido rabiscadas descuidadamente a lápis. O capitão Sharpe e os homens sob seu comando deveriam se postar no rio Sancti Petri até que novas ordens chegassem ou que as forças atualmente sob o comando do general de divisão Graham retornassem a salvo à Isla de León. Sharpe leu o bilhete pela segunda vez.

— Não sei se o brigadeiro Moon pode me dar ordens.

— Mas deu — retrucou o capitão Galiana. — E eu, claro, irei com você.

Sharpe devolveu o cartão de dança. Não disse nada, apenas jogou outra pedra que conseguiu quicar uma vez antes de sumir. Isso se chamava rasar. Um bom artilheiro sabia fazer com que balas de canhão quicassem no solo

A FÚRIA DE SHARPE

271

para aumentar o alcance eficaz. As balas rasavam, levantando poeira, em trajetórias baixas, duras e sangrentas.

— É uma precaução — completou Galiana, dobrando o cartão.

— Contra o quê?

Galiana escolheu uma pedra, jogou-a rápida e baixa, e viu-a quicar uma dúzia de vezes.

— O general Zayas está com quatro batalhões na ponte que atravessa o Sancti Petri — explicou. — Tem ordem para impedir que qualquer pessoa da cidade atravesse o rio.

— Isso você me contou. Mas por que impedir você?

— Porque há pessoas *afrancesadas* na cidade. Sabe o que é isso?

— Pessoas do lado dos franceses.

Galiana fez que sim.

— E algumas, infelizmente, são oficiais da guarnição. O general Zayas tem ordem de impedir que esses homens ofereçam seus serviços aos inimigos.

— Deixe os patifes irem — desdenhou Sharpe. — Teremos menos bocas para alimentar.

— Mas ele não vai impedir os soldados britânicos.

— Você me disse isso, também, e eu falei que iria ajudar. Então por que, diabos, você precisa de ordens da porcaria do Moon?

— No meu exército, capitão, um homem não pode decidir fazer o que deseja. Ele precisa de ordens. Agora você tem ordens. Então pode me levar para o outro lado do rio e eu encontrarei nosso exército.

— E você? Você tem ordens?

— Eu? — Galiana pareceu surpreso com a pergunta, em seguida fez uma pausa porque um dos grandes morteiros franceses havia disparado dos fortes no Trocadero. O som veio oco e seco por cima da baía, e Sharpe esperou para ver onde o obus cairia, mas não ouviu qualquer explosão. — Não tenho ordens — admitiu Galiana.

— Então por que vai?

— Porque os franceses precisam ser derrotados — respondeu Galiana com súbita veemência. — A Espanha precisa se libertar! Precisamos lutar! Mas sou como o seu brigadeiro, como a viúva: não posso entrar na dança.

O general Lapeña odiava meu pai e me detesta, e não quer que eu me destaque, por isso sou deixado para trás. Mas não serei deixado para trás. Vou lutar pela Espanha. — A grandiosidade das últimas palavras eram marcadas pela paixão.

Sharpe viu a nuvem de fumaça deixada pelo disparo do morteiro pairar e se dissipar sobre o pântano distante. Tentou se imaginar dizendo que lutaria pela Inglaterra com o mesmo tom cheio de sentimento, e não conseguiu. Lutava porque só servia para isso, e porque era bom nisso, e porque tinha um dever para com seus homens. Depois pensou nos fuzileiros. Eles ficariam infelizes por receber a ordem de se afastar das tavernas de San Fernando, e deveriam ficar mesmo. Mas iriam obedecer às ordens.

— Eu... — começou ele, e ficou imediatamente em silêncio.

— O quê?

— Nada — disse Sharpe. Ia dizer que não poderia ordenar que seus homens fossem para uma batalha que não dizia respeito a eles. Sharpe lutaria se visse Vandal, mas era algo unicamente de seu interesse, porém seus fuzileiros não tinham contas a acertar e o batalhão deles estava a quilômetros de distância, e tudo isso era complicado demais para explicar a Galiana. Além disso, era improvável que Sharpe viajasse para o exército com Galiana. Poderia levar o espanhol para o outro lado do rio, mas, a não ser que o exército aliado estivesse à vista, Sharpe teria que trazer seus homens de volta. O espanhol poderia cavalgar pelo campo para encontrar Lapeña, mas Sharpe e seus homens não teriam o luxo dos cavalos. — Você contou tudo isso a Moon? Contou que queria lutar?

— Contei que queria me juntar ao exército do general Lapeña e que, se viajasse com soldados ingleses, Zayas não iria me impedir.

— E ele simplesmente escreveu a ordem?

— Ele relutou — admitiu Galiana. — Mas queria uma coisa de mim, por isso concordou com o pedido.

— Queria uma coisa sua — disse Sharpe, depois sorriu ao perceber o que devia ser a tal coisa. — E você o apresentou à viúva?

— Exato.

A FÚRIA DE SHARPE

— E ele é um homem rico — completou Sharpe. — Muito rico. — Em seguida jogou outra pedra e pensou que Caterina arrancaria o couro do brigadeiro.

Sir Thomas Graham descobriu o general Lapeña numa animação pouco característica. O comandante espanhol havia tomado uma casa de fazenda como quartel-general e, como o dia de inverno estava ensolarado e a casa abrigava o pátio contra o vento norte, Lapeña estava almoçando numa mesa ao ar livre. Dividia a mesa com três de seus ajudantes e com o capitão francês capturado a caminho de Vejer. Os cinco tinham recebido pratos com pão, feijão, queijo e presunto escuro, e possuíam uma jarra de pedra com vinho tinto.

— Sir Thomas! — Lapeña parecia satisfeito em vê-lo. — Vai se juntar a nós? — Falava em francês. Sabia que Sir Thomas falava espanhol, mas preferia usar o francês. Afinal de contas, era a língua com a qual os cavalheiros europeus se comunicavam.

— Conil! — Sir Thomas estava com tanta raiva que não se incomodou em demonstrar cortesia. Desceu da sela e jogou as rédeas para um ordenança. — O senhor quer marchar para Conil? — perguntou em tom de acusação.

— Ah, Conil! — Lapeña estalou os dedos para um serviçal, indicando que queria que trouxessem outra cadeira. — Eu tive um sargento que era de Conil. Ele costumava falar da pesca da sardinha. Era fartíssima!

— Por que Conil? Está com vontade de comer sardinha?

Lapeña olhou Sir Thomas com tristeza.

— O senhor não conheceu o capitão Brouard? Ele, claro, nos deu sua palavra de honra. — O capitão, usando o azul francês e com uma espada à cintura, era um homem magro e alto, de rosto inteligente. Tinha olhos aquosos, meio escondidos atrás de óculos grossos. Levantou-se ao ser apresentado e fez uma reverência a Sir Thomas.

Sir Thomas o ignorou.

— Qual é o propósito de marchar para Conil? — perguntou, pousando as mãos na mesa de modo a se inclinar na direção de Lapeña.

— Ah, a galinha! — Lapeña sorriu quando uma mulher trouxe uma galinha assada da casa e a colocou na mesa. — Garay, quer trinchar?

— Permita-me a honra, Excelência — ofereceu-se Brouard.

— A honra é nossa, capitão — disse Lapeña, e entregou cerimoniosamente ao francês a faca e o comprido garfo de trinchar.

— Nós alugamos navios e esperamos a frota se reunir — rosnou Sir Thomas, ignorando a cadeira que fora posta ao lado do lugar de Lapeña à mesa. — Esperamos o vento estar a nosso favor. Navegamos para o sul. Desembarcamos em Tarifa porque isso nos dava a capacidade de alcançar a retaguarda das posições francesas. Agora vamos marchar para Conil? Pelo amor de Deus, por que nos incomodamos com a frota, afinal? Por que não atravessamos simplesmente o rio Sancti Petri e marchamos direto para Conil? Demoraria um único dia e não precisaríamos de um navio sequer!

Os ajudantes de Lapeña olharam Sir Thomas ressentidos. Brouard fingia ignorar a conversa, concentrando-se em trinchar a ave, o que fez com destreza admirável. Tinha separado a carcaça e agora cortava uma fatia perfeita após a outra.

— As coisas mudam — disse Lapeña vagamente.

— O que mudou? — perguntou Sir Thomas.

Lapeña deu um suspiro. Sinalizou com um dedo para um ajudante que, finalmente, entendeu que seu senhor desejava olhar um mapa. Pratos foram postos de lado e o mapa foi desdobrado na mesa. Sir Thomas notou que o mapa era muito melhor do que os que os espanhóis haviam lhe oferecido.

— Nós estamos aqui — disse Lapeña, pondo um feijão logo ao norte de Vejer — e o inimigo está aqui. — Pôs outro feijão em Chiclana. — E temos três estradas por onde podemos nos aproximar do inimigo. A primeira e mais longa é para o leste, passando por Medina Sidonia. — Outro feijão serviu para marcar a cidade. — Mas sabemos que os franceses têm uma guarnição lá. Não está certo, monsieur? — apelou ele a Brouard.

— Uma guarnição formidável — acrescentou Brouard, separando a coxa da carcaça com habilidade de cirurgião.

— Portanto vamos nos pegar entre o exército do marechal Victor aqui — Lapeña tocou o feijão que marcava Chiclana — e a guarnição aqui.

— Indicou Medina Sidonia. — Podemos evitar a guarnição, Sir Thomas, pegando a segunda estrada, que vai daqui para o norte e se aproximará de Chiclana pelo sul. É uma estrada ruim, não é direta. Sobe por estes morros — seu indicador bateu em algumas hachuras — e os franceses terão piquetes lá. Não é, monsieur?

— Muitos piquetes — confirmou Brouard, tirando a fúrcula. — O senhor deveria informar ao seu chefe de cozinha, *mon général*, que se ele remover a fúrcula antes de cozinhar a ave ficará mais fácil de trinchar.

— Bom saber — disse Lapeña, depois olhou de volta para Sir Thomas. — Os piquetes avisarão ao marechal Victor sobre nossa chegada, por isso ele estará preparado para nós. Vai nos enfrentar com números superiores aos nossos. Consciente disso, Sir Thomas, não posso usar essa estrada se quisermos obter a vitória pela qual ambos rezamos. Mas felizmente há uma terceira estrada, uma estrada que vai ao longo do mar. Aqui. — Lapeña fez uma pausa, colocando um quarto feijão na linha costeira. — É um lugar chamado... — Ele hesitou, sem saber que lugar o feijão marcava e não encontrando ajuda no mapa.

— Barrosa — disse um ajudante.

— Barrosa! Chama-se Barrosa. Dali, Sir Thomas, há trilhas através da charneca, indo até Chiclana.

— E os franceses saberão que as estaremos usando — declarou Sir Thomas. — E estarão preparados para nós.

— Certo! — Lapeña pareceu satisfeito porque Sir Thomas havia entendido um ponto tão elementar. — Mas aqui, Sir Thomas — seu dedo moveu-se para a foz do Sancti Petri —, está o general Zayas com um corpo completo de homens. Se marcharmos para... — Ele parou de novo.

— Barrosa — disse o ajudante.

— Barrosa — repetiu Lapeña energicamente —, poderemos nos juntar ao general Zayas. Juntos estaremos em número maior do que os franceses! Em Chiclana eles têm... O quê? Duas divisões? — A pergunta era dirigida a Brouard.

— Três divisões — confirmou o francês. — Foi o que ouvi pela última vez.

— Três! — Lapeña pareceu alarmado, depois balançou a mão como se descartasse a informação. — Duas? Três? O que importa? Vamos atacá-las pelo flanco! Vamos chegar do oeste, destruí-las e obter uma grande vitória. Perdoe meu entusiasmo, capitão — acrescentou para Brouard.

— O senhor confia nele? — perguntou Sir Thomas a Lapeña, balançando a cabeça para o francês.

— Ele é um cavalheiro!

— Pôncio Pilatos também era — exemplificou Sir Thomas. E bateu com o dedo grande na linha costeira. — Se usar essa estrada o senhor colocará nosso exército entre os franceses e o mar. O marechal Victor não vai esperar em Chiclana. Virá atrás de nós. Quer ver seus homens se afogando nas ondas?

— Então o que o senhor sugere? — perguntou Lapeña acidamente.

— Marchar até Medina Sidonia — respondeu Sir Thomas — e esmagar a guarnição — ele parou para comer o feijão que indicava essa cidade —, ou deixar que ela apodreça atrás da muralha. Atacar as linhas de cerco. Forçar Victor a marchar para nós, em vez de marcharmos até ele.

Lapeña olhou Sir Thomas interrogativamente.

— Admiro o senhor — disse depois de uma pausa. — De verdade. Sua avidez, Sir Thomas, é uma inspiração para todos. — Os ajudantes concordaram solenes, e até o capitão Brouard inclinou a cabeça polidamente. — Mas me permita explicar. O exército francês, o senhor concordará, está aqui. — Ele havia pegado um punhado de feijões e agora os arrumava num crescente ao redor da baía de Cádis, indo de Chiclana, no sul, passando ao redor das linhas de cerco e terminando nos três grandes fortes do pântano do Trocadero. — Se atacarmos a partir daqui — Lapeña bateu na estrada que saía de Medina Sidonia —, vamos atacar o centro das linhas deles. Sem dúvida faremos um bom progresso, mas o inimigo convergirá para nós pelos dois flancos. Correremos o risco de sermos flanqueados.

Ele levantou a mão para impedir o protesto iminente de Sir Thomas.

— Se formos daqui — continuou Lapeña, desta vez indicando a estrada do sul, que partia de Vejer —, atacaremos, claro, em Chiclana, mas não haverá nada, Sir Thomas, absolutamente nada para impedir que os franceses marchem contra nosso flanco direito. — Ele juntou os feijões numa pequena pilha para mostrar como os franceses poderiam suplantar o ataque. — Mas a partir do leste, de... — Ele hesitou.

— Barrosa, señor.

— De Barrosa — continuou Lapeña —, atacamos o flanco deles. Atacamos com força! — Ele bateu com o punho fechado na palma da mão para mostrar a força com que visualizava o ataque. — Eles ainda tentarão marchar contra nós, claro, mas agora seus homens precisarão atravessar a cidade! Vão achar isso difícil, e estaremos destruindo as forças de Victor enquanto os reforços dele ainda estarão percorrendo as ruas. Pronto! Consegui convencê-lo? — Ele sorriu, mas Sir Thomas não respondeu. Não que o escocês não tivesse o que dizer, mas estava lutando para dizê-lo com ao menos uma leve sugestão de cortesia. — Além disso — continuou Lapeña —, eu comando aqui, e creio que a vitória que ambos desejamos será alcançada melhor marchando ao longo do litoral. Não podíamos saber disso quando embarcamos na frota, mas é o dever de um comandante ser flexível, não é? — Ele não esperou a resposta, em vez disso bateu na cadeira vazia. — Coma um pouco de galinha, Sir Thomas. A quaresma vai começar na quarta-feira, e aí não haverá mais galinha até a Páscoa, não é? E o capitão Brouard trinchou a ave de modo soberbo.

— Dane-se a ave — resmungou Sir Thomas em inglês e se virou para seu cavalo.

Lapeña olhou o escocês cavalgar para longe. Balançou a cabeça, mas não disse nada. O capitão Brouard, enquanto isso, estendeu a mão e esmagou o feijão que estava em Barrosa com o polegar, depois espalhou a polpa no litoral, deixando o mapa avermelhado. Sangue nas ondas.

— Como sou desajeitado! — lamentou Brouard. — Eu só queria tirá-lo.

Lapeña não se preocupou com a pequena sujeira.

— É uma pena que Deus, em sua sabedoria, tenha decretado que os ingleses fossem nossos aliados. Eles são... — ele fez uma pausa — ... muito incômodos.

— São criaturas rudes — concordou com simpatia o capitão Brouard. — Não têm a sutileza da raça francesa ou da espanhola. Permita-me servir um pouco de galinha a Sua Excelência? Sua Excelência prefere peito?

— Você está certo! — Lapeña estava deliciado com a percepção do francês. — Nenhuma sutileza, capitão, nenhuma *finesse*, nenhuma... — ele fez uma pausa, procurando a palavra — ... graça. O peito. Que gentileza sua. Muito obrigado.

E ele estava decidido. Pegaria a estrada que oferecia a rota mais curta de volta a Cádis. E marcharia para Conil.

HOUVE OUTRA DISCUSSÃO à tarde. Lapeña queria marchar naquela noite e Sir Thomas protestou dizendo que agora estavam perto do inimigo, e que os homens deveriam chegar descansados a qualquer confronto, e não exaustos depois de uma noite viajando com dificuldade num território desconhecido.

— Então marcharemos no fim desta tarde — cedeu generosamente Lapeña — e acamparemos à meia-noite. No alvorecer, Sir Thomas, estaremos descansados. Estaremos prontos.

Mas a meia-noite passou, assim como o resto da noite, e ao alvorecer ainda estavam marchando. A coluna havia se perdido de novo. As tropas haviam parado, descansado, acordado, marchado, parado de novo, contramarchado, girado, descansado alguns minutos desconfortáveis, acordado e depois repetido o caminho já feito. Os homens estavam carregando muitos sacos, mochilas, caixas de cartuchos e armas, e quando paravam não ousavam desafivelar o equipamento por medo de serem atacados a qualquer instante. Ninguém descansou direito, de modo que no alvorecer todos estavam exaustos. Sir Thomas passou por seus homens, o cavalo levantando pequenos torrões de solo arenoso enquanto procurava o general Lapeña. A coluna havia parado de novo. Os casacas-vermelhas estavam sentados junto à estrada e olhavam ressentidos o general, como se fosse culpa dele não terem descanso.

O general Lapeña e seus ajudantes estavam numa pequena encosta coberta de árvores, onde uma dúzia de civis discutia. O general espanhol acenou num cumprimento distante para Sir Thomas.

— Eles não têm certeza do caminho — disse Lapeña, indicando os civis.

— Quem são eles?

— Nossos guias, claro.

— E não conhecem o caminho?

— Conhecem — respondeu Lapeña —, mas caminhos diferentes. — Lapeña sorriu e deu de ombros, como a sugerir que tais coisas eram inevitáveis.

— Onde está o mar? — perguntou Sir Thomas. Os guias o olharam solenemente e depois apontaram para o oeste e concordaram que o mar ficava naquela direção. — O que faz sentido — disse Sir Thomas causticamente, apontando para o leste, onde o céu estava inundado de luz nova —, porque o sol tem o hábito de nascer no leste e o mar fica a oeste, o que significa que nossa rota para Barrosa está naquela direção. — Ele apontou para o norte.

Lapeña pareceu ofendido.

— À noite, Sir Thomas, não há sol para nos guiar.

— É isso que acontece quando a gente marcha à noite! — rosnou Sir Thomas. — A gente se perde.

A marcha recomeçou, agora seguindo trilhas pelas charnecas ondulantes salpicadas de bosques de pinheiros. O mar surgiu logo depois do nascer do sol. A trilha levava até o norte acima de uma comprida praia de areia onde as ondas se quebravam e borbulhavam antes de deslizar de volta para encontrar a próxima onda que quebrava. Longe, no mar, um navio ia para o sul, com apenas as velas de mezena visíveis sobre o horizonte. Sir Thomas, cavalgando no flanco interno de sua brigada dianteira, subiu um morro arenoso e viu três torres de vigia pontuando o litoral adiante, relíquias dos tempos em que os piratas mouros vinham do estreito de Gibraltar para assassinar, roubar e escravizar.

— A mais próxima, Sir Thomas, é a torre del Puerco — disse o oficial de ligação. — Mais além fica a torre de Barrosa, e a mais distante é a de Bermeja.

— Onde fica Conil?

— Ah, nós passamos ao largo de Conil à noite. Agora ela está atrás de nós.

Sir Thomas olhou as tropas cansadas que marchavam de cabeça baixa, em silêncio. Olhou o norte de novo e viu, depois da torre de Bermeja, o longo istmo que levava a Cádis, um borrão branco no horizonte.

— Nós desperdiçamos nosso tempo, não?

— Ah, não, Sir Thomas. Tenho certeza de que o general Lapeña pretende atacar.

— Ele está marchando para casa — disse Sir Thomas, cansado. — E você sabe disso.

Em seguida se inclinou adiante no arção da sela e de repente sentiu cada um dos seus 63 anos. Sabia que Lapeña estava correndo para casa. Doña Manolito não tinha intenção de virar para o leste e atacar os franceses; só queria estar em Cádis onde, sem dúvida, alardearia que tinha marchado por toda a Andaluzia desafiando o marechal Victor.

— Sir Thomas! — Lorde William Russell esporeou seu cavalo para perto do general. — Lá, senhor.

Lorde William estava apontando para norte e para leste. Deu uma luneta a Sir Thomas, o general estendeu os tubos e, usando o ombro de lorde William como suporte ligeiramente instável, viu o inimigo. Dessa vez não eram dragões, e sim a infantaria. Uma massa de soldados de infantaria meio escondida por árvores.

— Essas são as forças que estão mascarando Chiclana — declarou confiante o oficial de ligação.

— Ou serão as forças marchando para nos interceptar? — sugeriu Sir Thomas.

— Sabemos que eles têm tropas em Chiclana — disse o oficial de ligação.

Sir Thomas não podia ver se as tropas distantes estavam marchando ou não. Fechou a luneta.

— Você irá ao general Lapeña — ordenou ao oficial de ligação —, lhe dará meus cumprimentos, e dirá que há uma infantaria francesa no nosso flanco direito. — O oficial de ligação virou o cavalo, mas Sir Thomas o deteve. O escocês estava olhando adiante e podia ver um morro perto de Barrosa, no interior. Um morro com uma ruína no cume e um lugar que ofereceria uma posição de força. Era o local óbvio para posicionar homens se os franceses estivessem planejando um ataque. Fazer as forças de Victor lutarem morro acima, morrer na encosta e, quando estivessem derrotadas, marchar para Chiclana. — Informe ao general — disse ao oficial de ligação — que estamos prontos para virar e atacar sob as ordens dele. Vá!

O oficial de ligação esporeou seu cavalo. Sir Thomas olhou de novo o morro acima de Barrosa e achou que a campanha breve e até então desastrosa poderia ser salva. Mas então, vindo de longe, adiante, chegou o estalo de disparos. O som crescia e diminuía ao vento, às vezes quase abafado pelo estrondo das ondas intermináveis, mas era inconfundível, os estalos lembrando gravetos partidos que indicavam saraivadas de mosquetes. Sir Thomas se levantou nos estribos e olhou. Estava esperando a densa fumaça da pólvora para revelar onde a luta acontecia, e finalmente viu. Ela estava manchando a praia depois da terceira torre de vigia, porém ainda antes da ponte flutuante que levava de volta à cidade. Isso significava que os franceses já haviam cortado seu caminho e agora estavam barrando a estrada para Cádis e, pior, muito pior, quase certamente avançavam pelo flanco interior. O marechal Victor tinha a força aliada exatamente onde queria: entre seu exército e o mar. Tinha-a a sua mercê.

CAPÍTULO X

— A luta não é nossa, senhor — disse Harper.

— Eu sei.

A admissão de Sharpe conteve o grande irlandês, que não havia esperado uma concordância tão imediata.

— Deveríamos estar em Lisboa — persistiu.

— Deveríamos, sim, e estaremos, mas não há barcos indo para Lisboa, e não haverá, pelo menos até que isso aqui termine.

Sharpe apontou para o Sancti Petri. Era cerca de uma hora após o amanhecer, e a 1,5 quilômetro na praia depois do rio havia uniformes azuis. Não os uniformes azul-claros dos espanhóis, e sim o azul mais escuro dos franceses. O inimigo tinha vindo da charneca no interior e seu aparecimento súbito fizera as tropas do general Zayas se formarem em batalhões que agora esperavam no lado norte do rio. O estranho era que os franceses não vieram atacar o forte improvisado construído do lado mais distante da ponte flutuante, mas estavam virados para o sul, para longe dele. Um canhão no forte tentara atirar contra as tropas francesas, mas a bala havia caído na areia bem antes, e o disparo fracassado convencera o comandante da fortificação a economizar munição.

— Quero dizer, senhor — continuou Harper — que só porque o Sr. Galiana quer lutar...

— Sei o que você quer dizer — interrompeu Sharpe asperamente.

— Então, senhor, o que diabo estamos fazendo aqui?

A FÚRIA DE SHARPE

Sharpe não duvidava da coragem de Harper; só um idiota faria isso. Não era a covardia que provocava o protesto do grande irlandês, e sim um sentimento de injúria. A única explicação para os franceses estarem de costas para o rio era as forças aliadas se encontrarem mais longe, ao sul, e isso implicava que o exército do general Lapeña, em vez de marchar para o interior e atacar as obras de cerco dos franceses a partir do leste, havia optado por avançar ao longo do litoral. Desse modo, esse exército agora estava diante do que, para Sharpe, pareciam quatro ou cinco batalhões de infantaria francesa. E essa luta era de Lapeña. Se os 1.500 homens sob o comando de Doña Manolito não pudessem esmagar a força menor na praia, não haveria nada que Sharpe e cinco fuzileiros pudessem fazer para ajudar. Arriscar aquelas cinco vidas seria irresponsabilidade. Era isso que Harper estava dizendo, e Sharpe concordava.

— Vou dizer a você que estamos fazendo aqui. Estamos aqui porque eu devo um favor ao capitão Galiana. Todos nós devemos um favor a ele. Se não fosse Galiana, estaríamos todos numa cadeia em Cádis. Então, em troca, vamos ajudá-lo a atravessar o rio, e assim que tivermos feito isso, teremos terminado.

— A atravessar o rio? Só isso, senhor?

— Só isso. Vamos marchar com ele, mandar qualquer patife espanhol que interferir pular no rio, e estamos terminados.

— E por que temos que ajudá-lo a atravessar?

— Porque ele pediu. Porque ele acha que vão impedi-lo se não estiver com a gente. Porque foi esse o favor que ele nos solicitou.

Harper parecia estar com suspeitas.

— Então, se nós o levarmos para o outro lado, senhor, podemos voltar para a cidade?

— Está sentindo falta da taverna? — perguntou Sharpe.

Seus homens estavam acantonados no fim da praia havia dois dias: dois dias de reclamação constante pelas rações espanholas que Galiana tinha arranjado e dois dias sentindo falta dos confortos de San Fernando. Sharpe simpatizava com eles, mas estava secretamente satisfeito porque eles se sentiam desconfortáveis. Soldados à toa aprontam coisas ruins, e soldados bêbados arranjam encrenca. Era melhor tê-los reclamando.

— Então, assim que o tivermos levado em segurança para o outro lado — continuou Sharpe —, você pode voltar com os rapazes. Vou escrever ordens para vocês. E podem deixar uma garrafa daquele *vino tinto* me esperando.

Tendo recebido o que desejava, Harper ficou perturbado.

— Esperando o senhor? — perguntou em tom inexpressivo.

— Não vou demorar. Tudo deve terminar ao anoitecer. Então vá, diga aos rapazes que eles podem voltar assim que tivermos feito o capitão Galiana atravessar a ponte.

Harper não se mexeu.

— E o que o senhor vai fazer?

— Oficialmente — continuou Sharpe, ignorando a pergunta —, todos recebemos ordem de ficar aqui até que a porcaria do brigadeiro Moon nos libere, mas não acho que ele vá se importar se vocês voltarem. Ele não vai saber, não é?

— Mas por que o senhor vai ficar? — insistiu Harper.

Sharpe tocou o pedaço da bandagem que aparecia por baixo da barretina. A dor na cabeça havia passado e ele suspeitava que fosse seguro tirar a bandagem, mas o crânio estava sensível, por isso a deixara ali e a encharcava religiosamente com vinagre todos os dias.

— Por causa do 8° da linha, Pat — respondeu. — Por isso.

Harper olhou ao longo do litoral, onde os franceses estavam em silêncio.

— Eles estão aqui?

— Não sei onde os patifes estão. O que sei é que eles foram mandados para o norte e não puderam ir para lá porque nós explodimos a porcaria da ponte deles, portanto a chance é de que tenham voltado para cá. E, se estiverem aqui, Pat, quero dizer olá ao coronel Vandal. Com isso. — Ele ergueu o fuzil.

— Então o senhor...

— Então eu vou simplesmente andar pela praia — interrompeu Sharpe. — Vou procurar por ele. Se o vir, vou dar um tiro nele, só isso. Nada mais, Pat, nada mais. Quero dizer, essa luta não é nossa, não é?

— Não, senhor, não é.

A FÚRIA DE SHARPE

285

— Então é só isso que vou fazer, e, se não puder encontrar o patife, vou voltar. Deixe aquela garrafa de vinho me esperando. — Sharpe deu um tapa no ombro de Harper, depois foi até onde o capitão Galiana estava montado num cavalo. — O que está acontecendo, capitão?

Galiana segurava uma pequena luneta e estava olhando o sul.

— Não entendo.

— Não entende o quê?

— Há tropas espanholas lá. Depois dos franceses.

— Homens do general Lapeña?

— Por que estão aqui? Eles deveriam estar marchando para Chiclana!

Sharpe olhou por cima do rio e ao longo da praia comprida. Os franceses estavam dispostos em três fileiras, com os oficiais a cavalo, as águias reluzindo ao sol que nascia. Então, de repente, aquelas águias, em vez de serem delineadas contra o céu, ficaram envoltas em fumaça. Sharpe viu a fumaça de mosquetes brotar densa e silenciosa até que, alguns segundos depois, o som passou por ele, estalando.

Então, após a primeira saraivada maciça, o mundo ficou em silêncio, a não ser pelo chamado das gaivotas e pelo borbulhar das ondas.

— Por que eles estão aqui? — perguntou Galiana de novo, e então os mosquetes dispararam pela segunda vez, agora em maior número, e a manhã se encheu com o som da batalha.

A UNS CEM passos da ponte flutuante, rio acima, uma pequena enseada de maré se ramificava do rio Sancti Petri para o sul. Era chamada de enseada de Almanza e era um local de juncos, capim, água e pântano, onde garças caçavam. A enseada ia para o interior, ditando assim que um exército que viesse para o norte ao longo do litoral iria se perceber numa tira estreita de terra e praia que terminava no rio Sancti Petri. A enseada de Almanza tinha 1,5 quilômetro de comprimento na maré baixa e o dobro dessa distância na alta, e sua presença transformava o funil estreito de areia numa armadilha caso outro exército pudesse chegar atrás do primeiro e impeli-lo para o norte em direção ao rio. A armadilha seria mais letal ainda se outra força pudesse vadear a enseada e bloquear qualquer recuo pela ponte flutuante.

A enseada de Almanza não era exatamente uma barreira; a não ser na foz, podia ser vadeada quase em qualquer ponto, e às nove da manhã de 5 de março de 1811 a maré tinha apenas começado a subir, por isso a infantaria francesa podia atravessá-la com facilidade. Os homens chapinharam pelo pântano, deslizaram pelo barranco lamacento e vadearam o leito arenoso da enseada antes de subir para as dunas e a praia do outro lado. Porém, ainda que a enseada não fosse obstáculo para homens ou cavalos, era intransponível para a artilharia. Os canhões eram pesados demais. Um canhão francês de 12 libras, a peça mais comum no arsenal do imperador, pesava 1,5 tonelada, e para levar um canhão, seu armão, seu cofre de munições e sua equipe através do pântano seriam necessários engenheiros. Quando o marechal Victor ordenou que a divisão do general Villatte vadeasse a Almanza não havia tempo para convocar engenheiros, quanto mais para esses engenheiros fazerem uma estrada temporária que atravessasse a enseada, por isso a força que Villatte levava para bloquear a retirada do exército de Lapeña era somente de infantaria.

O marechal Victor não era idiota. Tinha feito sua reputação em Marengo e em Friedland, e desde que chegara à Espanha havia derrotado dois exércitos espanhóis em Espinoza e Medellin. Era verdade que lorde Wellington o deixara com o nariz sangrando em Talavera, mas *le beau soleil*, o belo sol, como seus homens o chamavam, considerava esse revés um capricho de sua fortuna volúvel.

— Um soldado que nunca foi derrotado não aprendeu nada — gostava de dizer.

— E o que o senhor aprendeu com lorde Wellington? — perguntara o general Ruffin, um gigante que comandava uma das divisões de Victor.

— A jamais perder de novo, François! — dissera Victor, e depois riu.

Claude Victor era uma alma amigável, expansiva e solícita. Seus soldados o amavam. Também tinha sido soldado nas fileiras. Certo, havia sido artilheiro, o que não era o mesmo que soldado de infantaria, mas conhecia as fileiras, amava-as e esperava que elas lutassem firme, com a mesma firmeza com que ele as liderava. Todos os soldados franceses diziam que era um homem corajoso e bom. *Le beau soleil.* E não era idiota. Sabia que a infantaria de Villatte, sem o apoio da artilharia próxima, não poderia se sustentar diante dos espanhóis que se aproximavam, mas poderia retardar Lapeña. Poderia segurar as forças de Lapeña na praia estreita enquanto as outras duas divisões de Victor, as de Laval e Ruffin, trabalhavam pela retaguarda, e então a armadilha seria acionada. O exército aliado seria impelido para o funil estreito que terminava no rio Sancti Petri e, ainda que sem dúvida os homens de Villatte tivessem que ceder diante da pressão cada vez maior, as outras duas divisões viriam por trás como anjos vingadores. Apenas alguns espanhóis e britânicos poderiam ter esperanças de atravessar a ponte flutuante; o restante seria arrebanhado e trucidado até que, inevitavelmente, os sobreviventes se rendessem. E seria simples! O exército aliado, aparentemente sem perceber o destino que o esperava, ainda estava em linha de marcha, estendendo-se por 5 quilômetros ao longo da difícil estrada litorânea. O marechal observara seu progresso desde Tarifa, com perplexidade crescente; tinha-os visto hesitar e mudar de rumo, parar, recomeçar e mudar de direção de novo, e passou a perceber que estava diante de generais inimigos que não conheciam o serviço. Seria fácil demais.

Agora Villatte estava posicionado do outro lado da enseada. Ele era a bigorna. E as duas marretas, Laval e Ruffin, estavam prontas para atacar. O marechal Victor, do cume de um morro entre as urzes no interior, inspecionou uma última vez o campo de batalha que escolhera e gostou do que viu. À sua direita, mais perto de Cádis, ficava a enseada de Almanza, que ele podia atravessar com infantaria, mas não com artilharia, por isso deixaria Villatte travar sua batalha somente com mosquetes. No centro, ao sul da enseada, ficava um trecho de urzes que terminava num denso bosque de pinheiros, escondendo sua visão do mar. Segundo os batedores, a coluna inimiga estava quase toda estendida pela trilha que seguia pelo interior desse bosque, por isso o marechal Victor mandaria a divisão do general Laval atacá-lo e atravessar até a praia do outro lado. Essa ofensiva seria ameaçada no flanco esquerdo por um morro que também escondia o mar. Não era um morro alto — Victor supôs que ele não teria mais de 60 metros de altura acima da charneca ao redor —, mas era íngreme o bastante e coroado por uma capela arruinada e um grupo de árvores encurvadas pelo vento. A colina, espantosamente, estava sem tropas, mas Victor não acreditava que seus inimigos fossem idiotas a ponto de deixá-la desguarnecida. Ocupado ou não, o morro deveria ser tomado e o bosque de pinheiros deveria ser capturado. Então as duas divisões de Victor poderiam virar para o norte, a partir da costa, e impelir o restante do exército aliado a ser destruído no espaço estreito entre o mar e a enseada.

— Vai ser uma caça ao coelho! — prometeu Victor aos seus ajudantes.

— Uma caça ao coelho! Portanto se apressem! Rápido! Quero meus coelhinhos na panela na hora do almoço.

Sir Thomas tinha o olhar fixo no morro coroado por ruínas. Galopou ao longo da trilha rústica que serpenteava no lado da colina voltado para o mar e viu uma brigada espanhola marchando para lá. A brigada continha cinco batalhões de soldados e uma bateria de artilharia, todos sob seu comando, porque seguiam a bagagem, e Lapeña havia concordado que todas as unidades atrás da bagagem ficariam sob a autoridade de Sir Thomas. Ele ordenou que os espanhóis, tanto da infantaria quanto da artilharia, fossem para o topo do morro.

— Vocês vão sustentar esse lugar — instruiu ao comandante deles.

A brigada era a tropa mais próxima do morro, um acaso devido ao local onde estavam quando Sir Thomas decidiu montar uma guarnição no terreno elevado, mas o escocês estava nervoso por precisar confiar a retaguarda do exército a uma brigada espanhola desconhecida. Virou o cavalo, com os cascos levantando areia, e encontrou o batalhão das companhias de flanco da guarnição de Gibraltar.

— Major Browne!

— A seu dispor, Sir Thomas! — Browne tirou o chapéu. Era um homem corpulento, de rosto vermelho e eternamente animado.

— Seus rapazes são fortes, Browne?

— Cada um deles é um herói, Sir Thomas.

Sir Thomas girou na sela. Estava no ponto em que a estrada costeira passava por uma aldeia miserável chamada Barrosa. Lá havia uma torre de vigia, construída muito tempo antes para guardá-la contra inimigos vindos do mar, e ele mandara um ajudante subir nela, contudo a visão para o interior era ruim. Pinheiros chegavam à borda do litoral e escondiam tudo a leste, mas o bom senso dizia a Sir Thomas que os franceses deveriam atacar o morro, que era o ponto mais alto da costa.

— Os diabos estão por lá, em algum lugar — anunciou Sir Thomas, apontando para o leste —, e nosso senhor e mestre diz que eles não vêm para cá, mas não acredito nisso, major. E não quero os diabos naquele morro. Está vendo aqueles espanhóis? — Ele apontou para os cinco batalhões que subiam a encosta com dificuldade. — Reforce-os, Browne, e sustente o morro.

— Ele será sustentado — declarou Browne animado. — E o senhor, Sir Thomas?

— Recebemos ordem de ir para o norte. — Sir Thomas apontou para a próxima torre de vigia no litoral. — Disseram que há um povoado chamado Bermeja embaixo daquela torre. Vamos nos concentrar lá. Mas não saia do morro até estarmos lá, Browne.

Sir Thomas parecia azedo. Lapeña ia se afastando rapidamente e Sir Thomas não duvidava de que suas duas brigadas seriam necessárias para lutar numa ação de retaguarda em Bermeja. Ele preferiria ter lutado lá, onde o morro dava uma vantagem às suas tropas, mas o oficial de ligação trouxera as ordens de Doña Manolito e elas eram específicas. O exército aliado iria recuar para Cádis. Não se falava mais em ir para o interior e atacar Chiclana; agora era apenas uma retirada vergonhosa. Toda a campanha havia sido uma perda de tempo! Sir Thomas estava com raiva, mas não podia desobedecer a uma ordem direta, por isso sustentaria o morro para proteger a retaguarda do exército enquanto este marchava para Bermeja, no norte. Mandou ajudantes informarem ao general Dilkes e ao coronel Wheatley que continuassem para o norte ao longo da trilha escondida entre os pinheiros. Sir Thomas foi atrás, esporeando o cavalo para fora da aldeia e entrando no bosque, enquanto o major Browne levava seus flanqueadores de Gibraltar para o topo do morro, que era chamado de Cerro del Puerco, ainda que nem Browne nem qualquer um de seus homens soubessem disso.

O cume do Cerro del Puerco era um domo amplo e raso. No lado voltado para o mar havia uma capela arruinada e um grupo de árvores varridas pelo vento. Browne descobriu os cinco batalhões espanhóis enfileirados na frente da ruína. Sentiu-se tentado a marchar pelos espanhóis e assumir posição à direita da linha deles, mas suspeitou que os oficiais protestariam caso ocupasse esse lugar de honra, por isso se contentou colocando seu pequeno batalhão à esquerda da linha, onde o major apeou e andou na frente de seus homens. Tinha as companhias de granadeiros e ligeiras dos 9º, 28º e 82º regimentos, homens de elite de Lancashire, os Abas Prateadas de Gloucestershire e os Rapazes Santos de Norfolk. As companhias de granadeiros eram a infantaria pesada, homens grandes e duros, escolhidos pela altura e capacidade de luta, enquanto as companhias ligeiras eram os escaramuçadores. Era um batalhão artificial, reunido apenas para essa campanha, mas Browne confiava na capacidade deles. Olhou os espanhóis e viu que a bateria de canhões havia se arrumado no centro da linha.

A linha britânica e espanhola, disposta na crista do Cerro del Puerco voltada para o mar, estava escondida de qualquer um que olhasse do interior; isso significava que os batalhões não podiam ver se alguma tropa francesa se aproximava do leste. Também, claro, não podiam ser bombardeados por canhões inimigos caso os franceses atacassem o morro, por isso Browne se contentou em deixar os flanqueadores onde estavam. Mas queria verificar se algo ameaçava o morro, por isso sinalizou para seu ajudante e os dois foram atravessando o capim áspero.

— Como estão seus furúnculos, Blakeney? — perguntou Browne.

— Melhorando, senhor.

— Furúnculos são coisas feias. Especialmente na bunda. Acho que as selas não ajudam.

— Não são dolorosos demais, senhor.

— Mande o cirurgião lancetá-los — sugeriu Browne —, e você vai ser um homem novo. Santo Deus.

Os dois haviam chegado à crista do lado leste e a grande charneca era visível abaixo deles, ondulando na direção de Chiclana. As últimas duas palavras do major tinham sido provocadas pela visão de uma infantaria distante. Podia ver os desgraçados meio escondidos por árvores distantes e morros baixos, mas não dava para deduzir para onde os demônios de casacas azuis estavam indo. Podia ver mais próximo três esquadrões de dragões franceses, demônios de casacos verdes, que cavalgavam na direção do morro.

— Você acha que aqueles franceses querem brincar com a gente, Blakeney?

— Parece que estão vindo para cá, senhor.

— Então devemos fazer com que se sintam bem-vindos — disse Browne, dando uma meia-volta elegante e seguindo na direção da capela arruinada. Diante dele agora havia uma bateria de cinco canhões e 4 mil mosquetes espanhóis e britânicos. Mais que suficiente para sustentar o morro, pensou.

Uma agitação de cascos ao sul lhe causou um momento de alarme. Então viu que uma cavalaria aliada chegara ao topo do morro. Eram três esquadrões de dragões espanhóis e dois dos hussardos da Legião Alemã do Rei, todos sob o comando do general Whittingham, um inglês a serviço dos espanhóis. Whittingham cavalgou até Browne, que ainda estava a pé.

— É hora de ir, major — declarou Whittingham peremptoriamente.

— Ir? — Browne pensou ter ouvido mal. — Recebi a ordem de sustentar o morro! E há 250 dragões franceses ali embaixo — indicou Browne, apontando para o nordeste.

— Já os vi — respondeu Whittingham. Seu rosto tinha rugas fundas, sombreado pelo chapéu bicorne, sob o qual fumava um charuto fino que ele ficava batendo, mesmo não havendo cinza para cair da ponta. — É hora da retirada.

— Recebi ordem de sustentar o morro até Sir Thomas chegar à aldeia — insistiu Browne. — E ele não chegou.

— Eles foram embora! — Whittingham apontou para a praia onde o restante das carroças de bagagens seguia lentamente bem ao norte do Cerro del Puerco.

— Nós vamos sustentar o morro! — insistiu Browne. — Merda, essas são as minhas ordens!

Um canhão a menos de cinquenta passos à direita de Browne disparou subitamente, e o cavalo de Whittingham saltou para o lado, sacudindo a cabeça freneticamente. Whittingham acalmou o animal e o levou de volta para o lado de Browne. Em seguida deu um trago no charuto e olhou os dragões que tinham aparecido no horizonte a leste — pelo menos as cabeças cobertas por elmos do esquadrão da frente haviam aparecido sobre a crista, e os artilheiros espanhóis os receberam com uma bala sólida que passou gritando no céu a leste. Um corneteiro soou um sinal nas fileiras francesas, mas o sujeito estava tão surpreso, ou tão nervoso, que as belas notas falharam e ele teve que recomeçar. A corneta não provocou nenhuma atividade extraordinária por parte dos dragões que, evidentemente perplexos ao ver uma força tão grande esperando por eles, ficaram logo abaixo da crista do leste. Dois batalhões espanhóis avançaram com seus escaramuçadores e essa infantaria ligeira começou a disparar esporadicamente com seus mosquetes.

— A distância é grande demais — disse Browne com desprezo, então franziu o cenho para Whittingham. — Não é isso que você deveria fazer?

— Whittingham tinha cinco esquadrões, enquanto os franceses tinham apenas três.

— Permaneça aqui, Browne, e você ficará isolado — respondeu Whittingham, batendo no charuto. — Isolado, é o que vai acontecer. Nossas ordens são claras. Esperar até o exército ter passado e ir atrás.

— Minhas ordens são claras — insistiu Browne. — Vou sustentar o morro!

Mais escaramuçadores espanhóis foram mandados adiante. A aparente inatividade dos dragões estava encorajando as companhias ligeiras. Os cavaleiros franceses certamente iriam recuar, pensou Browne, porque deviam perceber que não tinham esperança de expulsar toda uma brigada do topo de um morro, especialmente quando essa brigada era reforçada por sua própria artilharia e cavalaria. Então alguns cavaleiros inimigos partiram a meio galope para o norte e tiraram carabinas dos coldres das selas.

— Os patifes querem lutar — disse Browne. — Por Deus, não me incomodo! Seu cavalo está mijando nas minhas botas.

A FÚRIA DE SHARPE

— Desculpe — respondeu Whittingham, instigando o cavalo um passo adiante. Ele olhava as companhias ligeiras espanholas. Seus tiros de mosquete não causavam danos evidentes. — Tenho ordens de recuar assim que o exército tiver passado pelo morro — continuou obstinado —, e é isso que ele fez, passou pelo morro. — Whittingham tragou o charuto.

— Está vendo aquilo? Os patifes querem uma escaramuça — disse Browne. Ele estava olhando para além de Whittingham, para onde pelo menos trinta franceses usando elmos haviam apeado e avançavam em linha de escaramuça para se opor aos espanhóis. — Não estou acostumado a ver isso, e você? — perguntou Browne, parecendo tão despreocupado quanto alguém que notasse algum fenômeno numa caminhada pelo campo. — Sei que os dragões devem ser o mesmo que uma infantaria montada, mas eles quase sempre ficam na sela, não acha?

— Não existe isso de infantaria montada, pelo menos hoje em dia — replicou Whittingham, ignorando o fato de que os dragões estavam contestando seu argumento. — Não funciona. Não é pau nem pedra. Você não pode ficar aqui, Browne — continuou. Em seguida bateu de novo no charuto e por fim um pouco de cinza caiu em sua bota. — Nossas ordens são para seguir o exército para o norte, não para ficar aqui.

O canhão espanhol que havia disparado foi recarregado com metralha e sua equipe virou a arma para os dragões a pé, que avançavam em ordem de escaramuça pelo topo do morro. Os artilheiros não ousavam atirar por enquanto, porque seus próprios escaramuçadores estavam no caminho. O som dos mosquetes era desconexo. Browne podia ver dois escaramuçadores espanhóis gargalhando.

— Eles deviam partir para cima dos desgraçados, feri-los e provocar uma carga. Então poderíamos matar todos.

Os dragões a pé abriram fogo. Foi apenas um salpico de balas de mosquete que saltaram pelo topo do morro e não causaram dano, mas seu efeito foi extraordinário. De repente os cinco batalhões espanhóis ressoavam com ordens sendo passadas. As companhias ligeiras foram chamadas de volta, as equipes de canhões foram empurradas rapidamente e, para perplexidade absoluta do major Browne, os canhões e os cinco batalhões simplesmente fugiram. Se fosse gentil, poderia ter chamado aquilo de recuo precipitado, mas não estava com humor para ser gentil. Eles fugiram. Foram o mais rápido que podiam, tropeçando pela encosta voltada para o mar, passando ao redor das palhoças de Barrosa e indo para o norte.

— Santo Deus — exclamou ele. — Santo Deus!

Os dragões inimigos estavam tão atônitos quanto o major Browne diante do efeito daquela saraivada insignificante, mas então os homens que haviam apeado correram de volta para seus cavalos.

— Formar quadrado! — gritou o major Browne, sabendo que um único batalhão numa linha de duas fileiras seria um alvo tentador para três esquadrões de dragões. As espadas longas, pesadas e de lâmina reta já estariam sussurrando para fora das bainhas. — Formar quadrado!

— Você não deveria ficar aqui, Browne! — gritou Whittingham para o major. Sua cavalaria havia seguido os espanhóis e agora o general esporeou atrás dela.

— Tenho minhas ordens! Tenho minhas ordens! Formar quadrado, rapazes! — Os flanqueadores de Gibraltar formaram um quadrado. Era um batalhão pequeno, com pouco mais de quinhentos mosquetes, mas num quadrado estavam suficientemente seguros diante dos dragões. — Levantem os calções, rapazes — gritou Browne —, e calem as baionetas!

Os dragões, todos montados de novo, chegaram sobre a crista. Suas espadas estavam desembainhadas. Seus guiões, pequenas bandeiras triangulares, haviam sido bordados com um N dourado, de Napoleão. Os elmos estavam polidos.

— São uns mendigos bem bonitos, não são, Blakeney? — zombou Browne enquanto montava de novo em sua sela.

O general Whittingham havia desaparecido, Browne não viu para onde, e parecia que os flanqueadores estavam sozinhos no Cerro del Puerco. A fila da frente do quadrado se ajoelhou. Os dragões haviam formado três linhas. Estavam olhando o quadrado, sabendo que a primeira saraivada derrubaria a fila da frente, mas imaginando se mesmo assim poderiam partir os casacas-vermelhas.

— Eles querem morrer, rapazes — gritou Browne —, portanto vamos dar isso a eles. É nosso dever divino.

A FÚRIA DE SHARPE

Então, de trás da capela arruinada, veio um único esquadrão dos hussardos da Legião Alemã do Rei. Cavalgavam em duas fileiras, usando macacões cinza, casacos azuis, elmos polidos e carregavam sabres. Cavalgavam unidos, bota com bota, e, enquanto passavam pelo canto do quadrado de Browne, a primeira fila esporeou entrando num galope. Estavam em menor número do que os dragões, mas atacaram e Browne ouviu o clangor de sabre contra espada. Os dragões, que não tinham começado seu avanço ainda, foram empurrados para trás. Um cavalo caiu, um dragão esporeou para longe da luta com o rosto cortado até o crânio, e um hussardo cavalgou de volta para o quadrado com uma espada atravessando a barriga. Caiu da sela a 50 metros da primeira fila de Browne e seu cavalo se virou imediatamente de volta para a luta, que era uma confusão de homens, cavalos e poeira. Os hussardos, tendo empurrado para trás a primeira fila de dragões, viraram-se e os franceses vieram atrás deles, mas então a corneta lançou a segunda linha de alemães contra os franceses, e os dragões foram golpeados para trás novamente. A primeira tropa se formou de novo, com o cavalo sem cavaleiro ocupando seu lugar na fileira. Um sargento e dois homens dos Rapazes Santos haviam levado o hussardo ferido para dentro do quadrado. O homem estava claramente morrendo. Ele olhou para Browne, murmurando em alemão.

— Tire a porcaria da espada! — gritou Browne para o cirurgião do batalhão.

— Isso vai matá-lo senhor.

— E se ela ficar onde está?

— Ele vai morrer.

— Então reze pela alma do pobre coitado, homem!

Agora os hussardos haviam retornado. Os dragões tinham se retirado deixando seis corpos no morro. Eles poderiam ter superado em número o esquadrão único de alemães, mas enquanto os alemães permanecessem perto da infantaria de casacas-vermelhas, os dragões estariam vulneráveis aos tiros, por isso seu comandante os levou morro abaixo para esperar reforços.

Browne esperou. Podia ouvir mosquetes longe, ao norte. Eram saraivadas, mas aquela era a luta de outras pessoas, por isso ignorou o som. Tinha recebido ordem de sustentar o morro e era um homem teimoso, então ficou sob o céu pálido com o vento trazendo o cheiro do mar. O líder do esquadrão de hussardos, um capitão, requisitou educadamente entrar no quadrado e tocou a aba do elmo diante de Browne.

— Acho que os dragões não vão incomodá-lo agora.

— Muito obrigado, capitão, muitíssimo obrigado.

— Sou o capitão Dettmer — apresentou-se o capitão.

— Sinto muito por esse colega. — Browne apontou na direção do hussardo agonizante.

Dettmer olhou para ele.

— Conheço a mãe dele — disse com tristeza, depois voltou-se para Browne. — Há soldados de infantaria vindo para o morro — continuou. — Vi quando estávamos lutando.

— Infantaria?

— Um número muito grande — anunciou Dettmer.

— Vamos olhar. — Browne ordenou que duas filas saíssem da formação em quadrado, depois levou o capitão Dettmer pela passagem. Os dois trotaram até a borda leste do morro e Browne viu o desastre que se aproximava. — Santo Deus, isso não é bom.

Quando havia olhado pela última vez, a charneca era um ermo de areia, capim, pinheiros e arbustos. Tinha visto a infantaria à distância, mas agora toda a charneca estava coberta de azul. Todo o grande mundo era uma massa de casacas azuis e cinturões brancos cruzando os peitos. Podia ver batalhão após batalhão de franceses, as águias brilhando ao sol da manhã enquanto o exército avançava para o mar.

— Santo Deus — repetiu Browne.

Porque apenas metade do exército francês marchava no bosque de pinheiros que os escondia do mar. A outra metade vinha na direção de Browne e seus 536 mosquetes.

Vinham diretamente para ele. Milhares.

SHARPE SUBIU A duna mais alta que encontrou e apontou a luneta sobre o rio Sancti Petri. Podia ver as costas dos franceses na praia e a fumaça de mosquetes escura ao redor das cabeças, mas a imagem oscilava porque o instrumento não tinha firmeza.

— Perkins!

— Senhor?

— Traga seu ombro aqui. Seja útil.

Perkins serviu como apoio para a luneta. Sharpe se curvou para a ocular. Mesmo com firmeza, era difícil dizer o que acontecia porque os franceses estavam numa formação de três fileiras e a fumaça da pólvora escondia tudo que ficava do outro lado. Disparavam continuamente. Ele não podia ver toda a linha francesa porque dunas escondiam o flanco esquerdo, mas estava olhando pelo menos mil homens. Podia ver duas águias e suspeitou que haveria pelo menos mais dois batalhões escondidos pelas formações arenosas.

— Eles são lentos, senhor. — Harper havia parado atrás dele.

— São lentos — concordou Sharpe.

Os franceses estavam disparando como batalhões, o que significava que os homens mais lentos ditavam o ritmo. Supôs que não estivessem conseguindo dar sequer três disparos por minuto, mas isso parecia suficiente porque os franceses sofriam pouquíssimas baixas. Virou a luneta muito lentamente ao longo da linha inimiga e viu que apenas seis corpos tinham sido arrastados para trás das fileiras, onde os oficiais cavalgavam de um lado para o outro. Podia ouvir, mas não ver, os mosquetes espannóis, e uma ou duas vezes, quando a fumaça se esgarçava, tinha um vislumbre dos espanhóis em seu azul mais claro, e achou que a linha deles devia estar a uns bons trezentos passos dos franceses. A essa distância era o mesmo que cuspir.

— Eles não estão suficientemente perto — murmurou.

— Posso olhar, senhor? — pediu Harper.

Sharpe conteve o comentário azedo de que essa luta não era de Harper, e em vez disso cedeu o lugar junto ao ombro de Perkins. Em seguida se virou e olhou para o mar, onde as ondas espumavam em volta de uma ilhota coberta pelas antigas ruínas de um forte. Uma dúzia de barcos de pesca estava logo depois da linha de ondas que corriam para a praia. Os pescadores assistiam à luta, e mais espectadores, atraídos pelos estalos dos mosquetes, vinham cavalgando de San Fernando. Sem dúvida logo haveria curiosos vindos de Cádis.

Sharpe pegou a luneta de Harper de volta. Fechou-a, com os dedos passando sobre a plaquinha de latão pregada no cano maior, engastado em nogueira. "Em gratidão, AW, 23 de setembro de 1803", dizia a placa, e Sharpe se lembrou da afirmação petulante de Henry Wellesley de que a luneta, um ótimo instrumento feito por Matthew Berge de Londres, não era o presente generoso que Sharpe sempre supusera, e sim um instrumento sobressalente que lorde Wellington não queria. Não que isso importasse. Mil oitocentos e três, pensou. Fazia tanto tempo! Tentou se lembrar daquele dia em que lorde Wellington, na época Sir Arthur Wellesley, ficara atordoado e Sharpe o protegera. Pensou ter matado cinco homens na luta, mas não tinha certeza.

Os engenheiros espanhóis estavam colocando as pranchas nos últimos 10 metros da ponte flutuante. Essas pranchas, que formavam a pista, eram mantidas na margem de Cádis para impedir qualquer travessia não autorizada da ponte, mas evidentemente o general Zayas agora queria a ponte aberta e Sharpe viu, com aprovação, que três batalhões espanhóis estavam se preparando para atravessá-la. Evidentemente Zayas decidira atacar os franceses pela retaguarda.

— Logo estaremos indo — anunciou a Harper.

— Perkins — rosnou Harper —, junte os outros.

— Não posso olhar pela luneta, sargento? — implorou Perkins.

— Você não tem idade suficiente. Mexa-se.

Demorou muito tempo para os três batalhões atravessarem. A ponte, construída com escaleres e não com barcaças, era estreita e balançava de modo assustador. Quando Sharpe e seus homens se juntaram ao capitão Galiana havia quase uma centena de curiosos chegados de San Fernando ou Cádis, e alguns tentavam convencer as sentinelas a deixá-los atravessar a ponte. Outros subiam nas dunas e apontavam lunetas para os franceses distantes.

— Eles estão impedindo todo mundo de cruzar a ponte — disse Galiana, nervoso.

A FÚRIA DE SHARPE

— Eles não vão deixar os civis passarem, vão? — respondeu Sharpe. — Mas diga uma coisa, o que você vai fazer do outro lado?

— Fazer? — perguntou Galiana, obviamente sem saber o que dizer. — Vou me fazer útil — sugeriu. — É melhor do que nada, não é? — Agora o último batalhão espanhol havia atravessado e Galiana esporeou seu cavalo. Apeou logo antes da ponte, preparando-se para guiar o animal pelas pranchas instáveis, mas antes que chegasse à pista um esquadrão de soldados espanhóis formou uma barricada improvisada. Um tenente levantou a mão para Galiana.

— Ele está comigo — declarou Sharpe antes que Galiana pudesse falar. O tenente, um homem alto com queixo barbado e robusto, olhou-o com agressividade. Estava claro que não entendia inglês, mas não iria recuar.

— Eu disse que ele está comigo — repetiu Sharpe.

Galiana falou num espanhol rápido, apontando para Sharpe.

— Você está com suas ordens? — disse em inglês, encarando Sharpe.

Sharpe não tinha ordens. Galiana falou de novo, explicando que Sharpe era encarregado de mandar uma mensagem ao general de divisão Sir Thomas Graham, e que as ordens estavam em inglês, que, claro, o tenente falava, não? Galiana explicou que ele próprio era o oficial de ligação de Sharpe. Nesse ponto Sharpe havia apanhado sua autorização de rações, que lhe permitia pegar carne, pão e rum para cinco fuzileiros nos depósitos do quartel-general em San Fernando. Estendeu o papel para o tenente que, diante dos fuzileiros hostis e do afável Galiana, decidiu ceder. Ordenou que os fardos fossem puxados de lado.

— No fim das contas precisei de você — apontou Galiana.

Ele segurava as rédeas muito perto da cabeça da égua e dava tapinhas continuamente no pescoço dela, que seguia cautelosamente pela pista de tábuas. A ponte, muito menos robusta que a destruída por Sharpe no Guadiana, estremecia sob os pés e se curvava rio acima, sob a pressão da maré montante. Assim que estavam a salvo do outro lado, Galiana montou e levou Sharpe para o sul, passando pelas fortificações de areia do forte temporário construído para proteger a ponte flutuante.

O general Zayas havia formado seus três batalhões numa linha atravessando a praia, onde agora marchavam lentamente, avançando. Os homens da direita tinham as botas lavadas esporadicamente pelas ondas. Sargentos gritavam para os homens ajeitarem a roupa. As bandeiras espanholas eram luminosas contra o céu claro. De longe veio o som de um canhão, um ruído mais profundo que o dos mosquetes, uma pancada no ar. O som morreu, mas por cima dos estalos constantes dos mosquetes mais próximos Sharpe pensou ter ouvido outros mosquetes disparando muito mais longe.

— Podem voltar agora — concedeu a Harper.

— Só vamos ver o que esses rapazes fazem, antes — respondeu Harper, apontando para os três batalhões espanhóis.

Os rapazes não precisaram fazer nada além de surgir. Vendo que seus homens seriam atacados pela retaguarda, o general Villatte ordenou que recuassem para o leste atravessando a enseada de Almanza. Eles carregaram seus feridos. Os espanhóis, vendo-os ir, soltaram um grito de vitória, depois giraram sobre as dunas para perseguir os franceses que recuavam e agora estavam em número inferior, quase de dois para um. Galiana, de pé nos estribos, sentiu-se exultante. Sem dúvida as forças espanholas combinadas, juntando-se do norte e do sul, agora poderiam perseguir os franceses atravessando a enseada e empurrá-los de volta para Chiclana, mas nesse momento a artilharia abriu fogo na outra margem da enseada de Almanza. Uma bateria de canhões de 12 libras tinha sido posta em terreno firme a leste e sua primeira salva foi de obuses comuns que explodiram em jorros de areia e fumaça. O avanço espanhol foi interrompido enquanto os homens se protegiam atrás das dunas. Os canhões dispararam pela segunda vez e uma bala sólida rasgou as fileiras que demoraram a encontrar abrigo. O restante da infantaria francesa havia atravessado a enseada e estava formando uma nova linha para enfrentar os espanhóis do outro lado da maré montante. Os canhões ficaram em silêncio enquanto sua fumaça pairava sobre a água que subia vagarosamente. Agora os franceses se contentaram em esperar. Sua força que havia bloqueado a retirada do exército tinha sido empurrada para o lado, mas seus canhões ainda podiam lançar obuses e balas sólidas contra qualquer oponente que marchasse para a ponte. Eles trouxeram uma segunda bateria e esperaram que a debandada começasse a partir do sul, onde os batalhões espanhóis, contentes por ter tirado os inimigos da praia, se acomodaram entre as dunas.

Desapontado porque a perseguição não havia continuado através da estreita enseada de Almanza, Galiana tinha cavalgado até um grupo de oficiais espanhóis e agora voltava para perto de Sharpe.

— O general Graham está ao sul, com ordens de trazer a retaguarda para cá.

Sharpe podia ver uma névoa de fumaça de mosquetes se afastando de um morro 3 quilômetros ou mais ao sul.

— Ele ainda não está vindo, por isso talvez eu vá encontrá-lo. Pode voltar agora, Pat.

Harper ficou pensando.

— E o que o senhor vai fazer?

— Só vou dar um passeio na praia.

Harper encarou os outros fuzileiros.

— Alguém aqui quer dar um passeio na praia comigo e o Sr. Sharpe? Ou querem voltar e convencer aquele tenente maligno a deixar vocês atravessarem a ponte?

Os fuzileiros não disseram nada até que outro canhão soou longe, no sul. Então Harris franziu a testa.

— O que está acontecendo lá embaixo?

— Não tem nada a ver com a gente — respondeu Sharpe.

Às vezes Harris podia ser um advogado de alojamento, e já ia protestar dizendo que a luta não era da conta deles. Então viu o olhar de Harper e decidiu ficar quieto.

— Só vamos dar um passeio na praia — repetiu Harper —, e é um belo dia para uma caminhada. — Ele viu a expressão interrogativa de Sharpe. — Eu estava pensando nos Faughs, senhor. Eles estão lá em cima, todos aqueles pobres rapazes de Dublin, e achei que gostariam de ver um irlandês de verdade.

— Mas nós não vamos lutar? — perguntou Harris.

— O que você acha que é, Harris? Um maldito soldado? — perguntou Harper causticamente. E tomou cuidado para não encarar Sharpe. — Claro que não vamos lutar. Você ouviu o Sr. Sharpe. Vamos dar um passeio na praia, é só isso que vamos fazer, porcaria.

E foi o que fizeram. Foram dar um passeio na praia.

CERTO DE QUE a retaguarda estava bem protegida pela brigada posta no Cerro del Puerco, Sir Thomas estava encorajando suas tropas ao longo da estrada que passava pelo comprido bosque de pinheiros na beira da praia.

— Não falta muito, rapazes! — gritava enquanto cavalgava pela linha. — Não falta muito para chegarmos! Agora se animem!

A intervalos de alguns segundos olhava para a direita, como se esperando o surgimento de um cavaleiro trazendo notícias de um avanço inimigo. Whittingham havia recebido ordem de postar *vedettes* na borda interna do bosque, mas nenhum desses homens apareceu e Sir Thomas supôs que os franceses estivessem contentes em deixar que o exército aliado recuasse vergonhosamente para Cádis. Os tiros à frente haviam cessado. Obviamente uma força francesa tinha bloqueado a praia, mas agora fora expulsa, e os disparos ao sul também tinham morrido. Sir Thomas achou que isso havia sido mera provocação, provavelmente uma patrulha de cavalaria chegando perto demais da brigada espanhola no cume do Cerro del Puerco.

Parou para olhar os casacas-vermelhas marchando e notou como os homens cansados empertigavam as costas ao vê-lo.

— Não falta muito, rapazes — disse. Pensou no quanto gostava daqueles homens. — Deus os abençoe, rapazes — gritou —, e agora não falta muito. — Não falta muito o quê?, pensou azedamente. Aqueles soldados mortos de cansaço tinham marchado a noite inteira, carregando mochilas, sacos, armas e rações, e tudo por nada, tudo para uma retirada com o rabo entre as pernas de volta à Isla de León.

Houve gritos ao norte. Um homem berrou um desafio e Sir Thomas olhou pela trilha, mas não viu nada nem ouviu tiros. Um instante depois um oficial montado dos Abas de Prata voltou rapidamente pela trilha com dois cavaleiros logo atrás. Eram civis armados de mosquetes, sabres, pistolas e facas. Guerrilheiros, pensou Sir Thomas, dois dos homens que tornavam a vida dos exércitos franceses que ocupavam a Espanha um tremendo inferno.

— Eles querem falar com o senhor — disse o oficial dos Abas de Prata.

Os dois guerrilheiros falaram ao mesmo tempo. Falavam depressa, agitados, e Sir Thomas os acalmou.

— Meu espanhol é precário, portanto falem devagar.

— Os franceses — começou um deles, e apontou para o leste.

— De onde vocês vieram? — perguntou Sir Thomas.

Um dos homens explicou que faziam parte de um grupo maior que havia seguido os franceses nos últimos três dias. Seis homens tinham cavalgado desde Medina Sidonia e esses dois eram os únicos sobreviventes porque alguns dragões os haviam apanhado logo depois do alvorecer. Os dois foram perseguidos em direção ao mar e haviam acabado de atravessar a charneca.

— Que está cheia de franceses — disse o segundo homem, sério.

— Vindo para cá — acrescentou o primeiro.

— Quantos franceses? — perguntou Sir Thomas.

— Todos — responderam os dois ao mesmo tempo.

— Então vamos olhar — anunciou Sir Thomas, e levou os dois, junto aos seus ajudantes, para o interior, através dos pinheiros. Precisou se abaixar sob os galhos. O bosque era amplo e profundo, denso e sombreado. Agulhas de pinheiro cobriam o solo arenoso, abafando o som dos cascos dos cavalos.

O bosque terminou abruptamente, dando lugar à charneca ondulante que se estendia sob o sol da manhã. E lá, preenchendo o grande mundo, estavam os cinturões atravessados nas casacas azuis.

— Señor? — chamou um dos guerrilheiros, indicando os franceses como se ele mesmo os tivesse criado.

— Santo Deus — murmurou Sir Thomas. Depois não falou mais nada durante um tempo, apenas ficou olhando o inimigo que se aproximava. Os dois guerrilheiros pensaram que o general estava chocado demais para falar. Afinal de contas, ele via a aproximação do desastre.

Mas Sir Thomas estava pensando. Notava que os franceses marchavam com os mosquetes pendurados nos ombros. Não podiam ver as tropas inimigas à frente, e assim, em vez de estarem entrando na batalha, marchavam até ela. Havia uma diferença. Homens que marchavam para a batalha podiam ter mosquetes carregados, mas os mosquetes não estariam engatilhados. Sua artilharia não estava organizada, e demoraria para os franceses organizarem os canhões porque os canos pesados precisavam ser erguidos da posição de viagem para a de disparo. Resumindo, pensou Sir Thomas, esses franceses não estavam prontos para a luta. Esperavam uma luta, mas não imediatamente. Sem dúvida acreditavam que precisariam passar primeiro pelo bosque de pinheiros, e só então esperariam o início da matança.

— Deveríamos seguir o general Lapeña — observou nervoso o oficial de ligação.

Sir Thomas o ignorou. Ainda estava pensando, os dedos batendo no arção da sela. Se continuasse indo para o norte, os franceses cortariam o caminho da brigada no morro acima de Barrosa. Girariam para a direita e atacariam pela praia, e Sir Thomas seria obrigado a improvisar uma defesa com seu flanco esquerdo aberto ao ataque. Não, pensou, era melhor lutar com os desgraçados ali. Não seria fácil, seria uma batalha desordenada, mas era melhor isso do que continuar seguindo para o norte e avermelhar o mar com seu sangue.

— Milorde — ele estava usando uma formalidade pouco característica quando se dirigiu a lorde William Russell —, mande meus cumprimentos ao coronel Wheatley, e diga que ele deve trazer sua brigada para cá e encarar esses sujeitos. Diga para mandar os escaramuçadores o mais rápido que puder! Quero o inimigo lutando com as companhias ligeiras enquanto o restante da brigada dele sobe. Os canhões devem vir para cá. Aqui mesmo.

— Ele bateu com a mão no chão em que seu cavalo estava. — Depressa, agora, não temos tempo a perder! — Em seguida chamou outro ajudante, um jovem capitão que usava a casaca vermelha com debruns azuis dos 1º Regimento de Infantaria de Guarda. — James, mande meus cumprimentos ao general Dilkes e diga que quero a brigada dele aqui. — Fez um gesto para a direita. — Ele deve se posicionar entre os canhões e o morro. Ordene que ele mande seus escaramuçadores primeiro! Depressa, agora! O mais depressa que ele puder!

A FÚRIA DE SHARPE

Os dois ajudantes desapareceram entre as árvores. Sir Thomas se demorou um momento, olhando a aproximação dos franceses que agora estavam a menos de 800 metros de distância. Era uma aposta enorme. Queria acertá-los enquanto estavam despreparados, mas sabia que demoraria para trazer seus batalhões por entre as árvores densas, motivo pelo qual havia pedido que as companhias ligeiras fossem primeiro. Elas poderiam formar uma linha de escaramuça na charneca e começar a matar os franceses, e Sir Thomas poderia apenas esperar que os escaramuçadores segurassem os franceses por tempo suficiente para o restante dos batalhões chegar e começar suas saraivadas mortais. Voltou-se para o oficial de ligação.

— Faça a gentileza de cavalgar até o general Lapeña e dizer que minha intenção é travar batalha contra eles, e que me sentiria honrado — ele estava escolhendo as palavras cuidadosamente — se o general pudesse levar homens para o flanco direito do inimigo.

O espanhol se afastou e Sir Thomas olhou de novo para o leste. Os franceses estavam chegando em duas colunas gigantescas. Planejava enfrentar a coluna do norte com a brigada de Wheatley, enquanto o general Dilkes e seus guardas confrontariam a coluna mais próxima do Cerro del Puerco.

O morro era sua única vantagem, pensou enquanto cavalgava de volta para os pinheiros. Havia canhões espanhóis no cume que poderiam disparar contra os franceses. O morro era uma fortaleza que protegia seu vulnerável flanco direito, e, se os franceses pudessem ser contidos na planície, a brigada no morro poderia ser usada para atacar o flanco inimigo. Graças a Deus o morro era seu, pensava enquanto saía do meio das árvores.

Só que não era. O Cerro del Puerco fora abandonado e, ao mesmo tempo que Sir Thomas havia cavalgado para o sul, os primeiros batalhões franceses iam subindo as encostas no lado leste do morro. Agora o inimigo dominava o Cerro del Puerco e as únicas tropas aliadas à vista eram os quinhentos homens dos flanqueadores de Gibraltar. Em vez de sustentar o terreno elevado, estavam se formando numa coluna de marcha ao pé do morro.

— Browne! Browne! — gritou Sir Thomas enquanto partia a meio galope na direção da coluna. — Por que você está aqui? Por quê?

— Porque metade do exército francês está subindo a porcaria do morro, Sir Thomas.

— Onde estão os espanhóis?

— Fugiram.

Sir Thomas encarou Browne durante um segundo.

— Bem, isso é ruim, Browne, mas você deve dar meia-volta imediatamente e atacar.

Os olhos do major Browne se arregalaram.

— O senhor quer que eu ataque metade do exército deles? — perguntou incrédulo. — Eu vi seis batalhões e uma bateria de artilharia chegando! Só tenho 536 mosquetes.

Browne, abandonado pelos espanhóis, tinha visto a massa de soldados de infantaria e canhões se aproximar do morro e havia decidido que a retirada era melhor do que o suicídio. Não havia outras tropas britânicas à vista e ele não tinha promessas de reforços, por isso havia levado seus flanqueadores de Gibraltar para o norte, saindo do morro. Agora estava recebendo a ordem de voltar e respirou fundo, como se estivesse se preparando para o sofrimento.

— Se devemos, iremos — disse ele, aceitando estoicamente o destino.

— Vocês devem porque eu preciso do morro — respondeu Sir Thomas. — Sinto muito, Browne, eu preciso dele. Mas o general Dilkes está vindo. Eu mesmo vou levá-lo até você.

Browne se virou para seu ajudante.

— Major Blakeney! Ordem de escaramuça! De volta para o morro! Vamos expulsar aqueles demônios!

— Sir Thomas? — interrompeu um ajudante, depois apontou o cume do morro, onde os primeiros batalhões franceses já apareciam. Casacas azuis surgiam na linha do horizonte, uma vastidão de casacas azuis prontas para descer a encosta e abrir caminho ao longo do bosque de pinheiros.

Sir Thomas olhou os franceses.

— Os escaramuçadores não vão impedi-los, Browne. Vocês terão que lhes dar umas saraivadas de mosquetes.

A FÚRIA DE SHARPE

— Ordem cerrada! — bramiu Browne para seus homens, que haviam começado a se formar em ordem de escaramuça.

— Eles têm uma bateria de canhões lá em cima, Sir Thomas — avisou o ajudante, baixinho.

Sir Thomas ignorou a informação. Não importava se os franceses tivessem toda a artilharia do imperador no topo do morro, mesmo assim eles precisavam ser atacados. Tinham de ser expulsos do morro, e isso significava que a única tropa disponível teria que subir a encosta e fazer um ataque que mantivesse os franceses no lugar até os guardas do general Dilkes chegarem para ajudá-los.

— Deus esteja com você, Browne — desejou Sir Thomas, muito baixinho, para que apenas o major ouvisse. Sir Thomas sabia que estava mandando os homens de Browne para a morte, mas eles precisavam morrer para que houvesse tempo de os guardas chegarem. Mandou um ajudante para os homens de Dilkes. — Ele deve ignorar minha última ordem e trazer seus homens para cá com o mais rápido possível. O mais rápido possível! Vá!

Sir Thomas havia feito o que podia. O litoral entre os povoados de Barrosa e Bermeja era formado por 3 quilômetros de confusão em que dois ataques franceses começavam a se formar, um contra o bosque de pinheiros e o outro já tendo capturado o morro crucial. Sir Thomas, sabendo que o inimigo estava à beira da vitória, deveria apostar tudo na capacidade de luta de seus homens. Suas duas brigadas estariam em número inferior, e uma delas deveria atacar morro acima. Se qualquer uma fracassasse, todo o exército seria perdido.

Atrás dele, na charneca aberta do outro lado do bosque, os primeiros fuzis e mosquetes dispararam.

E Browne marchou com seus homens de volta ao morro.

CAPÍTULO XI

Sharpe e seus fuzileiros, ainda acompanhados pelo capitão Galiana, passavam pelo exército espanhol que, em sua maioria, parecia estar descansando na praia. Galiana apeou quando chegaram ao povoado de Bermeja e levou seu cavalo por entre as choupanas. O general Lapeña e seus ajudantes estavam lá, abrigando-se do sol sob uma estrutura com redes de pesca postas para secar. Havia uma torre de vigia na aldeia, e seu cume naquele momento era coroado por oficiais espanhóis olhando para o sul com lunetas. O som de mosquetes vinha daquela direção, mas estava muito abafado, e ninguém no exército espanhol parecia particularmente interessado. Galiana montou de novo quando saíram da aldeia.

— Aquele era o general Lapeña? — perguntou Sharpe.

— Era — respondeu Galiana azedamente. Tinha caminhado puxando o cavalo para não ser notado pelo general.

— Por que ele não gosta de você?

— Por causa do meu pai.

— O que o seu pai fez?

— Ele era do exército, como eu. Desafiou Lapeña para um duelo.

— E?

— Lapeña não quis lutar. É um covarde.

— Qual foi o motivo da discussão?

— Minha mãe — respondeu Galiana, sem entrar em detalhes.

Ao sul de Bermeja a praia estava vazia, a não ser por alguns barcos de pesca puxados para a areia. Os barcos eram pintados de azul, amarelo e vermelho e tinham grandes olhos pretos na proa. Os tiros de mosquete ainda soavam abafados, mas Sharpe via fumaça subindo por trás dos pinheiros que se amontoavam densos atrás das dunas. Caminharam em silêncio até que, cerca de 800 metros depois da aldeia, Perkins disse que viu uma baleia.

— O que você viu foi a porcaria do seu rum — disse Slattery. — Você viu e bebeu.

— Eu vi, senhor, vi sim! — apelou ele a Sharpe, mas o capitão não se importava com o que Perkins tinha visto ou não, e o ignorou.

— Uma vez eu vi uma baleia — interveio Hagman. — Estava morta. Fedendo.

Perkins olhava o mar outra vez, esperando ver o que quer que ele pensara ser uma baleia.

— Talvez tivesse as costas de uma doninha — sugeriu Harris. Todos olharam para ele.

— Ele está bancando o espertinho de novo — disse Harper em tom superior. — Ignorem.

— É Shakespeare, sargento.

— Não me importa se é a porcaria do arcanjo Gabriel, você só está se mostrando.

— Tinha um sargento Shakespeare no 48° — disse Slattery —, e era um tremendo sacana. Morreu sufocado com uma castanha.

— Não é possível morrer assim! — rebateu Perkins.

— Ele morreu. A cara ficou azul. E foi bem-feito. Era um sacana.

— Deus salve a Irlanda — exclamou Harper. Suas palavras não foram provocadas pelo falecimento do sargento Shakespeare, e sim por uma cavalgada que vinha a toda velocidade na direção deles. As mulas que carregavam as bagagens, que vinham fazendo a retirada pela praia e não pela trilha nos pinheiros, haviam surgido do nada.

— Fiquem parados — ordenou Sharpe.

Eles se mantiveram num grupo unido enquanto as mulas passavam a toda velocidade dos dois lados. O capitão Galiana gritou para os tropeiros que passavam, querendo saber o que havia acontecido, mas os homens seguiram em frente.

— Não sabia que você esteve no 48°, Fergus — retomou Hagman.

— Três anos, Dan. Depois eles foram para Gibraltar, só que eu estava doente e fiquei no quartel. Quase morri.

Harris tentou agarrar uma mula que se desviou.

— E como você entrou para os fuzileiros?

— Eu era empregado do capitão Murray — respondeu Slattery. — E, quando ele entrou para os fuzileiros, me levou.

— O que um irlandês estava fazendo no 48°? — quis saber Harris. — O 48° é de Northamptonshire.

— Eles recrutaram em Wicklow.

O capitão Galiana conseguira parar um tropeiro e obteve do fugitivo uma história confusa sobre um ataque francês avassalador.

— Ele diz que o inimigo tomou aquele morro — repassou Galiana, apontando para o Cerro del Puerco.

Sharpe tirou sua luneta e, de novo usando Perkins como suporte, olhou para o topo do morro. Podia ver uma bateria francesa no cume e pelo menos quatro batalhões de casacas-azuis.

— Eles estão lá em cima — confirmou. Em seguida virou a luneta para a aldeia entre o morro e o mar e viu soldados da cavalaria espanhola. Também havia infantaria espanhola, 2 ou 3 mil homens, mas tinham marchado por uma pequena distância para o norte e agora descansavam entre as dunas no topo da praia. Nem a cavalaria nem a infantaria pareciam preocupadas com a posse francesa do morro, e o som da luta não vinha das encostas, e sim de trás do bosque de pinheiros à esquerda de Sharpe.

Sharpe ofereceu a luneta a Galiana, que balançou a cabeça.

— Eu tenho a minha — disse ele. — O que eles estão fazendo?

— Quem? Os franceses?

— Por que não atacam morro abaixo?

— O que aquelas tropas espanholas estão fazendo? — perguntou Sharpe.

— Nada.

— O que significa que não são necessárias. O que provavelmente significa que há um monte de homens esperando que os franceses desçam o morro, e enquanto isso a luta acontece por lá. — Ele apontou na direção dos pinheiros. — E é para lá que eu vou. — A confusão de mulas em pânico havia passado. Os tropeiros ainda estavam correndo para o norte, pegando os pães duros que caíam dos cestos dos animais. Sharpe pegou um e partiu ao meio.

— Estamos procurando o 8º, senhor? — perguntou Harper enquanto andavam na direção dos pinheiros.

— Eu estou, mas não acho que vá encontrá-lo.

Uma coisa era declarar a ambição de encontrar o coronel Vandal, mas duvidava de que teria sucesso no caos. Nem sabia se o 8º dos franceses estava ali, e, se estava, poderia ser em qualquer lugar. Sabia que alguns franceses se encontravam atrás do riacho onde ameaçavam a rota do exército para Cádis. Havia muitos outros no morro distante, e sem dúvida outros atrás do bosque de pinheiros. Era lá que os canhões soavam, por isso era aonde Sharpe iria. Subiu ao topo da praia, chegou com dificuldade a uma ribanceira arenosa e depois mergulhou na sombra dos pinheiros. Galiana, que parecia não ter um plano a não ser ficar com Sharpe, apeou de novo porque os galhos dos pinheiros eram muito baixos.

— Você não precisa vir junto, Pat — declarou Sharpe.

— Eu sei, senhor.

— Quero dizer que nós não temos negócios aqui.

— Tem o coronel Vandal, senhor.

— Se nós o acharmos — disse Sharpe, em dúvida. — A verdade, Pat, é que estou aqui porque gosto de Sir Thomas.

— Todo mundo fala bem dele, senhor.

— E esse é o nosso serviço, Pat — enfatizou Sharpe com mais aspereza. — Há uma luta e nós somos soldados.

— Então temos negócios aqui?

— Claro que sim.

Harper deu alguns passos em silêncio.

— Então o senhor não ia deixar que a gente voltasse, não é?

— Vocês teriam ido?

— Estou aqui, senhor — expôs Harper, como se isso respondesse.

Os tiros de mosquete vindos da frente soavam mais pesados. Até aquele momento parecia fogo de escaramuça, os estalos de galhos partidos da infantaria ligeira disparando de modo independente, mas agora o ruído mais pesado das saraivadas atravessava as árvores. Ao fundo Sharpe ouvia o belo floreio das cornetas e o ritmo dos tambores, mas não reconhecia a música, por isso percebeu que devia ser uma banda francesa tocando. Então uma série de estrondos mais altos anunciou o disparo de canhões. Balas chicotearam entre as árvores, derrubando agulhas e galhos de pinheiro. Os franceses estavam disparando metralha, e o ar cheirava a resina e fumaça de pólvora.

Chegaram a uma trilha esburacada pelas rodas dos canhões. Algumas mulas estavam amarradas às árvores, vigiadas por três homens de casacas vermelhas com debruns amarelos.

— Vocês são Hampshires? — perguntou Sharpe.

— Sim, senhor — respondeu um homem.

— O que está acontecendo?

— Não sei, senhor. Só disseram para a gente vigiar as mulas.

Sharpe foi em frente. Os canhões disparavam constantemente, as saraivadas de mosquetes espocavam com ritmo, mas os dois lados não haviam se aproximado porque os escaramuçadores ainda estavam espalhados. Sharpe sabia disso pelo som. Balas de mosquetes e metralha passavam entre as árvores, sacudindo os galhos como um vento súbito.

— Os patifes estão atirando alto — disse Harper.

— Eles sempre fazem isso, graças a Deus — respondeu Sharpe.

O som da batalha ficou mais alto à medida que eles se aproximavam da borda do bosque. Um fuzileiro português, com o uniforme marrom enegrecido de sangue, estava morto junto ao tronco de um pinheiro. Evidentemente havia se arrastado até ali, deixando uma trilha de sangue nas agulhas. Havia um crucifixo em sua mão esquerda, o fuzil ainda na direita. Um casaca-vermelha estava cinco passos depois, tremendo e sufocando, com um buraco de bala escuro no debrum amarelo da casaca.

Então Sharpe estava fora das árvores.

E encontrou a chacina.

A FÚRIA DE SHARPE

O major Browne subia o morro a pé, deixando o cavalo amarrado no tronco de um pinheiro. E cantava enquanto subia. Tinha uma bela voz, muito valorizada nas apresentações para passar o tempo na guarnição de Gibraltar.

— Come, cheer up, my lads! 'Tis to glory we steer, to add something more to this wonderful year; to honour we call you, not press you like slaves, for who are so free as the sons of the waves?* — Era uma canção naval, muito entoada pelas tripulações dos navios que atracavam em Gibraltar, e ele sabia que não era totalmente adequada para aquele ataque encosta norte acima do Cerro del Puerco, mas o major gostava de "Heart of Oak".

— Deixem-me ouvi-los! — gritou, e as seis companhias de seu batalhão improvisado cantaram o refrão.

— Heart of oak are our ships, heart of oak are our men. We always are ready; steady, boys, steady! We'll fight and we'll conquer again and again** — cantaram de modo desigual.

No breve silêncio após o refrão o major ouviu nitidamente os estalos dos cães de armas sendo puxados no cume do morro. Podia ver quatro batalhões de infantaria francesa lá em cima e suspeitava que houvesse outros, mas os quatro que conseguia ver estavam engatilhando os mosquetes, preparados para matar. Um canhão estava sendo empurrado, de modo que o cano apontasse para baixo do morro. Uma banda tocava no cume. Era uma música animada, para matar, e Browne se pegou batendo com os dedos no punho da espada ao ritmo da canção francesa.

— É um barulho francês imundo, rapazes — gritou. — Não liguem para isso! — Agora não faltava muito, pensou, desejando ter sua própria banda para tocar uma canção inglesa de verdade. Não tinha músicos, por isso estrondeou a última estrofe de "Heart of Oak". — We'll still make

---

*Venham se alegrar, rapazes! Para a glória iremos, dar algo mais a este ano maravilhoso; à honra os chamamos, sem pressioná-los como escravos, pois quem é tão livre quanto os filhos das ondas? (*N. do E.*)
**Coração de carvalho têm nossos navios, coração de carvalho têm nossos homens. Estamos sempre prontos; firmes, rapazes, firmes! Vamos lutar e conquistar vezes sem conta (*N. do E.*)

them fear, and we'll still make them flee, and drub them on shore as we've drubbed them at sea. Then cheer up, my lads! And with one heart let's sing, our soldiers, our sailors, our leaders, our king!*

Os franceses abriram fogo.

A crista do morro desapareceu num grande turbilhão de fumaça branco-acinzentada e sufocante, e no centro, onde estava a bateria, a fumaça era ainda mais densa, uma súbita explosão de escuridão borbulhante, riscada de chamas, no meio da qual as metralhas se despedaçavam e as balas chicoteavam morro abaixo. E para Browne, seguindo nos calcanhares de seus homens, parecia que quase metade deles havia caído. Viu uma névoa de sangue por cima das cabeças, ouviu os primeiros sons ofegantes e soube que os berros viriam logo. Então os encarregados de fechar as fileiras, os sargentos e os cabos, estavam gritando para homens se juntarem no centro.

— Fechem! Fechem!

— Para cima, rapazes, para cima! — gritou Browne. — Vamos dar uma surra neles!

Havia começado com 536 mosquetes. Agora tinha pouco mais de trezentos. Os franceses possuíam pelo menos mil a mais, e Browne, passando por cima de um corpo despedaçado, viu as varetas inimigas se sacudindo na fumaça que começava a rarear. Era um milagre estar vivo, pensou. Um sargento passou por ele girando, a mandíbula arrancada e a língua pendendo numa barba que pingava sangue.

— Para cima, rapazes — gritou —, para a vitória!

Outro canhão disparou e três homens foram lançados de costas, batendo nas fileiras de trás e manchando o capim com jorros densos de sangue.

— Para a glória iremos! — gritou Browne, e os mosquetes franceses começaram a atirar de novo e então um garoto perto dele estava segurando a barriga, os olhos arregalados, o sangue escorrendo entre os dedos.

— Avante! — gritou Browne. — Avante!

---

*Vamos fazê-los temer, e vamos fazê-los fugir, e vencê-los na praia como vencemos no mar. Depois se animem, rapazes! E com um só coração vamos cantar, nossos soldados, nossos marinheiros, nossos líderes, nosso rei! (*N. do E.*)

Uma bala arrancou seu chapéu bicorne, virando-o. Ele estava com a espada na mão. Os franceses disparavam os mosquetes assim que eram recarregados, sem esperar a ordem de atirar em saraivadas, e a fumaça brotava no topo do morro. Browne podia ouvir balas acertando carne, ressoando nas coronhas dos mosquetes, e soube que tinha cumprido seu dever e não poderia fazer mais nada. Seus sobreviventes estavam se abrigando nas menores reentrâncias da encosta ou atrás de arbustos, e agora atiravam de volta, servindo como linha de escaramuça, e era tudo que poderiam ser. Metade de seus homens se fora — estavam caídos no morro, mancando de volta para baixo ou sangrando até a morte, ou então chorando em agonia — e as balas de mosquetes continuavam zumbindo, assobiando e atingindo as fileiras partidas.

O major Browne andava de um lado para o outro atrás da linha. Não era exatamente uma linha. Os soldados haviam sumido, arruinados pela artilharia ou derrubados pelas balas de mosquetes, mas os vivos não tinham recuado. Estavam atirando de volta. Carregando e atirando, provocando pequenas nuvens de fumaça que os escondiam do inimigo. Suas bocas estavam azedas por causa do salitre da pólvora e suas bochechas queimavam com as fagulhas dos fechos. Homens feridos lutavam para se juntar à linha onde carregavam e disparavam.

— Muito bem, rapazes! — gritava Browne. — Muito bem!

Ele esperava a morte. Estava triste com isso, mas seu dever era ficar de pé, caminhar pela linha, gritar encorajamentos e esperar pela bala de metralha ou mosquete que acabaria com sua vida.

— Venham se alegrar, rapazes! — cantou. — Para a glória iremos, dar algo mais a este ano maravilhoso; à honra os chamamos, sem pressioná-los como escravos, pois quem é tão livre quanto os filhos das ondas?

Um cabo caiu para trás, os miolos se derramando da testa. O homem devia estar morto, mas sua boca ainda se mexia espasmodicamente, até que Browne se inclinou e empurrou o queixo dele gentilmente para cima.

Blakeney, seu ajudante, ainda estava vivo e, como Browne, milagrosamente incólume.

— Nossos bravos aliados — disse Blakeney, tocando o cotovelo de Browne e fazendo um gesto para baixo do morro. Browne se virou e viu que a brigada espanhola que havia fugido do morro estava descansando a menos de 400 metros dali, sentada nas dunas. Virou as costas. Talvez viessem, talvez não, e suspeitava que não viriam. — Devo chamá-los? — perguntou Blakeney, gritando acima do som das armas.

— Você acha que eles virão?

— Não, senhor.

— E não posso dar ordens a eles. Não tenho patente. E os desgraçados podem ver que precisamos de ajuda e não estão se mexendo. Então deixe os cretinos para lá. — Continuou andando. — Vocês os estão segurando, rapazes! — gritou. — Vocês os estão segurando!

E era verdade. Os franceses haviam partido o ataque de Browne. Tinham despedaçado as fileiras vermelhas, tinham rasgado os flanqueadores de Gibraltar, mas os franceses não estavam avançando encosta abaixo até onde os sobreviventes de Browne seriam carne fácil para suas baionetas. Em vez disso atiravam, cravando mais balas no batalhão partido enquanto os casacas-vermelhas, os homens de Lancashire, os Rapazes Santos de Norfolk e os Abas de Prata de Gloucestershire atiravam de volta. O major Browne os via morrer. Um garoto do Abas de Prata girou para trás com o ombro esquerdo arrancado pelos restos afiados do invólucro de uma metralha, de modo que seu braço pendia preso por cartilagens e as costelas brancas se projetavam em meio à confusão vermelha do peito despedaçado. Ele desmoronou e começou a ofegar, chamando a mãe. Browne se ajoelhou e segurou a mão do garoto. Queria estancar o ferimento, mas ele era grande demais, por isso, sem saber o que fazer para consolar o soldado, cantou para ele.

E ao pé do morro, onde o bosque de pinheiros terminava, a brigada do general Dilkes se formou em duas fileiras. Havia o segundo batalhão do 1º Regimento de Infantaria de Guarda, três companhias do segundo batalhão do 3º de Infantaria de Guarda, duas companhias de fuzileiros e metade do 67º de Infantaria que de algum modo havia acompanhado os homens de Dilkes e, em vez de tentar se reunir de novo ao restante de seu batalhão, permanecera para lutar com os guardas e os Limpadores. O general Dilkes desembainhou a espada e enrolou o pendente com borla no pulso. Suas ordens eram para tomar o morro. Olhou para cima e viu a encosta apinhada de homens feridos comandados por Browne. Também viu que seus homens estavam em número extremamente inferior e duvidou que os franceses pudessem ser expulsos do cume, mas tinha suas ordens. Sir Thomas Graham, que dera essas ordens, estava perto, atrás da bandeira vistosa do 3º de Infantaria de Guarda, os escoceses, e agora olhava ansioso para Dilkes, como se suspeitasse que ele estivesse adiando a ordem de atacar.

— Leve-os adiante! — ordenou Dilkes, sério.

— Brigada, avançar! — gritou o major da brigada. Um garoto do tambor deu uma pancada, depois um rufo, respirou fundo e começou a marcar o ritmo.

— Pelo centro! — gritou o major da brigada. — Marchem!

E subiram.

Enquanto seu colega, o general Ruffin, atacava o morro, o general Laval seguia na direção dos pinheiros. Tinha seis batalhões que, no total, contavam 4 mil homens marchando numa frente ampla. Laval mantinha dois batalhões atrás dos quatro que avançavam em divisões de colunas. Os batalhões franceses tinham apenas seis companhias, e uma coluna de divisões era composta por duas companhias de largura e três de profundidade. Seus tambores os instigavam.

O coronel Wheatley tinha 2 mil homens para lutar contra 4 mil, e começou desorganizado. Suas unidades estavam em ordem de marcha quando chegou a ordem de virar à direita e se preparar para a luta, e houve confusão no meio dos pinheiros. Duas companhias de Guardas de Coldstream estavam marchando entre os homens de Wheatley, mas não havia tempo para mandá-las se juntar às unidades de Dilkes no sul, onde era seu lugar, por isso marcharam para a batalha sob o comando de Wheatley. Faltava metade do 67º de Hampshire. Essas cinco companhias tinham ficado sob o comando de Dilkes, enquanto as cinco restantes estavam em seu lugar de direito, com Wheatley. Resumindo, era o caos, e a densidade dos pinheiros significava que os oficiais dos batalhões não conseguiam ver seus homens, mas os oficiais de companhia e os sargentos faziam seu serviço e levavam os casacas-vermelhas para o leste, por entre as árvores.

Os primeiros a sair dos pinheiros foram quatrocentos fuzileiros e trezentos escaramuçadores portugueses, que chegaram correndo. Muitos dos oficiais estavam a cavalo, e os franceses, atônitos ao ver o inimigo aparecer do bosque, acharam que a cavalaria estava para atacar. Essa impressão foi reforçada quando dez equipes de canhões, num total de oitenta cavalos, saíram das árvores na esquerda da frente francesa. Eles seguiam uma trilha que levava a Chiclana, mas assim que saíram das árvores viraram rapidamente para a direita levantando areia e pó. Os dois batalhões franceses mais próximos, vendo apenas cavalos na poeira, formaram quadrados para repelir a cavalaria. Os artilheiros saltaram dos armões, levantaram as conteiras dos canhões e apontaram os canos enquanto os cavalos eram levados de volta para a proteção dos pinheiros.

— Usem obuses! — gritou o major Duncan.

Obuses foram trazidos dos armões e oficiais cortaram os pavios bem curtos, porque os franceses estavam perto. Além disso, os franceses estavam numa confusão súbita. Dois batalhões haviam formado quadrados, prontos para receber uma cavalaria inexistente, e o restante hesitava quando os canhões ingleses abriram fogo. Obuses gritaram atravessando os 300 metros de charneca, deixando pequenas trilhas de fumaça dos pavios, e Duncan, montado em seu cavalo na lateral das baterias de modo que a fumaça dos canos não atrapalhasse sua visão, olhou os homens de uniformes azuis sendo derrubados violentamente pelos projéteis, depois ouviu as explosões no coração dos quadrados.

— Excelente! — gritou, e nesse momento a linha de escaramuça formada por fuzileiros e caçadores abriu fogo. Seus fuzis e mosquetes estalando, e os franceses pareceram se encolher diante da fuzilaria.

As primeiras filas das colunas atiraram de volta, mas os escaramuçadores estavam espalhados por toda a frente francesa e eram alvos pequenos para os mosquetes desajeitados, enquanto os franceses estavam em ordem cerrada e os fuzis praticamente não podiam errar. As duas baterias no flanco direito da linha inglesa dispararam de novo. Então Duncan viu parelhas de cavalos franceses sendo chicoteadas pela charneca. Contou seis canhões.

— Carreguem bala sólida! — gritou. — Virar à direita! — Homens levantaram as conteiras dos canhões com alavancas para mudar a mira.

— Acertem os canhões deles! — ordenou Duncan.

Agora os franceses estavam se recuperando. Os dois batalhões em quadrados tinham percebido o erro e se organizavam de novo em colunas. Ajudantes galopavam em meio aos batalhões, ordenando que marchassem, atirassem, rompessem a fina linha de escaramuça com saraivadas concentradas de mosquetes. Os tambores recomeçaram, batendo o *pas de charge* e parando para deixar que os homens gritassem *"Vive l'Empereur!"*. O primeiro esforço foi débil, mas oficiais e sargentos berravam para os homens gritarem mais alto, e na vez seguinte o grito de guerra saiu firme e desafiador. *"Vive l'Empereur!"*

— *Tirez!* — gritou um oficial, e as primeiras filas do 8º da linha derramaram uma saraivada contra os escaramuçadores à frente. — *Marchez! En avant!*

Agora era a hora de aceitar as baixas e esmagar os escaramuçadores. Os canhões ingleses haviam mudado a mira para a bateria francesa, de modo que não havia mais obuses acertando as fileiras. *"Vive l'Empereur!"* As oito fileiras atrás dos homens da frente de cada coluna passavam por cima dos mortos e agonizantes.

— *Tirez!*

Outra saraivada de mosquetes. Quatro mil homens marchavam na direção de setecentos. A bateria francesa disparava metralha por cima das colunas e o capim se curvava violentamente como se varrido por um vento súbito. Caçadores portugueses e fuzileiros ingleses eram atingidos, feridos e derrubados. Agora a linha de escaramuça estava recuando. Os mosquetes franceses se encontravam perto demais e os seis canhões inimigos faziam fogo enfiado contra eles. Houve uma breve pausa enquanto os artilheiros franceses, em vias de ser atrapalhados pelas colunas que avançavam, pegavam as cordas de arrasto e, apesar das balas sólidas caindo em volta, levavam seus canhões, avançando cem passos. Eles dispararam de novo e mais escaramuçadores foram transformados em trapos sangrentos. Os franceses sentiram o cheiro da vitória e os quatro batalhões da frente se apressaram. Seu fogo era irregular porque era difícil carregar enquanto marchavam, e em vez disso alguns homens calaram baionetas. Os escaramuçadores correram de volta, quase até a borda do bosque. Os dois canhões à esquerda de Duncan, vendo o perigo, giraram e lançaram metralha no batalhão francês mais próximo. Homens na primeira fila caíram numa névoa sangrenta como se uma foice gigantesca os tivesse trucidado.

Então, de repente, a borda do bosque estava apinhada de homens. Os Abas de Prata estavam à esquerda da linha de Wheatley, e perto deles se encontravam as duas companhias órfãs de Coldstreamers. Os irlandeses de Gough estavam à direita dos Guardas, em seguida a metade restante do 67º e, finalmente, perto dos dois canhões, duas companhias dos Couve-Flores, o 47º.

— Alto! — Os gritos ecoaram ao longo da linha.

— Esperem! — berrou um sargento. Alguns homens haviam levantado os mosquetes. — Esperem a ordem!

— Formar à direita! À direita!

Era uma confusão de vozes de oficiais gritando montados a cavalo, de sargentos reorganizando fileiras emboladas pela corrida caótica em meio às árvores.

— Olhem aquilo, rapazes! Olhem aquilo! Alegria na manhã! — O major Hugh Gough, montado num capão baio de County Meath, cavalgava atrás de seu batalhão do 87º. — Temos treino de tiro ao alvo, meus queridos — gritou. — Mas esperem um pouco, esperem um pouco.

Os batalhões recém-chegados recuperaram a formação.

— Levem-nos adiante! Levem-nos adiante! — gritavam os ajudantes de Wheatley, e a linha dupla entrou na charneca seguindo na direção dos escaramuçadores mortos e agonizantes. Uma bala sólida francesa atravessou o 67º, cortando um homem quase pela metade, espirrando sangue do morto em uma dúzia de outros.

— Fechar! Fechar!

— Alto! Apresentar!

A FÚRIA DE SHARPE

— *Vive l'Empereur!*

— Fogo!

Agora as regras inexoráveis da matemática se impunham na luta. Os franceses estavam em maior número do que os britânicos, numa relação de dois para um, mas os quatro batalhões da vanguarda francesa estavam em colunas de divisões, o que significava que cada batalhão era arrumado em nove fileiras e, na média, tinha 72 homens em cada fileira. Quatro batalhões com fileiras de 72 homens na vanguarda formavam uma frente de menos de trezentos mosquetes. Certo, os homens da segunda fileira podiam disparar por cima dos ombros dos colegas, mas mesmo assim os 4 mil homens de Laval só podiam usar seiscentos mosquetes contra a linha britânica, na qual cada homem podia atirar, e agora a linha de Wheatley tinha 1.400 homens. Os escaramuçadores, que tinham feito o serviço de atrasar o avanço francês, correram para os flancos. Então a linha de Wheatley disparou.

As balas de mosquete acertaram nas cabeças das unidades francesas. Os casacas-vermelhas estavam escondidos pela fumaça, e recarregavam atrás dela.

— Disparar por pelotões! — gritaram os oficiais, de modo que agora as saraivadas em sequência começariam, meia companhia disparando ao mesmo tempo, depois a metade seguinte, de maneira que as balas jamais parassem.

— Disparem baixo! — gritou um oficial.

Metralha atravessava a fumaça. Um homem girou para longe, sem um dos olhos, o rosto tendo virado uma máscara de sangue, mas havia muito mais sangue nos batalhões franceses, onde as balas transformavam as fileiras da frente em linhas mortuárias.

— Inferno — exclamou Sharpe.

Ele havia emergido do bosque no flanco direito da linha inglesa. À sua frente, à direita, estavam os canhões de Duncan, cada um deles recuando três passos ou mais a cada disparo. Ao lado dos canhões estavam os sobreviventes dos escaramuçadores portugueses, ainda atirando, e à esquerda ficava a linha de casacas-vermelhas. Sharpe se juntou aos portugueses de casacos marrons. Eles pareciam exaustos. Os rostos estavam manchados de pólvora e os olhos estavam brancos. Eram de um batalhão novo e jamais estiveram em batalha, mas tinham feito seu serviço e agora os casacas-vermelhas disparavam saraivadas. No entanto os portugueses haviam sofrido terrivelmente e Sharpe podia ver um número enorme de corpos vestidos de marrom caídos na frente do batalhão francês. Também podia ver casacos verdes, todos à esquerda da linha britânica.

Os batalhões franceses estavam espalhando suas frentes. Não faziam isso muito bem. Cada homem tentava encontrar um local para disparar seu mosquete, ou então procurava encontrar abrigo atrás dos colegas mais corajosos, e os sargentos os empurravam, em qualquer ordem. A metralha uivava ao redor de Sharpe e ele olhou instintivamente para trás, para se certificar de que nenhum dos seus homens tinha sido atingido. Todos estavam em segurança, mas um escaramuçador português agachado próximo de Sharpe tombou para trás com o pescoço aberto.

— Não sabia que você estava conosco! — gritou uma voz, e Sharpe se virou, vendo o major Duncan montado.

— Estou aqui.

— Seus fuzileiros podem desencorajar artilheiros?

Os seis canhões franceses estavam na frente. Dois já se encontravam fora de ação, acertados pelas balas sólidas de Duncan, mas os outros atiravam em ritmo irregular com sua odiosa metralha. O problema de atirar contra um canhão era a vasta nuvem de fumaça imunda que pairava depois de cada disparo, e esse problema ficava pior por causa da distância. Era longe, mesmo para um fuzil, mas Sharpe levou seus homens na direção dos portugueses e disse para atirarem contra os artilheiros franceses.

— É um serviço seguro, Pat — anunciou a Harper. — Não é uma luta de verdade.

— É sempre um prazer assassinar um artilheiro, senhor — respondeu Harper. — Não é mesmo, Harris?

Harris, que fora o mais enfático quanto a não entrar numa luta, engatilhou seu fuzil.

— É sempre um prazer, sargento.

A FÚRIA DE SHARPE

— Então fique feliz. Mate uma porcaria de artilheiro.

Sharpe olhou a infantaria francesa, mas podia ver pouco porque a fumaça dos mosquetes pairava na frente dela. Pôde ver duas águias em meio à fumaça, e ao lado delas as pequenas bandeiras nas alabardas levadas pelos encarregados de proteger o símbolo francês. Podia ouvir os meninos ainda tocando o *pas de charge* nos tambores, ainda que o avanço francês tivesse parado. O verdadeiro barulho vinha dos mosquetes, a tosse das saraivadas, o ruído implacável, e se prestasse atenção podia ouvir as balas batendo em mosquetes e entrando em carne. Também era possível ouvir os gritos dos feridos e os relinchos dos cavalos dos oficiais derrubados pelas balas. E estava pasmo, como sempre, com a coragem dos franceses. Eles vinham sendo golpeados com força, mas permaneciam onde estavam. Ficavam atrás de um monte de mortos, desviavam-se para deixar os feridos se arrastarem para trás, recarregavam e atiravam, e o tempo todo as saraivadas continuavam chegando. Sharpe não conseguia ver ordem no inimigo. Havia muito que as colunas tinham se partido numa linha grossa que se espalhava mais larga à medida que os homens encontravam espaço para usar os mosquetes, mas mesmo assim a linha improvisada ainda era densa e mais curta do que a inglesa. Só os ingleses e os portugueses lutavam em duas fileiras. Os franceses deveriam lutar em três quando se organizavam em linha, mas dessa vez estavam amontoados, com uma profundidade de seis ou sete homens em alguns lugares.

Um terceiro canhão francês foi atingido. Uma bala sólida despedaçou uma roda e o canhão tombou enquanto os artilheiros saíam do caminho.

— Bom tiro! — gritou Duncan. — Uma ração extra de rum para aquela equipe!

Ele não fazia ideia de qual de seus canhões tinha causado o dano, por isso daria rum a todas as equipes quando a luta acabasse. Um sopro de vento afastou a fumaça da bateria francesa e Duncan viu um artilheiro empurrando uma roda nova. Hagman, ajoelhado entre os portugueses, notou outro artilheiro trazendo seu armão para o canhão francês mais próximo, um morteiro. Hagman atirou e o artilheiro desapareceu por trás do cano curto.

Os ingleses não tinham música para inspirá-los. Não houvera espaço nos navios para trazer instrumentos, mas os músicos tinham vindo, armados com mosquetes, e agora faziam seu trabalho usual de resgatar os feridos e levá-los de volta para as árvores, onde os cirurgiões trabalhavam. O restante dos casacas-vermelhas continuava lutando. Faziam o que eram treinados para fazer: atirar com um mosquete. Carregar e atirar, carregar e atirar. Pegar um cartucho, morder a parte de cima, escorvar o fecho com uma pitada de pólvora da ponta mordida do cartucho, fechar o fuzil da caçoleta para manter a pitada no lugar, derramar o restante de pólvora pelo cano quente, enfiar o papel com a bala em cima como bucha e socá-lo. Levantar o mosquete, puxar o cão, lembrar-se de mirar baixo porque a arma bruta escoiceava feito uma mula, esperar a ordem, puxar o gatilho.

— Falhou! — gritou um homem, querendo dizer que seu fecho havia soltado a faísca, mas a carga no cano não tinha pegado fogo. Um cabo arrancou o mosquete dele, deu-lhe a arma de um morto, depois colocou o mosquete quebrado no capim atrás. Outros homens tinham que fazer uma pausa para trocar as pederneiras, mas as saraivadas nunca paravam.

Os franceses estavam ficando mais organizados, porém jamais dispa-rariam tão depressa quanto os casacas-vermelhas. Eles eram profissionais, enquanto a maioria dos franceses era de conscritos. Todos tinham sido con-vocados aos quartéis e recebido treinamento, mas não tinham permissão de treinar com pólvora de verdade. Para cada três balas que os britânicos disparavam na batalha, os franceses disparavam duas, de modo que a regra da matemática favorecia de novo os casacas-vermelhas, no entanto os franceses ainda estavam em maior número, e à medida que sua linha se espalhava os deuses da matemática tombaram a balança de volta na direção dos homens de casacas azuis. Mais e mais soldados do imperador podiam usar os mosquetes, e mais e mais casacas-vermelhas eram carre-gados de volta para os pinheiros. Na esquerda da linha britânica, onde nenhuma artilharia ajudava, os Abas de Prata estavam sendo golpeados com força. Agora sargentos comandavam as companhias. Estavam diante de dois inimigos para cada britânico, porque Laval tinha mandado um dos seus batalhões de apoio acrescentar fogo, e essa nova unidade havia se alinhado e golpeado forte com mosquetes novos. Agora a luta lembrava dois boxeadores se aproximando e golpeando repetidamente, cada soco de mãos nuas tirando sangue, nenhum dos dois se movendo, e era uma disputa para ver quem suportaria mais dor.

— O senhor! — disse uma voz atrás de Sharpe e ele se virou, alarmado, vendo um coronel a cavalo, mas ele não estava olhando Sharpe, mas fitava furiosamente o capitão Galiana. — Onde diabos estão os seus homens? Você fala inglês? Pelo amor de Deus, alguém pergunte onde estão os homens dele.

— Não tenho homens — admitiu Galiana rapidamente em inglês.

— Pelo amor de Deus, por que o general Lapeña não nos manda homens?

— Vou encontrá-lo, senhor — disse Galiana e, tendo algo útil para fazer, virou o cavalo para o bosque.

— Diga a ele que os quero à minha esquerda — rugiu o coronel atrás dele. — À minha esquerda!

O coronel era Wheatley, comandante da brigada, e cavalgou de volta para onde o 28º, os Dândis, os Aba de Prata e os Cortadores estavam sendo transformados em mortos ou agonizantes. Esse batalhão sofrido estava mais perto das tropas espanholas em Bermeja, mas o povoado se encontrava a mais de 1,5 quilômetro da luta. Lapeña tinha 9 mil homens lá. Estavam sentados na areia, com mosquetes guardados, e comiam o resto das rações. Mil espanhóis olhavam os franceses do outro lado da enseada de Almanza, mas esses franceses não se moviam. Qualquer batalha ao lado do rio Sancti Petri tinha morrido havia muito, e as garças, encorajadas pelo silêncio entre os exércitos, tinham voltado a caçar entre os juncos.

Sharpe havia pegado sua luneta. Seus fuzileiros continuavam atirando contra os artilheiros franceses, mas um canhão inimigo continuava incólume. Era o morteiro, e Duncan havia despedaçado a equipe dele com uma explosão de estilhaços bem-calculada.

— Acertem aqueles desgraçados que estão mais perto — ordenou Sharpe a seus homens, indicando a linha francesa, e agora a observava através da luneta.

A visão era de fumaça e casacas azuis. Baixou a luneta. Sentiu que a batalha havia chegado a uma pausa. Não que a matança tivesse parado, não que os mosquetes tivessem cessado de disparar, mas nenhum lado se movia para alterar a situação. Estavam pensando, esperando, matando enquanto esperavam, e pareceu a Sharpe que os franceses, apesar de estarem sofrendo mais com o fogo de mosquete dos casacas-vermelhas, haviam conseguido a vantagem. Tinham mais homens, por isso podiam se dar ao luxo de perder o duelo de mosquetes, e sua direita e seu centro estavam avançando devagar. Não parecia um movimento deliberado, e sim o resultado da pressão dos homens das fileiras de trás, que empurravam a linha francesa em direção ao mar. O flanco esquerdo francês estava empacado, porque era golpeado pelos canhões de Duncan, que já haviam tirado a artilharia francesa da luta, mas o flanco direito e o centro dos franceses não eram afetados pelos canhões. Já haviam passado por cima da linha de mortos, que era tudo que restava de suas filas de vanguarda originais, e estavam ficando mais ousados. Seu fogo, mesmo ineficiente comparado ao dos casacas-vermelhas, estava surtindo efeito. Com o alargamento da linha francesa e a colocação de dois de seus batalhões de reserva, as leis da matemática oscilaram novamente a favor dos franceses. Eles haviam recebido o pior que os britânicos podiam lhes dar, tinham sobrevivido, e agora avançavam lentamente para o inimigo enfraquecido.

Sharpe recuou alguns passos e olhou para trás da linha britânica. Não havia nenhuma tropa espanhola à vista e ele sabia que não havia reservas britânicas. Se os homens na charneca não pudessem fazer o serviço, os franceses provavelmente venceriam e o exército seria transformado numa turba. Voltou para seus homens, que agora disparavam contra a infantaria francesa mais próxima. Uma águia aparecia sobre o inimigo, e perto dela havia um grupo de cavaleiros. Sharpe apontou a luneta de novo e, pouco antes de a fumaça dos mosquetes obscurecer o estandarte, viu-o.

O coronel Vandal. Estava acenando com o chapéu, encorajando seus homens a avançar. Sharpe podia ver o pompom branco do chapéu, podia ver o bigode preto e fino, e sentiu um jorro de fúria absoluta.

— Pat! — chamou ele.

— Senhor? — Harper ficou alarmado com o tom de Sharpe.

A FÚRIA DE SHARPE

— Encontrei o desgraçado. — Sharpe tirou o fuzil do ombro. Ainda não o havia disparado, mas agora o engatilhava.

E os franceses sentiam a vitória. Seria um triunfo obtido com dificulda-de, mas seus tambores encontravam uma nova energia e a linha avançou mais uma vez.

— *Vive l'Empereur!*

PELO MENOS TRINTA oficiais haviam cavalgado de San Fernando para o sul. Tinham ficado na Isla de León quando as forças de Sir Thomas parti-ram, e nessa manhã de terça foram acordados pelo som dos tiros. Como estavam de folga, selaram os cavalos e cavalgaram, querendo descobrir o que acontecia do outro lado do rio Sancti Petri.

Foram para o sul ao longo da comprida praia atlântica da Isla de León, onde se juntaram a uma multidão de cavaleiros curiosos vindos de Cádis, que também seguiam para presenciar a batalha. Havia até carruagens sendo chicoteadas ao longo da areia. Não era todo dia que uma batalha era travada perto de uma cidade. O som dos canhões chacoalhando as janelas em Cádis impelira centenas de espectadores para o sul, ao longo do istmo.

O carrancudo tenente que guardava a ponte flutuante fez o máximo para impedir que esses espectadores atravessassem o rio, mas foi suplan-tado quando uma charrete veio rapidamente pela trilha. Seu cocheiro era um oficial inglês, o passageiro era uma mulher, e o oficial ameaçou usar o chicote contra o tenente caso a barricada não fosse removida. Foi mais a luxuosa presença de rendas prateadas no oficial que a ameaça do chicote que convenceu o tenente a ceder. Olhou com azedume enquanto a charrete atravessava a ponte precária. Esperava que uma roda escorregasse das tábuas e jogasse os passageiros no rio, mas os dois cavalos estavam em mãos hábeis e o veículo leve atravessou em segurança e acelerou pela praia distante. As outras carruagens eram grandes demais para passar, porém a multidão de cavaleiros seguiu a charrete e esporeou atrás dela.

O que viram após passar pelo improvisado forte que guardava a ponte flutuante foi uma praia cheia de soldados espanhóis descansando. Ani-mais da cavalaria estavam amarrados enquanto seus cavaleiros descansavam com chapéus sobre o rosto. Alguns jogavam baralho e a fumaça de charuto subia na brisa. Mais adiante ficava o morro acima de Barrosa, coberto por uma fumaça diferente, e mais fumaça subia numa nuvem suja acima de um bosque de pinheiros a leste, mas na praia ao lado do rio tudo estava quieto.

Estava calmo em Bermeja, onde o general Lapeña almoçava presunto frio com seu estado-maior. Ele olhou com surpresa quando a charrete passou a toda velocidade, as duas rodas levantando grandes jatos de areia da trilha que passava pela igreja do povoado e a torre de vigia.

— Um oficial inglês — observou ele. — Indo para o lado errado!

Houve risos educados. Mas alguns homens do Estado-Maior do general estavam sem graça por não fazerem nada enquanto os ingleses lutavam, e esse sentimento era mais forte no general Zayas, cujos homens haviam forçado a divisão de Villatte a sair da praia. Zayas tinha requisitado permissão para levar suas tropas mais para o sul e se juntar à luta, pedido que foi reforçado quando o capitão Galiana chegou num cavalo embranquecido de suor com o pedido de ajuda do coronel Wheatley. Lapeña recusou resolutamente o pedido.

— Nossos aliados estão simplesmente lutando numa ação de retaguarda — declarou em tom grandioso. — Se tivessem seguido as ordens, claro, nenhuma luta seria necessária, mas agora devemos permanecer aqui para garantir que eles tenham uma posição para onde recuar em segurança. — Ele havia olhado com beligerância para Galiana. — E o que você está fazendo aqui? — perguntou com raiva. — Não está postado na guarnição da cidade?

Galiana, cujo nervosismo por se aproximar de Lapeña fizera seu pedido soar áspero, até mesmo autoritário, nem ao menos se dignou a responder. Simplesmente lançou um olhar de escárnio absoluto ao general, depois virou seu cavalo cansado e esporeou de volta na direção do bosque de pinheiros.

— O pai dele era um idiota insolente — disse Lapeña com aspereza —, e o filho é igual. Precisa de lições de disciplina. Ele deveria ser postado na América do Sul, em algum lugar onde haja febre amarela.

Por um momento ninguém falou. O capelão de Lapeña serviu vinho, mas o general Zayas bloqueou sua taça pondo a mão sobre a borda.

— Pelo menos me deixe atacar atravessando a enseada — pediu a Lapeña.

— Quais são suas ordens, general?

— Estou pedindo ordens — insistiu Zayas.

— Suas ordens são para guardar a ponte, e esse é o seu dever, e você fará melhor permanecendo na posição atual.

Assim as tropas espanholas ficaram perto do rio Sancti Petri enquanto a charrete corria para o sul. Seu condutor era o brigadeiro Moon, que havia alugado o veículo no estábulo do correio do lado de fora da cidade. Teria preferido vir a cavalo, mas sua perna quebrada tornava isso extremamente doloroso. A charrete era apenas ligeiramente mais confortável. As molas eram duras e, mesmo estando com a perna quebrada apoiada no painel que impedia que a maior parte da areia levantada pelos cascos batesse em seu rosto, o osso que se recuperava ainda doía. Viu uma trilha se afastando da praia até os pinheiros e a seguiu, esperando que a estrada proporcionasse um piso melhor para os cavalos. Era verdade, e ele entrou habilmente na sombra das árvores. Sua noiva se agarrava à lateral da charrete e ao braço do brigadeiro. Ela afirmava ser a marquesa de San Augustin, a marquesa viúva.

— Não vou levar você até onde as balas voam, querida — disse Moon.

— Você me desaponta — retrucou ela. Usava um chapéu preto, do qual um véu fino pendia sobre o rosto.

— A batalha não é lugar para uma mulher. Certamente não para uma mulher linda.

Ela sorriu.

— Eu gostaria de ver uma batalha.

— E verá, e verá, mas de uma distância segura. Eu posso ir mancando e dar uma mão. — Moon bateu nas muletas postas ao seu lado. — Mas você vai ficar com a charrete, em segurança.

— Estou em segurança com você — disse a marquesa. Depois do casamento, segundo o brigadeiro, ela seria Lady Moon. — *La Doña Luna* sempre estará em segurança com você — continuou ela, apertando o cotovelo de

Moon. O brigadeiro reagiu ao seu gesto afetuoso com uma gargalhada.

— Por que isso? — perguntou *la marquesa*, ofendida.

— Eu estava pensando na cara de Henry Wellesley quando a apresentei ontem à noite! — explicou o brigadeiro. — Ele parecia uma lua cheia!

— Ele pareceu muito gentil — disse a marquesa.

— Ele estava com ciúme! Deu para ver! Eu não sabia que ele gostava de mulheres. Achei que era por isso que a esposa havia fugido, mas ficou claríssimo que ele gostou de você. Talvez eu tenha entendido mal o sujeito, não é?

— Ele foi muito educado.

— Ele é uma porcaria de um embaixador, tem mais é que ser educado. É para isso que ele serve.

O brigadeiro ficou em silêncio. Tinha visto uma trilha se ramificando para o leste através do bosque, e a curva era apertada, mas ele era capaz de conduzir cavalos como um cocheiro de verdade e pegou a curva de modo magistral. Agora o ruído da batalha era alto, e não estava longe, por isso puxou gentilmente as rédeas para frear os cavalos. Havia homens feridos dos dois lados da trilha.

— Não olhe, querida — disse ele. Havia um homem sem calça, retorcendo-se, e o ventre era uma massa de sangue. — Não deveria tê-la trazido.

— Quero conhecer o seu mundo — respondeu ela, apertando o cotovelo dele.

— Então deve me perdoar pelos horrores dele — disse Moon, galante.

Depois puxou as rédeas de novo porque havia saído das árvores e a linha de casacas-vermelhas sob a bandeira crivada de balas estava a apenas cem passos de distância. O terreno entre a charrete e os casacas-vermelhas era uma confusão de mortos, feridos, armas descartadas e capim queimado.

— Aqui está bom — disse o brigadeiro.

Os franceses haviam substituído a roda de um canhão de 12 libras e agora o puxavam de volta para a posição original, mas o comandante da bateria sabia que não podia ficar porque os canhões inimigos o usavam como alvo. Tinha sido obrigado a abandonar seu único morteiro na posição avançada, mas não perderia seu último canhão que estava carregado com um obus. Ordenou que o comandante do canhão disparasse o obus contra os casacas-vermelhas e depois recuasse com rapidez. O bota-fogo tocou o tubo de escorva, a chama saltou para a culatra e o canhão disparou deixando uma nuvem de fumaça, atrás da qual o comandante da bateria era capaz de arrastar sua última arma para uma posição segura.

O obus se chocou contra as fileiras do 67°, onde estripou um cabo, decepou a mão esquerda de um soldado e depois caiu na terra vinte passos atrás dos homens de Hampshire. O pavio soltava fumaça feito louco enquanto o obus girava na direção dos pinheiros. Moon o viu chegando e instigou os cavalos para a direita, para longe do projétil. Pôs as rédeas na mão direita, que já segurava o chicote, e o braço esquerdo em volta da marquesa, protegendo-a. Nesse momento o obus explodiu. Pedaços do invólucro passaram chicoteando por cima da cabeça dos dois, e um estilhaço se cravou sangrento na barriga do cavalo mais próximo, que partiu como se o próprio diabo estivesse sob os cascos. O cavalo do outro lado foi contaminado pelo pânico e os dois correram a toda velocidade. O brigadeiro puxou as rédeas, mas o barulho, a dor e o fedor de fumaça eram demais para os animais que correram obliquamente para a direita, com os olhos arregalados e em desespero. Viram uma abertura na linha britânica e partiram por ela num galope frenético. A charrete leve saltava de modo alarmante, fazendo o brigadeiro e a marquesa se agarrarem por suas vidas. Partiram pela abertura. Adiante havia fumaça, corpos e ar puro depois da fumaça. O brigadeiro puxou de novo, usando toda a força; a roda do lado externo bateu num cadáver e a charrete tombou. Eram veículos notórios por causar acidentes; a marquesa foi jogada no chão e o brigadeiro caiu em seguida, gritando abruptamente quando a borda traseira da charrete atingiu a perna quebrada. Suas muletas voaram enquanto os cavalos partiam desaparecendo na charneca, com a charrete se despedaçando atrás. Moon e a mulher que ele esperava se tornar *Doña Luna* foram deixados no chão perto do morteiro abandonado no flanco da coluna francesa.

Que avançou bruscamente gritando:

— *Vive l'Empereur!*

CAPÍTULO XII

Sir Thomas Graham se culpava. Se tivesse posto três batalhões britânicos no cume do Cerro del Puerco o morro jamais cairia na mão dos franceses. Agora isso havia acontecido, e ele precisava confiar que o coronel Wheatley sustentasse a longa linha dos pinheiros enquanto os homens de Dilkes corrigiam seu erro. Se fracassassem, e se a divisão francesa descesse pelo morro e varresse em direção ao norte, ela estaria na retaguarda de Wheatley e um massacre aconteceria. Os franceses precisavam ser expulsos do morro.

O general Ruffin tinha quatro batalhões na crista do morro e mantinha dois batalhões de granadeiros especialistas na reserva. Esses homens não carregavam mais granadas; em vez disso estavam entre os maiores homens da infantaria e famosos pela selvageria na luta. O marechal Victor, que sabia tão bem quanto Sir Thomas Graham que o morro era a chave para a vitória, havia cavalgado para se juntar a Ruffin; do cume, ao lado da capela arruinada, Victor podia ver a divisão de Laval avançar lentamente na direção dos pinheiros. Bom. Deixaria que lutassem sozinhos e levaria os homens de Ruffin para baixo, para ajudá-los. A praia estava quase vazia. Uma brigada da infantaria espanhola descansava perto da aldeia, mas por algum motivo não participava da luta, enquanto o restante do exército espanhol se encontrava longe, ao norte e, pelo que o marechal podia ver pela luneta, não se incomodava em se mexer.

A linha de frente de Ruffin, composta por quatro batalhões, contava com pouco mais de 2 mil homens. Como os franceses na charneca, estavam em

A FÚRIA DE SHARPE

colunas de divisões, enquanto abaixo deles, no morro, havia centenas de corpos: os restos do batalhão do major Browne. Para além desses cadáveres havia casacas-vermelhas que evidentemente tinham subido para retomar o Cerro del Puerco.

— Mil e quinhentos malditos? — perguntou Victor, avaliando os recém-chegados.

— Acho que sim — respondeu Ruffin. Ele era um homem enorme, com bem mais de 1,90m.

— Acho que aqueles são os guardas ingleses — indicou Victor. Estava olhando para a brigada de Dilkes através da luneta e podia ver claramente o azul da bandeira do 1º Regimento da Infantaria de Guarda. — Estão sacrificando seus melhores homens — acrescentou o marechal, animado. — Então vamos fazer a vontade deles. Vamos varrer os desgraçados!

Os desgraçados tinham começado a subir o morro. Eram 1.400, na maioria guardas, porém com metade do 67º na direita, e depois dos homens de Hampshire e mais perto do mar, duas companhias de fuzileiros. Vinham devagar. Alguns tinham vindo em marcha acelerada por mais de 1 quilômetro para chegar ao pé do morro e, após uma noite insone em movimento, estavam exaustos. Não seguiram a rota do major Browne para o topo, subiram mais perto da praia, onde o morro era muito mais íngreme e os canhões franceses não podiam se inclinar o bastante para disparar contra eles, pelo menos enquanto estivessem na parte de baixo da encosta. Vinham em linha, mas essa parte do morro era atrapalhada por árvores e por um terreno acidentado, assim a linha perdeu rapidamente a formação, de modo que os ingleses pareciam vir numa dispersão disforme espalhada pelo quadrante noroeste do morro.

O marechal Victor aceitou uma dose de vinho do cantil de um ajudante.

— Deixe que cheguem quase ao topo — sugeriu a Ruffin —, porque os canhões poderão despedaçá-los lá. Presenteie-os com metralha, uma saraivada de mosquetes e depois avance sobre eles.

Ruffin concordou. Era exatamente o que ele havia planejado. O morro era íngreme e os ingleses estariam sem fôlego quando tivessem subido três quartos do flanco, e era então que iria golpeá-los com canhões e mosquetes.

BERNARD CORNWELL

Abriria buracos nas fileiras e depois soltaria os quatro batalhões de infantaria morro abaixo, com baionetas. Os ingleses seriam varridos e, quando chegassem ao pé do morro, a fuga seria caótica, e então a infantaria e os dragões poderiam caçá-los pela praia e através dos pinheiros. Os granadeiros poderiam ser mandados para atacar o flanco sul da outra brigada britânica, pensou.

Os casacas-vermelhas subiam. Sargentos se esforçavam para manter a linha reta, mas era impossível num terreno tão íngreme. *Voltigueurs* franceses, os escaramuçadores, tinham descido um pequeno trecho do morro e disparavam contra os atacantes.

— Não atirem de volta! — gritou Sir Thomas. — Economizem o chumbo! Vamos lhes dar uma saraivada quando chegarmos ao topo! Não atirem! — Uma bala de *voltigueur* arrancou o chapéu de Sir Thomas sem tocar seu cabelo branco. Ele instigou o cavalo. — Rapazes corajosos! — gritou. — Vamos subindo! — Estava cavalgando em meio à retaguarda do 3º da Infantaria de Guarda, seus amados escoceses. — Esta é a nossa terra, rapazes. Vamos expulsar os canalhas!

Os homens do major Browne que haviam sobrevivido ainda estavam no morro e ainda disparavam para cima.

— Aí vêm os guardas, rapazes! — gritou Browne. — Agora vou fazer um seguro de meio dólar pela vida de vocês! — Ele havia perdido dois terços dos oficiais e mais de metade de seus homens, mas gritava para que os sobreviventes cerrassem fileira e se juntassem ao flanco do 1º da Infantaria de Guarda.

— São idiotas — disse o marechal Victor, mais com perplexidade que com desprezo. Mil e quinhentos homens esperavam tomar um morro de 60 metros de altura guardado por artilharia e quase 3 mil soldados de infantaria? Bom, a tolice deles era a sua oportunidade. — Dê uma saraivada assim que a artilharia tiver disparado — ordenou a Ruffin. — Depois os faça descer correndo a encosta usando baionetas. — Ele esporeou indo até a bateria. — Espere até eles estarem à meia distância de um tiro de pistola — disse ao comandante da bateria. A essa distância nenhum canhão poderia errar. Seria um massacre. — Com o quê seus canhões estão carregados?

A FÚRIA DE SHARPE

— Metralha.

— Muito bem.

Victor estava olhando as luxuosas bandeiras do 1º da Infantaria de Guarda, e imaginava aquelas bandeiras sendo levadas pelas ruas de Paris. O imperador ficaria satisfeito! Ter as bandeiras dos próprios guardas do rei da Inglaterra! Achou que o imperador provavelmente as usaria como toalhas de mesa, ou talvez como lençóis sobre os quais montaria em sua nova noiva austríaca, e esse pensamento o fez rir alto.

Agora os *voltigueurs* corriam morro acima porque a linha britânica estava chegando mais perto. Estão quase no lugar, pensou Victor. Permitiria que chegassem quase ao topo do morro porque isso deixaria a linha vulnerável a seus seis canhões. Deu um último olhar para o norte, na direção dos homens de Laval, e viu que eles estavam chegando perto do bosque de pinheiros. Em meia hora esse pequeno exército britânico teria desmoronado, pensou. Demoraria pelo menos mais uma hora para reorganizar as tropas, depois elas atacariam os espanhóis no fim da praia. Quantas bandeiras eles mandariam para Paris, então? Uma dúzia? Vinte? Talvez o bastante para cobrir todas as camas do imperador.

— Agora, senhor? — perguntou o comandante da bateria.

— Espere, espere — pediu Victor, e, sabendo que a vitória era sua, virou-se e acenou para os dois batalhões de granadeiros que mantinha na reserva. — Avançar! — gritou para o general deles, Rousseau. Não era hora de manter tropas em reserva. Agora era o momento de usar todos os seus homens, todos os 3 mil, contra menos de metade desse número. Puxou o cotovelo de um ajudante. — Diga ao maestro da banda que quero ouvir a "Marseillaise"!

— Riu. O imperador havia banido a "Marseillaise", porque não gostava de seus sentimentos revolucionários, mas Victor sabia que a música ainda era popular e inspiraria os soldados a trucidar os inimigos. Cantou uma frase baixinho: *"Le jour de gloire est arrivé"*, depois gargalhou. O comandante da bateria olhou-o com surpresa. — Agora — disse Victor. — Agora.

— *Tirez!*

Os canhões dispararam, obliterando a visão da praia, do mar e da distante cidade branca numa enorme nuvem de fumaça.

— Agora! — gritou o general Ruffin para seus comandantes de batalhões. Mosquetes bateram em ombros franceses. Mais fumaça encheu o céu.

— Calar baionetas! — gritou o marechal, e balançou seu chapéu com pluma branca na direção da fumaça dos canhões. — E avante, *mes braves!* Avante!

A banda tocou, os tambores soaram e os franceses foram terminar o serviço. O dia de glória havia chegado.

O coronel Vandal se posicionava ao norte de Sharpe. Estava no centro de seu batalhão, que ocupava o flanco esquerdo da linha francesa, e Sharpe, próximo aos canhões de Duncan, se encontrava no flanco direito da linha britânica, que ainda era mais larga que a maior e mais densa formação dos franceses.

— Por aqui — gritou para seus fuzileiros, e correu por trás das duas companhias do 47º que agora haviam se juntado numa única companhia, e depois por trás do meio batalhão do 67º até que estava diante de Vandal.

— É um trabalho feio! — O coronel Wheatley havia cavalgado de novo para perto de Sharpe. Desta vez estava falando com o major Gough, que comandava o 87º, agora à esquerda de Sharpe. — E nenhum maldito espanhol para ajudar a gente — continuou Wheatley. — Como estão seus rapazes, Gough?

— Meus homens estão firmes, senhor — respondeu Gough. — Mas preciso de mais. Preciso de mais homens.

Ele precisava gritar acima do barulho das saraivadas. O 87º havia perdido quatro oficiais e mais de cem homens. Os feridos estavam em meio aos pinheiros, e outros se juntavam a eles à medida que as balas dos mosquetes franceses acertavam. Os encarregados de fechar as fileiras estavam gritando para homens cerrarem no centro, e assim o 87º encolhia. Ainda atiravam de volta, mas seus mosquetes estavam ficando entupidos com resíduos de pólvora e cada cartucho era mais difícil de ser carregado.

— Não há mais homens — respondeu Wheatley. — A não ser que os espanhóis venham.

A FÚRIA DE SHARPE

Ele olhou ao longo da linha inimiga. O problema era bastante simples. Os franceses tinham muitos homens, e assim podiam substituir suas baixas, e ele não. Poderia vencê-los homem a homem, mas a vantagem francesa em números estava começando a fazer diferença. Poderia aguardar, com esperança de que Lapeña mandasse reforços, mas se isso não acontecesse inevitavelmente seria retalhado, um processo que aconteceria cada vez mais rápido à medida que sua linha se encolhia.

— Senhor! — gritou um ajudante, e Wheatley viu o oficial espanhol que havia cavalgado para buscar reforços retornar.

Galiana parou seu cavalo perto de Wheatley e, por um instante, pareceu perturbado demais para falar. Então soltou a notícia.

— O general Lapeña se recusa a se mover. Sinto muito, senhor.

Wheatley encarou o espanhol.

— Santo Deus — disse num tom surpreendentemente ameno, depois virou-se para Gough. — Acho, Gough, que temos que lhes dar aço.

Gough olhou a multidão de franceses através da fumaça. As bandeiras do 87°, logo acima da cabeça do coronel, estavam estremecendo ao serem acertadas por balas.

— Aço? — perguntou ele.

— Temos que fazer alguma coisa, Gough. Não posso simplesmente ficar aqui parado e morrer.

Sharpe havia perdido Vandal de vista. Havia fumaça demais. Viu um francês se curvar sobre o corpo de um escaramuçador português morto e remexer nos bolsos do sujeito. Sharpe se ajoelhou, mirou e disparou. Quando a fumaça do fuzil se dissipou viu o francês de quatro, a cabeça baixa. Recarregou. Sentiu-se tentado a socar a bala nua, em vez de embrulhá-la no pedaço de couro engordurado. Pensou que os franceses poderiam disparar uma carga a qualquer momento e o certo agora era matá-los rápido, derramar fogo sobre eles, e uma bala nua num fuzil era rápida de carregar. A essa distância a imprecisão não importava. Mas se visse Vandal de novo queria garantir seu tiro, por isso pegou um retalho de couro, enrolou a bala e a socou pelo cano do fuzil.

— Procurem os oficiais deles — ordenou aos seus homens.

Uma pistola soou ao lado de Sharpe e ele viu que o capitão Galiana havia apeado e estava recarregando a arma pequena.

— Fogo! — gritou o tenente que comandava a companhia do 87º mais próxima, e os mosquetes soltaram fumaça. Um homem caiu na fila da frente, com um buraco preto na testa.

— Deixe-o — gritou um sargento. — Está morto! Recarregar!

— Calar baionetas! — O grito veio logo de trás do 87º e foi repetido pela linha, ficando mais fraco à medida que a ordem seguia para o norte.

— Calar baionetas!

— Deus salve a Irlanda — exclamou Harper. — É uma atitude desesperada.

— Não tem muita opção — explicou Sharpe. Os franceses estavam vencendo simplesmente pelos números. Pressionavam seu avanço, e o coronel Wheatley poderia recuar ou atacar. Recuar era perder, mas atacar era pelo menos testar os franceses.

— Espadas, senhor? — perguntou Slattery.

— Calar espadas — disse Sharpe.

Não era hora de se preocupar se a luta era dele ou não. A batalha tremia. Outra saraivada francesa golpeou as fileiras vermelhas. Então dois jatos de metralha retalharam os homens de casacas azuis que haviam disparado. Um garoto irlandês estava gritando terrivelmente, rolando na frente das fileiras com as mãos ensanguentadas apertando o ventre. Um sargento o silenciou com um tiro de mosquete misericordioso no crânio.

— Avançar agora! Avançar! — ordenou um major de brigada.

— O 87º irá avançar! — gritou Gough. — *Faugh a ballagh!*

— *Faugh a ballagh!* — responderam os sobreviventes do 87º, e avançaram.

— Firmes, rapazes! — berrou Gough. — Firmes!

Mas o 87º não queria ficar firme. Um quarto estava morto ou ferido, e eles sentiam uma raiva transbordante contra os homens que os haviam castigado na última hora, por isso foram ansiosos. Quanto antes estivessem junto ao inimigo, mais cedo ele morreria, e Gough não podia contê-los. Eles começaram a correr, e enquanto corriam soltavam um grito agudo, aterrorizante, e suas baionetas de 43 centímetros brilhavam ao sol, quase no zênite de inverno.

— Avançar! — Os homens à direita de Sharpe estavam acompanhando o 87º no mesmo passo. Os artilheiros de Duncan giraram os canhões para acertar o flanco da linha francesa.

— E matem! E matem! — gritava o alferes Keogh a plenos pulmões. Ele carregava sua espada fina numa das mãos e segurava o chapéu bicorne na outra.

— *Faugh a ballagh!* — gritava Gough.

Os mosquetes franceses rugiram temivelmente próximos e homens foram lançados para trás, com sangue espirrando nos vizinhos, mas agora a carga não poderia ser parada. Ao longo de toda a linha os casacas-vermelhas avançavam com baionetas, porque ficar parado era morrer e recuar era perder. Eram menos de mil, e estavam atacando um número três vezes maior.

— Cortem! Cortem! — gritou um oficial dos Couve-Flores. — Matem, matem!

A fila de frente dos franceses tentou dar um passo atrás, mas as de trás as empurravam, e os casacas-vermelhas golpearam. Baionetas eram cravadas. Mosquetes disparavam a menos de 1 metro de distância. Um sargento do 87º estava entoando como se treinasse homens no quartel.

— Estocar! Recuperar! Postura! Estocar! Recuperar! Postura! Nas costelas, não, idiota! Na barriga! Estocar! Recuperar! Postura! Na barriga, rapazes! Estocar!

A baioneta de um irlandês estava presa nas costelas de um francês. Não queria sair, e em desespero ele puxou o gatilho e ficou surpreso ao ver que a arma estava carregada. O sopro de gás e a bala soltaram a baioneta.

— Na barriga! — gritava o sargento, porque uma baioneta tinha uma probabilidade muito menor de ficar presa na barriga do inimigo do que nas costelas.

Os oficiais que ainda estavam montados disparavam pistolas por cima da barretina dos homens. Soldados estocavam, recuperavam, estocavam de novo, e alguns estavam tão ensandecidos pela batalha que não se importavam em como lutavam, simplesmente batiam com as coronhas dos mosquetes.

— Rasgue, rapaz! — gritou o sargento. — Não apenas fure o desgraçado! Cause algum estrago! Estocar! Recuperar!

Eles eram os desprezados da Inglaterra, da Irlanda, da Escócia e de Gales. Eram os bêbados e os ladrões, a escória da sarjeta e das cadeias. Usavam a casaca vermelha porque ninguém mais os queria, ou porque estavam tão desesperados que não tinham escolha. Eram o lixo da Grã-Bretanha, mas sabiam lutar. Sempre haviam lutado, mas no Exército tinham aprendido a lutar com disciplina. Descobriram sargentos e oficiais que os valorizavam. Que os castigavam também, claro, os xingavam e os amaldiçoavam, chicoteavam suas costas até tirar sangue e os xingavam de novo, mas os valorizavam. Até os amavam, e agora oficiais que ganhavam 5 mil libras por ano estavam lutando ao lado deles. Os casacas-vermelhas estavam fazendo o que faziam melhor, aquilo pelo qual recebiam 1 xelim por dia, menos os descontos: estavam matando.

O avanço francês foi interrompido. Agora não havia como prosseguir. As fileiras da frente estavam morrendo e as de trás tentavam escapar dos homens selvagens com rostos ensanguentados, homens que gritavam como demônios.

— *Faugh a ballagh! Faugh a ballagh!*

Gough instigou o cavalo entre seus homens e golpeou com a espada um sargento francês. O grupo das bandeiras estava atrás dele, os alferes carregando os dois estandartes e os sargentos armados com lanças de 2,70m, com pontas afiadas como navalhas, destinadas a proteger as bandeiras, mas agora os sargentos estavam na ofensiva, trucidando franceses com as lâminas compridas e estreitas. O sargento Patrick Masterson era um dos homens com lança, e era quase tão grande quanto Harper. Enfiava a lança no rosto dos franceses, um depois do outro, derrubando-os onde as baionetas não podiam matá-los. Abriu caminho através da primeira fileira francesa, teve a lâmina aparada por uma baioneta, puxou-a, estocou de novo, mas no último segundo baixou a ponta da lança fazendo-a furar pano, pele e músculo enquanto penetrava na barriga de um inimigo. O golpe foi tão forte que a lâmina afundou até a cruzeta, o que fez o cadáver inimigo ficar agarrado ao cabo. O sargento chutou o francês da lâmina e estocou de novo, e os casacas-vermelhas abriram caminho pela brecha feita por ele. Alguns franceses estavam caídos incólumes, as mãos sobre a cabeça, só rezando para que os demônios que gritavam os poupassem. O alferes Keogh cortou um francês bigodudo com sua espada, abrindo um ferimento de uma bochecha à outra e quase acertando um casaca-vermelha atrás dele enquanto o golpe sibilava para trás. Seu chapéu havia sumido. Ele estava soltando o grito de guerra do 87°, *Faugh a ballagh!* Abram caminho, e as lâminas escavavam o caminho pelas densas fileiras francesas.

Ao longo de toda a linha acontecia o mesmo. Baionetas contra conscritos, selvageria contra terror súbito, capaz de esvaziar as tripas. A luta estivera equilibrada, até mesmo havia pendido para o lado francês devido à superioridade numérica, mas Wheatley tinha agido e as leis da matemática foram suplantadas pelas leis mais cruéis do treinamento duro e de homens mais duros ainda. Os casacas-vermelhas estavam avançando, lentamente porque lutavam contra uma pressão de inimigos e tropeçavam nos corpos que eles mesmos haviam posto no capim escorregadio de sangue, mas continuavam avançando.

Então uma charrete apareceu na beira das árvores, e Sharpe enxergou Vandal outra vez.

No Cerro del Puerco os franceses avançavam para obter a vitória. Os quatro batalhões que haviam se enfileirado no cume do morro foram primeiro, com os dois batalhões de granadeiros correndo para se juntar ao flanco esquerdo. A única preocupação do general dos granadeiros, Rousseau, era que seus homens chegassem tarde demais para compartilhar a vitória.

Os ingleses ainda estavam na encosta e sua linha continuava irregular. Tinham sido golpeados fortemente pela metralha, mas os canhões franceses não podiam mais disparar porque a infantaria de casacas-azuis avançara ficando na frente dos alvos. Mas Victor sabia que os canhões não seriam necessários. As baionetas do imperador selariam sua vitória. Os tambores tocavam o *pas de charge* e as águias eram erguidas bem alto, enquanto 3 mil franceses se derramavam pela crista norte do morro e soltavam um grito numa carga para a vitória.

Estavam diante da infantaria da guarda britânica meio batalhão de homens de Hampshire, duas companhias de fuzileiros e os restos das companhias de flanco que haviam marchado para a batalha desde Gibraltar. Aqueles homens de casacas vermelhas e verdes, em número inferior numa relação de dois para um, tinham marchado a noite toda e estavam abaixo do inimigo, no morro.

— Apresentar! — rugiu Sir Thomas Graham. Ele havia sobrevivido milagrosamente aos tiros de metralha que tinham arrancado três escoceses da fileira logo à sua frente. Lorde William Russell lhe trouxera de volta seu chapéu amarrotado e Sir Thomas agora o segurava bem alto, depois o baixou rapidamente para apontar para as duas colunas contínuas que corriam pelo morro com baionetas caladas. — Fogo!

Mil e duzentos mosquetes e duzentos fuzis dispararam. O alcance era, na maior parte, de menos de sessenta passos, mas nos flancos era bem maior do que isso, e as balas se cravaram nos trezentos homens da primeira fila das colunas francesas e as fizeram parar. Era como se um anjo vingador tivesse golpeado a cabeça das colunas francesas com uma espada gigantesca. As filas da frente estavam ensanguentadas e partidas, e até homens da segunda fila haviam caído. A carnificina foi suficiente para fazer a carga parar, enquanto homens da terceira e da quarta filas tropeçavam e caíam sobre os mortos e agonizantes à frente deles. Os casacas-vermelhas não podiam ver o que sua saraivada tinha feito porque a fumaça dos próprios mosquetes os escondia. Esperavam que as duas colunas rompessem aquela fumaça com baionetas, por isso fizeram o que eram treinados para fazer: recarregaram. Varetas rasparam nos canos. A ordem adequada de fileiras fora rompida na subida, e ainda que alguns oficiais gritassem para as companhias dispararem como pelotões, a maioria dos homens simplesmente atirava por sua vida. Não esperavam um oficial ou um sargento marcar o tempo das saraivadas; simplesmente recarregavam, levantavam o mosquete, puxavam o gatilho e recarregavam de novo.

Os livros de ordem unida insistiam em pelo menos dez ações para carregar um mosquete. Começava com o Primeiro Movimento de Manusear o Cartucho e terminava com a ordem de fogo. Em alguns batalhões os sargentos conseguiam encontrar até 17 ações diferentes, todas precisando ser aprendidas, dominadas e treinadas. Alguns homens, uns poucos, chegavam ao treinamento com um conhecimento de armas de fogo. Na maioria eram rapazes do campo que sabiam carregar uma espingarda de caça, mas tudo isso precisava ser desaprendido. Um recruta poderia levar até um minuto inteiro, ou mesmo mais, para carregar um mosquete, mas quando vestia a casaca vermelha e era mandado para lutar pelo rei, podia fazer isso em 15 ou vinte segundos. Essa, acima de todas as outras coisas, era a habilidade necessária. Os guardas que estavam no morro podiam parecer soberbos, e não havia unidade de infantaria que parecesse mais esplêndida ao assumir o posto no exterior do palácio de St. James ou da Carlton House, mas, se um homem não fosse capaz de morder um cartucho, escorvar o fecho, carregar a rama, socar e disparar em vinte segundos, não era um soldado. Havia quase mil soldados ainda vivos no morro, e eles disparavam para continuar vivos. Mandavam tiro após tiro para a nuvem de fumaça, e Sir Thomas Graham, montado logo atrás deles, podia ver que estavam ferindo os franceses, não somente ferindo, mas matando.

Os franceses tinham vindo em coluna de novo. Sempre vinham em coluna. Esta tinha trezentos homens de largura e nove filas de profundidade, e isso significava que a maioria deles não podia usar os mosquetes, enquanto cada casaca-vermelha e cada casaco-verde podia disparar sua arma. As balas convergiam sobre os franceses, eles se dobravam para dentro, e na frente dos guardas e dos homens de Hampshire havia pequenas chamas no capim, onde as buchas tinham provocado incêndios.

Sir Thomas prendeu o fôlego. Sabia que esse era um momento em que as ordens não serviriam para nada, em que até mesmo encorajar os homens seria desperdício de fôlego. Eles sabiam o que estavam fazendo e faziam tão bem que até ele ficou tentado a pensar que poderia arrancar uma vitória do que parecia uma derrota certa. Mas então o estrondo de uma saraivada bem-orquestrada o fez cavalgar para a direita de sua linha, e viu as fileiras incólumes dos granadeiros franceses vindo morro abaixo em meio à fumaça de sua primeira saraivada. Viu os guardas escoceses virando-se para enfrentar esse novo inimigo, e os fuzileiros que estavam em ordem mais espalhada ao redor do flanco do morro voltado para o mar, se aproximaram para derramar fogo contra os reforços franceses.

Sir Thomas continuou sem dizer nada. Segurava o chapéu e olhava os granadeiros descendo a encosta, e viu que cada homem nas fileiras francesas tinha um sabre curto, além do mosquete. Essa era a elite do inimigo, os homens escolhidos para o trabalho mais duro, no entanto vinham em coluna novamente, e a direita de sua linha, sem qualquer ordem de Sir Thomas ou de outra pessoa, havia se virado um pouco para lhes mostrar os benefícios de seu treinamento. O meio batalhão do 67º estava bem à frente dos granadeiros que, diferentemente dos primeiros quatro batalhões, não foram contidos pelos primeiros tiros que receberam e continuaram chegando.

E Sir Thomas sabia que era assim que uma coluna deveria lutar. Era um aríete, e ainda que a cabeça da coluna devesse sofrer horrivelmente, o ímpeto de sua massa deveria levá-la através do inimigo para a vitória sangrenta. Num campo de batalha depois do outro através de uma Europa sofrida, as colunas do imperador haviam recebido seu castigo e marchado para vencer. E esta coluna, totalmente formada por soldados de elite, estava descendo o morro e chegando cada vez mais perto. Se ela rompesse a fina linha de vermelho e verde, iria virar à direita e assassinar os homens de Sir Thomas com sabres e coronhas de mosquetes. E ela continuava se aproximando. Sir Thomas cavalgava atrás do 67º, pronto para golpear com a espada e morrer com seus homens caso os granadeiros tivessem sucesso. Então um oficial gritou o comando para disparar.

A fumaça subiu na frente de Sir Thomas. Depois mais fumaça. Agora o 67º estava disparando saraivadas de pelotão e os Limpadores estavam à direita dele, não se incomodando em enrolar as balas com couro porque, a essa distância, não poderiam errar, e assim seu fogo era quase tão rápido quanto o dos casacas-vermelhas ao lado. À esquerda de Sir Thomas estavam seus escoceses, e ele sabia que eles não iriam se romper. O barulho dos mosquetes era como uma grande fogueira de madeira seca. O ar fedia a ovo podre. Em algum lugar uma gaivota chirriou, e longe, atrás de Sir Thomas, os canhões estrondeavam na charneca, mas ele não podia se dar ao luxo de sequer olhar o que acontecia. De repente percebeu que estava

A FÚRIA DE SHARPE

prendendo o fôlego e o soltou, olhou lorde William e o viu observando arregalado e imóvel a fumaça de mosquetes.

— Pode respirar, Willie.

— Santo Deus — exclamou lorde William, soltando o ar. — Sabe que há uma brigada espanhola atrás de nós? — perguntou a Sir Thomas.

Sir Thomas se virou e viu os soldados espanhóis na praia. Eles não fizeram qualquer menção a oferecer reforço, e mesmo que ele ordenasse que subissem o morro, sabia que chegariam tarde demais para dar alguma ajuda. Essa luta não duraria tanto assim, por isso ele balançou a cabeça.

— Que se danem, Willie. Que se danem.

Lorde William Russell levantou uma pistola, pronto para atirar no primeiro granadeiro que atravessasse a fumaça, mas eles tinham sido parados pelos tiros de mosquete e fuzil. Suas fileiras da frente estavam mortas e agora os homens de trás tentavam recarregar as armas e atirar de volta, mas assim que uma coluna parava de se mover se tornava um alvo gigantesco, e os homens de Sir Thomas atiravam no coração dela. Mesmo que os granadeiros fossem tropas de elite, não podiam disparar tão rápido quanto os casacas-vermelhas.

O general Dilkes, com o cavalo sangrando na anca e no ombro, chegou ao lado de Sir Thomas. Não disse nada, apenas ficou olhando, depois virou os olhos para o topo do morro, onde o marechal Victor estava montado em seu cavalo com o chapéu de plumas brancas abaixado. O marechal Victor observava 3 mil homens sendo contidos por fogo de mosquete. Não disse nada. Agora era com seus homens.

À esquerda da linha britânica, depois do 1º da Infantaria de Guarda, o major Browne lutava com o que restara de flanqueadores. Menos de metade dos homens que haviam lutado no morro ainda podia disparar um mosquete, mas eles derramavam suas saraivadas contra a coluna francesa mais próxima e, em sua ansiedade, subiram mais ainda o morro para atacar o flanco da coluna.

— Você não adora esses patifes? — gritou Sir Thomas ao general Dilkes, e Dilkes ficou tão surpreso com a pergunta que soltou uma gargalhada. — É hora de dar as baionetas a eles — declarou Sir Thomas.

Dilkes concordou. Estava olhando os casacas-vermelhas disparar suas saraivadas assassinas e achou que tinha acabado de ver seus homens realizarem um milagre.

— Aposto que eles vão fugir — disse Sir Thomas, e esperou que estivesse certo.

— Calar baionetas! — Dilkes encontrou sua voz.

— Para cima deles, rapazes! — Sir Thomas balançou o chapéu e foi morro acima com as baionetas.

O marechal Victor, na crista, ouviu os gritos enquanto as lâminas começavam seu trabalho.

— Pelo amor de Deus, lutem! — ordenou a ninguém em particular, mas seus seis batalhões estavam recuando.

O pânico havia contaminado as fileiras. Os homens da retaguarda, os que corriam menos perigo, estavam se esgueirando para trás e as fileiras da frente eram devastadas pelos casacas-vermelhas. A banda, muito atrás da linha e ainda tocando a proibida "Marseillaise", sentiu o desastre chegando e a música titubeou. O mestre de banda tentou instigar seus músicos, mas agora o ruído mais alto era dos ásperos gritos de guerra britânicos. Em vez de tocar, a banda se desfez e correu. A infantaria foi atrás.

— Os canhões — disse Victor a um ajudante. — Tirem os canhões do morro.

Uma coisa era perder uma luta, mas outra eram os amados canhões do imperador serem capturados, por isso os artilheiros trouxeram suas parelhas e arrastaram quatro dos canhões para o leste, tirando-os do morro. Dois não puderam ser salvos porque os casacas-vermelhas estavam perto demais, por isso foram perdidos. O marechal Victor e seus ajudantes seguiram os quatro canhões, e o restante dos seis batalhões correu para salvar a vida, por cima do morro e descendo pela face leste. Atrás deles os casacas-vermelhas e os casacos-verdes iam com as baionetas e a vitória.

O general Rousseau, que havia comandado os granadeiros, e o general Ruffin, que comandara a divisão derrotada, estavam feridos e foram deixados para trás. Sir Thomas foi informado da captura deles, mas não disse nada; apenas cavalgou até a crista do morro voltada para o interior,

A FÚRIA DE SHARPE

de onde pôde ver o inimigo derrotado fugindo. Lembrou-se daquele momento, tanto tempo atrás, em Toulouse, quando os soldados da França insultaram sua esposa morta e cuspiram no rosto dele quando protestou. Na ocasião Sir Thomas simpatizava com os franceses. Pensava que seus ideais de liberdade, fraternidade e igualdade seriam faróis para a Grã-Bretanha. Amava a França.

Mas isso fora 19 anos antes. Dezenove anos em que Sir Thomas jamais se esquecera da zombaria feita pelos franceses à sua esposa morta, por isso agora se levantou nos estribos e pôs as mãos em concha.

— Lembrem-se de mim! — gritou em inglês, mas isso não importava porque os franceses estavam correndo depressa demais e se encontravam muito longe para ouvi-lo. — Lembrem-se de mim! — gritou de novo, depois tocou sua aliança de casamento.

E ao sul dele, para além dos pinheiros, um canhão disparou.

Sir Thomas se virou e esporeou o cavalo cansado, porque a batalha ainda não estava vencida.

— Ah, mas que inferno! — esbravejou Sharpe.

A charrete havia passado aos pulos por ele, as rodas girando enquanto saíam do chão, e atravessara o canto da coluna francesa, depois capotou a vinte passos da borda dela. A mulher, de véu preto, evidentemente não estava ferida, porque tentava ajudar o brigadeiro a ficar de pé, mas uma dúzia de franceses da retaguarda da coluna tinha visto o acidente e enxergado lucro nele. Um homem todo enfeitado de rendas também podia estar enfeitado de dinheiro, por isso saíram correndo da coluna de modo que pudessem revistar os bolsos do homem. Sharpe desembainhou sua espada e correu.

— Temos trabalho, rapazes. Venham — chamou Harper.

Antes disso os fuzileiros estavam indo na direção do flanco da coluna. Havia uma batalha feia acontecendo entre casacas-vermelhas e franceses, uma batalha de baionetas e coronhas de mosquetes, mas Sharpe tinha visto o coronel Vandal em seu cavalo. Vandal estava na confusão de franceses, perto da águia de seu regimento, e batia com seu sabre, não nos casacas-vermelhas, mas em seus próprios homens. Gritava para eles lutarem, para matarem, e sua paixão sustentava os homens de modo que somente o flanco esquerdo francês não estava recuando, e sim lutando teimosamente contra os irlandeses que atacavam vindo de sua frente. Sharpe achou que, indo para o lado da coluna, poderia ter uma linha de tiro limpa para seu fuzil, mas agora precisava salvar o brigadeiro Moon, que tentava proteger a mulher de véu. Moon a puxou para perto de si e tentou encontrar a pistola, mas na queda da charrete a arma havia escapado do bolso da aba da casaca. Ele desembainhou seu sabre novo, uma coisa barata comprada em Cádis, e descobriu que a lâmina estava quebrada. Nesse momento a marquesa viúva gritou, porque os franceses estavam chegando com baionetas.

Então um homem de casaco verde veio pela esquerda de Moon. Carregava uma pesada espada de cavalaria, uma arma tão brutal quanto desajeitada, e seu primeiro golpe acertou um francês no pescoço. O sangue espirrou mais alto que a águia sobre o mastro. A cabeça do homem tombou para trás enquanto seu corpo continuava correndo. Sharpe se virou, empalou um segundo homem na barriga com a espada, girou-a rápido para impedir que a carne prendesse a lâmina, depois encostou a bota direita na barriga do homem, usando-a como apoio para soltar a lâmina. Uma baioneta passou por seu casaco, mas o capitão Galiana estava lá, e sua espada fina furou o lado do corpo do francês.

O brigadeiro Moon, com a mão segurando a da marquesa, simplesmente olhava. Sharpe havia matado um homem e posto outro no chão no tempo necessário para espantar uma mosca. Agora dois outros franceses partiram para ele, e Moon esperou que o fuzileiro se desviasse do ataque frenético, mas, em vez disso, ele foi ao encontro dos dois, afastou uma baioneta com sua espada antes de mandar a arma contra o rosto do sujeito. Uma bota na virilha o derrubou. O segundo estocou com a baioneta e Moon achou que Sharpe iria morrer, mas o fuzileiro havia se desviado da estocada com velocidade súbita e agora se virava contra o atacante. Moon viu a ferocidade no rosto do fuzileiro e sentiu uma súbita pontada de pena do francês que o enfrentava.

— Desgraçado — rosnou Sharpe, e a espada estocou, dura e rápida.

A FÚRIA DE SHARPE

O francês largou seu mosquete e agarrou a lâmina cravada na barriga. Sharpe arrancou-a no instante em que Perkins chegava para cravar a baioneta no sujeito. Agora Harper estava ao lado de Sharpe e puxou o gatilho da arma de sete canos, com o som de um canhão disparando. Dois franceses tombaram, com o sangue caindo grosso nos cinturões transversais. Os outros acharam que era o bastante e estavam correndo de volta para a coluna.

— Sharpe! — gritou Moon.

Sharpe ignorou o brigadeiro. Embainhou a espada e pegou o fuzil no ombro. Ajoelhou-se e mirou em Vandal.

— Seu desgraçado — vociferou e puxou o gatilho.

O cano do fuzil se perdeu na fumaça, e quando a fumaça se dissipou Vandal ainda estava vivo, ainda no cavalo, e ainda usando a parte chata do sabre para impelir seus homens contra os irlandeses de Gough. Sharpe xingou.

— Dan — gritou para Hagman —, atire naquele desgraçado.

— Sharpe — gritou o brigadeiro de novo. — O canhão!

Sharpe se virou. Viu, sem muita surpresa, que a mulher com véu era Caterina, e imaginou que tipo de idiota era o brigadeiro para levar uma mulher até aquela carnificina. Depois olhou o morteiro francês abandonado e viu que um tubo de escorva ainda se projetava do ouvido. Isso significava que o canhão de cano curto estava carregado. Procurou o bota-fogo no capim chamuscado, mas não conseguiu encontrá-lo. O meio batalhão do 67°, as duas companhias dos Couve-Flores e os sobreviventes dos caçadores portugueses avançavam para além do canhão, para lutar contra o último batalhão de reserva de Laval que corria na direção do flanco esquerdo do sofrido 8°. O canhão poderia ser mais útil se estivesse apontado para aquele batalhão reserva, pensou Sharpe, mas então se lembrou do pobre Jack Bullen.

— Sargento! Quero essa porcaria de canhão virada para o outro lado!

Harper, Galiana, Sharpe e Harris levantaram a conteira e viraram o morteiro, de modo que apontasse para o 8° da linha.

— Aqui, Sharpe! — O brigadeiro lhe jogou um isqueiro de pederneira.

— Saiam da frente! — gritou Sharpe para seus outros fuzileiros.

BERNARD CORNWELL

Então provocou uma faísca e soprou no pano chamuscado do isqueiro, fazendo a chama irromper. Tirou todo o pano da caixa, queimando os dedos, e se inclinou por cima da roda do canhão para jogar a massa acesa dentro do tubo de escorva. Ouviu a pólvora chiar e se afastou.

O morteiro se projetou para trás, as rodas saltando do chão durante o coice. Era um morteiro de 6 polegadas e fora carregado com metralha. As balas rasgaram o flanco francês com a força de uma saraivada de batalhão. O canhão estava perto demais para espalhar muito seus projéteis, mas eles rasgaram um buraco sangrento nas fileiras comprimidas que acertaram. Correndo para o lado, Sharpe viu que Vandal havia desaparecido. O capitão desembainhou sua espada de novo, depois esperou, querendo ver de novo o coronel. Atrás deles os homens do 67º, do 47º e do 20º português começaram suas saraivadas contra o batalhão de reserva. Os canhões de Duncan o devastavam com obuses e estilhaços. Em algum lugar um homem uivava como um cachorro.

O coronel Vandal se encontrava no chão. Seu cavalo estava morrendo, relinchando enquanto a cabeça se sacudia no solo arenoso. O próprio Vandal estava atordoado, mas não achou que estivesse ferido. Conseguiu se levantar, mas viu que os casacas-vermelhas estavam se aproximando de sua águia.

— Matem-nos! — gritou, e seu grito era um grasnido rouco. Um sargento enorme segurando uma lança comprida ia na direção dos sargentos franceses que protegiam o estandarte. — Matem-nos! — gritou Vandal de novo, e nesse momento um oficial casaca-vermelha, jovem e magricela, saltou para o estandarte e cortou com sua espada o segundo-tenente Guillemain, que tinha a honra de segurar a águia do imperador.

Vandal mandou seu sabre contra o oficial magro e sentiu a ponta da lâmina tremer contra as costelas do sujeito. O casaca-vermelha ignorou o golpe e, com a mão livre, agarrou o mastro da águia e tentou arrancá-la de Guillemain. Dois sargentos franceses mataram o sujeito, furando-o com suas alabardas de lâminas compridas, xingando-o, e Vandal viu a vida sumir dos olhos do oponente antes mesmo de ele bater no chão. Então um sargento francês se encolheu, o olho esquerdo transformado em nada mais que um poço de sangue gelificado, e uma voz poderosa gritou para ele:

— *Faugh a ballagh!*

O sargento Masterson tinha visto o alferes Keogh ser morto e agora estava com raiva. Tinha derrubado um dos matadores com a lâmina da lança, e golpeara o segundo com o gume da ponta. Puxou a lança de volta e a cravou na garganta de Guillemain. O tenente começou a gorgolejar, com o sangue em profusão na goela, e Vandal estendeu a mão para a águia, mas Masterson girou a lança de lado, fazendo o corpo agonizante de Guillemain cair sobre o coronel. Então Masterson arrancou a águia das mãos do francês. O capitão Lecroix gritou numa fúria incoerente e tentou acertar o sargento com a espada, mas um casaca-vermelha cravou a baioneta nas costelas do capitão e outro o acertou no crânio com um mosquete. A última coisa que Lecroix viu neste mundo foi o enorme sargento irlandês balançando o precioso estandarte. Estava usando a águia para bater nos homens que tentavam arrancá-la dele, e então um novo jorro de casacas-vermelhas chegou dos dois lados de Masterson e suas baionetas começaram a trabalhar.

— Estocar! — gritava um sargento em voz alta e esganiçada. — Recuperar! Postura! Estocar!

Um grupo de franceses veio correndo, tentando recuperar a águia, mas agora as baionetas irlandesas estavam à frente dela.

— Estocar! Recuperar! — gritava o sargento, enquanto atrás dele Masterson berrava incoerente e balançava a águia acima da cabeça. — Estocar! Recuperar! Façam seu trabalho direito!

Dois homens agarraram Vandal pelos ombros e puxaram-no para longe dos irlandeses cobertos de sangue. O coronel não estava muito ferido. Uma baioneta havia cortado sua coxa, mas ele se sentia incapaz de andar, falar, até pensar. A águia! A águia tinha uma guirlanda de louros em volta do pescoço, uma guirlanda de bronze dourado presenteada por Paris aos regimentos que haviam se distinguido em Austerlitz, e agora um idiota pulava balançando-a no ar! Vandal sentiu uma onda de fúria. Não iria perdê-la!

BERNARD CORNWELL

Nem que tivesse que morrer tentando, levaria a águia do imperador de volta. Gritou para os dois homens o largarem. Levantou-se com dificuldade.

— Pour l'Empereur! — gritou.

Então correu na direção de Masterson, pensando em atravessar os homens que barravam seu caminho. Mas de repente havia mais inimigos à sua esquerda e ele se virou, aparou um golpe de espada, estocou para matar o sujeito e viu, para sua surpresa, que era um oficial espanhol que, por sua vez, aparou seu golpe e ripostou com velocidade. Mais franceses vieram ajudar o coronel.

— Peguem a águia! — gritou ele, e tentou acertar o espanhol, esperando afastá-lo para poder se juntar ao ataque contra o casaca-vermelha que tinha sua águia.

O golpe rasgou a casaca e a faixa amarela, fazendo um corte sangrento na barriga do espanhol, mas nesse momento ele foi empurrado de lado e um homem alto, de casaco verde, bateu no sabre de Vandal com uma espada enorme, depois simplesmente estendeu a mão e agarrou a gola da casaca do coronel. O homem de verde arrancou Vandal da confusão, fez com que ele tropeçasse e o chutou na lateral da cabeça. Fuzis dispararam, depois um jorro de irlandeses empurrou os últimos franceses para trás. Vandal tentou rolar para longe do atacante, mas foi atingido de novo. Quando olhou para cima, a espada enorme estava em seu pescoço.

— Lembra de mim? — perguntou o capitão Sharpe.

Vandal girou o sabre, mas Sharpe o aparou com uma facilidade cheia de desprezo.

— Onde está o meu tenente? — perguntou.

Vandal continuava segurando o sabre. Preparou-se para girá-lo contra o fuzileiro, mas então Sharpe apertou a ponta de sua espada de cavalaria na garganta do coronel.

— Eu me rendo — anunciou Vandal.

A pressão relaxou.

— Me dê o seu sabre — mandou Sharpe.

— Eu dou minha palavra de honra — respondeu Vandal. — E sob as regras da guerra posso ficar com meu sabre.

A FÚRIA DE SHARPE

O coronel sabia que sua batalha estava terminada. Seus homens tinham ido embora e os irlandeses estavam empurrando-os mais para o leste, usando baionetas. Ao longo de toda a linha os franceses fugiam, e ao longo de toda a linha homens cobertos de sangue perseguiam o inimigo, mas não iam muito longe. Tinham marchado a noite toda e lutado a manhã inteira, e estavam exaustos. Seguiram o inimigo derrotado até ter certeza de que o exército partido não iria se organizar de novo, depois se deixaram cair e ficaram maravilhados por estar vivos.

— Dou minha palavra — repetiu Vandal.

— Eu mandei entregar o sabre — rosnou Sharpe.

— Ele pode ficar com a arma — disse Galiana. — Ele deu a palavra.

O brigadeiro Moon olhou e se encolheu quando Sharpe chutou o francês de novo e depois deu um golpe com a pesada espada de cavalaria, cortando o pulso do sujeito. Vandal soltou o cabo do sabre forrado com pele de cobra, Sharpe se curvou e pegou a arma caída. Olhou o aço, esperando ver um nome francês gravado ali, mas em vez disso viu "Bennett".

— Você roubou isso, seu cretino — acusou Sharpe.

— Eu lhe dei minha palavra! — protestou Vandal.

— Então fique de pé — ordenou Sharpe.

Com a visão turva porque suas lágrimas eram causadas não somente pela dor física mas pela perda da águia, Vandal se levantou.

— Meu sabre — exigiu, piscando.

Sharpe jogou o sabre para o brigadeiro Moon, depois deu um soco em Vandal. Sabia que não deveria fazer isso, mas estava consumido pela fúria, por isso lhe deu um soco direto entre os olhos. Vandal caiu de novo, as mãos segurando o rosto, e Sharpe se curvou sobre ele.

— Não lembra, coronel? Guerra é guerra, e não há regras. Foi o que você me disse. Então, onde está o meu tenente?

Enfim Vandal reconheceu Sharpe. Viu a bandagem aparecendo sob a barretina velha e se lembrou do homem que havia explodido a ponte, o homem que ele pensou que havia matado.

— O seu tenente — disse em voz trêmula — está em Sevilha, onde está sendo tratado com honra. Ouviu? Com honra, como você deve me tratar.

— Levante-se — ordenou Sharpe.

O coronel ficou de pé, depois se encolheu quando Sharpe o arrastou puxando por uma dragona dourada. Então Sharpe apontou.

— Olhe, coronel, ali está a porcaria da sua honra.

O sargento Patrick Masterson, com um sorriso do tamanho de Dublin, estava desfilando com a águia capturada.

— Por Deus, rapazes — gritava o sargento. — Eu peguei o cuco deles!

E Sharpe gargalhou.

O HMS *THORNSIDE* se desviou da rocha Diamante, perto de Cádis, e virou para o oeste, entrando no Atlântico. Logo alteraria o curso para a foz do Tejo e para Lisboa. Em terra, um almirante de uma perna só olhava-o se afastar e sentia a bile na garganta. Agora toda Cádis estava elogiando os britânicos, que haviam tomado uma águia e humilhado os franceses. Agora não havia esperança para uma nova Regência na Espanha, ou para uma paz sensata com o imperador, porque a febre da guerra chegara a Cádis e seu herói era Sir Thomas Graham. O almirante se virou e voltou mancando para casa.

Sharpe olhava o litoral se afastar. Estava ao lado de Harper.

— Sinto muito, Pat.

— Sei que sente, senhor.

— Ele era um amigo.

— E era mesmo — disse Harper.

O fuzileiro Slattery havia morrido. Sharpe não tinha visto isso acontecer, mas enquanto ele e Galiana corriam para a coluna desintegrada tentando encontrar Vandal, um último tiro errante de mosquete havia rasgado a garganta de Slattery e ele sangrou até a morte nas saias de Caterina.

— A luta não era nossa — disse Sharpe. — Você estava certo.

— Mas foi uma luta rara, e o senhor pegou o seu homem.

O coronel Vandal havia reclamado com Sir Thomas Graham. Protestou dizendo que o capitão Sharpe o ferira após sua rendição, que o capitão Sharpe o havia insultado e atacado, e que o capitão Sharpe havia roubado seu sabre. Lorde William Russell contou a Sharpe sobre a reclamação e balançou a cabeça.

A FÚRIA DE SHARPE

— Devo dizer que é sério, Sharpe. Você não pode incomodar um coronel, nem mesmo um francês! Imagine o que eles farão com nossos oficiais se descobrirem o que fizemos com o deles?

— Eu não fiz isso — mentiu Sharpe com teimosia.

— Claro que não fez, caro amigo, mas Vandal fez a reclamação e infelizmente Sir Thomas insiste que deve haver um inquérito.

Mas o inquérito não aconteceu. O brigadeiro Sir Barnaby Moon havia redigido seu próprio relatório sobre o incidente, dizendo que estivera a vinte passos da captura do coronel, que vira cada ato realizado pelo capitão Richard Sharpe e que Sharpe tinha se comportado como cavalheiro e oficial. Depois de receber o relatório de Moon, Sir Thomas havia pedido desculpas pessoalmente a Sharpe.

— Tivemos que levar a reclamação a sério, Sharpe — declarou Sir Thomas —, mas se aquele francês desgraçado soubesse que havia um brigadeiro observando, jamais teria tecido um monte de mentiras tão grande. E, obviamente, Moon não gosta de você, ele deixou isso muito claro, de modo que não iria inocentá-lo se houvesse ao menos a menor chance de criar problemas para você. Portanto pode esquecer, Sharpe, e devo dizer que estou satisfeito. Não queria pensar que você é capaz de fazer o que Vandal afirmou.

— Claro que não sou, senhor.

— Mas e o brigadeiro Moon, hein? — perguntou Sir Thomas, gargalhando. — Moon e a viúva! Ela é viúva? Quero dizer, viúva de verdade, e não somente a sobra de Henry?

— Não que eu saiba, senhor.

— Bom, agora ela é uma esposa — declarou Sir Thomas, achando divertido. — Esperemos que ele jamais descubra quem ela é de verdade.

— Ela é uma dama adorável, senhor.

Sir Thomas olhou-o com alguma surpresa.

— Sharpe, todos deveríamos ser tão generosos quanto você. Que coisa gentil de se dizer!

Então Sir Thomas lhe agradeceu efusivamente, e naquela noite Henry Wellesley lhe agradeceu de novo, uma noite em que lorde Pumphrey descobriu que tinha coisas a fazer longe da embaixada.

BERNARD CORNWELL

Até Sir Barnaby Moon agradeceu a Sharpe, não só pela devolução de seu precioso sabre, mas por salvar sua vida.

— E a vida de Lady Moon, Sharpe.

— Foi uma honra, senhor.

— Lady Moon insiste que devo recompensar adequadamente seus homens, Sharpe — disse Moon, e colocou moedas na mão do capitão. — Mas faço isso com prazer, também em meu nome. Você é um homem corajoso, Sharpe.

— E o senhor é um homem de sorte. A dama é linda.

— Obrigado, Sharpe, obrigado.

Sua perna havia se partido de novo na queda da charrete, por isso ele iria ficar mais alguns dias em Cádis, porém Sharpe e seus homens estavam livres para deixar a cidade. Assim zarparam para Portugal, para Lisboa, para o exército, para o South Essex e para a Companhia Ligeira. Iam para casa.

NOTA HISTÓRICA

Eu odiaria se alguém pensasse que o feito do sargento Patrick Masterson ao capturar a águia do 8º regimento se deveu de algum modo à ajuda de Sharpe. Masterson e o alferes Keogh foram totalmente responsáveis e o pobre Keogh morreu durante a tentativa. Sua águia foi a primeira capturada pelas tropas britânicas na guerra peninsular (apesar de *A águia de Sharpe*), e Masterson recebeu uma comissão de batalha. Outro membro da sua família, um descendente, recebeu uma Cruz da Vitória em Ladysmith. Às vezes o nome de Masterson é dado como Masterman (já o vi grafado dos dois modos numa mesma página), porém Masterson parece correto. Geralmente ele é citado como tendo dito: "Por Deus, rapazes, peguei o cuco deles." E pegou mesmo.

O coronel do 8º se chamava coronel Autie e ele morreu em Barrosa. Eu não quis dar a um homem que existiu, e morreu heroicamente, a vilania da ficção, então em vez disso entreguei o 8º a Vandal. O segundo-tenente Guillemain carregava o estandarte e morreu tentando proteger a águia, que foi levada para Londres e presenteada, com grande pompa, ao príncipe regente. Por fim foi alojada no Royal Hospital, em Chelsea, de onde foi roubada em 1852. A haste permaneceu lá, mas a águia nunca foi recuperada.

Sir Thomas Graham é um dos generais mais agradáveis da Guerra Peninsular. A história de sua vida, esboçada em *A fúria de Sharpe*, é verdadeira. Até os franceses insultarem sua esposa falecida, ele fora simpatizante da França e de sua revolução, mas ficou tão convencido do mal que as belas palavras da revolução disfarçavam que criou o 90º regimento com seu próprio dinheiro e entrou para o Exército. Barrosa foi seu maior feito, uma batalha terrível em que a infantaria britânica (muito ajudada no terreno mais baixo pela soberba artilharia do major Duncan) obteve uma vitória espantosa. Eles estavam em menor número, cansados, não receberam apoio das tropas do general Lapeña e venceram. O marechal Victor, depois da derrota para Wellington em Talavera, deveria ter alguma ideia do poder destruidor dos mosquetes britânicos, no entanto atacou de novo em colunas, assim negando à maior parte de seus homens a capacidade de descarregar os mosquetes. De novo a linha britânica, com dois homens de profundidade, provou-se superior. Mesmo assim foi por pouco, e no fim as baionetas se mostraram decisivas.

Os espanhóis ficaram mortificados com o comportamento covarde do general Lapeña. Suas tropas eram mais do que capazes de lutar, e bem. Tinham provado isso em Bailen onde, em 1808, obtiveram uma vitória avassaladora contra os franceses (e capturaram uma águia), e o general Zayas e seus homens lutariam com brilho em Albuera, apenas dois meses depois da Batalha de Barrosa. Zayas quisera ajudar seus aliados em Barrosa, mas Lapeña recusou a permissão. O governo espanhol, percebendo o serviço feito por Graham, ofereceu-lhe o título de Duque del Cerro del Puerco, mas Graham recusou, vendo isso como um mero suborno para convencê-lo a ficar quieto em relação à conduta de Lapeña. O apelido de Lapeña era de fato Doña Manolito, de modo que talvez não devesse ser surpresa que ele se comportasse tão mal. Uma coisa que Graham ganhou com a batalha foi um cachorro. O general Rousseau, que foi muito ferido quando comandou seus granadeiros contra os Guardas, morreu devido aos ferimentos sofridos no Cerro del Puerco. Seu cão, um poodle, encontrou o dono agonizante e se recusou a sair de seu lado e mesmo da sepultura onde enterraram Rousseau. Graham adotou o cachorro e o mandou para a Escócia. "Parece que ele entende melhor o francês", escreveu para casa. Depois da batalha Graham se tornou o segundo no comando de Wellington durante a maior parte da Guerra Peninsular. Com o tempo ele se tornaria lorde Lynedoch. Viveu até uma idade muito avançada e jamais se casou de novo. Sua Mary era o amor de sua vida. Recomendo enfaticamente a biografia *General Graham*, de Anthony Brett-James (Londres, Macmillan, 1959) a quem quiser saber mais sobre esse escocês extraordinário e extremamente agradável. Eu confiei profundamente no livro de Anthony Brett-James para escrever *A fúria de Sharpe*, assim como no livro *A Wellesley Affair*, de Dr. John Severn (University Presses of Florida, 1981), uma profunda pesquisa sobre a diplomacia anglo-espanhola entre 1809 e 1812.

Henry Wellesley também era um homem muito agradável, provavelmente o mais amável dos irmãos Wellesley. Temo que, dando-lhe um caso amoroso inadequado, eu tenha traído sua memória. Mesmo assim é verdade que ele sofreu por amor. Sua esposa o havia trocado por Henry Paget, o segundo conde de Anglesey que, como marquês de Anglesey, comandaria a cavalaria de Wellington em Waterloo. Os divórcios de Henry Wellesley e Henry Paget (que se divorciou da primeira esposa para se casar com a mulher de Wellesley) causaram grande escândalo, e não tenho qualquer prova de que Henry Wellesley tenha sido causa de mais algum escândalo. Mas era um embaixador extremamente hábil, e a Inglaterra precisava desse homem porque a situação política na Espanha (que, em 1811, significava Cádis) era explosiva. A Grã-Bretanha e a Espanha, por motivos citados no romance, eram aliados incômodos, e havia espanhóis influentes que desejavam acabar com essa aliança e buscar uma reaproximação com Napoleão. O fato de terem fracassado se deve muito à calma sabedoria de Henry Wellesley e, claro, à vitória de Sir Thomas Graham em Barrosa.

O almirante, como o brigadeiro Moon e Caterina, é um personagem fictício. A ação descrita no início do livro, o ataque à ponte flutuante, também é fictícia, mas se baseia num ataque muito semelhante (e muito mais bem-sucedido) feito pelo general Hill na ponte sobre o Tejo em Almarez, em maio de 1812. O ataque às balsas incendiárias ocorreu, mas muito antes do que é sugerido no romance, e o general Graham não participou do ataque, porém era uma oportunidade útil para Sharpe se encontrar com ele, por isso tomei liberdades.

Atualmente há muito pouca coisa a ser vista em Barrosa. Os espanhóis não têm motivos para se lembrar da batalha, e agora a aldeia se espalhou tornando-se um agradável balneário praiano à custa dos lugares onde

A FÚRIA DE SHARPE

tantos soldados britânicos, portugueses e franceses morreram. O marechal Victor começou a batalha com cerca de 7 mil homens e perdeu mais de 2 mil, mortos e feridos, inclusive o general Rousseau, que morreu no dia da batalha, e o general Ruffin, que morreu de seus ferimentos a bordo do navio que o levava para a Inglaterra. Graham começou com apenas pouco mais de 5 mil britânicos e portugueses, e perdeu 1.400 entre mortos e feridos. No fim da batalha o 28° estava com apenas dois oficiais. O 1° da Infantaria de Guarda, os Carvoeiros, perdeu dez oficiais e 210 guardas. Nenhuma unidade sofreu tanto quanto o batalhão de flanqueadores de John Browne, que teve pelo menos cinquenta por cento de baixas. O major Browne, que de fato cantou "Heart of Oak" enquanto comandava os homens subindo o morro, sobreviveu milagrosamente. O 87° perdeu cinco oficiais (dentre eles o pobre Keogh) e 168 homens. Todas as unidades sofreram incrivelmente, e todas lutaram magnificamente.

Devo agradecer a Johnny Watt que, numa época em que a saúde ruim me impediu de viajar, fez um reconhecimento da velha cidade de Cádis para mim. Realizou um trabalho soberbo e foi seu entusiasmo pela cripta que levou a tantas mortes e confusões na catedral. Confesso que Sharpe não tinha nada para fazer em Barrosa, e, se eu não tivesse ido ao casamento do irmão de Johnny na cidade de Jerez de la Frontera, ali perto, duvido que meu interesse pela batalha fosse instigado. Mas estávamos lá e eu não pude resistir a ver outra batalha peninsular, por isso Sharpe foi condenado a me seguir. Agora ele está de volta em Portugal que, em 1811, é o seu lugar de direito, e Sharpe e Harper marcharão de novo.

Este livro foi composto na tipológia ITC New
Baskerville Std, em corpo 10,5/16, e impresso
em papel off-white no Sistema Cameron da
Divisão Gráfica da Distribuidora Record.